MAIS
QUENTE
QUE
FOGO

White Hot Kiss
Copyright © 2014 Jennifer L. Armentrout

Tradução © 2022 by Book One
Todos os direitos de tradução reservados e protegidos pela Lei 9.610 de 19/02/1998. Nenhuma parte desta publicação, sem autorização prévia por escrito da editora, poderá ser reproduzida ou transmitida sejam quais forem os meios empregados: eletrônicos, mecânicos, fotográficos, gravação ou quaisquer outros.

Tradução	Iana Araújo
Preparação	Mariana Martino
Revisão	Silvia Yumi FK
	Tainá Fabrin
Arte, projeto gráfico, e diagramação	Francine C. Silva
Capa	Renato Klisman | @rkeditorial
Tipografia	Adobe Caslon Pro
Impressão	Plena Print

Dados Internacionais de Catalogação na Publicação (CIP)
Angélica Ilacqua CRB-8/7057

A76m Armentrout, Jennifer

Mais quente que fogo / Jennifer Armentrout; tradução de Iana Araújo. – São Paulo: Inside Books, 2022.

368 p. (Coleção Dark Elements; Vol. 1)

ISBN 978-65-85086-02-8

Título original: *White Hot Kiss*

1. Ficção norte-americana 2. Literatura fantástica I. Título II. Araújo, Iana III. Série

22-5480   CDD 813

JENNIFER L. ARMENTROUT
SÉRIE DARK ELEMENTS

MAIS QUENTE QUE FOGO

Inside Books

São Paulo
2022

Capítulo 1

Havia um demônio no McDonald's.

E ele tinha uma fome poderosa por Big Macs.

Na maioria dos dias, eu adorava o meu trabalho depois da escola. Identificar os desalmados e condenados geralmente me deixava quentinha por dentro. Eu tinha até estabelecido uma cota devido ao tédio, mas aquela noite era diferente.

Eu precisava rascunhar um artigo para a aula de inglês.

— Você vai comer as batatinhas? — perguntou Sam enquanto pescava algumas da minha bandeja. Seus cabelos castanhos e encaracolados caíam sobre o aro dos seus óculos. — Valeu.

— Só não pega o chá doce dela — Stacey deu uma tapa no braço de Sam, e algumas batatinhas foram ao chão. — Você perderia um braço.

Eu parei de bater o pé no chão, mas mantive os olhos no intruso. Não sei o que rola com demônios e McDonald's, mas eles amam o lugar.

— Ha-ha.

— Pra quem você tá olhando, Layla? — Stacey se virou no banco, espiando ao redor na lanchonete lotada. — É um cara gostoso? Se for, é melhor você... Ah. Uau. Quem sai em público vestido desse jeito?

— O quê? — Sam também se virou. — Ah, vá lá, Stacey, quem liga? Nem todo mundo veste roupa de grife falsa feito você.

Para eles, o demônio parecia apenas uma mulher de meia-idade sem nenhuma noção de estilo. Seu cabelo castanho apagado estava preso por um daqueles prendedores de cabelo antigos de plástico. Ela usava uma calça de veludo verde com um tênis rosa, mas era o seu suéter que era épico. Alguém havia tricotado um cachorro *basset* na frente, com olhos grandes e melosos feitos de linha marrom.

Mas apesar da aparência mundana, aquela senhora não era humana. Não que eu pudesse julgar.

Ela era um demônio Imitador. Seu apetite astronômico foi o que entregou a espécie. Demônios Imitadores conseguiam comer a comida de uma pequena nação de uma só vez. Eles podem se parecer e agir como humanos, mas eu sabia que ela poderia arrancar a cabeça da pessoa na mesa ao lado com pouco esforço. Contudo, sua força desumana não era a ameaça. O verdadeiro perigo eram seus dentes e sua saliva infecciosa.

Eles gostavam de morder.

Uma mordidinha e a versão demoníaca da raiva era transmitida para um ser humano. Totalmente incurável, e, dentro de três dias, o brinquedo de mastigar do Imitador se pareceria com algo saído de um filme de George Romero, incluindo as tendências canibais.

Por motivos óbvios, Imitadores eram um problema real – a menos que alguém achasse o apocalipse zumbi algo divertido. A única coisa boa era que Imitadores eram raros, e, cada vez que algum deles mordia alguém, sua vida era encurtada. Eles geralmente tinham cerca de sete boas mordidas antes de se extinguirem. Mais ou menos como uma abelha e o seu ferrão, porém mais burro.

Os demônios Imitadores podiam se parecer com o que quisessem. Estava além da minha compreensão o porquê de esse demônio escolher desfilar com uma roupa daquelas.

Stacey fez uma careta quando o demônio pegou um terceiro hambúrguer. Ela não sabia que estávamos observando. Imitadores não eram conhecidos por seus poderes de observação aguçados, especialmente quando estavam preocupados com a maravilha do molho secreto.

– Isso é nojento – Stacey se voltou para nós.

– Achei o suéter da hora – Sam sorriu enquanto mastigava mais das minhas batatinhas. – Ei, Layla, você acha que Zayne toparia ser entrevistado por mim para o jornal da escola?

Minhas sobrancelhas se ergueram.

– Por que você quer entrevistá-lo?

Ele me lançou um olhar astuto.

– Para perguntar como é ser um Guardião na capital, caçar os bandidos, levá-los à justiça e essas coisas.

Stacey riu.

— Você faz os Guardiões parecerem super-heróis.

Sam encolheu os ombros ossudos.

— Bom, eles meio que são. Quer dizer, qual é, você já os viu.

— Eles não são super-heróis — eu disse, caindo no discurso padrão que eu vinha fazendo desde que os Guardiões vieram a público dez anos atrás. Depois do aumento disparado da criminalidade, que nada tinha a ver com a recessão econômica que o mundo enfrentou, mas era mais como um sinal do Inferno nos informando que eles não queriam mais jogar pelas regras, os Alfas ordenaram que os Guardiões saíssem das sombras. Para os humanos, os Guardiões tinham saído das suas conchas de pedra. Afinal, as gárgulas que adornavam muitas igrejas e edifícios haviam sido esculpidas para se assemelharem a um Guardião em sua verdadeira forma. Mais ou menos. Havia muitos demônios na superfície para os Guardiões continuarem a operar sem exposição. — Eles são pessoas, assim como você, só que...

— Eu sei — Sam levantou as mãos. — Olha, você sabe que eu não sou como aqueles fanáticos que pensam que os Guardiões são maus ou algo assim. Eu só acho que seria legal e uma ótima matéria no jornal. Então, o que você acha? Zayne aceitaria?

Eu me mexi, desconfortável. Viver com os Guardiões geralmente me tornava uma de duas coisas: uma porta dos fundos para ter acesso a eles ou uma aberração. Porque todo mundo, incluindo meus dois amigos mais próximos, acreditavam que eu era humana como eles.

— Não sei, Sam. Eu acho que qualquer tipo de atenção da imprensa os deixa desconfortáveis.

Ele pareceu derrotado.

— Você poderia pelo menos perguntar a ele?

— Claro — eu mexi no meu canudo. — Mas não crie muitas expectativas.

Sam se recostou no banco duro, satisfeito.

— Então adivinha.

— O quê? — Stacey suspirou, trocando um olhar desolado comigo. — Com que conhecimento aleatório você vai nos impressionar hoje?

— Vocês sabiam que é possível congelar uma banana até que ela fique tão rígida que dá para pregar algo com ela?

Eu baixei meu chá doce.

— Como que você sabe dessas coisas?

Sam acabou com as minhas batatinhas.

– Eu simplesmente sei.

– Ele vive com a cara no computador – Stacey afasta a franja negra e espessa do rosto. Não sei por que ela ainda não a cortou, ela sempre inventava moda com a franja. – Provavelmente fica pesquisando coisas aleatórias para se divertir.

– É exatamente o que faço quando estou em casa – Sam enrolou seu guardanapo. – Eu pesquiso fatos pouco conhecidos. É porque eu sou maneiro. – Ele jogou o guardanapo na cara de Stacey.

– Eu me enganei – diz Stacey sem pudores. – Você fica é pesquisando pornô a noite toda.

As cavidades das bochechas de Sam ficaram vividamente vermelhas enquanto ele ajeitava os óculos.

– Que seja. Estão prontas? Temos um rascunho pra fazer pra aula de inglês.

Stacey soltou um muxoxo.

– Não acredito que o senhor Leto não deixou a gente fazer nosso relatório de literatura clássica sobre *Crepúsculo*. Ele *é* um clássico.

Eu ri, momentaneamente esquecendo do trabalho que tinha a fazer.

– *Crepúsculo* não é um clássico, Stacey.

– Edward definitivamente é um clássico pra mim – ela pegou uma fita de cabelo do bolso e amarrou o cabelo que lhe caía nos ombros. – E *Crepúsculo* é muito mais interessante do que *Nada de novo no front*.

Sam balançou a cabeça.

– Eu não acredito que você falou sobre *Crepúsculo* e *Nada de novo no front* na mesma frase.

Stacey o ignorou, seu olhar oscilando entre o meu rosto e a minha comida.

– Layla, você nem tocou no hambúrguer.

Talvez de alguma forma eu soubesse instintivamente que precisaria de uma razão para ficar por aqui. Eu omiti um suspiro.

– Vocês podem ir na frente, encontro vocês daqui a pouco.

– Sério? – Sam se levantou.

– Sim – Eu peguei meu hambúrguer. – Chego já.

Stacey me encarou de maneira suspeita.

– Você não vai nos abandonar como costuma fazer, né?

Eu corei, culpada. Já havia perdido as contas de quantas vezes eu havia os deixado para trás e sumido.

– Não, juro. Só vou terminar de comer e já chego.

– Vamos – Sam colocou um braço em volta dos ombros de Stacey, guiando-a para a lixeira. – Layla já teria terminado de comer se você não tivesse falado com ela o tempo todo.

– Ah, agora a culpa é minha – Stacey jogou o conteúdo da sua bandeja no lixo, acenando para mim enquanto eles saíam.

Eu larguei o hambúrguer na bandeja, observando a Senhora Imitador impacientemente. Pedaços de pão e carne caíam da boca dela, respingando na bandeja marrom. Meu apetite foi efetivamente abatido em segundos. Não que isso realmente importasse. A comida só aliviava a dor que roía minhas entranhas, nunca a saciando.

A Senhora Imitador finalmente completou seu banquete de gordura, e eu agarrei minha bolsa enquanto ela arrastava os pés para fora. Ela esbarrou direto em um idoso, derrubando-o de cara enquanto ele tentava entrar. Uau. Esse demônio era uma verdadeira joia.

Sua gargalhada podia ser ouvida dentro do restaurante barulhento, fina como papel. Por sorte um cara ajudou o idoso a se levantar enquanto balançava um punho para o demônio que se afastava.

Suspirando, joguei minha comida fora e a segui na brisa do fim de setembro.

Diferentes tons de almas estavam por toda parte, cantarolando em torno de corpos como um campo elétrico. Traços de rosa pálido e azul suave deixavam um rastro atrás de um casal andando de mãos dadas. Eles tinham almas inocentes, mas não puras.

Todos os humanos tinham uma alma – uma essência – boa ou ruim, mas demônios não tinham nada disso. Já que *a maioria* dos demônios na superfície se assemelhavam aos humanos à primeira vista, a falta de alma ao seu redor tornava fácil meu trabalho de encontrá-los e marcá-los. Além da falta de alma, a única diferença entre eles e os humanos era a maneira estranha como seus olhos refletiam a luz – como se fossem olhos de gato.

A Senhora Imitador caminhava pela rua, mancando ligeiramente. Na luz natural, ela não parecia bem. Era provável que ela já tivesse mordido alguns humanos, o que significava que precisava ser marcada e despachada o mais rápido possível.

Um folheto em um poste verde chamou minha atenção. Uma carranca feroz e senso de proteção me dominaram enquanto eu lia o que estava escrito: "Atenção. Os Guardiões não são filhos de Deus. Arrependa-se agora. O fim está próximo."

Por baixo das palavras havia uma imagem grosseiramente desenhada do que eu assumi ser uma mistura de coiote raivoso com chupa-cabra.

– "Patrocinado pela Igreja dos Filhos de Deus" – eu murmurei, revirando meus olhos.

Bonito. Eu odiava fanáticos.

Uma lanchonete naquele quarteirão tinha os folhetos colados em suas janelas e uma placa proclamando que eles se recusavam a servir Guardiões.

Raiva se espalhou por mim como um incêndio florestal fora de controle. Esses idiotas não tinham ideia de tudo o que os Guardiões sacrificaram por eles. Eu inspirei o ar profundamente, liberando-o de maneira lenta. Eu precisava focar no meu Imitador em vez de espernear em silêncio com meus pés mentais na minha caixa de sabão imaginária.

A Senhora Imitador virou uma esquina e olhou sobre o ombro, seus olhos vidrados passando despercebidos sobre mim, dispensando-me por completo. O demônio nela não sentiu nada de anormal em mim.

O demônio dentro de *mim* estava ansioso para acabar logo com isso.

Especialmente depois que meu celular tocou, vibrando contra minha coxa. Devia ser Stacey, perguntando-se onde diabos eu estava. Eu só queria acabar com isso e voltar a ser normal pelo resto da noite. Sem pensar, eu levei uma mão até o pescoço e puxei a corrente que o envolvia. O velho anel pendurado no cordão de prata estava quente e pesado na minha mão.

Quando passei por um grupo de adolescentes da minha idade, seus olhares se moveram sobre mim, pararam e depois se desviaram. Claro que eles me encararam. Todo mundo encarava.

Meu cabelo era comprido. Grande coisa isso, mas era de um loiro tão pálido que parecia quase branco. Eu odiava quando as pessoas me encaravam. Fazia com que eu me sentisse como uma albina. Mas eram meus olhos que realmente chamavam a atenção das pessoas. Eles eram de um cinza claro, quase desprovidos de cor.

Zayne dizia que eu parecia a irmã perdida do elfo em *O Senhor dos Anéis*. Aquilo sim inflava minha autoestima. Suspiro.

O crepúsculo começava a cair sobre a capital do país quando eu virava para a Avenida Rhode Island e parava de andar. Tudo e todos ao meu redor desapareceram em um instante. Ali, sob o tremeluzir suave dos postes de luz, eu vi a alma.

Parecia que alguém tinha mergulhado um pincel em tinta vermelha e, em seguida, pincelado sobre uma tela preta macia. Esse cara tinha uma alma má. Ele não estava sob a influência de um demônio, era simplesmente mau por conta própria. A dor pungente no meu intestino chamejou, avivando-se. As pessoas passavam por mim, lançando olhares irritados na minha direção. Alguns até resmungavam. Eu não ligava. Eu nem ligava para suas almas rosadas, uma cor que normalmente eu achava tão bonita.

Finalmente me concentrei na figura por trás da alma — um homem de meia-idade, vestido com um terno e gravata genéricos, a alça da pasta de documentos agarrada por uma mão carnuda. Nada que indicasse perigo ou algo a se temer, mas eu entendia a situação.

Ele cometeu um baita de um pecado.

Minhas pernas se encaminharam para frente, mesmo enquanto meu cérebro gritava para eu parar, para me virar, até mesmo para chamar Zayne. A voz dele seria suficiente para me impedir. Impedir-me de fazer o que cada célula em meu corpo exigia que eu fizesse – fazer o que era *quase* natural para mim.

O homem se virou ligeiramente, os olhos passando pelo meu rosto, descendo pelo meu corpo. A alma dele rodopiou rápido, tornando-se mais vermelha do que preta. Ele tinha idade suficiente para ser meu pai e aquilo era nojento, muito nojento.

Ele sorriu para mim. Sorriu de uma forma que deveria ter me feito correr na direção oposta. Eu precisava ir naquela direção, aliás, porque não importava o quão podre aquele homem era – não importava quantas meninas no mundo me dariam uma medalha de ouro por lidar com ele – Abbot havia me criado para negar o demônio que estava por dentro. Ele havia me criado para ser uma Guardiã e para agir como uma.

Mas Abbot não estava aqui.

Encontrei com o olhar do homem, segurei-o e senti meus lábios se curvarem em um sorriso. Meu coração disparou, minha pele formigou e me senti enrubescendo. Eu queria a alma dele. Queria tanto que minha pele queria se descolar dos meus ossos. Era como esperar por um beijo, quando os lábios estavam prestes a se unirem, aqueles segundos de antecipação sem fôlego. Mas eu nunca tinha sido beijada antes.

Tudo o que eu tinha era *isso*.

A alma daquele homem me chamava como uma canção de sereia. Eu ficava enojada por me sentir tão tentada pelo mal em seu espírito, mas uma alma perversa era tão boa quanto uma pura.

Ele sorriu enquanto me olhava, os nós dos dedos empalidecendo ao redor da alça da pasta. E aquele sorriso me fez pensar em todas as coisas horrendas que ele devia ter feito para portar o vácuo rodopiante ao seu redor.

Um cotovelo se cravou contra a parte inferior das minhas costas. A diminuta partícula de dor não era nada comparada à saborosa antecipação. Apenas mais alguns passos e a alma do homem estaria tão perto, *logo ali*. Eu sabia que o primeiro gosto acenderia o mais doce ardor que se possa imaginar – uma viagem para a qual não havia equivalente. Não duraria muito, mas os breves momentos de puro êxtase perdurariam como um poderoso fascínio.

Os lábios dele nem precisariam tocar nos meus. Apenas um centímetro de proximidade e eu provaria a alma dele – nunca absorveria toda ela. Absorver a alma dele o mataria e isso era maligno, e eu não era...

Isso era maligno.

Eu recuei, interrompendo o contato visual. A dor explodiu no meu estômago, disparando através dos meus membros. Me afastar do homem era como negar oxigênio aos meus pulmões. A minha pele queimava e a garganta ardia em carne viva quando forcei uma perna atrás da outra. Foi uma luta para continuar a andar, para não pensar no homem e para encontrar o demônio Imitador novamente, mas quando finalmente o avistei, eu expeli o ar que estava segurando. Focar no demônio pelo menos servia como distração.

Eu o segui até um beco estreito entre uma loja de descontos e uma lotérica. Tudo o que eu precisava fazer era tocá-lo, o que eu deveria ter feito no McDonald's. Eu parei na metade do caminho, olhei em volta e soltei um palavrão.

O beco estava vazio.

Sacos de lixo pretos estavam enfileirados contra as paredes de tijolo mofadas. Lixeiras transbordavam com mais dejetos e criaturas disparavam pelo cascalho. Eu estremeci, olhando as sacolas com cuidado. Deviam ser ratos, mas outras coisas se escondiam nas sombras – coisas que eram piores do que ratos.

E muito mais arrepiantes.

Eu segui adiante, analisando a passagem escura, enquanto enroscava o colar entre meus dedos. Desejei ter tido a ideia de colocar uma lanterna na mochila hoje, mas isso não teria feito nenhum sentido. Em vez disso, naquela manhã eu coloquei um novo tubo de *gloss* e saquinhos cheios de biscoitos. Coisas muito úteis.

Um mal-estar repentino escorreu pela minha espinha. Soltei o anel, deixei-o quicar sobre a minha camisa. Algo não estava certo. Coloquei a mão no bolso da frente da calça jeans, puxando meu celular surrado enquanto me virava.

O demônio Imitador estava a poucos metros de distância. Quando ele sorriu, as rugas do rosto racharam a sua pele. Pedacinhos finos de alface pendiam dos dentes amarelos. Respirei fundo e me arrependi imediatamente. Ele cheirava a enxofre e a carne podre.

Ele jogou a cabeça para um lado, os olhos estreitando-se. Nenhum demônio podia me sentir, porque eu não tinha sangue demoníaco o suficiente fluindo em minhas veias para que eles me detectassem, mas ele me encarava como se estivesse vendo o que eu *realmente* ocultava dentro de mim.

O olhar dele repousou no meu peito e então se ergueu, encontrando o meu. Eu deixei escapar um arfar assustado. Suas íris azuis desbotadas começaram a se agitar como um redemoinho ao redor das pupilas que se retraíam em um ponto fino.

Mas que cacete de asas. Essa mulher não era um demônio Imitador.

Sua forma se ondulou e depois se embaralhou, como uma televisão que tenta reconstruir digitalmente uma imagem. Os cabelos grisalhos e a presilha de cabelo desapareceram. A pele enrugada se suavizou e ficou da cor de cera. O corpo se esticou e se expandiu. A calça verde e o suéter horroroso desapareceram e foram substituídos por calças de couro e um peito largo e musculoso. Seus olhos eram ovais e se agitavam como um mar sem fim, sem pupilas. O nariz era achatado, apenas dois buracos acima de uma boca larga e cruel.

Que cacete de asas voador dos Infernos.

Era um demônio Rastreador. Eu só tinha visto um nos livros antigos que Abbot guardava em seu escritório. Rastreadores eram como os Indiana Jones do mundo dos demônios: eles eram capazes de localizar e levar qualquer coisa que seu domador indicasse. Ao contrário do Indiana Jones, porém, os Rastreadores eram cruéis e agressivos.

O Rastreador sorriu, revelando uma boca cheia de dentes perversamente pontiagudos.

– Te peguei.

Te peguei? Pegou o quê? *Eu?*

Ele se jogou em minha direção e eu corri para o lado, o medo escalando tão rápido que as palmas da minha mão ficaram imediatamente pontilhadas de suor quando toquei no braço do demônio. Explosões de luz neon cintilaram ao redor do corpo do Rastreador, tornando-o nada além de um borrão rosa. Ele não reagiu à marca. Eles nunca reagiam. Só os Guardiões podiam ver a marca que eu deixava.

O Rastreador agarrou um punhado do meu cabelo, puxando minha cabeça para o lado enquanto agarrava minha camisa pela frente. O celular escorregou da minha mão, estourando no chão. Uma dor aguda se espalhou pelo meu pescoço, irradiando por cima dos ombros.

O pânico subiu como se uma represa tivesse se rompido dentro de mim, mas o instinto me impulsionou a agir. Todas as noites que eu havia passado treinando com Zayne vieram à tona. Marcar demônios podia ser complicado de vez em quando, e embora eu não tivesse habilidades ninja, não havia chances de eu perder sem antes lutar.

Retrocedendo, ergui minha perna e plantei meu joelho exatamente onde faria efeito. Graças a Deus os demônios eram anatomicamente corretos. O Rastreador grunhiu e recuou, arrancando vários fios de cabelo meus. Eu senti uma dor pontiaguda queimar pelo meu couro cabeludo.

Ao contrário de outros Guardiões, eu não podia remover minha pele humana e meter o pau, mas puxão de cabelo acendia minha vadia interna como nenhuma outra coisa conseguia.

Quando meu punho fechado atingiu o demônio na mandíbula, uma dor explodiu ao longo dos nós dos meus dedos enquanto a cabeça do Rastreador virava para o lado. Não foi um golpe fraco. Zayne ficaria tão orgulhoso.

Lentamente, o demônio virou sua cabeça de volta para mim.

– Gostei. Faz de novo.

Meus olhos se arregalaram.

Fiquei arrepiada, e eu sabia que ia morrer. Eu seria despedaçada por um demônio ou, pior ainda, puxada por um dos muitos portais escondidos pela cidade e levada *lá para baixo*. Quando as pessoas desapareciam sem explicações, geralmente era porque elas tinham um novo código postal. Algo como 666, e a morte seria uma bênção em comparação a esse tipo de viagem. Eu me preparei para o impacto.

– Basta.

Nós dois congelamos em resposta à voz profunda e desconhecida que exalava autoridade. O Rastreador reagiu primeiro, dando um passo para o lado. Virando-me, eu vi *quem* era.

O recém-chegado tinha mais de um metro e oitenta, tão alto quanto qualquer Guardião. Seu cabelo era escuro, da cor da obsidiana, e refletia tons de azul na luz fraca. Mechas preguiçosas caíam sobre a testa e se encaracolavam logo abaixo das orelhas. As sobrancelhas eram arqueadas sobre os olhos dourados e as maçãs do rosto eram largas e altas. Ele era atraente. Bastante atraente. Na verdade, era de uma beleza alucinante, mas a curva sarcástica em seus lábios carnudos esfriava a beleza dele. Vestia uma camiseta preta que se esticava em seu peito e barriga firmes. Uma enorme tatuagem de uma cobra se enroscava em seu antebraço, a cauda desaparecendo sob a manga e a cabeça em forma de diamante descansava no topo da mão. Ele parecia ter a minha idade. Material de qualidade para paixonites – não fosse pelo fato de que não tinha alma.

Eu tropecei quando dei um passo para trás. O que era pior do que um demônio? Dois demônios. Meus joelhos tremiam tanto que pensei que cairia de cara no chão do beco. Uma marcação nunca tinha ido tão mal antes. Eu estava tão ferrada que nem tinha graça.

– Você não deve intervir nisto – disse o demônio Rastreador, e suas mãos se fecharam em punhos.

O cara recém-chegado deu um passo silencioso à frente.

– E você deve ir para o Inferno. Que tal isso?

Hã...

O Rastreador ficou muito quieto, sua respiração pesada. A tensão se tornou uma quarta entidade no beco. Dei outro passo para trás, na esperança de fazer uma fuga rápida. Aqueles dois obviamente não estavam na mesma página um com o outro e eu não queria ser pega no meio disso. Era sabido que quando dois demônios brigam, prédios inteiros podem vir abaixo. Achavam que a causa era fundações defeituosas ou telhados ruins? Sim, claro. Estava mais para uma partida épica até a morte entre demônios.

Mais dois passos para a direita e eu poderia...

O olhar do garoto me atingiu em cheio. Eu respirei fundo, cambaleando com a intensidade daquela mirada. A alça da minha bolsa caiu dos meus dedos moles. Seus olhos baixaram, cílios grossos caindo sobre suas bochechas. Um pequeno sorriso dançou em seus lábios, e quando ele falou, sua voz era suave, mas profunda e poderosa.

– Mas em que situação você se meteu.

Eu não sabia que raça de demônio ele era, mas considerando como ele se portava como se tivesse inventado a palavra *poder*, eu imaginei que ele não era um demônio inferior como o Rastreador ou o Imitador. De jeito nenhum, ele era muito provavelmente um demônio de Status Superior – um Duque ou um Regente Infernal. Somente os Guardiões lidavam com eles, e isso geralmente acabava em uma carnificina.

Meu coração se jogou contra minha caixa torácica. Eu precisava sair dali o mais rápido possível. De jeito nenhum eu iria enfrentar de igual para igual um demônio de Status Superior. Minhas míseras habilidades me renderiam uma surra memorável. E o demônio Rastreador estava ficando mais furioso a cada segundo, abrindo e fechando os punhos carnudos. As coisas estavam prestes a explodir – e explodir pra valer.

Agarrei minha mochila e a segurei na minha frente como o mais patético dos escudos. Mas para ser sincera, não havia nada nesse mundo além de um Guardião que poderia deter um demônio de Status Superior.

– Espera – ele disse –, não fuja ainda.

– Nem pense em chegar mais perto – eu alertei.

– Eu não pensaria em fazer nada que você não quisesse.

Ignorando o que quer que aquilo significasse, continuei a contornar o demônio Rastreador e ir em direção à saída do beco, que parecia tão incrivelmente distante.

– Você está fugindo – o demônio de Status Superior suspirou. – Mesmo depois que eu pedi, e acho que fui muito educado – ele olhou para o Rastreador, franzindo o cenho. – Eu não fui simpático?

O Rastreador rosnou.

– Sem ofensa, mas não estou nem aí para o quão simpático você foi. Você está interrompendo meu trabalho, seu idiota.

Tropecei no insulto. Além do fato de que o Rastreador estava falando daquele jeito com um demônio de Status Superior, era uma coisa tão... *humana* de se dizer.

– Você conhece o ditado – retorquiu o outro demônio –, o que vem de baixo não pode me atingir, e eu vou acabar com você.

Que se dane. Se eu conseguisse chegar à rua principal, eu poderia me livrar dos dois. Eles não poderiam atacar em frente aos humanos – todo aquele lance de leis e tal. Bem, se esses dois fossem jogar de acordo com as regras, o que parecia duvidoso. Eu bati em retirada, me apressando em direção à saída do beco.

Não fui muito longe.

O Rastreador me acertou feito um maldito zagueiro da NFL[1], jogando-me contra uma lixeira. Manchas pretas escureceram minha visão. Algo estridente e peludo caiu na minha cabeça. Gritando feito alma penada, estendi a mão e agarrei a coisa se contorcendo. Garrinhas se emaranhavam no meu cabelo. Perto de quase surtar, eu arranquei o rato do meu cabelo e o joguei nos sacos de lixo. Ele guinchou quando quicou nos sacos, então disparou por uma rachadura na parede.

Com um rosnado baixo, o demônio de Status Superior apareceu atrás do Rastreador, agarrando-o pelo pescoço. Um segundo depois, o demônio inferior estava pendurado a vários centímetros do chão.

– Agora, *isso* não foi muito simpático – disse, usando uma voz baixa e ameaçadora.

---

1 *National Football League*, a liga nacional de futebol americano (EUA). (N. E.)

Girando, ele arremessou o Rastreador como uma saca de feijão. O demônio bateu contra a parede oposta, caindo de joelhos no chão. O demônio de Status Superior levantou o braço... e a tatuagem de cobra se deslocou da sua pele, quebrando-se em um milhão de pontos negros. Eles flutuaram no ar entre ele e o Rastreador, suspensos por um segundo, e depois caíram no chão. Os pontos escorreram juntos, formando uma espessa massa escura.

Não. Não era uma massa, mas uma cobra enorme com pelo menos três metros de comprimento e tão larga quanto eu. Levantei-me, ignorando a onda de vertigens que me atingia.

A coisa se virou na minha direção, erguendo metade do corpo. Seus olhos queimavam um vermelho profano.

Um grito ficou preso na minha garganta.

– Não tenha medo de Bambi – disse o demônio. – Ela está apenas curiosa e talvez com um pouquinho de fome.

Aquela coisa se chama *Bambi*?

Ai, meu deus, a coisa me encarou como se quisesse me devorar.

A... cobra gigante não tentou me lanchar. Quando ela se voltou para o Rastreador, eu quase desabei de alívio. Mas então ela disparou através do pequeno espaço, erguendo-se até sua cabeça monstruosa pairar sobre o demônio inferior petrificado. A serpente abriu a boca, revelando duas presas do tamanho da minha mão e, através delas, uma bocarra que era um buraco negro.

– Ok – o demônio murmurou, sorrindo –, talvez ela esteja com muita fome.

Tomei isso como minha deixa para vazar do beco.

– Espere! – Gritou o demônio, mas como não parei e só corri mais rápido do que nunca, o palavrão que ele proferiu ecoou na minha cabeça.

Atravessei as avenidas que faziam fronteira com o Dupont Circle, passando pela loja em que marquei de encontrar com Stacey e Sam. Somente quando cheguei ao local onde Morris, nosso motorista e faz-tudo, me pegaria, foi que eu parei para respirar.

As almas gentilmente coloridas passavam ao meu redor, mas eu não prestei atenção a elas. Entorpecida até o âmago, sentei-me num banco na calçada. Eu me sentia como se algo estivesse errado. O que diabos tinha acabado de acontecer? Tudo o que eu queria fazer era rascunhar

Nada de novo no front hoje à noite. Quase devorar uma alma, depois quase ser morta, conhecer o meu primeiro demônio de Status Superior e ver uma tatuagem se transformar em uma anaconda não estavam nos planos, que Inferno.

Baixei os olhos para minha mão vazia.

Ou perder meu celular.

Porcaria.

Capítulo 2

Morris não conversou no caminho para a casa na Rua Dunmore. Não foi uma grande surpresa. Morris nunca conversava. Talvez fossem as coisas que ele via acontecendo dentro da nossa casa que o deixava sem palavras. Eu realmente não tinha ideia.

Inquieta à décima potência por ter ficado sentada no banco cerca de uma hora esperando por Morris, eu bati meu pé no painel do carro durante todo o caminho de volta para casa. Eram apenas seis quilômetros, mas seis quilômetros em Washington equivaliam a um bilhão de quilômetros em outros lugares. A única parte da viagem que foi rápida foi o trecho privado da estrada levando até a casa monstruosa de Abbot.

Com quatro andares, inúmeros quartos de hóspedes e até uma piscina coberta, parecia mais um hotel do que uma casa. Era realmente um complexo – um lugar onde os Guardiões solteiros do clã viviam e operavam como central de comando. Quando nos aproximamos, pisquei e soltei baixinho um palavrão, o que me rendeu um olhar de desaprovação de Morris.

Seis gárgulas de pedra que não estavam lá aquela manhã agora estavam empoleiradas na beira do nosso telhado. Visitas. Era só o que faltava.

Eu tirei os pés do painel e peguei minha bolsa no chão do carro. As formas curvadas eram uma visão formidável contra a noite estrelada, mesmo que tivessem as asas fechadas e os rostos virados para baixo.

Em sua forma de repouso, Guardiões eram quase indestrutíveis. O fogo não conseguia machucá-los. Cinzéis e martelos não podiam romper seu invólucro. As pessoas tinham tentado usar todo tipo de arma desde que os Guardiões vieram a público. Os demônios também tinham tentado isso desde, bem, sempre, mas os Guardiões só eram fracos quando em forma humana.

No momento em que o carro parou na frente da enorme varanda, eu pulei para fora e subi rapidamente os degraus, derrapando para parar na frente da porta. No canto superior esquerdo da varanda, uma pequena câmera se ajustou para onde eu estava. A luz vermelha piscava. Em algum lugar das enormes salas e túneis sob a mansão, Geoff estava na sala de controle atrás das câmeras. Sem dúvida se divertindo por me fazer esperar.

Eu dei a língua para câmera.

Um segundo depois, a luz ficou verde.

Revirei meus olhos quando ouvi a porta ser destrancada. Abri e deixei minha bolsa cair no hall de entrada. Fui direto para as escadas. Depois de reconsiderar, eu girei e corri em direção à cozinha. Encontrando o lugar felizmente vazio, eu desenterrei da geladeira um rolo de massa de biscoito amanteigado. Eu parti um pedaço e depois subi as escadas. A casa era um cemitério de sossego. A esta hora do dia, a maioria estaria no centro de treinamento subterrâneo ou já haveria saído para caçar.

Todos menos Zayne. Desde que consigo me lembrar, Zayne nunca tinha saído para caçar sem me ver primeiro.

Subi os degraus três de cada vez enquanto mastigava a massa de biscoito. Limpando meus dedos pegajosos na saia jeans, eu empurrei a porta do quarto de Zayne com meu quadril e congelei. Eu precisava seriamente aprender a bater.

A princípio, vi seu brilho branco perolado e luminoso — uma alma pura. Diferente de uma alma humana, a essência de um Guardião era pura, produto do que eles eram. Pouquíssimos humanos mantinham uma alma assim quando começavam a exercer o tal livre-arbítrio. Devido à mácula do sangue demoníaco que eu carregava, eu sabia que não tinha uma alma pura. Eu não tinha certeza se sequer tinha uma alma. Eu nunca poderia ver a minha.

Às vezes... às vezes eu não achava que aquele era o meu lugar, com eles – com Zayne.

Uma sensação de vergonha se enroscou no meu estômago, mas antes que pudesse se espalhar como fumaça nociva, a alma de Zayne se desvaneceu e eu não estava mais pensando em nada.

Zayne acabava de sair do banho, puxando uma camiseta preta sem estampa por cima da cabeça, mas não rápido o suficiente para que eu perdesse o vislumbre do seu abdômen. O treinamento rigoroso mantinha seu corpo esculpido e firme. Eu arrastei meu olhar para cima quando a pele nua foi coberta. Cabelos claros e úmidos se colavam ao pescoço e rosto esculpido. Suas características seriam perfeitas demais, não fosse por aquele par de olhos azuis diluídos que todos os Guardiões tinham.

Caminhei até a ponta da sua cama e me sentei. Eu não deveria pensar em Zayne do jeito que eu fazia. Ele era a coisa mais próxima que eu tinha de um irmão. Seu pai, Abbot, tinha nos criado juntos, e Zayne me via como a irmãzinha que de alguma forma acabou ganhando.

– E aí, Laylabélula? – ele perguntou.

Parte de mim adorava quando ele usava meu apelido de infância; outra parte – a parte que não era mais uma garotinha – detestava. Eu o espreitei através dos meus cílios. Ele estava completamente vestido agora. Que pena.

– Quem está no telhado?

Ele se sentou ao meu lado.

– Alguns viajantes de fora da cidade precisavam de um lugar para descansar. Abbot lhes ofereceu camas, mas eles preferiram o telhado. Eles não... – ele parou de repente, inclinando-se para frente, agarrando minha perna. – Por que seus joelhos estão arranhados?

Meu cérebro meio que entrou em curto-circuito quando a mão dele tocou minha perna nua. Uma vermelhidão quente tomou minhas bochechas, espalhando-se para baixo. Eu olhei para as maçãs do rosto dele e aqueles lábios – ai, meu Deus, aqueles lábios eram perfeitos. Mil fantasias desabrocharam. Todas elas envolviam eu, ele e a capacidade de beijá-lo sem sugar sua alma.

– Layla, no que você se meteu hoje à noite? – ele soltou minha perna.

Sacudi a cabeça, dissipando aqueles sonhos desesperançosos.

– Hum... bem, nada.

Zayne se aproximou, me encarando como se pudesse ver através das minhas mentiras. Ele tinha uma capacidade assombrosa de fazer isso. Mas se eu lhe dissesse tudo, como a parte sobre o demônio de Status Superior, eles nunca mais me deixariam sair de casa em paz. Eu gostava da minha liberdade. Era meio que a única coisa que eu tinha.

Suspirei.

– Eu pensei que estava seguindo um Imitador.

– E você não estava?

– Não – desejei que ele tocasse minha perna novamente. – Acabou sendo um Rastreador fingindo ser um Imitador.

A rapidez com que ele mudava de cara gostoso para Guardião de cara fechada era incrível.

– O que você quer dizer com "o Rastreador estava fingindo"?

Eu forcei um dar de ombros casual.

– Eu realmente não sei. Eu o vi no McDonald's. Ele tinha o apetite de um Imitador e se comportou como um, então eu o segui. Acontece que não era um Imitador, mas eu o marquei.

– Isso não faz sentido. – Sua testa se enrugava, uma expressão comum sempre que ele estava analisando algo em sua mente. – Demônios Rastreadores são garotos de recados ou são convocados por algum idiota para encontrar algo estúpido como olhos de sapo ou o sangue de uma águia careca para um feitiço que inevitavelmente irá contra-atacar. Fingir ser um Imitador não é normal para eles.

Eu me lembrei do que o Rastreador havia dito. *Te peguei*. Era como se estivesse me procurando. Eu sabia que precisava contar isso a Zayne, mas o pai dele já era um saco no que se tratava de saber para onde eu ia e com quem estava. E Zayne era praticamente obrigado a contar tudo a seu pai, já que Abbot era o chefe do clã de Guardiões de Washington. Além disso, eu devia ter ouvido errado, e os demônios raramente tinham motivo para fazer coisas estranhas ou inesperadas. Eles eram demônios. Era explicação suficiente.

– Você está bem? – perguntou Zayne.

– Sim, estou bem – eu fiz uma pausa. – Mas eu perdi meu telefone.

Ele riu, e, cara, eu adorava o som da sua risada. Profunda. Rica.

– Caramba, Layla, quantos são até agora este ano?

– Cinco. – Eu olhava fixamente para suas estantes de livros abarrotadas, suspirando. – Abbot não vai me dar um novo. Ele acha que eu perco de propósito, mas não é verdade. Eles simplesmente... deixam de me seguir.

Zayne riu mais uma vez, me cutucando com seu joelho coberto pela calça jeans.

– Quantos você marcou hoje à noite?

Pensei nas horas depois da escola, antes de me encontrar com Stacey e Sam.

– Nove. Dois eram Imitadores e os outros eram Demonetes, com exceção do Rastreador. – O demônio que Zayne provavelmente nunca encontraria, já que havia uma boa chance de que Bambi o tivesse comido.

Zayne assobiou baixinho.

– Boa. Vou ficar ocupado essa noite.

E isso era o que os Guardiões faziam. Geração após geração, eles mantinham a população demoníaca sob controle desde muito antes de virem a público. Eu tinha apenas sete anos quando aconteceu, então eu não me lembrava como as pessoas reagiram. Tenho certeza de que a grande revelação incluiu uma grande quantidade de surtos. Curiosamente, eu me mudei para a casa de Abbot mais ou menos na mesma época.

Os Alfas, os tipos angélicos que mandavam em tudo, entenderam que precisava haver o bem e o mal no mundo – a Lei de Equilíbrio. Mas, dez anos atrás, algo aconteceu, e os demônios começaram a jorrar aos montes pelos portais, criando caos, pois causavam estragos em tudo o que encontravam pela frente. Seres humanos possuídos se tornaram um enorme problema, e foi nesse momento que as coisas ficaram fora de controle.

Os queridinhos do Inferno não queriam mais ficar nas sombras e os Alfas não podiam deixar a humanidade saber que os demônios eram reais. Abbot me disse uma vez que aquilo tinha a ver com livre-arbítrio e fé. O ser humano precisava acreditar em Deus sem saber que o Inferno realmente existia. Dispostos a fazer qualquer coisa para manter a humanidade no escuro sobre os demônios, os Alfas emitiram seu mandato. Parecia um grande risco e que os humanos eventualmente descobririam a existência dos demônios, mas quem era eu?

Apenas alguns poucos humanos sabiam a verdade. Além de Morris, havia alguns dentro dos departamentos de polícia, do governo e, certamente, pessoal militar ao redor do mundo que sabiam da existência de demônios. Esses humanos tinham suas próprias razões para manter a população em geral no escuro, razões que não tinham nada a ver com fé. O mundo entraria em colapso se os humanos soubessem que havia demônios pedindo seu café da manhã bem ao lado deles.

Mas era assim que as coisas funcionavam. Os Guardiões ajudavam os departamentos de polícia a capturar criminosos, e alguns desses criminosos eram demônios, que podiam até ter um passe livre para fora da prisão, mas que iam direto para o Inferno e não voltavam. Se os demônios se expusessem ao mundo, os Alfas destruiriam todos os demônios que estavam na superfície, incluindo uma euzinha meio-demônio.

– As coisas estão ficando meio fora de controle – disse ele, mais para si mesmo do que para mim –, os Imitadores estão muito mais ativos. Alguns Guardiões em outros distritos já encontraram Capetas.

Meus olhos saltaram.

– Capetas?

Enquanto Zayne assentia, uma imagem das criaturas enormes e bestiais se formou em meus pensamentos. Capetas não deveriam estar na superfície. Eles eram como um macaco mutante e um pitbull misturados em uma criatura só.

Zayne se curvou para a frente, procurando alguma coisa embaixo da cama. Mechas de cabelo caíram para frente, ocultando seu rosto. Agora eu podia encará-lo abertamente. Zayne era apenas quatro anos mais velho que eu, mas, sendo um Guardião, ele era muito mais maduro que a maioria dos caras humanos da sua idade. Eu sabia tudo sobre ele, exceto como ele *realmente* era em sua verdadeira forma.

Essa era a questão com as gárgulas. A aparência que eles usavam durante o dia não era quem eles realmente eram. Pela milionésima vez, eu me perguntei sobre a verdadeira forma de Zayne. Sua versão humana era atraente, mas, ao contrário dos outros, ele nunca me permitiu ver sua aparência verdadeira.

Como eu era apenas meio-Guardiã, não conseguia mudar como fazia um Guardião normal. Eu estava para sempre presa na forma humana, irremediavelmente imperfeita. Os Guardiões não lidavam bem com imperfeições no geral. Se não fosse por minha habilidade única de ver almas e marcar aqueles que não as tinham, eu seria bastante inútil no grande esquema das coisas.

Zayne se sentou, um pedaço de pelúcia na mão.

– Olha quem eu encontrei. Você o deixou aqui algumas noites atrás.

– Senhor Melequento! – Agarrei o ursinho de pelúcia esfarrapado, sorrindo. – Eu estava me perguntando onde ele estava.

Os lábios de Zayne se curvaram em um sorriso.

– Eu não consigo acreditar que você ainda tem esse urso.

Eu deitei na cama de costas, segurando o Sr. Melequento contra o peito.

– Você me deu ele.

– Isso foi muito tempo atrás.

– Ele é meu bicho de pelúcia favorito.

– Ele é seu *único* bicho de pelúcia – Zayne se esticou ao meu lado, olhando para o teto. – Você chegou em casa mais cedo do que eu esperava. Achei que você estivesse estudando com seus amigos?

Eu dei de ombros, meio torta.

Zayne tamborilou com os dedos ao longo de seu abdômen.

– Isso é meio esquisito. Você geralmente reclama para ter um horário mais tarde pra voltar pra casa, mas não são nem nove da noite.

Eu mordi meu lábio.

– E daí? Eu contei o que aconteceu.

– Daí que eu sei que você não está me contando tudo. – Algo na maneira como ele disse aquilo me fez virar a cabeça em sua direção. – Por que você mentiria para mim?

Nossos rostos estavam próximos, mas não perto o suficiente para ser perigoso. Zayne confiava em mim e acreditava que eu era mais Guardião do que demônio. Pensei na cobra... e no garoto que não era realmente um garoto, mas um demônio de alto escalão.

Estremeci.

Zayne estendeu a mão, cobrindo o pequeno espaço entre nós, e a colocou em cima da minha. Meu coração bateu mais forte.

– Me diz a verdade, Laylabélula.

Eu me lembrava com clareza da primeira vez em que ele me chamou assim.

Foi na noite em que me trouxeram para esta casa. Aos sete anos, eu estava apavorada pelas criaturas aladas com dentes irregulares e olhos vermelhos que me levaram do lar adotivo que me acolhia na época. No momento em que eles me colocaram no saguão dessa mesma casa, eu vasculhei por tudo e me enrolei como uma bolinha no fundo do primeiro armário que encontrei. Horas depois, Zayne tinha me persuadido a sair do meu esconderijo, segurando um ursinho de pelúcia imaculado e me chamando de Laylabélula. Mesmo aos onze anos, ele me parecia imenso, e daquele momento em diante eu o seguia para todo canto, coisa que os Guardiões mais velhos gostavam de reclamar com ele.

– Layla? – ele murmurou, segurando minha mão com mais firmeza.

As palavras pareciam cair da minha boca.

– Você acha que eu sou má?

As sobrancelhas dele se arquearam.

– Por que você acha isso?

Olhei para ele incisivamente.

– Zayne, eu sou meio demônio...

– Você é uma Guardiã, Layla.

– Você diz isso o tempo todo, mas não é a verdade. Eu sou mais como uma... como uma mula.

– Uma mula? – ele repetiu lentamente, erguendo ainda mais as sobrancelhas.

– Sim, uma mula. Você sabe, meio cavalo, meio burro...

– Eu sei o que é uma mula, Layla. E eu realmente espero que você não esteja se comparando com uma.

Não respondi nada, porque eu estava. Como uma mula, eu era um híbrido estranho – metade demônio, metade Guardião. Por causa disso, eu nunca seria unida a outro Guardião. Se os demônios soubessem o que eu era, nem eles me aceitariam. Então, sim, eu pensei que a comparação era adequada.

Zayne suspirou.

– Só porque a sua mãe era o que era, não faz de você uma pessoa ruim, e com certeza não faz de você uma mula.

Virando a cabeça, voltei a encarar o nada. O ventilador girava, vertiginoso, criando sombras estranhas pelo teto. Uma mãe demoníaca que eu nunca conheci e um pai de quem eu não me lembrava. E Stacey achando que sua família monoparental era confusa. Com uma mão, brinquei nervosamente com o anel no meu pescoço.

– Você sabe disso, né? – Zayne continuou, sério. – Você sabe que não é uma pessoa má, Layla. Você é boa, inteligente e... – Ele parou, sentando-se e pairando sobre mim como um anjo da guarda. – Você... você não tomou uma alma essa noite, tomou? Layla, se você tomou, precisa me dizer agora mesmo. Vamos pensar em alguma coisa. Eu nunca deixaria meu pai saber, mas você tem que me dizer.

É claro que Abbot nunca poderia saber se eu fizesse algo assim – nem mesmo por acidente. Por mais que ele se importasse comigo, ainda me expulsaria. Tomar uma alma era proibido por uma tonelada de razões morais.

– Não, eu não tomei uma alma.

Ele me olhou fixamente e, em seguida, seus ombros se ergueram.

– Não me dá um susto desses, Laylabélula.

Tive um ímpeto de apertar o Sr. Melequento.

– Desculpa.

Zayne se abaixou, tirando o ursinho de minhas mãos.

– Você cometeu erros, mas aprendeu com eles. Você não é má. Isso é o que você precisa se lembrar. E o que está no passado deve ficar lá.

Mordi meu lábio inferior, pensando nesses "erros". Tinha havido mais de um. O primeiro deles tinha sido o que levou os Guardiões ao lar adotivo em que eu estava. Eu tinha acidentalmente tomado uma alma de um dos cuidadores – não toda, mas o suficiente para que a mulher tivesse que ser hospitalizada. De alguma forma, os Guardiões ficaram sabendo disso através de sua rede e me localizaram.

Até hoje, eu não entendia por que Abbot tinha me acolhido. Os demônios eram uma questão bem simples para os Guardiões. Não existia algo como um demônio bom ou inocente. Ser parte demônio significava que eu deveria ter caído sob a velha prerrogativa "demônio bom é demônio morto", mas, por alguma razão, eu fui diferente para eles.

Você sabe por que, sussurrou uma voz feia na minha cabeça, e fechei os olhos. Minha capacidade de ver almas e a falta delas – produto do meu sangue demoníaco – era uma ferramenta valiosa na batalha contra o mal, mas os Guardiões podiam sentir demônios quando estes se aproximavam o suficiente. Sem mim, o trabalho deles seria mais difícil, mas não impossível.

Pelo menos era isso que eu dizia a mim mesma.

Zayne virou minha mão, deslizando seus dedos entre os meus.

– Você comeu a massa de biscoito de novo. Guardou algum para mim desta vez?

Amor verdadeiro significava compartilhar desejos estranhos por comida. Eu acreditava tanto nisso. Abri os olhos.

– Ainda tem meio pacote.

Ele sorriu, deitando-se de lado dessa vez, mantendo sua mão envolta na minha. Seu cabelo caiu sobre a bochecha. Eu queria afastá-lo do rosto dele, mas não tive coragem.

– Eu vou te dar um celular novo amanhã – disse ele finalmente.

Eu sorri com alegria para Zayne, como se ele fosse meu fabricante pessoal de celulares.

– Por favor, me dá um com tela *touchscreen* dessa vez. Todo mundo na escola tem um.

Zayne arqueou uma sobrancelha.

– Você destruiria um em questão de segundos. Você precisa de um daqueles telefones tijolão com antena.

– Vai me deixar super popular. – Eu torci meu nariz enquanto olhava para o relógio de parede. Ele precisava ir embora muito em breve. – Acho que eu devia ir estudar ou algo assim.

A pele dourada de Zayne se enrugou quando ele sorriu.

– Não vá ainda.

Nada nesse mundo poderia deter o calor que se formava em meu peito. Olhei para o relógio de cabeceira mais uma vez. Ele tinha mais algumas horas antes de sair para caçar os demônios que eu tinha marcado. Agradecidamente, eu rolo para o meu lado, e o Sr. Melequento ficou entre nós.

Ele desenlaçou os dedos dos meus e arrancou alguns fios do meu cabelo.

– Seu cabelo está sempre cheio de nós. Você já aprendeu a usar uma escova?

Dei uma tapa na mão dele, afastando-a, e estremeci ao lembrar do rato.

– Sim, eu sei como usar uma escova, seu idiota.

Zayne soltou uma risadinha, voltando aos meus cabelos embaraçados.

– Olha essa boca, Layla.

Eu me acalmei enquanto ele gentilmente desembaraçava alguns dos emaranhados no meu cabelo. Essa coisa de tocando-no-meu-cabelo era novidade, e eu não me importava. Ele segurou os fios pálidos entre nós, os olhos se estreitando em concentração.

– Preciso cortar o cabelo – murmurei após alguns segundos.

– Não – Ele ajustou o cabelo por cima do meu ombro. – É... bonito longo. E combina com você.

Meu coração praticamente explodiu e virou mingau.

– Você quer saber como foi a escola hoje?

Seu olhar brilhou. Com exceção de mim, todos os Guardiões haviam sido educados em casa e a maioria das aulas da faculdade de Zayne foram on-line. Ele ouviu enquanto eu contava sobre o trabalho no qual eu tinha conseguido um oito, a briga no refeitório entre duas meninas por causa de um garoto e como Stacey acidentalmente se trancou *dentro* do escritório do orientador escolar depois da aula.

– Ah. Eu quase ia esquecendo – Fiz uma pausa, bocejando longamente. – Sam quer te entrevistar para o jornal da escola. Algo sobre você ser um Guardião.

Zayne fez uma careta.

– Sei não. Não podemos dar entrevistas. Os Alfas veriam isso como orgulho.

– Eu sei. Eu disse a ele pra não criar expectativas.

– Melhor assim. Meu pai surtaria se achasse que eu estava falando com a imprensa.

Eu ri.

– Sam não é a imprensa, mas entendi o que você quis dizer.

Ele me manteve acordada por mais algum tempo, fazendo uma pergunta atrás da outra. Contra minha vontade, adormeci. Ele já tinha ido embora muito antes de eu acordar, para caçar demônios. Talvez até alguns de Status Superior. Talvez até o garoto demônio com a cobra chamada Bambi.

Com os olhos turvos, peguei meu livro de biologia. Eu tive três segundos de paz antes que uma alma suavemente verde entrasse na minha linha de visão. Levantei a cabeça, inalando profundamente. Eu gostava de estar na presença de almas inocentes. Elas eram bem banais e não tão tentadoras quanto...

Um punho bateu no meu braço.

– Você perdeu o grupo de estudos, Layla!

Eu tropecei para o lado, me apoiando na porta de um armário.

– Caramba, Stacey, isso vai me deixar roxa.

– Você deu um bolo na gente. De novo.

Fechando a porta do meu armário, me virei para minha melhor amiga. Stacey tinha alguma força por trás de seus socos.

– Desculpa. Eu tive que correr para casa. Surgiu uma emergência.

– Sempre surge uma emergência. – Ela me fitou. – É ridículo. Você sabe que eu tive que ficar lá e ouvir Sam falar sobre quantas pessoas ele matou em *Assassin's Creed* por uma hora inteira?

Enfiei meus livros na bolsa, rindo.

– Isso parece péssimo.

– É, foi. – Ela tirou um elástico de cabelo do pulso e fez um rabo de cavalo curto. – Mas eu te perdoo.

Stacey sempre me perdoava pelos meus atrasos ou por não aparecer para as coisas. Eu realmente não entendia o porquê. Às vezes, eu era uma amiga terrível, e não era como se Stacey não fosse popular. Ela tinha muitos outros amigos, mas desde o primeiro ano do ensino médio, ela parecia gostar de mim.

Nos misturamos na multidão de alunos. A mistura de perfume e odor corporal revirava meu estômago. Meus sentidos estavam ligeiramente aguçados. Nada super extraordinário como um demônio puro-sangue ou um Guardião, mas, infelizmente, eu podia sentir cheiros que a maioria dos humanos não conseguia.

– Sinto muito por ontem à noite. Eu nem cheguei a estudar para a prova de biologia.

Ela olhou para mim, seus olhos como duas amêndoas se estreitando.

– Você parece que ainda nem acordou.

– Eu estava tão entediada na sala de aula que cochilei e quase caí da cadeira. – Olhei para um grupo de atletas curvados perto da estante vazia de troféus. Nosso time de futebol era uma porcaria. Suas almas eram um arco-íris de azuis suaves. – O senhor Brown gritou comigo.

Ela soltou uma risada.

– O senhor Brown grita com todo mundo. Então você não estudou nada?

Almas cor-de-rosa cercando um grupo de alunos risonhos do segundo ano chamou a minha atenção.

– Quê?

Soltando um suspiro sofrido, ela disse:

– Biologia; sabe, a ciência da vida? Estamos a caminho da aula. Temos uma prova.

Eu desviei meu olhar do rastro de luzes bonitas, franzindo a testa.

– Ah. Dã. Não, como eu te disse, não estudei nadinha.

Stacey trocou o peso dos livros para o outro braço.

– Te odeio. Você não abriu um livro e provavelmente ainda vai tirar um dez. – Ela tirou a franja dos olhos, balançando a cabeça. – Então não é justo.

– Não sei não. A senhora Cleo me deu um oito na última prova, e eu realmente não tenho ideia do que vai cair nessa. – Eu enruguei a testa, percebendo como isso era verdade. – Cara, eu realmente devia ter estudado ontem à noite.

– Você ainda tem as anotações de Sam? – Ela agarrou meu braço, me tirando do caminho de outro aluno. Eu vi de relance uma alma de um rosa profundo borrada com listras vermelhas.

– Nossa, ele estava super de olho em você.

– Hã? – Eu olhei para Stacey. – Quem?

Ela olhou por cima do ombro enquanto me puxava para mais perto.

– O cara em que você quase esbarrou, Gareth Richmond. Ele ainda está te olhando. Não! – Ela chiou no meu ouvido – Não olha agora. Fica óbvio demais.

Eu lutei contra o impulso natural de me virar e olhar.

Stacey soltou uma risadinha.

– Na verdade, ele está olhando pra sua bunda – Ela soltou meu braço, se endireitando. – É uma bela bunda.

– Obrigada – murmurei, meu olhar seguindo uma alma azul-poeira que envolvia um cara à nossa frente.

– Gareth olhando seu traseiro é uma coisa boa – Stacey continuou –, o pai dele é dono de metade do centro da cidade e as festas que ele dá são muito da hora.

Eu virei no corredor estreito que levava à sala de biologia.

– Acho que você está apenas imaginando coisas.

Ela negou com a cabeça.

– Não dê uma de desentendida. Você é bonita. Mais bonita do que aquela vaca ali.

Meu olhar foi direto para onde Stacey apontava. Uma fraca aura roxa cercava Eva Hasher, o que significava que faltava apenas algumas ações de menina malvada para ganhar o status de alma questionável. Minha garganta se apertou de repente. Quanto mais sombria ou pura era a alma, mais forte era a tentação.

As almas *muito* ruins e as *muito* bondosas eram as mais atraentes, o que tornava Eva muito interessante para mim, mas consumir a alma da menina mais popular da escola não seria muito legal.

Eva se encostou em um armário, cercada pelo que Stacey chamava de rebanho das vacas. Ela deu uma dedada para Stacey com uma unha perfeitamente pintada de azul e então olhou para mim.

– Vejam só! É a vadia das gárgulas.

Seu bando de seguidoras estúpidas riu. Revirei os olhos.

– Ai. Criativa.

Stacey retribuiu o gesto da outra garota com as duas mãos.

– Que vaca estúpida.

– Tanto faz. – Dei de ombros. Ser chamada de vadia por Eva sabendo do estado de sua alma era irônico demais para me deixar brava.

– Você sabe que ela e Gareth terminaram, né?

– Foi? – Eu não conseguia acompanhar a vida daqueles dois.

Stacey assentiu.

– Sim. Ele cortou o rosto dela de todas as fotos no Facebook. Trabalho bem mal feito também, porque dá para ver o braço ou a perna dela na metade das fotos. De qualquer forma, você deveria sair com ele só para irritá-la.

– Como que ele olhar a minha bunda acabou comigo saindo com um cara que nem sabe meu nome?

– Ah, tenho certeza que ele sabe seu nome; provavelmente sabe o tamanho do seu sutiã também. – Ela passou na minha frente, empurrando a porta da sala de biologia. – Sim, há alunos do sétimo ano mais altos que você. Mas caras como ele querem pegar você e colocar no bolso. Cuidar de você.

Eu passei por ela, rindo.

– Essa é a coisa mais idiota que você já disse.

Ela me seguiu até nossos lugares no fundo da sala de aula.

— Você é tipo uma bonequinha de olhos grandes e cinzas e boca fazendo beicinho.

Eu lancei a Stacey um olhar fulminante enquanto me ajustava na cadeira. Na maioria dos dias eu parecia um personagem assustador de anime.

— Você tá dando em cima de mim ou algo assim?

Stacey sorriu maldosamente.

— Eu viraria gay por você.

Eu bufei enquanto pegava as anotações de Sam.

— Eu não viraria gay por você. Agora Eva Hasher? Podia ser.

Ela arquejou, agarrando a frente de sua camisa.

— Essa doeu. De qualquer forma, mandei mensagem pelo menos uma dúzia de vezes ontem à noite e você não respondeu nem uma vez.

— Foi mal. Eu perdi meu celular. — Virei uma página, me perguntando em que idioma Sam tinha rabiscado essa porcaria. — Zayne deve me dar um novo hoje. Espero que seja *touchscreen* como o seu.

Desta vez Stacey suspirou.

— Meu Deus, será que Abbot pode me adotar também? Na moral. Eu quero um irmão adotivo gostoso também. Em vez disso, tenho um irmão chorão que faz cocô nas calças. Eu quero tanto um Zayne.

Tentei ignorar o súbito choque incandescente de possessividade que correu pelas minhas veias.

— Zayne não é meu irmão.

— Graças a Deus por isso. Caso contrário, você seria atormentada por sentimentos incestuosos o tempo todo e isso é nojento.

— Eu não penso no Zayne dessa maneira!

Ela riu.

— Que mulher hétero nesse mundo não pensa em Zayne dessa maneira? Eu mal consigo me manter respirando quando o vejo. Todos os caras da escola têm abdômen mole. Dá pra ver que não é o caso de Zayne. Ele é tipo o molho especial com molho extra.

Isso Zayne era, e ele não tinha abdômen mole, mas eu passei a não ouvir Stacey depois daquele ponto. Eu realmente precisava estudar para essa prova e não queria que minhas fantasias envolvendo Zayne ocupassem minha mente agora. Especialmente depois que acordei esta manhã cuidadosamente enrolada debaixo das cobertas. A cama tinha o cheiro dele: sândalo e roupa de cama limpa.

– Ai, meu Jesus em uma manjedoura – Stacey murmurou.

Eu apertei minha mandíbula, colocando minhas mãos sobre meus ouvidos.

Ela me deu uma cotovelada forte na minha lateral. Nesse ritmo, eu estaria coberta de hematomas antes da hora do almoço.

– Nossa aula de biologia ficou um bilhão de vezes mais interessante. E mais gostosa, muito, muito mais gostosa. Minha nossa, eu quero ser a mãe dos filhos dele. Não agora, claro, mas definitivamente mais tarde. Mas eu gostaria de começar a praticar em breve.

A parede celular é uma camada espessa e rígida que cobre o plasma blá, blá, blá, células vegetais...

Stacey enrijeceu de repente.

– Ai, meu Deus, ele tá vindo...

Composto por gordura e açúcar...

Sabe-se lá de onde, algo fino e brilhante caiu, aterrissando no meio das anotações de Sam. Piscando com força, levei alguns segundos para reconhecer o adesivo desbotado e meio descascado das *Tartarugas Ninja*s cobrindo a parte de trás do celular prateado.

Meu coração bateu contra minhas costelas. Agarrando as bordas do caderno, levantei lentamente meu olhar. Belos olhos sobrenaturalmente dourados encontraram os meus.

– Você esqueceu isso ontem à noite.

Capítulo 3

Ele não podia estar ali.

Mas ele estava, e eu não conseguia desviar o olhar. De repente, desejei poder desenhar, porque meus dedos coçavam para decalcar as linhas de seu rosto, para tentar capturar a inclinação exata do lábio inferior que era mais cheio que o superior. Aquela não era exatamente uma linha de pensamento útil.

O demônio sorriu.

– Você fugiu tão rápido que não tive a chance de te devolver.

Meu coração parou de bater. Isso não estava acontecendo. Demônios de Status Superior não devolvem celulares perdidos e com certeza não iam para a escola. Eu devia estar alucinando.

– Sua elfa guardadora de segredos – Stacey sussurrou em meu ouvido. – É por isso que você não apareceu para o nosso grupo de estudos na noite passada?

O olhar dele tinha um efeito hipnótico paralisante. Ou eu era esse nível de idiota. Eu podia sentir Stacey praticamente se contorcendo dentro de si ao meu lado.

Ele se inclinou, colocando as palmas das mãos na minha mesa, cheirando a algo doce e almiscarado.

– Estive pensando em você a noite toda.

Stacey parecia estar se engasgando.

A porta da nossa sala de aula se abriu, e a sra. Cleo entrou, seus braços roliços cheios de papéis.

– Muito bem, todos em seus lugares.

Ainda sorrindo, o demônio se endireitou e se virou. Ele se sentou na carteira bem na nossa frente. Nem mesmo um segundo se passou antes que ele balançasse a cadeira para trás em duas pernas, pairando ali completamente à vontade.

– Que porra, Layla? – Stacey agarrou meu braço. – Onde você o encontrou ontem à noite, em algum lugar entre o Big Mac e as batatas fritas? E por que não recebi uma porção bem servida dele?

Os dedos de Stacey continuaram cravados em meu braço, mas eu estava completamente perplexa.

A sra. Cleo embalou as provas contra o peito como se fossem um recém-nascido.

– É hora de ficar em silêncio. Todos olhando pra frente para... Ah, temos um novo aluno. – Ela pegou uma pequena folha rosa, franzindo a testa enquanto olhava para o garoto demônio. – Bem, o exame não contará para a sua nota, mas deve me dar uma ideia do seu nível de compreensão.

– Layla – Stacey sussurrou –, tua cara tá começando a me assustar. Você tá bem?

A sra. Cleo largou as provas em nossas mesas, estalando os dedos.

– Sem conversa. Hora da prova, senhorita Shaw e senhorita Boyd.

As perguntas no papel borraram. Eu não conseguia fazer isso, sentar aqui e completar um exame tendo um maldito demônio sentado na minha frente.

– Eu não estou me sentindo bem – eu sussurrei para Stacey.

– Eu notei.

Sem outra palavra, juntei as minhas coisas. As pernas tremiam quando me levantei e corri para a frente da classe. A sra. Cleo olhou para cima enquanto eu passava voando por ela, meu celular escorregadio na minha mão.

– Senhorita Shaw, onde você pensa que vai? – ela chamou, levantando-se. – Você não pode simplesmente deixar a aula no meio de uma prova! Senhorita Shaw...

A porta se fechou, silenciando o que quer que ela disse. Eu não sabia para onde estava indo, mas sabia que tinha que ligar para Zayne – talvez até para Abbot. Os armários cinza alinhados nos corredores ficaram desfocados. Abri a porta do banheiro feminino, e o cheiro persistente de cigarro e desinfetante me invadiu. Os grafites nas paredes pareciam completamente ininteligíveis.

Abrindo o telefone, eu peguei um vislumbre dos meus olhos no espelho. Eles estavam maiores que o normal, ocupando todo o meu rosto. Meu estômago revirou enquanto eu passava pela lista de contatos.

A porta do banheiro se abriu com um rangido.

Eu me virei, mas não havia alguém lá. Lentamente, a porta se fechou com um tinido suave. Um arrepio dançou sobre minha pele. Meu dedo tremia enquanto eu pressionava o nome de Zayne. Havia uma chance de ele ainda estar acordado e não completamente envolto em pedra no momento. Uma pequena e improvável chance...

De repente, o garoto demônio estava parado na minha frente. Ele colocou a mão sobre a minha, fechando meu celular. Deixei escapar um grito assustado.

Seus lábios se contraíram.

– Para quem você está ligando?

Meu pulso disparou a uma velocidade vertiginosa.

– Como... como você fez isso?

– Fiz o quê? Sair da aula com tanta facilidade? – Ele se inclinou como se estivesse prestes a me contar um segredo. – Eu posso ser muito persuasivo. É um dom natural meu.

Eu sabia que demônios de Status Superior tinham poderes de persuasão. Alguns podiam apenas sussurrar duas ou três palavras para uma pessoa, e o humano faria o que o demônio quisesse. Mas isso também era contra as regras – livre-arbítrio e tal.

– Eu não me importo com a coisa de sair da aula. Você estava invisível, caramba!

– Eu sei. Bem legal, né? – Ele arrancou o celular das minhas mãos. Não foi difícil, já que meus dedos pareciam gelatina. Ele olhou ao redor do banheiro, sobrancelhas escuras levantadas. – É apenas um dos meus muitos talentos – Lançando um olhar por cima do ombro para mim, ele piscou. – E eu tenho muitos talentos.

Eu me aproximei da pia, indo em direção à porta.

– Eu realmente não me importo com os seus muitos talentos.

– Fica parada – Ele chutou a porta de um dos cubículos com a ponta da bota preta enquanto mantinha um olho em mim. – Precisamos conversar, você e eu. E essa porta não vai se abrir para ninguém além de mim.

– Espere! O que você está fazendo? Não...

Meu celular voou pelo ar, caindo no sanitário. Ele me encarou, dando de ombros.

– Desculpe. Eu esperava que o celular pudesse ser uma bandeira branca de trégua, mas não posso permitir que você ligue para aquelas suas criaturas.

– Aquele é o meu celular, seu filho da...

– Não é mais o seu celular – Ele sorriu de maneira brincalhona. – Agora pertence ao departamento de esgoto.

Eu me afastei dele, me encurralando com sucesso entre a pia e a parede de cimento cinza, onde um coração havia sido esculpido sob a pequena janela.

– Não se aproxime de mim.

– Ou o quê? Você lembra de quão longe você foi lutando contra aquele demônio Rastreador na noite passada? Você não vai chegar tão longe comigo.

Abri a boca para, sei lá, gritar, mas ele disparou para a frente, colocando a mão sobre meus lábios. Reagindo por instinto, eu esmurrei seu estômago com meus punhos cerrados. Ele agarrou meu pulso com a mão livre e se pressionou contra mim, prendendo meu outro braço entre a minha barriga macia e o seu abdômen muito, muito mais rígido. Tentei me esquivar, mas ele me segurou firme.

– Eu não vou te machucar – Sua respiração eriçou o pelo ao redor da minha têmpora. – Eu só quero conversar.

Eu mordi a mão dele.

Ele soltou um silvo baixo, envolvendo a mão em meu pescoço. Ele pressionou os dedos, forçando minha cabeça para trás.

– Morder pode ser muito divertido, mas apenas quando é adequado. E isso não foi adequado.

Eu consegui desvencilhar um braço e agarrei o dele.

– Se você não me soltar, eu vou fazer algo bem pior do que morder.

O demônio piscou e então riu.

– Eu estaria interessado em ver o que mais você pode fazer. Prazer e dor são meio que a mesma coisa, mas não temos tempo para isso agora.

Respirei fundo, tentando acalmar meu coração acelerado. Meu olhar disparou para a porta. A realidade da situação me atingiu. Eu escapei dele e do demônio Rastreador na noite passada, apenas para morrer no banheiro da minha escola. A vida era terrivelmente cruel.

Não havia para onde fugir. Qualquer movimento que eu fizesse nos aproximava ainda mais e já estávamos perto demais. O pedido escapou da minha boca:

– Por favor...

– Ok, ok. – Para minha surpresa, sua voz se suavizou, e se tornou calma quando seu aperto relaxou. – Te assustei. Talvez eu devesse ter escolhido uma maneira melhor de aparecer, mas a sua cara não teve preço. Saber meu nome faria com que você se sentisse melhor?

– Na verdade, não.

Ele sorriu.

– Você pode me chamar de Roth – Não. Saber o nome dele não fez eu me sentir melhor. – E eu vou te chamar de Layla. – Sua cabeça se mexeu, enviando várias mechas de cabelo preto para frente. – Eu sei o que você pode fazer. Então vamos parar com essa brincadeira, Layla. Você sabe o que eu sou e eu sei o que você é.

– Você tá me confundindo com alguém – Eu cravei minhas unhas em seu braço. Tinha que doer, mas nem sequer o perturbou.

Roth olhou para o teto, suspirando.

– Você é meio demônio, Layla. E pode ver almas. É por isso que você estava naquele beco na noite passada.

Abri a boca para mentir de novo, mas a troco de quê? Respirando fundo, lutei para manter minha voz firme.

– O que você quer?

Ele inclinou a cabeça para o lado.

– Nesse momento? Eu quero entender como você deixou os Guardiões fazerem uma lavagem cerebral em você para caçar sua própria espécie. Como você pode trabalhar para eles?

– Eles não fizeram lavagem cerebral em mim! – Eu empurrei contra o seu abdômen. Ele não se mexeu. E uau, o abdômen dele não era nem um pouco mole também. Era ridiculamente firme e definido. E eu estava meio que o apalpando. Eu empurrei minhas mãos para trás. – Eu não sou nada como você. Eu sou uma Guardiã...

– Você é *meio* Guardiã e *meio* demônio. O que você está fazendo é um, um... sacrilégio – anunciou ele com um olhar de desgosto.

Eu zombei:

– Vindo de você, um demônio? Isso é quase engraçado.

– E o que você acha que é? Só porque você escolhe ignorar seu sangue de demônio não apaga sua existência. – Ele se inclinou tão perto que seu nariz roçou o meu enquanto sua mão segurava meu queixo, me forçando a manter contato visual. – Você nunca se perguntou por que os Guardiões não mataram você? Você é parte demônio. Então, por que eles mantiveram você? Talvez seja porque sua capacidade de ver almas é valiosa para eles? Ou alguma outra coisa?

Meus olhos se estreitaram quando a raiva substituiu o medo.

– Eles não me usam. Eles são minha família.

– Família? – Foi a vez dele de zombar. – Você obviamente não consegue se transformar, ou você teria feito isso na noite passada.

Um calor queimou meu rosto. Nossa, até um demônio sabia que eu era defeituosa.

– Qualquer que seja o sangue de Guardião que você tem, não é tão forte quanto o seu lado demoníaco. *Nós* somos sua família, sua identidade.

Ouvir isso dava voz à minha própria versão pessoal do Inferno. Eu empurrei a mão dele.

– Não.

– Sério? Acho que você está mentindo. Ver almas não é a única coisa que você pode fazer, é? A última que podia fazer isso – ele sussurrou, pegando meu queixo novamente com as pontas de seus dedos finos – conseguia fazer muito mais. Digamos que ela teria um desejo muito único.

Comecei a tremer.

– De quem você está falando?

Roth sorriu como um gato que comeu uma sala inteira de canários e passou para os papagaios.

– Eu sei o que você queria antes de entrar naquele beco.

O chão parecia mover sob meus pés.

– Eu não sei do que você tá falando.

– Não sabe? Eu estava seguindo você.

– Ah, então você é um demônio e um *stalker*? – Eu engoli em seco. – Porque isso não é nem um pouco assustador e tal.

Ele riu baixinho.

– Mudar o tópico não funciona com demônios.

– Então acho que vou ter que tentar te morder de novo.

Algo brilhou em seus olhos dourados, iluminando-os.

– Você quer tentar? – Ele se inclinou novamente, seus lábios roçando a curva do meu rosto. – Deixe-me sugerir lugares mais apropriados. Eu tenho um *piercing*...

– Pare! – Eu empurrei minha cabeça para o lado. – Agora posso adicionar *pervertido* a demônio stalker.

– Não tenho objeções a nenhum desses títulos. – Um lado de sua boca se curvou quando ele se afastou um pouco. – Você queria a alma daquele homem, aquele cara que você viu na rua, não é? Eu estaria disposto a apostar um círculo inteiro do Inferno que é tudo o que você sempre quis, às vezes é só o que consegue pensar.

Eu realmente precisava. Às vezes eu tremia só de pensar em como seria sentir uma alma deslizando pela minha garganta, e falar sobre isso tornava tudo ainda pior. Mesmo agora, quando não havia almas perto de mim, eu podia sentir a atração, a necessidade de ceder ao desejo. Como um viciado depois de uma dose. Meus músculos se contraíram em advertência. Eu empurrei contra seu peito.

– Não. Eu não quero isso.

– A que veio antes de você nunca negou o que era. – Sua voz então assumiu aquela qualidade suave e provocadora novamente.

– Você sabe alguma coisa sobre ela, sobre sua ancestralidade, Layla? – ele disse, e então seu braço deslizou ao redor da minha cintura, encaixando meu corpo contra o dele. – Você sabe alguma coisa sobre o que você é?

– Você sabe alguma coisa sobre espaço pessoal? – eu rebati.

– Não – Ele sorriu, e então seus olhos pareceram se tornar luminosos. – Mas eu sei que você não se importa de verdade comigo em seu espaço pessoal.

– Continue tentando se convencer disso – Eu respirei fundo, me forçando a encontrar seu olhar. – Estar tão perto de você me faz querer raspar camadas da minha pele.

Roth riu suavemente. Sua cabeça se inclinou para baixo e de repente nossos lábios estavam a centímetros de distância. Se tivesse uma alma, ele estaria entrando em território perigoso.

– Eu não preciso convencer nada. Eu sou um demônio.

– Óbvio – eu murmurei, meu olhar agora fixo em sua boca.

– Então você sabe que os demônios podem cheirar as emoções humanas.

Eles podiam. Mas eu não tinha aquela habilidade. Eu podia sentir o cheiro de comida queimada a um quilômetro e meio de distância, por mais inútil que isso fosse.

Os cantos de seus lábios se inclinaram ainda mais.

– O medo tem um cheiro forte e amargo. Eu consigo sentir isso em você. A raiva é como uma pimenta, quente e picante. E eu também consigo sentir isso. – Roth fez uma pausa, e, de alguma forma, ele estava *ainda mais* perto. Tão perto que quando ele falou em seguida, seus lábios roçaram os meus. – Ah, sim... e então temos a atração. Doce, ardente e pesada, é a minha favorita de todas. E adivinha?

Eu me espremi contra a parede.

– Você *não sente* esse cheiro em mim, colega.

Ele voltou a se aproximar com pouco esforço.

– Essa é a coisa engraçada sobre a negação. É uma arma muito ruim. Você pode dizer que não está atraída por mim o quanto quiser e talvez nem saiba ainda, mas eu sei.

Fiquei boquiaberta.

– Você precisa fazer uma consulta sobre esse seu nariz de demônio, então, porque está seriamente danificado.

Roth se inclinou para trás, tocando a ponta do meu nariz com um dedo longo.

– Isso nunca mentiu antes – Mas ele se afastou. Embora o sorriso presunçoso permanecesse em seu rosto como se seus lábios tivessem sido feitos para isso, suas próximas palavras foram atadas com seriedade: – Você precisa parar de marcar.

Grata pelo espaço para respirar, soltei um suspiro arranhado e agarrei a beirada da pia. Agora fazia sentido porque esse demônio de Status Superior mostrou interesse em mim.

– O quê? Marquei muitos de seus amigos?

Uma sobrancelha escura arqueou.

– Eu francamente não me importo com quantos demônios você marca ou quantos os Guardiões mandam de volta para o Inferno. Como você pode ver, seu toque que brilha no escuro não funciona em mim.

Eu fiz uma careta enquanto o olhava. Droga. Ele estava certo. E eu nem tinha notado até agora. Maravilha.

– Não funciona em nenhum demônio de Status Superior. Nós somos muito descolados para isso – Roth cruzou os braços musculosos sobre o peito. – Mas voltando à coisa toda de marcação. Você precisa parar.

Eu soltei uma risada curta.

– Sim, e por que diabos eu faria isso?

Um olhar entediado rastejou por seu belo rosto.

– Eu poderia lhe dar uma boa razão. Ontem à noite, o Rastreador estava procurando por você.

Minha boca se abriu, porque eu estava preparando outra risada desdenhosa, mas o som ficou preso na minha garganta. O medo estava de volta, e com razão. Será que eu tinha ouvido o demônio direito?

Uma luz aguçada refletiu em seus olhos.

– O Inferno está procurando por você, Layla. E eles te encontraram. Não saia por aí marcando demônios.

Meu coração batia dolorosamente enquanto eu olhava para ele.

– Você está mentindo.

Ele riu baixinho.

– Deixa eu te fazer uma pergunta. Você acabou de fazer aniversário? Completou dezessete anos recentemente? Digamos, nos últimos dias?

Eu só conseguia encará-lo. Meu aniversário tinha sido apenas três dias atrás, no sábado. Eu tinha saído para jantar com Stacey e Sam. Zayne até se juntou a nós. Durante a sobremesa, Stacey tentou fazer Zayne amarrar uma haste de cereja com a língua.

O sorriso estava de volta.

– E ontem foi o primeiro dia que você marcou desde então, certo? Hmm... e um Rastreador encontrou você. Interessante.

– Eu não vejo a conexão – consegui retorquir. – Você provavelmente está mentindo, de qualquer maneira. Você é um demônio! Espera que eu acredite em qualquer coisa que você está dizendo?

— E você é um demônio. Não, não me interrompa com sua negação. Você é um demônio, Layla.

— Só metade — eu murmurei.

Seus olhos se estreitaram.

— Você não tem motivos para pensar que eu não estou dizendo a verdade. Eu também tenho mil razões para mentir para você, mas a coisa toda de marcar demônios? Não estou brincando. Não é seguro.

O sinal tocou, me assustando. Olhei para ele, desejando que o Inferno se abrisse e o recebesse de braços abertos.

Roth olhou para a porta, franzindo a testa. Ele se virou para mim, os lábios se curvando em um sorriso estranho.

— Quero dizer, não marque depois da escola. — Ele se voltou para a porta, parou e olhou por cima do ombro. Seus olhos encontraram os meus. — A propósito, eu não contaria a sua família sobre mim. Temo que você descubra o quanto eles realmente se importam com você.

Meu cérebro estava tendo dificuldade em processar a aparição repentina de Roth. Apareceu me dizendo que eu estava atraída por ele? Mandando eu parar de marcar demônios? Quem diabos ele pensava que era? Primeiro, ele era um demônio — *um demônio gostoso*. Mas... eca. Não havia razão para eu acreditar em qualquer coisa que ele dissesse. Segundo, ele não era um demônio qualquer, mas um de Status Superior. O dobro da razão para não confiar nele.

Ele podia até estar certo quando disse que eu não conhecia muito sobre a minha ancestralidade, mas eu conhecia meus demônios. Centenas de anos atrás, havia uma raça deles que podia arrancar uma alma apenas tocando em uma pessoa. Eles eram chamados de Lilin e foram varridos do planeta pelos Guardiões. Claro, ainda havia súcubos e íncubos que se alimentavam da energia humana, mas, hoje em dia, a capacidade de tomar completamente uma alma era rara. Habilidades e traços no mundo demoníaco eram hereditários, assim como no mundo humano.

Aquela primeira inquietação que senti ao ouvir as palavras de Roth triplicou.

Se o outro demônio que ele mencionou, "aquela antes de mim", fosse minha mãe e ela ainda estivesse viva... eu não conseguia nem terminar esse pensamento sem sentir um aperto no peito. Mesmo que minha querida mamãe fosse um demônio, o fato de que ela não me quisera ainda doía. O único bem que poderia vir de descobrir sobre ela seria saber que tipo de demônio ela era, e quem poderia dizer se isso seria realmente uma coisa boa.

No almoço, consegui convencer Stacey de que fingir estar doente foi minha solução de última hora para me livrar da prova de biologia. Ela me bombardeou com perguntas, querendo saber como eu conhecia Roth.

– Conhecia quem? – Sam perguntou, tirando sua mochila e se sentando ao nosso lado.

– Ninguém – eu murmurei.

– Que seja. Layla nos abandonou ontem à noite pra conseguir ficar com esse novato gostosão – Stacey apontou sua fatia quadrada de pizza para mim. – Sua safada. Estou com tanta inveja.

– Layla ficou com alguém? – Sam riu enquanto abria seu refrigerante. – Foi com um Guardião? Uau.

Puxada de volta para o presente, eu fiz uma careta.

– Não. Não era um Guardião. E o que diabos isso quer dizer?

Sam deu de ombros.

– Sei não. É que eu simplesmente não consigo te imaginar ficando com alguém – Ele tirou os óculos, usando a camisa para limpá-los. – E eu assumi que seria um Guardião ou algo assim. Quem mais deixa Stacey doida assim?

Stacey deu uma mordida na pizza.

– Ele era... uau.

– Espera um segundo. Por que você não consegue me imaginar ficando com alguém? – Eu me sentei na cadeira. Uma vontade ridícula de provar que eu era "ficável" me subiu à cabeça.

Sam se agitou, desconfortável.

– Não é que as pessoas não gostariam de ficar com você... É que, bem, você sabe...

– Não, não sei. Por favor, elabore, Samuel.

Stacey suspirou com pena dele.

– O que o Sam tá tentando dizer é que não podemos imaginar você ficando com alguém porque você não presta muita atenção quando o assunto é garotos.

Comecei a discordar, porque prestava atenção total aos garotos. Mas eu estava sempre à margem, o que provavelmente me fazia parecer desinteressada. A verdade era que eu estava extremamente interessada. Era só que eu não podia ter um relacionamento com alguém que tivesse uma alma, e isso realmente limitava as opções de namoro.

– Eu odeio vocês dois – resmunguei, atacando minha pizza vingativamente.

– Tudo bem, por mais que eu ame falar sobre caras gostosos, podemos mudar de assunto? – Sam cutucou sua fatia de pizza no prato, observando Stacey de esguelha. – Adivinha o que eu aprendi ontem à noite.

– Que o número de horas que você gasta jogando vídeo game por dia é igual ao número de anos que você será virgem? – ela perguntou.

– Rá. Não. Vocês sabiam que Mel Blanc, o cara que dublou Pernalonga, era alérgico a cenouras?

Nós o encaramos.

As bochechas de Sam ficaram rubras.

– O que? É verdade e é irônico também. Quero dizer, Pernalonga corria o tempo todo com uma maldita cenoura na mão.

– Você é uma fonte de conhecimento aleatório – Stacey murmurou, um tanto abismada. – Onde você guarda tudo isso?

Sam passou a mão pelo cabelo.

– No meu cérebro. Você também tem um, eu acho.

Os dois continuaram brigando e, depois do almoço, passei o resto do dia esperando que Roth aparecesse e quebrasse meu pescoço, mas não o vi de novo. Eu só podia esperar que ele tivesse sido atropelado ou algo assim.

Depois da última aula do dia, enfiei meus livros no armário e corri para fora. Não marque demônios? Rá. Eu ia ser uma maníaca de marcação.

Eu só ia ser um pouco mais cuidadosa nisso.

Prestando muita atenção aos demônios que avistei enquanto vagava pelas ruas de D.C., esperei até ter certeza absoluta de que os otários não iriam se transformar em Rastreadores ensebados e sem alma. Em outras palavras, eu estava sendo uma perseguidora absoluta. Em uma hora, eu já tinha marcado um Imitador e três Malditos.

Malditos eram os demônios mais comuns na superfície e sempre pareciam ser jovens. Embora não menos perigosos que Imitadores ou

Rastreadores, eles estavam mais dispostos a criar o caos aonde quer que fossem do que lutar. Suas habilidades eram uma miscelânea de bagunça. Alguns eram pequenos piromaníacos, capazes de criar fogo com um estalar de dedos; outros, curtiam coisas mecânicas. Bem, eles curtiam *quebrar* coisas mecânicas, o que podiam fazer com apenas um toque. Eu geralmente os encontrava vagando perto de canteiros de obras ou redes elétricas.

Eu os marquei, cada um que encontrei, sabendo muito bem que os Guardiões os encontrariam mais tarde naquela noite. Às vezes, mas não com muita frequência, eu me perguntava se era injusto que os demônios não tivessem ideia de que depois que eu "acidentalmente" esbarrava neles, eles estavam na mira dos Guardiões. Mas isso não me impedia.

Demônios eram maus, não importava o quão normais eles pudessem parecer.

Eu só não sabia em que categoria eu me encaixava.

Marcando mais três Malditos às cinco, decidi que era hora de encerrar a noite e encontrei um telefone público. Morris respondeu com seu silêncio habitual, e eu pedi que ele viesse me pegar. Ele apertou o teclado duas vezes, sinalizando um sim. Minha contagem final para a noite não era astronômica, mas me senti bem com ela, e enquanto esperava no meu banco de sempre, o alívio fez os músculos do meu pescoço relaxarem. Nada fora do comum havia acontecido. A marcação tinha corrido como sempre.

Como ninguém tentou levar minha cabeça de recompensa, ficou provado que Roth estava blefando. Agora eu só precisava descobrir o que fazer com o demônio rebelde. Desde o momento em que comecei a marcar, recebi ordens para nunca interagir com demônios de Status Superior e obrigada a relatar qualquer possível avistamento. Roth foi o primeiro que vi.

Mas se eu contasse a Abbot sobre Roth, ele me tiraria da escola.

Isso eu não aceitaria. A escola era meu único vínculo real com a normalidade. O ensino médio era o Inferno na Terra para a maioria, mas eu adorava. Lá, eu podia fingir ser normal. E eu me recusava a deixar que um demônio – ou mesmo o próprio Abbot – tirasse isso de mim.

Enquanto esperava por Morris, desejei que meu celular não estivesse flutuando em algum lugar no sistema de esgoto. Maldito Roth. Sem meu celular, eu não podia nem jogar paciência. Em vez disso, tudo o que eu podia fazer era observar as pessoas, e eu estava fazendo isso desde que saí da escola.

Suspirando, sentei no meu banco e coloquei meus pés para cima. Ignorei o olhar que recebi de uma senhora sentada do outro lado.

O primeiro formigamento que dançou ao longo da minha nuca não levantou em mim nenhuma suspeita, mas à medida que a sensação aumentava, também aumentava a inquietação. Virando-me, examinei a multidão de pessoas correndo pela calçada. Um belo desfile de almas cantarolava, mas no meio delas, de pé embaixo da marquise de um brechó, havia um vazio onde nenhuma cor brilhava.

Eu me ergui e me virei tão rapidamente que a senhorinha soltou uma exclamação. Eu vislumbrei de relance um terno escuro, pele pálida e cabelos que pareciam estar em pé. Era definitivamente um demônio, mas não era Roth. A altura e a largura do homem eram maiores, mas havia um lampejo de olhos dourados.

Um demônio de Status Superior.

Minha frequência cardíaca triplicou, e então uma buzina soou, me fazendo pular. Desviei o olhar por apenas um segundo, tempo suficiente para ver que Morris havia chegado, mas, quando me virei para onde o demônio estava, ele havia desaparecido.

Dessa vez, esperei que Morris estacionasse antes de saltar do carro. Quando entramos na cozinha pela garagem, ouvi risadinhas e gritos infantis.

Curiosa, voltei-me para Morris.

– Nós viramos uma creche hoje? – Sorrindo, Morris passou por mim. – Espera aí. Jasmine tá aqui com os gêmeos?

Ele acenou com a cabeça, o que foi a única resposta que consegui tirar dele.

Um grande sorriso se espalhou em meus lábios. Eu esqueci sobre a confusão que aquele dia tinha sido. Jasmine morava em Nova York com seu companheiro, e, desde que ela teve os gêmeos, eles raramente viajavam. Gárgulas mulheres eram uma raridade. A maioria delas morria ao dar à luz, como a mãe de Zayne. E os demônios adoravam matá-las. Por causa disso, as fêmeas eram fortemente vigiadas e bem cuidadas.

É como viver em uma prisão cheia de joias, mesmo que eles não vissem dessa maneira.

Por outro lado, eu entendia o ponto de vista dos machos. Sem as fêmeas, nossa raça não poderia sobreviver. E sem as gárgulas agindo como Guardiãs e mantendo os demônios sob controle, o que aconteceria? Os demônios assumiriam o controle, pura e simplesmente. Ou os Alfas destruiriam tudo. Tempos felizes.

Felizmente eu não estava sob nenhum tipo de ordem de proteção. Era por isso que conseguia frequentar a escola pública quando nenhuma das outras gárgulas podia. Ser apenas meio-Guardiã significava que eu não era material de acasalamento. Meu propósito na vida não era dar continuidade à espécie. E mesmo que eu pudesse conceber um filho com um Guardião, sem acidentalmente tomar sua alma, o sangue demoníaco que eu carregava seria transmitido, assim como o DNA do Guardião.

E ninguém queria aquela zona em sua linhagem.

Eu estava mais do que feliz por poder ir e vir quando quisesse e ajudar a causa dos Guardiões da forma que pudesse, mas era... bem, era difícil. Eu nunca seria realmente parte dos Guardiões. E não importava o quanto eu quisesse, eu nunca seria parte da família deles.

Outra coisa que Roth tinha acertado.

Meu peito apertou quando coloquei a mochila na mesa da cozinha e segui o som das risadas até a sala de estar. Entrei na sala no momento em que um pequeno borrão branco e cinza passou pelo meu rosto. Pulando para trás, senti minha boca se abrir quando uma jovem de cabelos escuros passou correndo por mim, seu espírito luminescente seguindo atrás dela.

– Isabelle! – Jasmine gritou – Desça daí agora mesmo!

A alma da criaturinha se desvaneceu o suficiente para eu ver seu corpo físico. Isabelle segurava o ventilador de teto. Uma asa batia enquanto a outra estava caída para o lado e a pá do ventilador girava. Seu cabelo ruivo cacheado não combinava com seu rosto gorducho e cinzento, assim como as presas e chifres.

– Hã...

Jasmine parou e me encarou, sem fôlego.

– Ah, Layla. Como vai?

Desliguei o interruptor do ventilador de teto.

— Bem. E você?

Isabelle riu enquanto o ventilador desacelerava, ainda batendo uma asinha. Jasmine foi para baixo dela.

— Ah, você sabe como é. Gêmeos vêm em pares e eles estão aprendendo a transformar. Tem sido uma verdadeira alegria — Ela agarrou uma das pernas rechonchudas de Isabelle. — Larga! Izzy, largue agora mesmo!

Sim, crianças de dois anos de idade podiam se transformar e eu não. Vergonhoso.

— Vocês chegaram ontem? — perguntei, pensando nas gárgulas no telhado.

Ela domou Isabelle, sentando-a no chão.

— Não. Acabamos de chegar. Dez teve que viajar, então ele perguntou a Abbot se poderíamos ficar aqui até que o clã voltasse para Nova York.

— Ah. — Espiei atrás do sofá, avistando o outro gêmeo. A princípio, ele parecia apenas uma pequena gota perolada de fofura. Então eu vi para além de sua alma. Ele dormia em sua forma humana, aninhado sobre um cobertor grosso. Ele estava com o polegar na boca. — Pelo menos ele está dormindo.

Jasmine soltou uma risada suave.

— Drake dorme em qualquer situação. Já essa daqui... — Ela pegou Isabelle e a sentou no sofá. — Ela não gosta de dormir. Não é mesmo, Izzy?

Entre um pulo e uma queda, Isabelle disparou do sofá para mim. Antes que eu pudesse reagir, ela caiu de quatro e afundou aqueles dentinhos afiados no meu sapato, mordendo meu dedo do pé.

Eu gritei, lutando contra o impulso de chutar a aberraçãozinha para o outro lado da sala.

— Izzy! — gritou Jasmine, correndo em nossa direção. Ela a agarrou, mas a infeliz mordia com firmeza meu dedo do pé. — Izzy! Não morda! O que eu te disse?

Eu me encolhi quando Jasmine removeu manualmente as presas da filha do meu pé. No momento em que Jasmine colocou a criança risonha no chão, Isabelle se lançou no ar na minha direção.

— Izzy! Não! — a mãe gritou.

Eu a peguei, levando uma "asada" no rosto. Ela era surpreendentemente pesada para uma criança de dois anos. Eu a segurei de braços estendidos, para longe de mim.

– Tá tudo bem. Ela não tá me incomodando.

Agora, pensei.

– Eu sei – Jasmine flutuou até o meu lado, torcendo as mãos esbeltas. – É só que...

Entender o que ela tentava dizer me fez querer rastejar para dentro de um buraco. Jasmine estava preocupada que eu sugasse a alma da sua bebê. Eu achava que Jasmine tinha aprendido a confiar em mim depois que nos conhecemos, mas, aparentemente, quando se tratava de seus bebês, a confiança não existia mais. Parte de mim não podia culpá-la, mas...

Suspirando, entreguei Isabelle para Jasmine e dei um passo para trás. Me sentindo completamente inadequada, forcei um sorriso.

– Então, quanto tempo você vai ficar aqui?

Jasmine embalou contra o peito a criança que se contorcia. Isabelle continuou estendendo a mão em minha direção.

– Algumas semanas. Um mês, no máximo, e então voltamos para casa.

Então caiu a ficha. Se Jasmine estava aqui, isso significava que a irmã mais nova e solteira dela também estava. E ela ficaria por *semanas*. Meu estômago deu uma cambalhota.

Sem dizer outra palavra, saí da sala para uma caçada humana – ou melhor, uma caçada à mulher-gárgula. Que seja. Danika era diferente de qualquer garota humana que Zayne pudesse ocasionalmente "namorar". Bem diferente.

O som suave de uma risada rouca flutuou para fora da biblioteca que eu costumava frequentar durante todo o meu longo tempo livre. Um impulso territorial irracional veio à tona. Minhas mãos se fecharam em punhos enquanto eu cruzava a sala de estar pouco decorada que ninguém usava. Quando parei diante das portas fechadas, ciúme era um ácido amargo que varria minhas veias. Eu não tinha o direito de interrompê-los, mas eu já não conseguia me controlar.

A risada gutural de Danika subiu novamente, seguida por uma risada mais profunda. Eu podia imaginá-la jogando seu longo cabelo preto por cima do ombro, sorrindo do jeito que todas as garotas sorriem para Zayne. Abri a porta.

Eles estavam parados tão perto um do outro que suas almas se tocavam.

Capítulo 4

Zayne se apoiava contra a mesa empoeirada pelo desuso, seus braços musculosos cruzados sobre o peito. Ele tinha um leve sorriso no rosto – um sorriso carinhoso. E Danika tinha uma mão sobre o ombro dele, o rosto tão brilhante e feliz que eu queria vomitar nos dois. Eles tinham a mesma altura e mais ou menos a mesma idade. É verdade que formavam um lindo casal e poderiam ter um monte de bebês lindos que se transformariam e não teriam nenhum traço de sangue manchado neles.

Eu a odiava.

Zayne olhou para mim, retesando quando seu olhar cruzou com o meu.

– Layla? É você? – Danika se afastou de Zayne, sorrindo enquanto sua mão descia pelo peito dele. Um suave rubor cor-de-rosa cobria suas altas maçãs do rosto. – Seu cabelo está tão comprido.

Meu cabelo não tinha crescido tanto desde a última vez em que a vira, três meses atrás.

– Oi. – Parecia que eu tinha engolido um saco de pregos.

Ela cruzou a biblioteca, parando antes de me abraçar porque nós *realmente* não éramos do tipo de se abraçava.

– Como você vai? Como está a escola?

O fato de Danika realmente gostar de mim tornava tudo ainda mais insuportável.

– Tá ótima.

Zayne se afastou da mesa.

– Você precisa de alguma coisa, Laylabélula?

Eu me senti uma grande idiota.

– Eu... só queria dizer oi – Virei-me para a Danika, meu rosto ficando vermelho. – Oi.

O sorriso dela vacilou um pouco enquanto ela olhava para Zayne.

– Estávamos falando de você, na verdade. Zayne estava me dizendo que você estava pensando em se candidatar à Universidade Columbia?

Pensei na matrícula semipreenchida para a faculdade.

– Foi uma ideia idiota.

Zayne enrugou a testa.

– Pensei que você tinha dito que ia se candidatar.

Eu encolhi os ombros.

– Pra quê? Eu já tenho um emprego.

– Layla, ainda existe um porquê. Você não precisa...

– A gente não precisa falar sobre isso. Foi mal por interromper – eu cortei Zayne. – Vejo vocês mais tarde.

Eu me apressei antes de me fazer ainda mais de palhaça, piscando as lágrimas quentes e humilhantes que queriam cair. Minha pele já estava começando a se arrepiar quando cheguei à geladeira. Eu não deveria ter ido atrás deles. Eu sabia o que iria encontrar. Mas, aparentemente, eu gostava de me torturar.

Tirando o suco de laranja da geladeira, também peguei o rolo de massa de biscoito. O primeiro gole de suco era o melhor. Adorava a sensação da acidez queimando. O açúcar ajudava quando o desejo de tomar uma alma batia forte. Era uma necessidade mortificante que me lembrava dos viciados em drogas.

– Layla.

Fechando meus olhos, coloquei a caixa de suco sobre o balcão.

– Zayne.

– Ela só vai ficar aqui por algumas semanas. Você poderia ao menos tentar ser legal com ela.

Eu girei para ele, focando em seu ombro.

– Eu *estava* sendo gentil com ela.

Ele riu.

– Parecia que você queria arrancar a cabeça dela fora.

Ou tomar a alma dela.

– Tanto faz. – Eu peguei um pedaço de massa e a coloquei na boca.

– Você não devia fazer ela te esperar.

Zayne se esticou, pegando a massa das minhas mãos.

– Ela foi ajudar Jasmine com os gêmeos.

– Ah – Eu me afastei, tirando um copo do armário, enchendo-o até a borda.

– Laylabélula. – O hálito dele eriçava meus cabelos. – Por favor, não fica assim.

Suguei o ar, querendo me inclinar contra ele, mas sabendo que eu nunca poderia.

– Eu não estou ficando de jeito nenhum. Você deveria ficar com a Danika.

Suspirando, ele colocou uma mão no meu ombro, virando-me para ele. Seus olhos focaram no copo que eu segurava.

– Dia difícil na escola, hein?

Eu recuei, esbarrando no balcão. A imagem de Roth me encurralando no banheiro veio imediatamente à mente.

– N-não foi diferente de qualquer outro dia.

Zayne deu um passo à frente, deixando cair o rolo de massa de biscoito no balcão.

– Aconteceu alguma coisa interessante?

Será que ele sabia? Não, não tinha como. Ele sempre perguntava sobre como foi na escola.

– Hmm... uma garota me chamou de vadia das gárgulas.

– Quê?

Eu dei de ombros.

– Acontece. Não é nada demais.

O olhar de Zayne se estreitou.

– Quem disse isso pra você?

– Não importa... – Eu parei quando ele pegou meu copo e fiquei vendo os músculos de seu pescoço trabalharem. Ele bebeu metade do copo antes de me devolver. – É só uma coisa idiota que eles dizem.

– Você tem razão. Não importa, desde que você não deixe que isso te incomode.

Eu estremeci, desesperadamente atraída por seus olhos pálidos.

– Eu sei.

– Você tá com frio? – murmurou ele. – Alguém ligou o ar enquanto a gente dormia.

55

— Estamos em setembro. Não tá quente o suficiente para ligar o ar.

Zayne riu enquanto arrumava meu cabelo sobre meus ombros.

— Layla, nossa temperatura corporal é diferente da sua. Vinte graus já é quente para nós.

— Hmm. É por isso que eu gosto de você. É quentinho.

Zayne pegou meu copo novamente, mas dessa vez o colocou no balcão. Então ele agarrou minha mão, me puxando para ele.

— É por isso que você gosta de mim? Por que eu sou quente?

— Acho que sim.

— Eu pensava com certeza que havia outras razões — ele brincou.

Minha irritação anterior se dissipou. Eu me peguei sorrindo para ele. Zayne sempre teve esse efeito em mim.

— Bem, você me ajuda com minhas tarefas de casa.

As sobrancelhas dele se arquearam.

— Só isso?

— Hmm. — Eu fingi pensar sobre o assunto. — Você é bonito de se olhar. Isso faz você se sentir melhor?

Zayne me encarou.

— Sou *bonito* de se olhar?

Eu soltei uma risada.

— Sim. Stacey também disse que você é o molho especial com molho extra.

— Sério? — Ele me puxou para o lado e colocou o braço sobre meu ombro. Foi como estar presa em uma chave de braço, mas meu corpo formigava por inteiro. — *Você* acha que eu sou o molho especial?

— Claro — eu arquejei.

— E com molho extra também?

Minhas bochechas coraram, assim como outras partes do meu corpo.

— Eu... acho que sim.

— Você acha que sim? — Ele se inclinou para trás, deixando talvez cinco centímetros entre nós. — Eu acho que você concorda.

Para meu alívio, meu rosto não parecia que estava em chamas.

Ele riu suavemente, tirando minha mão do meu rosto.

— Você já terminou de marcar? — Lentamente, pisquei. Do que ele estava falando? Atrás de nós, a porta da cozinha se abriu. Zayne largou minha mão enquanto olhava por cima do ombro, mas seu braço permaneceu imóvel. Ele sorriu. – E aí, meu velho.

Eu me virei. Abbot estava de pé na entrada da cozinha, olhando seu filho brandamente. Ele sempre me lembrava de um leão. Seu cabelo era mais claro que o de Zayne, mas igualmente comprido. Imaginava que ele compartilhava das mesmas características faciais do filho, mas metade do seu rosto estava sempre coberto por uma barba grossa.

Se alguém pesquisasse a definição de *intimidador*, encontraria uma foto de Abbot. Como líder do clã, ele tinha que ser feroz, severo e, às vezes, mortal. Ele representava o clã; era ele quem se reunia com oficiais humanos, e, se algum dos Guardiões fizesse alguma besteira, era Abbot quem levava a culpa. Muito peso repousava sobre seus ombros, mas suas costas nunca se curvaram sob aquela pressão.

O olhar de Abbot deslizou para mim. Seus olhos normalmente calorosos eram como lascas de gelo pálido.

– Layla, a escola ligou para cá esta tarde.

Eu apertei os lábios.

– Hã...

– Consegui entrar em contato com uma senhora Cleo antes de ela encerrar o expediente – Ele cruzou os braços fortes sobre o peito. – Ela alegou que você saiu correndo da sala de aula durante uma prova. Quer explicar por quê?

Meu cérebro ficou oco.

Zayne virou a cabeça abruptamente, e, mesmo sem ver, eu sabia que ele estava franzindo o cenho.

– Por que você fugiu da aula? – perguntou.

– Eu... não estava me sentindo bem – Eu agarrei o balcão da cozinha. – Não comi essa manhã e passei mal.

– Você está se sentindo bem agora? – ele insistiu.

Eu o olhei de relance. Seu rosto estava salpicado por preocupação.

– Sim, estou melhor.

Zayne olhou de relance para o meu copo esquecido de suco de laranja. Um olhar estranho cintilou sobre o seu rosto. Sem dizer uma palavra, ele deixou cair o braço e deu a volta no balcão.

– Eu disse a esta senhora Cleo que tinha certeza de que você tinha uma boa razão para deixar a aula – continuou Abbot. – Ela concordou que tal comportamento não era do seu feitio e decidiu deixar você fazer a prova depois da aula na sexta-feira.

Normalmente eu teria reclamado sobre ter que passar tempo extra na escola, mas mantive minha boca fechada.

– Eu sinto muito mesmo.

Os olhos de Abbot se suavizaram.

– Da próxima vez, certifique-se de avisar à professora que você está doente. E ligue para Morris para que você possa voltar para casa e descansar.

Agora eu realmente me sentia mal. Troquei meu peso de um pé para o outro.

– Tá bem.

Zayne voltou para o meu lado, suco de laranja em mãos. Havia algo melancolicamente atraente em suas feições. Ele me entregou o copo, observando até que eu o terminasse. Eu me senti ainda pior.

Abbot apoiou os braços no balcão.

– Você tem passado algum tempo com Danika, Zayne?

– Hum? – Os olhos de Zayne ainda estavam em mim.

– Você sabe – eu disse, pousando o copo sobre o balcão –, a garota que estava quase em cima de você na biblioteca.

Os lábios cheios de Zayne se afinaram.

Abbot deu uma risadinha.

– É bom ver vocês dois se dando bem. Você sabe que ela está em idade de acasalar, Zayne, e está na hora de você pensar no futuro.

Eu tentei manter uma cara de paisagem enquanto olhava para o copo vazio. Zayne pensando no futuro? Eu queria vomitar.

Zayne gemeu.

– Pai, eu acabei de fazer 21 anos. Dá um tempo.

Abbot arqueou uma sobrancelha.

– Eu acasalei com a sua mãe quando eu tinha a sua idade. Não é como se estivesse fora de questão.

Eu fiz uma careta.

– Será que não podemos dizer "casar"? Dizer "acasalar" em voz alta soa muito escroto.

– Este não é o seu mundo, Layla. Eu não esperaria que você entendesse.

Ai. Eu recuei.

Zayne exalou com força.

– Pai, este é o mundo dela. Ela é uma Guardiã também.

Abbot se afastou do balcão, arrumando o cabelo para trás.

– Se ela entendesse, o uso da palavra *acasalar* não a perturbaria. Os laços do casamento são dissolúveis. Já o acasalamento é para toda a vida. Algo que você – Ele olhou diretamente para Zayne – precisava começar a levar a sério. Nosso clã está diminuindo.

Zayne inclinou a cabeça para trás e suspirou.

– O que você está sugerindo? Que eu deveria ir ali agora mesmo e dedicar minha vida à Danika? Será que ela poderia opinar sobre isso também?

– Não acho que Danika ficaria descontente – Abbot sorriu deliberadamente. – E, sim, estou sugerindo que você acasale muito em breve. O tempo não vai parar para você nem para mim. Você pode não a amar agora, mas vai aprender.

– Quê? – Zayne riu.

– Eu senti... um carinho por sua mãe quando acasalei com ela pela primeira vez – Ele esfregou o queixo coberto pela barba, pensativo. – Eu aprendi a amá-la. Se ao menos tivéssemos tido mais tempo juntos...

Zayne não parecia afetado por toda a troca, mas eu me senti à beira das lágrimas. Murmurei algo sobre o dever de casa antes de sair da cozinha. Não precisava esperar para ver como a conversa entre os dois terminaria. O que quer que Zayne pensasse ou quisesse, não importava; não tinha importado para Abbot ou para a mãe de Zayne.

E com certeza não importava porcaria alguma o que eu quisesse.

A candidatura à Universidade Columbia me encarava do chão. Espalhadas ao redor estavam mais candidaturas a outras universidades. Dinheiro não era um problema, nem as minhas notas. Como eu não podia servir ao clã produzindo mais Guardiões, meu futuro era só meu. Aquelas candidaturas deveriam ter me enchido de entusiasmo e alegria, mas a ideia de me afastar, de me tornar alguém novo e diferente, era tão assustadora quanto entusiasmante.

E agora, quando eu finalmente tinha a oportunidade de partir, eu não queria ir.

Não fazia nenhum sentido. Eu prendi meu cabelo para trás e fiquei de pé. Minhas atividades da escola estavam sobre a cama, esquecidas. Se eu fosse honesta comigo mesma por dois segundos, eu admitiria que sabia por que eu não queria ir embora. Era por causa de Zayne, e isso era estúpido. Mais cedo, Abbot tinha tido razão. Não importava quanto sangue Guardião eu compartilhasse com eles, aquele não era o meu mundo. Eu era como uma visita que nunca ia embora.

Olhei em volta do meu quarto. Tinha tudo o que uma garota podia querer. Meu próprio computador de mesa e um laptop, TV e caixas de som, mais roupas do que eu jamais conseguiria usar e livros suficientes para me perder.

Mas eram apenas coisas... vazias.

Incapaz de ficar no meu quarto, eu saí sem um plano real em mente. Eu só precisava sair do quarto – sair de casa. Lá embaixo, eu podia ouvir Jasmine e Danika na cozinha fazendo o jantar. O cheiro de batatas assadas e o som de risadas enchiam o ar. Será que Zayne estava com elas, cozinhando ao lado de Danika?

Que fofo.

Eu passei por Morris na varanda da frente. Ele me olhou por sobre o seu jornal com um olhar questionador, mas foi só. Coloquei as mãos dentro os bolsos da minha calça jeans e inalei o cheiro de folhas apodrecendo misturado ao fraco aroma da poeira da cidade.

Atravessei o quintal bem cuidado, passando pelo muro de pedras que separava a propriedade de Abbot da floresta que circundava o complexo. Quando éramos crianças, Zayne e eu trilhamos esse caminho tantas vezes que uma estradinha tinha sido esculpida através da grama e do solo rochoso. Tínhamos fugido juntos por ali, eu, da solidão, e Zayne dos treinamentos rigorosos e de todas as expectativas.

Quando éramos crianças, a caminhada de quinze minutos fazia parecer que tínhamos conseguido desaparecer para dentro de um mundo diferente, cheio de cerejeiras e bordos de troncos grossos. Aquele foi o nosso lugar. Naquela época, eu não conseguia imaginar uma vida que não o incluísse.

Parei sob a casa na árvore que Abbot havia construído para Zayne muito antes de eu aparecer. Não havia nada de especial nela. Meio que como uma cabana nas árvores, mas tinha um *deck* de observação legal de uns dois metros quadrados. Escalar uma árvore era muito mais fácil quando eu era criança. Foram necessárias várias tentativas para conseguir chegar na parte principal. De lá, eu rastejei por uma porta de madeira tratada. Atravessei a plataforma com cuidado, esperando que ela não cedesse. Ter a causa da morte como uma casa na árvore não parecia ser um jeito legal de morrer.

Deitada, eu me perguntava por que eu tinha ido até ali. Era algum jeito obscuro de querer estar perto de Zayne, ou será que eu só queria voltar a ser criança? Voltar a uma época em que eu não sabia que ver cores brilhando ao redor das pessoas significava que eu não era como os outros Guardiões... Antes de saber que eu tinha o sangue maculado. As coisas eram mais fáceis naquela época. Eu não pensava em Zayne da maneira que pensava agora, nem passava minhas tardes e noites tocando em estranhos na rua. Eu também não tinha um demônio de Status Superior na minha turma de biologia. Uma brisa fresca rodopiou alguns fios de cabelo meus, atirando-os contra o meu rosto. Eu estremeci e me encolhi dentro do meu suéter. Por alguma razão, lembrei do que Roth disse sobre Abbot me usando pela minha capacidade.

Não é verdade.

Tirei o colar de dentro do suéter. A corrente era velha e grossa. Tinha uma série de laços enrolados que eu conhecia de cor. Na luz do sol poente, não conseguia distinguir as gravuras no anel de prata. Nós sem fim foram esculpidos no anel de metal por alguém que obviamente tinha muito tempo livre. Virei o anel. Eu nunca tinha visto nada parecido com a pedra preciosa colocada no centro. Era de um vermelho profundo, quase como um rubi, mas a cor estava desbotada em algumas áreas e mais escura em outras. Às vezes, dependendo de como eu segurava o anel, parecia que havia um líquido dentro da pedra oval.

O anel supostamente tinha pertencido à minha mãe.

Minhas memórias antes da noite em que Abbot me encontrou não passavam de um grande vácuo. Esse anel era a única coisa que me ligava à minha família de verdade.

Família era uma palavra tão estranha. Para começo de conversa, eu nem sabia com certeza se eu tinha uma família. Eu estive com meu pai em algum momento, antes do lar adotivo? Quem sabia? E se Abbot soubesse, ele não estava contando. Minha vida começou quando Abbot me encontrou.

Fechei os olhos, inalando lenta e profundamente. Agora não era o momento para autorreflexão ou me afundar em pena de mim mesma. Enfiei o anel de volta sob o suéter, concluindo que precisava me concentrar no que ia fazer sobre Roth.

Não tinha ninguém para me ajudar nessa. Ignorá-lo? Parecia uma boa ideia, mas eu duvidava que fosse funcionar. Parte de mim esperava que ele simplesmente desaparecesse depois do aviso para eu não marcar demônios.

Devo ter cochilado em algum momento do meu planejamento, porque, quando abri os olhos, o céu estava escuro, meu nariz estava gelado e havia alguém deitado ao meu lado.

Meu coração pulou na minha garganta, então perdeu uma batida quando eu virei a cabeça e um cabelo macio fez cócegas na minha bochecha.

– Zayne?

Um olho se abriu.

– Que lugar estranho para se tirar uma soneca quando você tem uma coisa maravilhosa chamada cama.

– O que você está fazendo aqui? – eu perguntei.

– Você não desceu para jantar. – Ele levantou uma mão e removeu um fio do meu cabelo que havia voado no seu rosto. – Depois de um tempo, decidi ver como você estava, mas você não estava no quarto, e, quando perguntei a Morris se ele tinha te visto, ele apontou para o bosque.

Eu esfreguei os olhos, limpando o resquício da minha soneca improvisada.

– Que horas são?

– Quase nove e meia. – Ele fez uma pausa. – Eu fiquei preocupado com você.

Minhas sobrancelhas se ergueram.

– Por quê?

Zayne inclinou sua cabeça para a minha.

– Por que você saiu da aula hoje?

Por um momento, eu o olhei. Depois, me lembrei do olhar estranho em seu rosto quando ele tinha visto o copo de suco de laranja.

– Eu não estava prestes a sugar uma alma, se é isso que você tá pensando.

Ele franziu o cenho.

– Sempre que você quer comer algo doce...

– Eu sei – Eu virei meu olhar para o céu. As estrelas espreitaram por trás dos galhos grossos. – Nada aconteceu hoje na escola, eu juro.

Ele ficou quieto por um momento.

– Tá bem. Essa não era a única razão pra eu estar preocupado.

Eu suspirei.

– Eu não vou matar a Danika enquanto ela dorme.

Zayne soltou uma gargalhada profunda.

– Eu espero que não. O pai ficaria furioso se você matasse minha parceira.

Ao ouvir isso, decidi que talvez *houvesse* uma boa chance de eu matá-la.

– Então agora você tá topando toda essa coisa do acasalamento? Vai começar a fazer bebês gargulinhas em breve? Deve ser divertido.

Ele riu novamente, o que me deixou irritada.

– Laylabélula, o que você sabe sobre fazer bebês?

Dei-lhe um soco no estômago enquanto me levantava. Seu riso baixo se transformou em um grunhido.

– Eu não sou uma criança, seu idiota. Eu sei o que é sexo.

Zayne me alcançou e beliscou minha bochecha.

– Você é como uma pequeninha...

Eu bati no estômago dele mais uma vez.

Ele pegou meu braço, puxando-me até seu peito.

– Pare de ser tão violenta – ele murmurou preguiçosamente.

– Então pare de ser tão idiota – Eu mordi meu lábio inferior.

– Eu sei que você não é mais uma criança.

Um calor incrível varreu meu corpo, estranho para uma noite tão fria.

– Tanto faz. Você me trata como se eu tivesse dez anos.

Um momento passou e a mão dele apertou meu braço.

– Como eu deveria te tratar?

Queria ter algo sexy e provocador para dizer, mas em vez disso murmurei:

– Não sei.

Um canto da boca dele se ergueu.

– Danika não é minha parceira, a propósito. Eu também estava só brincando com isso.

Tentei parecer totalmente indiferente.

– É o que o seu pai quer.

Ele desviou o olhar, suspirando.

– Enfim, do que a gente estava falando mesmo? Ah, é. Eu estava preocupado com onde você estava porque Elijah está aqui.

Eu enrijeci, esquecendo de Danika.

– O quê?

Ele fechou os olhos.

– Sim, ele estava com o grupo que chegou ontem à noite. Pensei que iriam embora hoje, mas eles estão ficando por aqui por um tempo.

Elijah Faustin pertencia ao clã que monitorava a atividade demoníaca ao longo de grande parte da costa sul. Ele e o filho agiam como se eu fosse o anticristo.

– Petr está com ele?

– Sim.

Minha cabeça pendeu para baixo. Petr era o pior tipo de garoto.

– Por que eles estão aqui?

– Ele está sendo realocado para a região Nordeste junto com o filho e outros quatro Guardiões.

– Então ele vai ficar aqui até o Dez voltar?

Zayne olhou nos meus olhos, sua expressão repentinamente dura.

– Petr não vai chegar perto de você. Eu te prometo.

Meu estômago deu um nó. Me soltando, eu rolei sobre as minhas costas.

Inspirei um pouco de ar.

– Pensei que Abbot tinha dito que eles não eram bem-vindos aqui.

– Ele disse, Layla. O pai não está feliz por eles estarem aqui, mas não pode mandá-los embora – Zayne se virou para o lado, de frente para mim. – Você se lembra quando a gente fingia que aqui era um convés de observação da NASA?

– Lembro de você me pendurando pela beirada algumas vezes.

Zayne me cutucou.

– Você adorava. Você sempre teve inveja porque eu podia voar e você não.

Eu abri um sorriso.

– Quem não teria inveja disso?

Ele sorriu enquanto olhava por cima do ombro.

– Meu Deus, há anos que a gente não subia aqui.

– Eu sei – Estiquei minhas pernas, mexendo os dedos dos pés dentro dos tênis. – Eu meio que sinto saudade disso.

– Eu também – Zayne puxou a manga do meu suéter. – Ainda estamos combinados pra sábado?

Visitávamos uma cafeteria diferente a cada sábado de manhã há anos. Ele se mantinha acordado para isso, prolongando o momento em que voltava para o quarto e assumia sua verdadeira forma, aquela que lhe permitia dormir. O único descanso verdadeiro que uma gárgula ganhava era quando se transformava em pedra.

– É claro.

– Ah. Quase esqueci – Ele se sentou, colocando a mão em um dos bolsos de seu jeans. Ele puxou um objeto retangular fino em sua mão. – Peguei isso para você hoje.

Puxei o celular das mãos dele, guinchando.

– É uma tela *touchscreen*! Meu Deus, prometo que não vou quebrar ou perder o celular. Obrigada!

Zayne se levantou.

– Eu já carreguei o celular pra você. Tudo o que você precisa fazer é cadastrar seus contatos na memória – Ele sorriu para mim. – Tomei a liberdade de adicionar o meu número como seu primeiro contato.

Fiquei de pé e o abracei.

– Obrigada. Você *realmente* é o molho especial.

Ele riu, colocando seus braços ao meu redor.

– Ah, eu preciso comprar o seu amor. Estou entendendo.

– Não! De jeito nenhum. Eu... – Eu me detive antes de dizer algo que não poderia desdizer e levantei meu olhar. Metade do rosto de Zayne estava nas sombras, mas havia um olhar estranho em seus olhos.

– Quer dizer, você ainda seria legal mesmo se não tivesse me comprado um celular.

Zayne arrumou meu cabelo para trás da minha orelha, sua mão se detendo sobre a minha bochecha. Inclinando-se para baixo, ele pressionou sua testa contra a minha. Eu o senti respirar fundo, e sua mão se aninhou contra a base das minhas costas.

– Certifique-se de manter as portas da varanda do seu quarto trancadas – disse ele finalmente, sua voz mais profunda do que o normal. – E tente não andar pela casa no meio da noite. Tá bem?

– Tá bem.

Ele não se moveu. Uma ardência lenta começou a deslizar sob minha pele, diferente do meu corpo reagindo ao dele. Eu me forcei a puxar o ar rapidamente, para focar em Zayne, mas meus olhos se fecharam. Tentei me segurar, mas minha imaginação alçou asas e voou solta. Imaginei sua alma — seu espírito — aquecendo os lugares frios e vazios dentro de mim. Seria melhor do que um beijo, melhor do que qualquer coisa. Eu balancei, meu corpo se inclinando em direção ao dele, atraído por dois desejos muito diferentes.

Zayne deixou cair as mãos, recuando.

– Você está bem?

Uma onda de mortificação fulminante me queimou inteira. Dando um passo para trás, segurei o telefone entre nós.

– Sim, eu estou bem. Nós... nós deveríamos voltar.

Ele me observou por um momento, então assentiu. Eu o vi se virar e descer de volta para a casa da árvore. Prendi a respiração, esperando até ouvi-lo cair no chão.

Eu não poderia continuar a viver deste jeito.

Mas que escolha eu tinha? Me tornar demônio de vez? Isso nunca seria uma opção.

– Layla? – ele gritou.

– Estou indo. – Levantei a cabeça e, quando comecei a descer, algo chamou a minha atenção. Franzindo as sobrancelhas, eu apertei os olhos para o galho da árvore diretamente acima do *deck*. Algo não estava certo ali. O galho parecia mais grosso, mais brilhante.

Então eu a vi.

Enrolada ao redor do galho, estava uma cobra anormalmente longa e grossa. Sua cabeça em forma de diamante se curvou para baixo e, de onde eu estava, pude ver o inconfundível brilho vermelho dos olhos da serpente.

Eu dei um pulo para trás, arquejando.

– O que tá acontecendo aí em cima? – Zayne perguntou.

Olhei para baixo por talvez dois segundos, no máximo, mas quando voltei a olhar para cima, a cobra tinha desaparecido.

Capítulo 5

Quando eu segui Stacey para a aula de biologia, eu já queria estapeá-la. Ela não parava de falar sobre Roth. Como se eu precisasse de ajuda para me perguntar se ele realmente apareceria hoje. Fiquei acordada a noite toda pensando naquela maldita cobra na árvore. Será que ela esteve lá o tempo todo, me observando enquanto eu dormia e ouvindo minha conversa com Zayne?

Bizarro.

E isso só piorava com a lembrança de como Roth se pressionou contra mim no banheiro. Quando eu pensava nele, pensava em como tinha me sentido naquele momento. Ninguém nunca chegou tão perto de mim, nem mesmo Zayne. Eu queria rastejar dentro da minha própria cabeça, remover cirurgicamente a memória e então encharcar meu cérebro com água sanitária.

— É bom que ele esteja aqui – dizia Stacey enquanto se largava na cadeira –, eu não saí escondida de casa vestida assim sem motivo.

— Sem dúvida – Olhei para a saia curta dela e depois para o decote. – Não queremos que seus peitos sejam desperdiçados.

Ela me lançou um sorriso astuto.

— Eu quero que ele pense em mim a noite toda.

Puxei meu livro da matéria, deixando-o cair sobre a mesa.

— Não, você não quer.

— Vou decidir isso por mim mesma – Ela se mexeu, puxando a saia para baixo. – Enfim, não consigo acreditar que você não o ache gostoso. Tem algo de errado com você.

– Não há nada de errado comigo. – Eu olhava para Stacey, mas seus olhos estavam colados à porta. Suspirei. – Stacey, ele realmente não é um cara legal.

– Hmm. Ainda melhor.

– Estou falando sério. Ele é... ele é perigoso. Então não invente ideias pervertidas na cabeça.

– Tarde demais. – Ela fez uma pausa, franzindo o cenho. – Ele fez alguma coisa com você?

– É só uma sensação.

– Eu tenho muitas sensações quando penso nele. – Ela se inclinou para frente, colocando os cotovelos sobre a mesa e o queixo em suas mãos. – Muitos sentimentos.

Revirei os olhos.

– E o Sam? Ele tá totalmente apaixonado por você, seria uma escolha melhor.

– O quê? – Ela fez uma careta. – Ele não tá, não.

– Sério, ele tá sim.

Comecei a rabiscar no livro, mantendo minha atenção longe da porta.

– Ele tá sempre te encarando.

Stacey riu.

– Ele nem reagiu quando viu minha saia...

– Ou a falta dela.

– Exatamente. Agora, se eu usasse um código binário nas pernas, então ele me notaria.

A sra. Cleo entrou na sala, encerrando nossa conversa. O alívio foi tão poderoso que eu quase desmaiei. Eu nem me importei quando a sra. Cleo me olhou de um jeito esquisito. Roth tinha ido embora, pensei, desenhando caras sorridentes gigantescas por toda a página do livro. Talvez a cobra idiota dele o tivesse comido.

O braço de Stacey caiu para fora da mesa.

– Acho que hoje vai ser só uma porcaria então.

– Desculpa – eu cantarolei, rodando minha caneta entre os dedos. – Quer comer...

A porta se abriu assim que a sra. Cleo instalou o retroprojetor. Roth entrou na sala, o livro de biologia nas mãos e um sorriso arrogante no rosto. A caneta escorregou por entre meus dedos, disparando para frente e batendo na cabeça de uma garota sentada duas mesas à minha frente. Ela se virou, jogando as mãos para cima enquanto me lançava um olhar enviesado.

Stacey se endireitou na cadeira, emitindo um guincho baixinho.

Roth piscou para a sra. Cleo e passou por ela. A professora apenas balançou a cabeça e mexeu nas suas anotações. Todos os olhos estavam fixos em Roth enquanto ele cruzava a passagem principal das carteiras. Bocas se abriram e garotas se viraram em seus assentos. Alguns garotos também.

– Olá – ele murmurou para Stacey.

– Oi – Seus cotovelos deslizaram sobre a mesa.

Então ele virou aqueles olhos dourados para mim, e disse:

– Bom dia.

– Meu dia está feito – sussurrou Stacey, sorrindo para Roth enquanto ele colocava o livro sobre a carteira e se sentava.

– Bom pra você – eu retruquei, tirando outra caneta da minha bolsa.

A sra. Cleo apagou as luzes.

– Ainda não corrigi as provas, uma vez que alguns de vocês vão refazer a prova na sexta-feira. Suas notas e qualquer outra atividade extra valendo ponto vão ser entregues na segunda.

Vários alunos gemeram enquanto eu imaginava enfiar minha caneta na parte de trás da cabeça de Roth.

O que é que eu havia planejado na noite passada? Nada, porque adormeci enquanto pensava nisso no *deck* de observação.

Cerca de dez minutos depois da explicação seca da sra. Cleo sobre respiração celular, Stacey parou de se sacudir em seu assento. Eu ainda não tinha tirado meus olhos de Roth. Ele nem se deu ao trabalho de fingir que anotava a aula. Pelo menos eu segurava uma caneta na mão.

Ele inclinou a cadeira para trás até que ela descansasse contra a nossa mesa, colocando os cotovelos sobre o meu livro didático para apoiar sua posição precária. Mais uma vez, senti o cheiro de algo doce, como vinho adocicado ou chocolate amargo.

Considerei empurrar os braços dele, mas isso exigiria que eu o tocasse. Eu poderia cutucá-lo no braço com a minha caneta. Roth estava com as mangas da camisa levantadas, revelando braços muito bonitos. A pele lisa cobria seus bíceps bem definidos. E lá estava Bambi, enrolada ao redor de seu braço. Me inclinei para frente, meio que fascinada pelos detalhes. Cada ondulação na pele da serpente tinha sido sombreada de modo que ela realmente parecia tridimensional. O ventre era cinza e macio, mas eu duvidava que a pele de Roth fosse muito macia. Parecia tão dura quanto a de um Guardião.

A tatuagem parecia tão realista.

Porque é real, sua idiota.

Nesse momento, a cauda se contorceu e deslizou sobre seu cotovelo.

Arfando, eu recuei na cadeira. Stacey me lançou um olhar esquisito. Roth virou a cabeça.

– O que você tá fazendo aí atrás? – Meus olhos se estreitaram sobre ele. – Tá me encarando?

– Não! – eu sussurrei, mentindo desavergonhadamente.

Ele desceu a cadeira da posição inclinada, lançando um breve olhar à sra. Cleo antes de se virar de lado em seu assento.

– Eu acho que você estava.

Stacey se debruçou, sorrindo.

– Ela estava.

Eu a fulminei com um olhar de ódio.

– Eu não estava.

Roth olhou para Stacey com um interesse renovado.

– Ela estava? E o que ela estava olhando?

– Eu realmente não sei – sussurrou Stacey de volta. – Eu estava muito ocupada olhando para o seu rosto para perceber.

Roth deixou um sorriso de satisfação aparecer.

– Stacey, certo?

Ela se inclinou para o meu lado.

– Eu mesma.

Eu a empurrei de volta para o lado dela, revirando meus olhos.

– Vira pra frente – eu pedi.

Os olhos de Roth encontraram com os meus.

– Eu me viro quando você me disser o que estava olhando.

– Não era para você – Eu olhei para a frente da sala. A senhora Cleo folheava suas anotações. – Vira pra frente antes que você crie problemas pra gente.

Roth abaixou a cabeça.

– Ah, você adoraria o tipo de problema em que eu te meteria.

Stacey suspirou – ou gemeu.

– Aposto que sim.

Eu apertei a caneta.

– Não. Nós. Não. Gostaríamos.

– Fale por si mesma, amiga – Stacey colocou a ponta de sua caneta na boca.

Ele sorriu para Stacey.

– Eu gosto da sua colega.

A caneta se quebrou em minha mão.

– Bem, eu não gosto de você.

Roth riu quando finalmente se virou. O resto da aula seguiu daquele jeito. De vez em quando ele olhava para nós e sorria ou sussurrava algo totalmente irritante. Quando a sra. Cleo finalmente acendeu as luzes, eu estava pronta para gritar.

Stacey apenas piscou, parecendo estar saindo de algum tipo de transe bizarro. Eu rabisquei *vaca* no seu caderno. Ela riu e escreveu *princesa do gelo virgem* na minha.

Quando o sinal tocou, eu já tinha colocado minhas coisas na mochila, pronta para sair o mais rápido possível. Eu precisava respirar ar puro – preferivelmente um ar puro que não fosse compartilhado com Roth. Surpreendentemente, ele já estava fora da sala de aula quando eu me levantei, andando tão rápido que parecia estar em algum tipo de missão. Talvez o Inferno o tivesse chamado de volta para casa? Deixei a esperança me levar.

– Qual é o seu problema? – perguntou Stacey.

Passei por ela, tirando longos fios de cabelo de debaixo da alça da minha mochila.

– O quê? Eu tenho um problema porque não estou no cio?

Ela fez uma careta.

– Bom, isso parece nojento.

– Você é nojenta – eu joguei por cima do meu ombro.

Stacey me alcançou.

– Honestamente, você tem que me explicar qual é o seu problema com ele. Eu não entendo. Ele pediu para você ser a mãe dos filhos dele?

– O quê? – eu fiz uma careta. – Eu já te disse. Ele é só problema dos grandes.

– Meu tipo favorito de problema – ela disse enquanto saíamos pela porta – é o dos grandes.

Eu segurei minha mochila com mais força enquanto um mar de almas cor-de-rosa e azul enchia o corredor. Uma faixa se dependurou, interrompendo o fluxo do arco-íris pastel.

– Desde quando você começou a gostar de caras problemáticos? Todos os seus ex-namorados se qualificam para a santidade.

– Desde ontem – ela caçoou.

– Bem, isso é realmente... – Eu parei na fila de armários, enrugando meu nariz. – Tá sentindo esse cheiro?

Stacey farejou o ar, depois gemeu imediatamente.

– Meu Deus, cheira a esgoto aberto. O maldito banheiro deve estar entupido.

Outros alunos estavam começando a sentir o cheiro de ovo podre e de carne estragada. Havia risadinhas e sons de gente querendo vomitar. Meu peito apertou em apreensão. O cheiro era repulsivo – repulsivo demais – e eu não conseguia acreditar que só agora eu estava sentindo aquilo.

Eu ia culpar Roth por aquilo também.

– Seria de se pensar que eles cancelariam as aulas com um cheiro assim. – Stacey começou a puxar sua camisa como um escudo, mas deve ter percebido que não havia pano suficiente para isso. Ela apertou a mão sobre a boca, abafando a voz. – Isso não pode ser seguro.

Um professor estava do lado de fora da sua sala, abanando o ar com a mão na frente do rosto. Meus olhos queimavam enquanto eu me afastava dele, seguindo atrás de Stacey. Na escadaria, o cheiro era mais forte.

Stacey me olhou de relance no patamar da escada.

– Te vejo no almoço?

– Sim – eu respondi, saindo do caminho de vários alunos do terceiro ano, mais altos e maiores do que eu. Perto deles, eu parecia uma caloura atrapalhando o caminho.

Stacey puxou novamente a barra da saia com a mão livre.

– Espero que o cheiro tenha desaparecido até lá. Senão, vou começar um protesto.

Antes que eu pudesse responder, ela já corria escada acima. Desci as escadas até o primeiro andar, tentando não vomitar.

– Que diabos de cheiro é esse? – perguntou uma garota baixa com uma alma de cor lilás. O cabelo dela era curto e loiro.

– Não sei – murmurei, distraída. – Nosso almoço?

A garota riu.

– Eu não ficaria surpresa se fosse. – Depois, ela enrugou a testa, me olhando de relance. – Ei. Você não é a garota que mora com os Guardiões?

Eu suspirei, desejando que a multidão de corpos nos degraus à minha frente se movesse mais rápido.

– Sim.

Os olhos castanhos dela se alargaram.

– Eva Hasher disse que você e o cara negro que está sempre te pegando na escola são os servos humanos deles.

Fiquei boquiaberta.

– O quê?

Ela acenou vigorosamente com a cabeça.

– Foi o que Eva me disse na aula de história.

– Eu não sou uma serva e nem Morris – exclamei. – Eu sou adotada. E Morris faz parte da família. Grande diferença.

– Que seja – disse ela, passando por mim.

Uma serva? Até parece. Uma alma rosada mais escura com listras vermelhas entrou na minha visão. Gareth Richmond. O garoto que *talvez* tenha olhado a minha bunda.

– Esse lugar tá fedendo. – Ele segurava seu caderno sobre a boca. – Já dá pra notar que a aula de educação física vai ter um cheiro ainda pior. Você acha que eles vão cancelar a aula, Layla?

Hã. Ele sabia meu nome.

Ele baixou o caderno, revelando um sorriso enorme. O tipo de sorriso que eu o imaginava usando com muitas garotas.

– Eles não podem esperar que a gente pratique corrida respirando essa porcaria. Você corre super bem, a propósito. Por que nunca tentou entrar para o time de corrida ou algo assim?

– Você... me vê correndo na aula? – Eu queria dar um tapa em mim mesma depois de dizer aquilo. Parecia que eu tinha acusado Gareth de ser um *stalker*. – Quer dizer, não sabia que você prestava atenção. Não que você fosse prestar atenção. Só não sabia que você sabia que eu corria bem.

Ele olhou escadaria abaixo, rindo. Eu precisava calar a boca.

– Sim, eu já te vi correr. – Gareth parou a porta antes que ela nos atingisse, segurando-a aberta. – Eu também já te vi andar.

Eu não sabia dizer se ele estava me provocando ou flertando comigo. Ou se ele apenas achava que eu era uma idiota. Honestamente, eu não me importava porque só conseguia pensar em Stacey sugerindo que eu ficasse com Gareth para iniciar uma guerra com Eva. Falando em pensar coisas idiotas...

– Então, o que você vai fazer depois da escola? – perguntou ele, ficando ao meu lado no degrau da escada.

Marcar demônios.

– Hmm... tenho algumas coisas pra fazer.

– Ah. – Ele bateu o caderno contra a coxa. – Eu tenho treino de futebol depois da aula. Eu nunca te vi em nenhum dos jogos.

Eu olhei a prateleira de troféus vazia junto às portas duplas que levavam à quadra poliesportiva.

– Futebol não é muito a minha praia.

– Que pena. Eu sempre dou uma festa na casa dos meus pais depois da partida. Você saberia disso se...

Alguém alto, usando uma roupa toda preta, se materializou entre nós.

– Ela saberia se ligasse pra isso, mas duvido que seja o caso.

Eu recuei rapidamente, assustada com o súbito reaparecimento de Roth.

Gareth teve a mesma reação. Ele era um cara alto, grande e briguento, mas Roth exalava um ar de superioridade. O garoto humano fechou a boca. Sem mais uma palavra, ele passou por nós e correu para a quadra, as portas se fechando atrás dele. Eu fiquei ali, perplexa, quando o primeiro sinal tocou. Parecia tão distante.

– Foi algo que eu disse? – Roth disse. – Eu estava apenas apontando o óbvio. – Lentamente, levantei minha cabeça e o encarei. Ele sorriu maliciosamente. – O quê? Ah, vai. Você não parece o tipo de garota que assiste a futebol, anda com a galera descolada e acaba deflorada pelo atleta do terceiro ano no banco de trás do Beamer do papai dele.

– "Deflorada"?

– Sim, você sabe. Perder aquela coisinha irritante chamada virgindade.

Fogo varreu a minha pele. Eu me virei, indo em direção às portas da quadra. Não era como se eu não soubesse o que a palavra *deflorada* significava. Eu só não podia acreditar que ele tinha realmente usado aquela palavra no século XXI.

Ou sequer que eu estava tendo uma conversa sobre virgindade com ele.

Roth me segurou pelo braço.

– Ei, foi um elogio. Confie em mim. Ele está na via expressa para o Inferno de qualquer maneira, exatamente como o pai dele.

– Bom saber – eu consegui responder com frieza –, mas você pode por favor soltar o meu braço? Eu tenho que ir para a aula.

– Eu tenho uma ideia melhor – Roth se inclinou para mim. Mechas escuras de cabelo caíram naqueles olhos dourados. – Você e eu vamos nos divertir.

Meus dentes doíam de tanto que eu os estava rangendo.

– Não nessa vida, colega.

Ele parecia ofendido.

– O que você acha que eu estou sugerindo? Eu não estava planejando te embebedar e transar com você no banco de trás de um Beamer como Gareth. Bem, pelo menos acho que poderia ser pior. Ele poderia estar planejando isso no banco de trás de um Kia.

Eu pestanejei.

– Quê?

Roth encolheu os ombros, soltando o meu braço.

– Uma garota chamada Eva convenceu Gareth de que você libera geral depois de uma cerveja.

– *Quê?* – Minha voz era tão estridente quanto o sinal de atraso da escola.

– Eu pessoalmente não acredito nisso – ele continuou jovialmente –, subir e eu tenho um Porsche. Não tão espaçoso para as pernas quanto um Beamer, mas ouvi dizer que é muito mais descolado.

Porsches eram descolados, mas essa não era a questão.

– Aquela vaca disse a ele que eu libero geral depois de uma cerveja?

– Miau – Roth arranhou o ar, o que parecia tão ridículo quanto soava. – De qualquer forma, essa não é a diversão que eu tinha em mente.

Eu ainda estava fixada na coisa toda de "liberar geral".

– Ela disse a outra garota que eu era uma maldita serva. Acho que sou uma serva que libera geral. Ah! E acho que sou um peso leve, também. Eu vou matar...

Roth estalou os dedos na minha cara.

– Foco. Esquece a Eva e o garoto que deve durar só um minuto. Temos algo que precisamos fazer.

– Não estale os dedos para mim – eu rosnei. – Eu não sou um cachorro.

– Não. – Ele sorriu um pouco. – Você é um meio-demônio que vive com um bando de aberrações de pedra que matam demônios.

– Você é a aberração, e eu estou atrasada pra aula – Comecei a me virar, mas lembrei da noite passada. – Ah. E mantenha sua cobra idiota na coleira.

– Bambi vem e vai quando quer. Não posso fazer nada se ela gosta de ficar na sua casa na árvore.

Minhas mãos se cerraram em punhos.

– Não chegue perto da minha casa de novo. Os Guardiões vão matar você.

Roth inclinou a cabeça para trás, rindo profundamente. Era uma risada agradável, sombria e gutural, o que apenas a tornou ainda mais irritante.

– Ah, haveria mesmo uma matança, mas não seria eu quem estaria morrendo.

Engoli em seco.

– Você está ameaçando a minha família?

– Não. – Neste momento, ele pegou a minha mão, abrindo meus dedos do punho fechado e, em seguida, enroscando-os nos seus. – De qualquer forma, você não pode me dizer que não sentiu o fedor que é essa escola agora.

Apertando minha boca fechada, eu olhei para ele.

– O quê? É só o esgoto ou... – Ele olhou para mim como se eu fosse três tipos diferentes de idiota, e minhas suspeitas iniciais sobre o cheiro ressurgiram. – Não pode ser...

– Ah, é. Tem um zumbi na escola – Uma de suas sobrancelhas se arqueou. – Parece o começo de um filme de terror muito ruim.

Ignorei a última frase.

– Não pode ser isso. Como um zumbi entraria aqui sem ser visto?

Roth deu de ombros.

– Quem sabe? Hoje em dia, tudo é possível. Meus instintos demoníacos estão me dizendo que está em uma das salas das caldeiras no andar de baixo. E já que seus amigos Guardiões provavelmente estão dormindo agora, pensei em darmos uma olhada antes que o zumbi suba as escadas e comece a devorar alunos.

Eu cravei meus calcanhares no chão quando ele começou a andar.

– Eu não vou dar uma olhada em nada com você.

– Mas tem um zumbi na escola – ele disse lentamente –, e deve estar com fome.

– É, sim, eu sei disso, mas você e eu não vamos fazer nada.

Seu sorriso desapareceu.

– Você não está curiosa para saber por que um zumbi estaria na sua escola e o que as pessoas vão pensar quando virem algo saído do filme *A Noite dos Mortos-Vivos*?

Eu encontrei seu olhar.

– Não é problema meu.

– Não é problema seu – Roth inclinou a cabeça para o lado, os olhos se estreitando. – Mas será problema do líder dos Guardiões quando rastejar escadas acima e começar a escorrer fluidos corporais em todo mundo enquanto mastiga pedaços de gente. Você sabe como esses Alfas esperam que os Guardiões mantenham toda a coisa demoníaca longe dos olhos do público.

Abri a boca para protestar, mas parei. Droga. Ele tinha razão. Se aquela coisa subisse, Abbot estaria em um mundo de problemas. Ainda assim, eu parei.

– Como eu vou saber que você não vai me jogar pra cima do zumbi?

Roth arqueou uma sobrancelha.

– Ei, eu não abandonei você para o Rastreador, não é?

– Isso não me dá certeza de nada.

Ele revirou os olhos, suspirando.

– Você vai ter que confiar em mim.

Eu ri. A cabeça de Roth se virou na minha direção, os olhos ligeiramente arregalados.

– Confiar em você? Um demônio? Você tá chapado ou algo assim? Seus olhos brilharam com... o quê? Aborrecimento? Diversão?

– Diga não às drogas.

Apertei meus lábios com força, segurando o sorriso antes que ele pudesse se espalhar pelo meu rosto e dar a ideia errada a Roth.

– Não estou acreditando que você acabou de dizer isso.

Ele inclinou o queixo para cima.

– É verdade. Nada de drogas durante o trabalho. Até o Inferno tem suas diretrizes.

– Qual é o seu trabalho, exatamente? – perguntei.

– Deflorar você na traseira do carro mais caro do mundo.

Eu tentei puxar minha mão para longe, mas ele segurou firme.

– Me solta.

– Pai eterno – ele riu profundamente. – Eu estava apenas brincando, sua puritana.

Naquele momento eu corei de novo porque eu me sentia uma puritana. Um sentimento natural já que eu nunca tinha beijado um cara antes.

– Solta minha mão.

Roth soltou um longo suspiro.

– Olha. Eu sin... eu sinto... – ele respirou fundo, tentando novamente. – Eu sinto mui...

Virei minha cabeça para ele, esperando.

– Você sente o quê? Muito?

Ele parecia envergonhado, os lábios apertados.

– Eu sinto *muui-iito*.

– Ah, pelo amor de Deus. Você não consegue dizer que sente muito?

– Não. – Ele me olhou de frente, sério. – Isso não faz parte do vocabulário de um demônio.

– Que graça. – Revirei os olhos. – Nem se estresse em *tentar* dizer isso se você não sabe o que significa.

Roth pareceu considerar isso.

– Combinado.

Uma porta em frente à quadra se abriu. O vice-diretor McKenzie apareceu no corredor, seu terno marrom desbotado sendo pelo menos dois números menor do que deveria para sua barriga proeminente. Ele imediatamente franziu a testa e ganhou dois queixos quando nos viu.

– Você não deveria estar na aula de educação física, senhorita Shaw, e não no corredor? – ele disse, afrouxando o cinto esticado sobre sua calça. – Você pode estar envolvida com aquelas *coisas*, mas isso não lhe dá privilégios extras.

Envolvida com aquelas coisas? Não eram *coisas*. Eles eram Guardiões e mantinham babacas ingratos como o vice-diretor McKenzie em segurança. Reflexivamente, minha mão apertou a de Roth enquanto a raiva e um pouco de tristeza me inundavam.

Essas pessoas não tinham ideia de nada.

Roth olhou para mim, depois para o vice-diretor. Ele abaixou a cabeça, sorrindo recatadamente. Naquele exato momento, eu sabia que ele estava prestes a fazer algo muito ruim.

Tipo algo ruim em um nível demoníaco.

E tudo o que eu podia fazer era me preparar.

Capítulo 6

– E você? – O vice-diretor McKenzie continuou enquanto gingava em nossa direção, olhando Roth de cima a baixo com um ar desgostoso. – Qualquer que seja a aula em que você deveria estar, você precisa ir. Agora.

Roth soltou a minha mão e cruzou os braços sobre o peito. Ele retribuiu o olhar do vice-diretor, mas uma luz estranha irradiou de suas pupilas.

– Vice-diretor McKenzie? O Willy McKenzie nascido e criado em Winchester, Virgínia? Que se formou na Commonwealth e se casou com a moça mais doce dos estados do Sul?

O homem foi obviamente pego de surpresa.

– Eu não sei...

– O mesmo Willy McKenzie que não dorme com aquela moça desde a invenção do DVD, e que tem um estoque de pornografia no armário de casa? E não qualquer pornografia – Roth deu um passo à frente, baixando a voz até que não passasse de um sussurro. – Você sabe do que eu estou falando.

Senti meu estômago se revirar. O vice-diretor McKenzie tinha um status de alma questionável – não tão óbvio quanto o homem na rua na noite em que conheci Roth, mas sempre houve algo nele que me deixava com um pé atrás.

McKenzie teve uma reação totalmente diferente. Seu rosto ficou com um tom mosqueado de vermelho enquanto suas bochechas tremiam.

– C-como você se atreve! Quem é você? Você...

Roth levantou um dedo – seu dedo médio – silenciando-o.

– Sabe, eu poderia fazer você ir para casa e dar um fim à sua vida miserável. Ou, melhor ainda, sair da escola e se jogar na frente do caminhão que coleta lixo como você. Afinal, o Inferno está de olho em você há algum tempo já.

Eu experimentei um conflito moral naquele momento. Ou eu deixava Roth manipular o pedófilo para se matar, ou eu o impedia — porque, pervertido ou não, Roth estaria tirando do homem o seu livre-arbítrio.

Saco. Aquela era uma decisão difícil.

– Eu não vou fazer nenhuma dessas coisas – Roth disse, me surpreendendo –, mas eu vou acabar com você. Pra valer.

Meu alívio durou pouco.

– Vou tirar de você a coisa que você mais ama nesse mundo: comida – Roth sorriu beatificamente. Naquele momento, ele parecia mais um anjo do que um demônio, de uma beleza entorpecedora que não se podia confiar. – Cada *donut* que você ver vai parecer polvilhado com uma dose celestial de larvas. Cada pizza vai lembrá-lo do rosto do seu pai morto. Hambúrgueres? Pode esquecer. Vão ter gosto de carne podre. E milkshakes? Tudo azedo. Ah. E aqueles potes de cobertura de chocolate que você esconde da sua esposa? Cheios de baratas. – Uma linha fina de baba escapou da boca escancarada de McKenzie, escorrendo pelo queixo. – Agora vá embora antes que eu mude de ideia.

Roth acenou com a mão, dispensando o homem.

Rigidamente, McKenzie se virou e voltou para seu escritório, uma estranha mancha molhada se espalhando por suas pernas.

– Err... ele vai se lembrar disso? – Eu me afastei de Roth, segurando a mochila perto do meu corpo. Meu Deus, as habilidades desse demônio eram astronômicas. Eu não sabia se estava mais assustada ou impressionada.

– Só vai lembrar que comida agora é seu pior pesadelo. Pareceu apropriado, você não achou?

Eu levantei uma sobrancelha.

– Como você sabia de tudo isso?

Roth deu de ombros, a luz desaparecendo de seus olhos.

– Estamos sintonizados com todas as coisas ruins que existem.

– Isso não é exatamente uma explicação

– Não era pra ser. – Ele pegou minha mão novamente. – Agora vamos voltar ao que interessa. Temos um zumbi para averiguar.

Mordi o lábio, pesando minhas opções. Eu já estava atrasada demais para entrar na aula e tinha um zumbi na minha escola, que eu deveria investigar por Abbot. Mas Roth era um demônio – um demônio que me seguiu até a escola.

Ao meu lado, Roth suspirou.

– Olha, você sabe que eu realmente não posso te obrigar a fazer coisas que você não queira, certo?

Olhei de esguelha para ele.

– O que você quer dizer?

Seu olhar ficou incrédulo.

– Você sabe alguma coisa sobre o que você é? – Ele analisou meu rosto, encontrando a resposta para sua pergunta. – Você não é suscetível à persuasão demoníaca. Assim como eu não posso convencer um demônio ou um Guardião a fazer algo que eles não queiram.

– Ah. – Como eu deveria saber disso estava além da minha compreensão. Não era como se houvesse um manual de operação demoníaca ou algo desse tipo. – Então por que você quer que eu verifique a coisa do zumbi? A ideia de um zumbi enlouquecido em uma escola não deveria ser uma coisa boa para você?

Roth deu de ombros.

– Estou entediado.

Irritada, tentei soltar minha mão da dele.

– Será que você pode me dar uma resposta direta?

Algo brilhou em seus olhos.

– Tá certo, você quer a verdade? Estou aqui por sua causa. Sim, você ouviu direito. E não me pergunte por que, a gente não tem tempo pra isso agora e, de qualquer maneira você não acreditaria em mim. Você é *meio*-Guardiã, e se acabar mordida pelo zumbi, será infectada. Talvez você não fique completamente maluca feito os humanos, mas o suficiente para tornar meu trabalho mais difícil.

Minha frequência cardíaca quadruplicou de velocidade.

– Por que... por que você está aqui por minha causa?

– Pelo amor de todas as coisas profanas, por que você tem que ser tão difícil? Já pedi desculpas por te chamar de puritana. Posso até me desculpar por ontem. Te assustei e joguei seu celular no vaso sanitário. Sabe, eu fui criado no Inferno. Pode-se dizer que sou socialmente desajustado.

Desajustado não era uma das características que me vinham à cabeça. Ele tinha uma certa graça fluida que era sobrenatural e predatória.

– Isso é estranho até pra mim – admiti.

– Mas melhor do que aula de educação física, certo?

A maioria das coisas era melhor do que uma aula de educação física.

– Eu quero saber por que você estar aqui tem a ver comigo.

– Como eu já disse, você não acreditaria em mim. – Quando não me movi, ele disse algo muito baixo e rápido para que eu entendesse. Eu nem tinha certeza se era no nosso idioma, mas soava como um palavrão. – Eu não estou aqui para te fazer mal, ok? Eu sou literalmente a última coisa com que você deveria se preocupar.

Aquilo foi uma surpresa, e eu só conseguia encará-lo enquanto a ficha caía na minha cabeça. Por alguma razão – e eu não sabia por que – eu... eu acreditava nele. Talvez tivesse a ver com o fato de que, se Roth quisesse me fazer algum mal, a essa altura ele já poderia ter feito. Ou talvez eu fosse incrivelmente idiota e tivesse tendências suicidas. E a ideia de ir à aula de educação física era um saco.

Suspirei.

– Tá bem, mas você vai ter que me dizer por que está aqui quando a gente terminar isso.

Roth concordou com a cabeça.

Meu olhar pousou em nossos dedos entrelaçados. Um calor viajou pelo meu braço, e eu realmente não confiava naquele sentimento.

– E você não precisa segurar minha mão.

– Mas e se eu ficar com medo?

– Fala sério.

Alguns segundos se passaram até que ele soltou a minha mão. Coçando o queixo, ele deu de ombros.

– Tá certo. Combinado, mas se você quiser segurar minha mão mais tarde, vai estar sem sorte.

– Eu não acho que isso vai ser um problema.

Roth deslizou as mãos para dentro dos bolsos da calça jeans preta que ele usava enquanto se balançava sobre os calcanhares.

– Você está satisfeita agora? Podemos ir?

– Tudo bem – eu disse. – Beleza.

Ele me lançou um sorriso largo, exibindo um par de covinhas perfeitamente posicionadas que eu não tinha visto antes. Ele parecia quase normal quando sorria assim, mas a perfeição de seu rosto ainda parecia irreal.

Eu afastei meu olhar para longe dele, andando para frente.

– Onde é que o zumbi está mesmo?

– Na sala das caldeiras no porão. E provavelmente vai feder ainda mais lá embaixo.

De alguma forma, eu tinha me esquecido do mau cheiro.

– Então vocês observam outros demônios e tal?

Roth assentiu enquanto abria as portas duplas.

– Sim.

Eu segurei a porta antes que ela se fechasse com uma batida, fechando-a com suavidade.

– E você os deixa infectarem humanos mesmo que seja contra as regras?

Descendo os degraus, ele olhou para trás. Ele estava cantarolando baixinho, uma música que parecia levemente familiar.

– Sim.

Eu o segui, segurando o corrimão com os dedos úmidos. Algo parecia estar se aninhando no meu estômago.

– Os Alfas proíbem esse tipo de coisa. Você só tem permissão...

– Eu sei. Só podemos guiar os humanos, mas nunca abertamente manipular, infectar ou matar e blá, blá, blá. O livre-arbítrio é uma merda – Ele riu e pulou do degrau, aterrissando agilmente no cimento. – Nós somos demônios. As regras meio que só se aplicam à gente quando queremos.

– Roth, livre-arbítrio não é uma merda.

De repente, ele parou na minha frente e nossos olhares se encontraram.

– Diz de novo.

Eu franzi a testa.

– Dizer o quê?

– O meu nome.

– Roth...?

As covinhas apareceram mais uma vez.

– Sabia que essa foi a primeira vez que você usou o meu nome? Decidi que gosto muito de te ouvir me chamando pelo nome. Mas voltando ao meu ponto: livre-arbítrio *é* uma merda. Ninguém realmente tem livre-arbítrio.

Eu não conseguia desviar o olhar.

– Isso não é verdade. Todo mundo tem livre-arbítrio.

Roth subiu um degrau, ficando muito mais alto do que eu. Eu queria recuar, mas me forcei a ficar onde estava.

– Você não tem ideia – disse ele, os olhos brilhando como lascas de uma pedra preciosa cor de âmbar. – Ninguém tem. Especialmente os Guardiões e os demônios. Todos nós temos ordens; ordens que devemos obedecer. No fim das contas, sempre fazemos o que é mandado. A ideia de livre-arbítrio é uma piada.

Se ele realmente acreditava naquilo, eu sentia pena dele.

– Eu faço escolhas todos os dias, as *minhas* escolhas. Se você não tem livre-arbítrio, que tipo de propósito a vida teria?

– Que tipo de propósito tem um demônio? Hein? – Ele tocou o queixo com a ponta de um dedo. – Será que hoje devo coagir um político a ser corrupto ou salvar um gatinho preso em cima de uma árvore? Espera aí. Eu sou um demônio. Eu devo...

– Você não precisa ser sarcástico.

– Eu não estou sendo sarcástico. Estou apenas dando um exemplo de como somos quem somos, o que nascemos para ser. Nossos caminhos estão claramente traçados à nossa frente. Não há como mudar isso. Sem livre-arbítrio.

– Essa é a sua opinião.

Ele sustentou o meu olhar por mais alguns segundos e depois sorriu.

– Vamos lá – ele deu meia-volta, descendo rapidamente outro lance de escadas.

Demorei alguns segundos para fazer minhas pernas se moverem.

– Eu não sou nada como você.

Roth riu daquela maneira profunda e grave novamente.

Uma cena rápida e satisfatória em que eu o chutava escada abaixo piscou diante dos meus olhos. Ele estava cantarolando novamente, mas eu estava muito irritada com ele para perguntar que música era aquela.

A escola era antiga e tinha diversos andares, mas fora reformada há alguns anos. As escadarias eram um sinal de sua verdadeira idade. As paredes de tijolos velhos desmoronavam em um pó vermelho e branco que cobria os degraus.

Paramos em frente a uma porta cinza enferrujada com os dizeres *Somente para funcionários*. O fedor era suficiente para matar meu apetite pelo resto do dia. Roth me olhou de relance, parecendo não ser afetado pelo cheiro forte.

– Então... você realmente consegue saber se alguém vai para o Inferno? – eu perguntei, enrolando. Se ele abrisse a porta, era capaz de eu vomitar.

– Por aí – respondeu ele. – Normalmente corre na família. Farinha do mesmo saco.

– Meio clichê isso – Eu enruguei meu nariz; quanto mais nos aproximávamos, maior era o fedor.

– A maioria dos clichês são verdadeiros – Ele forçou a maçaneta da porta. – Trancado.

– Putz – Eu puxei a corrente do pescoço e comecei a mexer com o anel. – Acho que nós... – Ouvi engrenagens rangendo e metal cedendo. Olhei para a mão de Roth enquanto ele abria a porta com um puxão. – Uau.

– Eu te disse que tenho muitos talentos – falou ele, olhando para o meu anel. – Que joia interessante você tem aí.

Eu coloquei o anel de volta sob o meu casaco, esfregando as mãos na minha calça jeans.

– É, acho que sim.

Ele se voltou para a porta, empurrando-a lentamente até abrir.

– Ah. Nossa. Ele com certeza está aqui embaixo.

Luzes cintilantes e o pior fedor acima do Inferno nos saudaram. Eu coloquei uma mão sobre o nariz e a boca, a mistura de decomposição e de enxofre desencadeando uma ânsia de vômito. Eu preferia tomar banho nos chuveiros mofados da escola do que entrar naquele lugar.

Roth foi primeiro, segurando a porta aberta com o pé.

– Não vai dar uma de fracote agora.

Dessa vez, deixei a porta bater atrás de mim, porque a ideia de tocar em qualquer coisa ali me dava nojo.

– Como você acha que ele entrou?

– Sei não.

– Por que você acha que ele tá aqui?

– Sei não.

– Muito útil – murmurei.

Armários grandes de metal, cheios de Deus sabe o que, apertavam o corredor que cruzávamos e o calor umedeceu minha testa com uma fina camada de suor. A lâmpada no teto balançava na sala sem vento, espalhando sombras em bancadas de trabalho vazias e ferramentas espalhadas pelo chão. Passamos por uma pilha de antigos quadros de giz que pareciam mais brancos do que verdes.

– Acho que isso é uma má ideia – sussurrei, lutando contra a vontade de me agarrar à parte de trás da camisa de Roth.

– E isso quer dizer o quê? – Roth empurrou outra porta que levava a uma sala escura, onde maquinaria pesada funcionava. A porta bateu em uma pilha de caixas de papelão.

Da escuridão, um esqueleto caiu através do vão da porta, braços e pernas se sacudindo no ar úmido e bolorento. As órbitas dos olhos estavam vazias e escuras, a mandíbula pendurada em uma exclamação silenciosa. Eu soltei um grito rouco, pulando para trás.

– Não é de verdade – Roth pegou o esqueleto e o examinou. – É o que eles usam nas suas aulas de biologia. Olha. – Ele sacudiu um braço ossudo e amarelado. – Totalmente falso.

Meu coração não concordava, mas eu podia ver os parafusos de metal unindo os ossos do braço.

– Ai, meu Deus do céu...

Roth, rindo, atirou o esqueleto para um lado. Eu estremeci enquanto o objeto quicava, os ossos tinindo quando bateram no que quer que ele os tivesse atirado.

E então algo rosnou. Eu congelei.

Roth acendeu a luz de teto.

– Ops – ele murmurou.

Ele estava em frente à caldeira, um osso falso em sua mão escurecida e o resto do esqueleto caído a seus pés. Fios tênues de ar escapavam de sua pele irregular como vermes amarronzados. Faltava carne em algumas partes de seu rosto. Uma tira na bochecha se sacudia contra os lábios arroxeados e a pouca pele que ainda existia se pendurava sobre os ossos, bastante enrugada e parecendo carne seca. Também usava um terno que definitivamente tinha visto dias melhores – dias que não envolviam fluidos corporais vazando.

Atrás da caldeira, a única janela da sala estava quebrada. Isso explicava como ele tinha entrado na escola, mas não nos dava nenhuma pista sobre o motivo de estar ali.

Roth deixou escapar um assobio baixo.

Os olhos do zumbi se moveram para Roth e continuaram se mexendo. Pelo menos um olho se mexia. Saiu direto da órbita ocular, voando pelo ar, respingando pelo chão coberto de sujeira espessa.

– Ah, não! Não. Eu não topei isso! – eu apertei uma mão sobre a boca, segurando a ânsia de vômito. – Eu não vou chegar perto dessa coisa.

Roth deu um passo à frente, espiando a bagunça no chão como se estivesse fascinado.

– Isso foi bem nojento.

Sozinha e de pé na entrada, me senti exposta. Aproximando-me de Roth, mantive meu olhar no zumbi. Nunca tinha visto um em tão mau estado. Deus sabe que já devia ter mordido algumas pessoas, mas os Guardiões deveriam ter sido notificados por meio de seus contatos.

Meu movimento atraiu a atenção do único olho bom do zumbi.

– Você – ele gorgolejou.

Eu parei. Ele conseguia falar? Acho que George Romero não acertou nessa.

– Eu?

– Ei. Não olhe para ela. Olhe para mim – ordenou Roth, sua voz pesada, com autoridade.

O zumbi se esforçava para fazer com que sua boca funcionasse direito.

– Você... precisar...

– Hm... por que ele tá me encarando? – Eu agarrei a alça da minha mochila até que os nós dos meus dedos doessem.

– Talvez ele ache que você é bonita – respondeu Roth, recuando quando um rato passou correndo na sua frente.

Eu o lancei um olhar de ódio.

O zumbi cambaleou, seu pé esquerdo deslizando para a frente. Eu dei um passo para trás, esbarrando em mais caixas.

– Roth...?

Com movimentos lentos e calculados, o zumbi lançou o braço do esqueleto sobre a cabeça de Roth. Os ossos do corpo do zumbi se racharam, estilhaçando-se. Pus vazou do rasgo em sua jaqueta.

Roth agarrou o braço no ar, sua expressão incrédula.

– Você acabou de jogar isso na minha cabeça? Na *minha cabeça*? Você tá louco?

O zumbi se arrastou pesadamente até mim, gemendo palavras incoerentes.

– Roth! – Eu gritei, esquivando-me do braço fedorento. – Essa foi uma péssima ideia!

– Precisa esfregar isso na minha cara?

Eu tateei atrás de mim, agarrando uma caixa de papelão. Atirei-a contra o zumbi, e consegui atingir a lateral do seu rosto. Uma orelha caiu, pousando em seu ombro.

– Sim! Faz alguma coisa!

Roth se esquivou para trás da criatura, empunhando o braço esquelético como um taco de beisebol.

– Estou tentando.

– O que você tá fazendo? – eu corri para o lado enquanto ele tentava me alcançar. – Você não tem algum poder maligno da escuridão ou algo assim?

– Poder maligno da escuridão? Não, nenhum que eu possa usar aqui sem destruir a escola junto com a gente.

Aquilo parecia ridículo.

– Será que você não consegue pensar em um plano melhor?

Roth riu com escárnio.

– Tipo o quê?

– Eu sei lá. Dá de comer pra Bambi ou algo assim!

– Quê? – Roth baixou o braço, sua expressão era de perplexidade. – Bambi teria indigestão se comesse algo tão podre.

– Roth! Juro por Deus, eu vou... – Meu tênis escorregou na sujeira lamacenta e minha perna se esticou para a frente, me desequilibrando. Eu bati no cimento sujo e molhado com um barulho abafado. Estendida no chão, levantei minhas mãos viscosas. – Eu vou vomitar. Sério.

– Sai da frente! – gritou Roth.

Levantei minha cabeça abruptamente enquanto o garoto sacudia a arma improvisada. Me arrastei para trás, me agarrando na minha mochila. O braço do esqueleto bateu na cabeça do zumbi e depois a perfurou. Sangue e carne mosqueados voaram pelo ar, caindo no chão... e sobre o meu jeans.

Pele, músculos e ossos afundaram sobre si mesmos. A coisa meio que implodiu, desmoronando até não restar nada além de uma poça de dejetos no chão e a roupa suja que ele usava.

Roth jogou o braço para baixo, a raiva comprimindo sua expressão.

– Isso foi um pouco irritante – ele se virou, olhando para mim. Seus olhos âmbar assumiram um brilho de diversão. – Ah, você fez uma bagunça.

Eu olhei fixamente para minhas calças e mãos cobertas de gosma antes de encarar Roth com um olhar atravessado.

– Eu te odeio.

– Ódio é uma palavra tão forte – Ele se dirigiu para o meu lado, inclinando-se para baixo. – Eu te ajudo.

Eu o chutei, acertando-o na canela.

– Não encosta em mim.

Ele mancou para trás, praguejando e sacudindo a perna da calça.

– Você jogou cérebro na minha calça nova. Valeu.

Murmurando baixinho, eu me levantei e agarrei minha mochila. Por sorte não havia meleca alguma nela, mas em mim? Eu não queria nem olhar para mim mesma, esse era meu nível de nojeira.

– Bem, isso foi muito divertido.

– Ei, não fica chateada! O problema do zumbi foi resolvido.

Com as duas mãos, eu apontei para mim mesma. No momento, não dava a mínima para o porquê de ele estar me seguindo.

– Olha pra mim. Graças a você, tenho meleca de zumbi em cima de mim. E eu ainda tenho aula pelo resto do dia.

Um sorriso lento se espalhou pelo rosto dele.

– Posso te levar pra minha casa. Eu tenho um banheiro que você pode usar. Depois, talvez dê para a gente tomar uma bebida e ver o meu Porsche.

As palmas das minhas mãos coçaram para fazer amizade com as laterais do rosto dele.

– Você é nojento.

Ele soltou uma risada, voltando-se para o cadáver.

— Que diabos você estava fazendo aqui? — disse ele retoricamente. — E o que você...? — Ele virou o rosto por cima do ombro, seu olhar caindo sobre o meu peito. Seus olhos se estreitaram. — Ah, ótimo.

— Ei! Meu Deus, você é um sem-vergonha!

Roth arqueou uma sobrancelha.

— Já fui chamado de coisa pior. Vá se limpar. Eu cuido disso.

Puxando o ar profundamente, eu dei as costas. Consegui chegar até a porta antes que ele me parasse. Bem baixinho, ele disse algo como "cordeiro". Concordando com a cabeça, deixei-o na sala da caldeira cheirando a zumbi podre.

Passei o resto do dia usando meu uniforme de educação física e com o cabelo molhado.

Eu odiava Roth.

Morris parecia surpreso quando deslizei para o banco do passageiro. Geralmente eu marcava demônios todos os dias depois da escola, mas hoje eu não estava afim. Ao contrário do dia anterior, o silêncio me saudou quando entrei na casa e deixei cair minha mochila na porta.

Passei pelo hall de entrada, arrumando meu cabelo úmido em um coque desarrumado. Eu precisava contar a Abbot sobre o zumbi na escola. Tirando a questão de Roth, o zumbi era algo sério. Contudo, havia uma boa chance de que Abbot ainda estivesse dormindo.

A última vez em que o acordei, eu tinha oito anos e minha única companhia era o sr. Melequento. Eu queria alguém para brincar comigo, então bati na concha de pedra de Abbot enquanto ele dormia.

Aquilo não tinha dado muito certo.

Dessa vez seria diferente. Ele teria que entender, mas eu poderia pelo menos aliviar seu mau-humor com uma xícara de café. Levei alguns minutos para encontrar o maldito pó de café e o filtro, depois mais cinco minutos tentando descobrir se eu deveria usar as configurações para café ou o cappuccino. A máquina exigia uma graduação em engenharia para descobrir. Eu puxei a alavanca de aço, franzindo a testa. O que diabos aquilo fazia?

— Não é tão complicado assim.

Cada músculo do meu corpo travou e ainda assim eu consegui derrubar a colherinha medidora de metal. Ela retiniu no chão de azulejo. Eu me curvei e peguei a colher, tentando acalmar o súbito ataque de nervos em meu estômago. Eu sentia minhas pernas fracas enquanto me endireitava.

Petr estava de pé no vão da porta. Seus braços grossos cruzavam o peito da espessura de um barril.

– Vejo que você não ganhou qualquer elegância desde a última vez em que nos vimos.

Vindo de qualquer outra pessoa, aquele fora poderia ter doído. Eu coloquei a colher sobre o balcão. O café que se dane. Parei alguns metros na frente dele.

– Com licença.

Ele não se mexeu.

– E você continua grosseira e mal-criada.

Ergui o queixo. Petr era apenas um ou dois anos mais velho do que eu, mas a barba escura por fazer em seu rosto o fazia parecer mais velho.

– Será que dá pra você sair do caminho, *por favor*?

Petr deu um passo para o lado, deixando cerca de trinta centímetros de passagem livre.

– Feliz?

Eu estava tudo menos feliz com a ideia de ter o meu corpo tão próximo ao dele. Eu passei por ele, estremecendo enquanto meu quadril se esfregava contra a perna de Petr.

– Eu achava que você estava fazendo café. – Ele me seguiu, um passo atrás de mim. – Eu posso te ajudar.

Ignorando-o, eu acelerei o passo. Não voltaria a cair no seu tom adulante. Não nessa vida e nem na próxima.

Petr passou por mim, bloqueando meu caminho escadaria acima – em direção a um local seguro. Ele suspirou.

– Então, para quem você estava fazendo café?

Uma cintilação de medo se insinuou em meu coração.

– Será que você pode sair da frente? Preciso ir lá pra cima.

– Você não pode falar comigo por cinco minutos?

Por força do hábito, apalpei o objeto circular sob a minha camisa, segurando-o com uma mão. Tentei passar por ele, mas Petr apenas seguiu meus movimentos.

– Petr, por favor, deixa eu passar.

Vinda da janela mais próxima, a suave luz do sol refletia no pequeno *piercing* perfurado em seu nariz adunco.

– Eu me lembro de uma época em que você gostava de conversar comigo. Quando você esperava pela visita do meu clã.

Um leve rubor emergiu no meu rosto enquanto eu apertava ainda mais minha camisa. O anel atravessou a roupa, pressionando contra minha palma. Eu costumava ter uma *crush* naquele idiota.

– Isso foi antes de eu perceber como você é bizarro.

A curva da mandíbula de Petr endureceu.

– Eu não fiz nada de errado.

– Você não fez nada de errado? Eu disse pra você parar e você não...

– Você estava me provocando – sua voz baixou. – E desde quando a opinião de demônios importa?

Eu respirei fundo.

– Eu sou uma Guardiã.

Ele revirou os olhos, rindo.

– Ah, me desculpa. Você é apenas meio-demônio. Como se isso fizesse diferença. Você sabe o que a gente costuma fazer com crias de demônios com humanos?

– Vocês dão amor e afeto? – Tentei passar por ele, mas Petr bateu a palma da mão contra a parede na minha frente.

– Nós os matamos, Layla. Como Abbot deveria ter feito com você, mas você é tão *especial*.

Eu mordi meu lábio. Ele estava muito perto. Se eu respirasse mais fundo, poderia provar sua alma.

– Eu preciso falar com Zayne.

– Zayne ainda está descansando – Petr fez uma pausa. – Ficou acordado até tarde essa manhã conversando com Danika.

Um ciúme irracional inundou meu sistema, algo que era muito idiota considerando a situação atual.

– Então eu vou ver...

– Jasmine e os gêmeos? – perguntou ele. – É, eles estão tirando uma soneca. Não tem ninguém acordado, Layla. É só você e eu.

Eu engoli em seco.

– Morris está aqui. Geoff tá acordado também.

Petr riu.

– Você é tão ingênua.

Algo começou a queimar lentamente sob a minha pele. Eu segurei a respiração. Se havia alguém nesse mundo que eu queria sugar a alma, era Petr. De todos, ele era quem mais merecia.

Sua mão pesada pousou no meu ombro, forçando com que eu me virasse. Petr sorriu.

– Você está com tantos problemas, sua piranha meio-demônio.

Uma raiva me inundou e eu tentei me livrar do seu aperto. Largando o anel, me preparei para quebrar a regra de não brigar com um Guardião.

– Você está me ameaçando?

– Não. De jeito nenhum – Ele moveu sua mão para o meu pescoço, apertando seus dedos com muito mais força do que Roth tinha feito. Era irônico que um demônio parecesse ter as mãos mais gentis do que um Guardião. – Você quer lutar comigo, não é? Vamos lá. Vai facilitar tudo para nós.

Meu estômago se revirou. Petr sabia que eu teria problemas, e havia mais do que uma pitada de crueldade em seus olhos pálidos. Pior ainda, eu sabia que ele não via nada de errado no que estava fazendo. Suas ações nunca manchariam sua alma, porque ela era pura, não importava o que ele fizesse. Era como se fosse um passe livre para ele. Petr se pressionou contra mim, sua respiração quente contra minha bochecha.

– Você vai desejar que Abbot tivesse acabado com a sua vidinha miserável quando você ainda era um bebê.

Danem-se as regras.

Eu levantei meu joelho, acertando Petr onde doía. Petr soltou um rosnado baixo e me soltou, protegendo-se. Dando meia-volta, eu subi as escadarias sem olhar para trás. No corredor, eu dei de cara com o pai de Petr. Tentei não reagir, mas a cicatriz entalhada que rasgava seus lábios superior e inferior era difícil de não ser notada. Uma vez, Abbot me contou que um Rei demônio havia dado aquela cicatriz a Elijah.

Elijah me olhou com uma expressão de repulsa, mas não disse nada enquanto eu passava correndo por ele e entrava no meu quarto, trancando a porta atrás de mim. Não que isso fosse impedir qualquer um deles se decidissem entrar por aquela porta.

Capítulo 7

Abbot estava sentado atrás da mesa, uma perna apoiada sobre o joelho.

– Você não comeu muito no jantar. Ainda está se sentindo mal?

Eu me joguei na cadeira. Consegui dar apenas uma ou duas garfadas durante o jantar tenso. Petr ficou me encarando o tempo todo.

– Não quero eles aqui.

Abbot esfregou os dedos pelo queixo barbudo. Seu cabelo cor de areia estava amarrado para trás como de costume.

– Layla, eu entendo que você esteja desconfortável. Elijah me garantiu que você não terá problemas com Petr.

– Sério? Que engraçado, porque Petr me encurralou mais cedo.

Seus dedos pararam de se mover, os olhos pálidos se aguçando.

– Ele fez alguma coisa?

– Não foi como... da última vez. – Eu me mexi desconfortavelmente, sentindo meu rosto queimar.

Ele soltou um longo suspiro.

– Será que você pode simplesmente ficar longe dele pelas próximas semanas?

Eu fiquei desconcertada.

– Mas eu *estou* ficando longe dele. É *ele* que não fica longe de *mim*! Se ele chegar perto de novo, juro por Deus que tomarei a...

Abbot bateu a mão contra a mesa, me fazendo pular na cadeira.

– Você não fará tal coisa, Layla!

Meu coração ficou descompassado.

– Eu não estava falando sério. Eu... sinto muito.

– Isso não é coisa com que se brinque. – Ele balançou a cabeça, falando como se eu fosse uma criança malcomportada. – Estou muito desapontado por você sequer considerar dizer algo assim. Se alguma de nossas visitas te ouvisse, incluindo o pai de Petr, o dano seria irreversível.

Um caroço confuso e nojento se formou no meu peito. Eu odiava decepcionar Abbot. Eu devia tanto a ele — um lar, segurança, uma vida. Baixei os olhos, remexendo no anel entre os dedos.

– Sinto muito mesmo.

Abbot suspirou, e eu o ouvi se recostando de volta na cadeira. Espiei para cima, não querendo adicionar mais nada à sua longa lista de preocupações. Com os olhos fechados, ele passou os dedos pela testa.

– Sobre o que você queria falar comigo, Layla?

De repente a coisa toda com o zumbi não parecia tão importante assim. Muito menos a presença de Roth. Eu queria simplesmente ir me esconder no meu quarto.

– Layla? – ele perguntou, removendo um charuto grosso de uma caixa de madeira sobre a mesa. Ele nunca fumava, mas gostava de ficar brincando com o objeto entre os dedos.

– Não é nada – respondi finalmente. – Só umas coisas que aconteceram na escola.

Sua testa pálida se ergueu alguns centímetros.

– Você queria conversar sobre a escola? Eu sei que Zayne anda ocupado com a chegada de Danika e os treinos, mas eu tenho que lidar com um monte de coisa no momento. Talvez Jasmine queira conversar com você sobre isso?

Senti como se meu rosto pudesse ser usado de frigideira.

– Eu não queria falar sobre garotos ou notas.

Ele rolou o charuto entre os dedos.

– Como estão as suas notas? Acredito que a sua professora permitiu que você refizesse a prova amanhã, certo?

Eu larguei o anel, agarrando os braços da cadeira, frustrada.

– Minhas notas estão boas. E eu tenho o reteste...

– O que você tá fazendo aqui?

Eu me virei. Zayne estava no batente da porta, seu cabelo caindo-lhe sobre o rosto como camadas de areia.

– Estou tentando contar a Abbot o que aconteceu hoje na escola.

Seu olhar desinteressado se transformou em surpresa. Ele olhou para o pai enquanto um sorriso vagaroso torcia seus lábios.

– E como vai indo isso?

Abbot suspirou pesadamente, guardando o charuto de volta na caixa de madeira.

– Layla, eu tenho que sair em breve para me encontrar com o comissário de polícia e o prefeito.

– Apareceu um zumbi na escola hoje – eu soltei.

– Hã? – Zayne parou atrás da cadeira, dando um peteleco na minha orelha. Eu empurrei sua mão para longe. – Do que você tá falando?

Eu encontrei o olhar subitamente alerta de Abbot.

– Ele estava na sala das caldeiras e...

– Como você sabia que ele estava lá? – demandou Abbot, descruzando as pernas enquanto se inclinava para a frente.

Eu não podia contar a eles sobre Roth. De jeito nenhum que eu ia abrir aquela porta agora.

– Eu... eu senti o cheiro dele.

Zayne desabou na cadeira ao meu lado.

– Alguém viu o zumbi?

Eu me encolhi.

– Vai por mim, se alguém tivesse visto, já teria saído no noticiário da tarde. Ele tava bem feio.

– Ele ainda está lá? – Abbot se levantou, abaixando as mangas da camisa.

– Hã... sim, mas acho que ele não é mais um problema. Agora ele não passa de uma pilha de roupas e gosma.

– Espera aí – Zayne disse, franzindo a testa enquanto me observava. – Você sentiu o cheiro de um zumbi e, mesmo sabendo o quão perigosos eles podem ser, você decidiu descer até a sala das caldeiras e verificar?

Eu o encarei. Onde ele estava querendo chegar com aquilo?

– Bem, sim, exato.

– E você se encarregou do zumbi e o matou?

Bem...

– Sim.

Ele lançou um olhar cheio de significado para o pai.

– Pai.

– O quê?

Meus olhos saltavam de um para o outro. Abbot deu a volta na mesa, soltando mais um longo suspiro.

– Quais são as regras, Layla?

Um desconforto apertou os músculos da minha barriga.

– Eu não me envolvo com as coisas perigosas. Mas...

– Zayne me contou que você seguiu um demônio Imitador em um beco um tempo atrás – Abbot me interrompeu, ligando seu modo pai. Modo pai desapontado. – E que no fim das contas era um Rastreador.

– Eu... – fechei a boca, olhando de relance para Zayne. Ele evitou meu olhar, observando o pai. – Não foi nada demais.

– Seguir um Imitador ou qualquer outro tipo de demônio para dentro de um beco é um grande problema, Layla – Abbot cruzou os braços, me fulminando com um olhar insatisfeito. – Você é melhor do que isso. Ninguém consegue ver suas marcações além de nós. Não existe nada que justifique você seguir um demônio para uma área isolada. E hoje, em vez de ir atrás do zumbi, você deveria ter ligado para Morris, e ele teria nos acordado.

Ave. Eu afundei no meu assento.

– Mas...

– Nada de "mas", Layla. O que teria acontecido se o zumbi fosse visto por alguém? Nós somos encarregados de manter a verdade em segredo. A humanidade deve ter fé de que o Céu e o Inferno existem, sem evidência de nada.

– Talvez devêssemos cortar o tempo que ela passa marcando demônios – Zayne sugeriu. – Não precisamos que ela faça isso. Honestamente, é meio preguiçoso da nossa parte contar com as marcações de Layla em vez de procurar ativamente por demônios.

Eu o encarei, vendo ali não o seu rosto celestial, mas a minha liberdade murchando bem na minha frente.

– Ninguém ficou sabendo do zumbi hoje!

– Essa não é a questão – rebateu Abbot. – Você é melhor do que isso, Layla. Ao não nos contar, você arriscou ter consequências sérias. Sem contar o risco à sua própria segurança.

Sua decepção soava alta e clara. Eu me remexi inquieta na cadeira, me sentindo minúscula.

– Devemos dar uma olhada na escola hoje à noite – disse Zayne. – Faça com que o comissário entre em contato com o superintendente. Diga que é algo rotineiro para que não haja suspeita.

– Boa ideia – Ele lançou um sorriso orgulhoso na direção do filho.

Eu me indignei.

– Então eu não tenho mais permissão para marcar demônios?

– Eu preciso pensar sobre isso – respondeu Abbot.

Isso não me parecia bom. Eu odiava a perspectiva de não poder mais marcar. Era a única coisa que redimia o sangue demoníaco em mim, ou pelo menos fazia eu me sentir melhor. Tirar aquilo de mim era como me darem um tapa na cara. Era algo que também me tirava de casa, e com Petr aqui isso era ainda mais importante. Me desculpei mais uma vez e saí do escritório. Senti como se estivesse prestes a chorar e gritar — ou socar alguém.

Zayne me seguiu pelo corredor.

– Ei.

Parei perto da escada, uma onda de raiva me atingindo com força no abdômen. Esperei até ele chegar ao meu lado.

– Você tinha que ter contado a ele sobre o demônio Imitador no beco, né. Valeu.

Ele franziu a testa.

– Ele precisava saber, Layla. Você não estava agindo de maneira segura e poderia ter se machucado.

– Então por que você não disse algo pra mim em vez de correr pro seu papai?

Sua mandíbula imediatamente retesou.

– Eu não corri para o papai.

Eu cruzei meus braços.

– Não é o que parece.

Zayne soltou um suspiro que eu conhecia. Queria dizer *você está sendo infantil e está me dando nos nervos*.

Eu ignorei.

– Por que você sequer sugeriria que eu parasse de marcar? Você sabe o quanto isso é importante pra mim.

— Sua segurança é mais importante. Você sabe que eu nunca realmente concordei com eles permitindo que você perambule por D.C. por conta própria perseguindo demônios. É perigoso.

— Eu tenho marcado demônios desde os meus treze anos, Zayne. Eu nunca tive nenhum problema...

— Até alguns dias atrás — ele interrompeu, seu rosto ruborizando de raiva. Era tão raro que Zayne perdesse a paciência comigo, mas quando acontecia, era épico. — E é mais do que isso. Você é jovem e bonita. Quem sabe que tipo de atenção você está atraindo por aí.

Em qualquer outra ocasião, ouvir Zayne dizer que eu era bonita teria me deixado extasiada, mas naquele momento eu queria pegar aquela palavra e enfiá-la na cara dele.

— Eu sei me cuidar.

Ele me olhou sem pestanejar.

— O que eu te ensinei só vai funcionar até certo ponto.

Irritação e a necessidade de provar que eu não era nenhuma palerma indefesa provocou o que eu disse a seguir:

— E eu sei como acabar com alguém.

Zayne entendeu o que eu estava dizendo. Um olhar de total descrença cintilou em seu rosto.

— É assim que você se protegeria? Levando a alma de alguém? Que legal.

Eu percebi meu erro imediatamente. Desci um pouco do cavalinho.

— Eu não quis dizer isso, Zayne. Você sabe disso.

Ele não parecia muito seguro.

— Tanto faz. Eu preciso comer alguma coisa.

— Tipo a Danika? — eu disse, antes que pudesse me segurar.

Os olhos de Zayne se fecharam e, quando ele voltou a abri-los, eram de um azul gelado e distante.

— Muito maduro da sua parte. Boa noite, Layla.

O calor das lágrimas deixou minha visão nublada enquanto eu o via se afastar. Eu estava estragando tudo sem sequer tentar. Isso exigia talento. Eu me virei e vi Petr de pé, dentro da sala de estar. O sorrisinho em seu rosto me dizia que ele tinha ouvido toda a minha conversa com Zayne — e gostado do que ouviu.

Acordei com o coração acelerado e a garganta queimando. Os lençóis se torceram ao redor das minhas pernas, arranhando a minha pele. Rolando de lado, olhei fixamente para a luz verde-néon do despertador.

2:52 da manhã.

Eu precisava comer algo doce.

Jogando as cobertas para um canto, eu fiquei de pé. Minha camisola se agarrava à pele úmida. Não havia uma única luz acesa no corredor para além do meu quarto, mas eu sabia o caminho de olhos fechados. Já houve tantas noites em que a ânsia batia forte inesperadamente, me levando a passeios noturnos e silenciosos até a cozinha.

Apressadamente, desci os degraus e atravessei as salas na penumbra. Minhas pernas começavam a ficar moles e meu ritmo cardíaco disparava. *Eu não consigo viver assim.*

Meu braço tremia quando eu abri a porta da geladeira. Uma luz amarelada cobriu as minhas pernas nuas e o chão da cozinha. Eu me curvei, procurando impacientemente pela embalagem de suco de laranja entre as garrafas de água e leite. Irritada e pronta para chutar alguma coisa, encontrei o suco atrás dos ovos.

A embalagem escorregou dos meus dedos trêmulos, atingindo o chão e derramando suco pegajoso sobre os meus dedos dos pés. Lágrimas brotaram nos meus olhos e se derramaram pelas bochechas. Eu estava chorando sobre o suco de laranja derramado, pelo amor de Deus. Tinha que ser um dos meus momentos mais patéticos de todos os tempos.

Sentando-me ao lado da poça pegajosa, ignorei o ar frio da geladeira aberta. Só Deus sabe quanto tempo fiquei ali sentada antes de fechar a porta. Imediatamente, a cozinha mergulhou em escuridão. Eu meio que gostava daquilo. Éramos apenas eu sendo ridiculamente estúpida e a escuridão. Ninguém poderia testemunhar minhas histerias.

Foi então que ouvi o suave bater de asas, cada vez mais nítido à medida que se dirigiam para a cozinha. Eu enrijeci, minha própria respiração parando na garganta. O ar se agitava ao meu redor. Olhei para cima e vi olhos amarelos e presas envoltas por pele de cor e textura de granito polido. O nariz era achatado e as narinas, finas. Separando a cascata de cabelos escuros, havia dois chifres que se curvavam para dentro.

Danika era tão deslumbrante em sua verdadeira forma quanto em sua forma humana.

Ela caiu ao meu lado, garras tilintando no chão enquanto caminhava para a ilha da cozinha e pegava um rolo de toalhas de papel.

– Precisa de ajuda?

Era estranho ver uma gárgula de 1,80 m lhe oferecer toalhas de papel.

Danika me olhou fixamente, seus lábios de um cinza escuro se curvando em uma tentativa de sorriso.

Com as palmas das mãos, eu limpei apressadamente a área embaixo dos meus olhos e depois peguei o rolo de papel.

– Valeu.

Danika guardou as asas enquanto se agachava, limpando a maior parte da sujeira com uma passada de papel.

– Você não está se sentindo bem?

– Eu estou bem.

Peguei a caixa de suco. Estava vazia. Ótimo. Ela fez uma bola amassando as toalhas de papel usadas, seus dedos eram longos e elegantes, mas aquelas garras podiam rasgar pele, músculos e até mesmo metal.

– Você não parece bem – ela disse, cautelosa. – Zayne me disse que às vezes você fica... doente.

Levantei a cabeça abruptamente. Uma onda de traição fulminante varreu meu corpo. Eu não conseguia nem sequer formar palavras.

O rosto de Danika se fechou.

– Ele só tá preocupado com você, Layla. Ele se importa profundamente com você.

Eu peguei as toalhas ensopadas e a caixa de suco vazia, ficando em pé sobre pernas trêmulas.

– Ah – ri com dureza. – Ele se importa? Foi por isso que ele falou da minha *doença*?

Lentamente, ela se endireitou.

– Ele só me contou para eu poder te ajudar caso você precisasse de alguma coisa. – Ela recuou, vendo a forma como eu a encarava. – Layla, eu não a julgo. Na verdade, eu acho que você é incrivelmente forte.

Mais lágrimas, mais quentes do que aquelas que já haviam sido derramadas, queimavam o fundo da minha garganta. Não era segredo o porquê de eu estar sempre comendo algo doce, mas só Zayne sabia o quanto aquilo me afetava – até agora. Eu não conseguia acreditar que ele tinha contado a Danika. E pedir que ela ficasse de olho em mim? *Mortificante* parecia uma palavra fraca demais para descrever o que eu sentia.

– Layla, você precisa de algo mais? Posso ir até uma loja e comprar mais suco.

Joguei as coisas na lata de lixo, meus ombros rígidos.

– Eu não vou pular em cima de você e sugar sua alma, se é com isso que você está preocupada.

Danika ofegou.

– Não é isso que eu quero dizer. De jeito nenhum. É que você parece que precisa de algo e eu queria te ajudar.

Eu me virei. Ela ainda estava ao lado da geladeira, as asas abertas, atingindo uma envergadura de pelo menos dois metros.

– Eu estou bem. Você não precisa ficar de olho em mim. – Eu me virei mais uma vez, mas parei na porta, puxando o ar fracamente. – Diga a Zayne que eu agradeço.

Antes que Danika pudesse responder, saí da cozinha e voltei para o quarto. Rastejei até a cama, jogando as cobertas sobre a cabeça. De vez em quando, um espasmo atravessava meus músculos e minha perna se mexia. As palavras giravam insistentemente pela minha cabeça.

Eu não consigo viver assim.

Capítulo 8

– Você tá se sentindo bem hoje? – Stacey perguntou, assim que se sentou ao meu lado na aula de biologia. – Tá com cara de comida velha requentada.

Eu nem me preocupei em olhar para cima.

– Valeu, amiga.

– Foi mal, mas é verdade. Parece que você ficou acordada a noite toda chorando.

– É uma alergia. – Eu me inclinei para a frente, fazendo meu cabelo bloquear a maior parte do meu rosto. – Você, por outro lado, parece muito animada hoje.

– Pareço, não pareço? – Stacey suspirou sonhadoramente. – Minha mãe não estragou o café como sempre costuma fazer. Você sabe como eu fico quando ela faz o café errado, o que acontece quase todas as manhãs, mas hoje não. Hoje era dia de avelã no cafezinho e o mundo é maravilhoso. De qualquer forma, o que o Zayne fez?

– O quê? – Eu levantei a cabeça, franzindo a testa.

O olhar dela foi de simpatia.

– Zayne é a única pessoa que te faz chorar.

– Eu não tava chorando.

Ela afastou a franja do rosto.

– Que seja. Você precisa esquecer dele e ficar com um gostosão – Ela fez uma pausa, acenando para a porta. – Como ele, por exemplo. Ele te faria chorar por um motivo totalmente diferente.

– Eu não estava chorando por cause de... – Eu parei de falar quando percebi que ela estava gesticulando para Roth. – Espera aí, como ele me faria chorar?

Os olhos de Stacey se alargaram.

— Tá tirando onda? Preciso soletrar pra você?

Eu olhei mais uma vez para Roth. Como Stacey, meus colegas de classe haviam parado o que estavam fazendo para observá-lo. A forma como ele caminhava era de uma ginga natural. De repente, entendi o que Stacey estava querendo dizer. Senti meu rosto ficar vermelho como uma beterraba, e voltei a encarar o meu livro.

Ela riu.

Era dia de laboratório. Fomos colocadas com Roth, muito para o deleite de Stacey. Surpreendentemente, ele me ignorou durante a maior parte da aula e conversou com Stacey. Ela contou tudo sobre ela para Roth, só faltando falar do tamanho do sutiã, e eu sinceramente acreditava que se o sinal não tivesse tocado, ela teria contado sobre isso também.

Meu humor de fundo do poço me acompanhou durante o resto do dia. No almoço, fiz apenas brincar com a comida no prato enquanto Stacey se ocupava em uma briga de olhares épica contra Eva.

Sam me cutucou com seu garfo de plástico.

— Ei.

— Hm?

— Você sabia que todo estado do Norte dos Estados Unidos tem uma cidade chamada Springfield?

Eu senti um sorriso contrair meus lábios.

— Não, eu não sabia. Às vezes eu queria ter metade da memória que você tem.

Os olhos de Sam cintilaram atrás dos óculos.

— Quanto tempo você acha que Stacey vai levar fazendo cara fechada pra Eva?

— Eu consigo te ouvir — respondeu Stacey. — Ela tem espalhado uns boatos horrorosos. Acho que vou invadir a casa dela mais tarde e lhe cortar o cabelo. E depois, quem sabe, eu cole os fios na cara dela.

Sam sorriu.

— Isso é uma forma meio estranha de dar o troco.

— É, é meio estranho mesmo — Tomei um gole da minha água.

Stacey revirou os olhos.

— Se você tivesse ouvido a merda que ela anda dizendo, você iria se voluntariar pra colar cabelo na cara dela.

— Ah, isso é sobre eu liberar geral depois de tomar uma cerveja ou ser uma serva na minha própria casa? – Torci a tampa de volta na boca da garrafa d'água, brevemente considerando atirá-la na cara de Eva.

Sam tirou os óculos.

— Eu não tinha ouvido falar isso.

— Isso é porque você não ouve nada, Sam. Eva tem dito umas coisas horríveis sobre Layla. E eu não vou aceitar isso numa boa.

Um longo arrepio correu pela minha coluna, interrompendo minha resposta.

Olhei para a esquerda, surpresa ao encontrar Roth parado ali. Aquela foi a primeira vez que o vi no refeitório. Por alguma razão, não achava que ele precisasse comer.

Stacey nem sequer tentou esconder sua surpresa.

— Roth! Você veio!

— Quê? – Eu me senti tão confusa quanto Sam parecia estar.

Roth se sentou na cadeira vazia ao meu lado, um sorriso presunçoso no rosto.

— Stacey me convidou para almoçar na aula de biologia. Você não estava prestando atenção?

Eu lancei um olhar incrédulo à Stacey. Ela apenas sorriu.

— Que simpático da sua parte – eu disse, devagar.

O olhar de Sam saltou entre mim e Stacey antes de se fixar em Roth. Ele estendeu a mão de forma desajeitada. Eu queria empurrar a mão dele para longe.

— Eu sou Sam. Prazer em te conhecer.

Roth apertou a mão dele.

— Pode me chamar de Roth.

— Roth como o nome do plano de aposentadoria americano? – perguntou Sam. – É esse o seu nome?

As sobrancelhas escuras de Roth se ergueram em sua testa enquanto ele olhava para Sam.

— Desculpa – Stacey suspirou. – Sam não tem absolutamente nenhuma habilidade social. Eu devia ter te avisado.

Os olhos de Sam se estreitaram sobre Stacey.

— O quê? É assim que os planos de aposentadoria são chamados: *Roth IRAs*. Como você pode não saber disso?

– Eu estou no ensino médio. Por que eu me importaria com aposentadoria? Além disso, quem saberia disso além de você? – Stacey retrucou, enquanto pegava um garfo de plástico, gesticulando com o objeto na cara dele. – A seguir você vai nos impressionar com seus conhecimentos sobre talheres de plástico e como eles foram inventados.

– Sinto muito se a sua falta de conhecimento te deixa desconfortável – Sorrindo, Sam bateu no garfo, afastando-o do rosto. – Deve ser difícil viver com esse seu cérebro minúsculo.

Roth me cutucou com o cotovelo. Eu quase pulei da cadeira.

– Eles são sempre assim?

Considerei ignorá-lo, mas quando encarei o seu rosto, descobri que não conseguia desviar o olhar. Vê-lo no refeitório da escola era para além de angustiante. Eu achava que ele só vinha para a aula de biologia e depois desaparecia. Será que ele estava frequentando a escola o dia todo?

– Sempre – murmurei.

Ele sorriu enquanto seu olhar repousava sobre a mesa.

– Então, do que vocês estavam falando antes da conversa sobre planos de aposentadoria e da invenção de talheres?

– Nada – eu disse rapidamente.

– Eva Hasher, a vaca ali. – Stacey fez um gesto com a mão. – Ela tem espalhado boatos sobre Layla.

– Valeu. – Desesperada, olhei as portas que levavam para fora do refeitório.

– Eu fiquei sabendo – respondeu Roth. – Então você estava planejando algum tipo de vingança?

– Com certeza – respondeu ela.

– Bem, sempre dá pra...

– Não – eu o interrompi. – Não tem nenhuma necessidade de vingança, Roth.

Eu tinha quase certeza de que as ideias dele me mandariam em uma viagem só de ida para o Inferno. Ele afastou do rosto uma mecha de cabelo, que hoje não estava espetado, e eu meio que gostei daquele penteado. Fez com que seu rosto ficasse mais suave. Não que eu gostasse do seu cabelo, do seu rosto ou de qualquer coisa nele.

– Isso não tem a menor graça.

Sam olhou de relance para Roth, colocando seus óculos de volta.

– Você não conhece Stacey. A última vingança que ela planejou incluía roubar uma lata de gás de pimenta e um carro.

Os olhos de Roth se alargaram.

– Uau. Pesado.

Stacey se esticou na cadeira, sorrindo de orelha a orelha.

– O que posso dizer? Se é pra fazer algo ruim, que seja o pior possível.

Aquilo pareceu animar o demônio, o que não foi exatamente uma surpresa. Eu me precipitei, antes que ele pudesse dizer qualquer coisa:

– Então... O que vocês vão fazer nesse final de semana?

Sam deu de ombros.

– Eu estava pensando em ir ver uma peça no antigo teatro lírico. Como uma certa pessoa não me conseguiu a entrevista do século, estou escrevendo um artigo sobre arte popular em vez disso. Deus me ajude.

Esfreguei minha testa, cansada.

– Desculpa. Mas eu disse pra você não criar expectativas. Os Guardiões não gostam do olhar público, como você deve se lembrar.

– Roth, você sabia que a Layla foi adotada por Guardiões? – Stacey me cutucou por debaixo da mesa. – Isso te assusta?

Eu queria dar na cara dela.

– Me assustar? – Roth sorriu. – Não. Eu acho que é... maravilhoso.

Olhei para ele vagarosamente.

– Você acha?

Seu sorriso se transformou em uma expressão quase angelical.

– Ah, sim. Eu admiro os Guardiões. Onde estaríamos sem eles?

Eu quase ri. Parecia tão ridículo, vindo de um demônio. Mas apesar de ter conseguido sufocar o riso, meu sorriso apareceu antes que eu pudesse me segurar. Os olhos de Roth encontraram novamente com os meus, mas dessa vez o refeitório se desvaneceu. Eu sabia que o mundo continuava ao nosso redor, e eu conseguia ouvir Stacey e Sam brigando novamente, mas parecia que éramos apenas nós dois. Algo estranho se agitou em meu peito e se espalhou pelo meu corpo.

Ele se moveu sem que eu percebesse, seu hálito quente dançando sobre minhas bochechas, meus lábios. O ar ficou preso em meus pulmões. Seus lábios se entreabriram, e eu me perguntei como seria passar meus dedos sobre eles, senti-los de perto.

– Em que você tá pensando? – murmurou ele, os olhos desviando-se para baixo.

Eu acordei do meu devaneio, lembrando para quem e *o que* eu estava olhando. Eu tinha pensado nele de uma maneira que nunca deveria sequer ter considerado. Eu deveria estar com raiva dele por causa de ontem e pelas inúmeras outras coisas que ele tinha feito no pouco tempo em que o conhecia.

Sentindo-me tonta, mordi o lábio e me concentrei no que meus amigos estavam discutindo. Algo a ver com abacaxis e cerejas, mas, alguns segundos depois, dei outra olhada de relance para Roth. Seu sorriso era presunçoso, até mesmo um pouco sem-vergonha.

E eu tive a sensação de que estava com problemas.

Depois de terminar a prova de reposição de biologia, joguei meus livros dentro do meu armário da escola. Abbot provavelmente não queria que eu marcasse demônios naquela noite, mas era isso que eu havia planejado fazer. Arriscar enfurecê-lo era muito melhor do que me trancar no quarto ou ser forçada a ficar perto de Petr. Quando fechei a porta do armário, senti uma agitação sobrenatural no ar ao meu redor. Olhando para cima, meu coração trepidou até parar.

Roth se inclinou contra o armário ao lado do meu, mãos enfiadas nos bolsos da sua calça jeans.

– O que você tá fazendo?

– Credo. – Eu tropecei para trás. – Você quase me matou do coração.

Um lado da sua boca se curvou para cima.

– Ops.

Eu coloquei uma alça da mochila sobre o ombro e passei por ele, mas o demônio me alcançou com facilidade. Empurrei as pesadas portas de metal, satisfeita com o ar fresco da noite.

– O que você quer?

– Achei que talvez você gostasse de saber que limpei a bagunça de ontem.

Imaginei que sim, já que Abbot e Zayne tinham planejado verificar o local ontem à noite e não tinham me arrancado da cama para gritar comigo por causa do cadáver.

– Que bom pra você.

– E você vai marcar, certo? Mesmo que eu tenha te pedido gentilmente pra não fazer isso. Não posso te deixar fazer isso sozinha.

– Por que não?

– Eu já te disse o porquê. Não é seguro pra você.

Eu engoli a vontade de gritar.

– E por que não é seguro pra mim?

Ele não disse nada.

Voltei a andar em frente, mais do que irritada com ele. As ruas estavam entupidas com transeuntes correndo para as estações de metrô. Talvez eu conseguisse despistá-lo no meio da multidão. Um quarteirão depois, Roth ainda estava ao meu lado.

– Você está com raiva de mim – disse ele casualmente.

– Pode-se dizer que sim. Eu não gosto muito de você.

Ele riu.

– Eu gosto que você tenta ser honesta.

Eu o olhei cautelosamente.

– Eu não estou tentando. *Estou* sendo honesta.

Roth sorriu de canto a canto, mostrando dentes surpreendentemente afiados.

– Isso é mentira. Uma parte de você gosta de mim.

Eu saí da calçada, irritada.

– Não sou eu que estou mentindo nesse momento.

Inabalado, ele estendeu uma mão e me pegou pelo braço, puxando-me para trás justo quando um táxi passou tão rápido que empurrou meu cabelo pelo ar. O taxista buzinou, gritando algo obsceno para mim.

– Cuidado – murmurou Roth. – Duvido que as suas entranhas sejam tão bonitas quanto o seu exterior.

Imediatamente, eu estava consciente da sensação do meu peito pressionado contra ele. Um calor inexplicável me inundou, como se eu estivesse tomando sol no verão. Nossos olhares se fixaram. Perto como estávamos, eu podia ver que seus olhos não eram apenas dourados, mas havia traços de um âmbar profundo neles. Eles se agitavam loucamente, me atraindo. Aquele cheiro selvagem dele nos inundou.

Minha mão se enroscou em seu peito. Quando que a minha mão pousou no peito de Roth? Eu não sabia, mas meu olhar havia descido para sua boca. Aqueles lábios... tão próximos.

O sorriso de canto de Roth se abriu ainda mais.

Ao acordar do transe, eu me desvencilhei dele. O riso de Roth me arrepiou. Consegui atravessar a rua sem ser atropelada. Meu corpo ainda formigava devido ao breve contato.

E aquilo era errado.

Por sorte, encontrei algo para me distrair. Na esquina oposta havia um Demonete parado.

Ele estava vagando ao redor de um hotel em construção, parado ao lado do andaime vermelho que subia pela fachada do prédio. O Demonete se parecia com qualquer um dos garotos punk-rock que eram encontrados pelas ruas da capital.

– Sabe, você podia ter me agradecido por salvar a sua vida. – De repente, Roth estava ao meu lado.

Eu gemi, mantendo um olho no demônio.

– Você não salvou a minha vida.

– Você quase foi moída por um táxi. E se você quiser ser moída, eu ofereço meus serviços com satisfação. Eu prometo que serei muito mais...

– Nem sequer termine essa frase.

– Foi apenas uma proposta.

– Que seja – Eu vi o Demonete de olho num trabalhador que estava começando a descer pelo andaime. – Se eu disser obrigada, você vai embora?

– Sim.

– Obrigada – eu disse avidamente.

– Eu menti.

– Quê? – Eu olhei para ele, enrugando a testa. – Isso é sacanagem.

Roth se inclinou para baixo, de modo que nossos rostos estavam a centímetros de distância. Deus, ele tinha um cheiro maravilhoso. Fechei os olhos brevemente e jurei que podia *sentir* seu sorriso.

– Eu sou um demônio. Eu tendo a mentir de vez em quando.

Senti meus lábios se contorcerem em um sorriso. Rapidamente me afastei para escondê-lo.

– Eu tenho o que fazer, Roth. Vá incomodar outra pessoa.

– Você vai marcar aquele Demonete ali? – perguntou ele. Tínhamos parado na frente de uma loja de jogos a alguns estabelecimentos de distância da obra em andamento.

Eu não disse nada.

Roth se encostou no prédio de tijolos vermelhos.

– Antes de marcar o garoto e condená-lo à morte, por que não vê o que ele realmente vai fazer?

Meus olhos se estreitaram.

– Por que eu o deixaria fazer algo que eu sei que vai machucar alguém?

– Como você sabe que alguém vai se machucar? – Roth jogou a cabeça para o lado, enviando ondas de cabelos pretos como corvos através de sua testa lisa. – Você nunca realmente esperou para ver o que um demônio vai fazer, não é mesmo?

Comecei a mentir, mas me afastei, concentrando-me no Demonete. O demônio de cabelo verde espetado esfregou uma mão ao longo do queixo enquanto observava um operário descer e se dirigir para outra área da construção, bloqueada por uma corda de malha laranja. O homem pegou um tipo de serra, agitando-a no ar enquanto ria de algo que seu amigo dizia.

– Só espera e olha o que acontece antes de julgá-lo. – Roth deu de ombros. – Não vai doer.

Eu o fulminei com um olhar enviesado.

– Não estou julgando ninguém.

Roth inclinou sua cabeça para o lado.

– Você quer que eu finja que não sei sobre as covardias que você comete depois da escola?

– Covardias? – Eu revirei meus olhos. – Estou apenas marcando...

– O que os ilumina para os Guardiões acabarem com eles depois – ele concluiu. – Então não tenho ideia de como você pode pensar que isso não é brincar de juiz e júri.

– Isso é uma estupidez. Você quer que eu o deixe fazer algo maligno? Eu acho que não.

Ele pareceu considerar aquilo.

– Sabe o que eu acho que é o seu problema?

– Não, mas aposto que você vai me esclarecer.

– Ah, é, vou sim. Você não quer ver o que o Demonete vai fazer porque tem medo de que não seja algo nefasto, e então terá que lidar com o fato de que seus Guardiões são assassinos e não salvadores.

Minha boca se abriu, mas meu estômago também se revirou com as suas palavras. Se o que ele disse fosse verdade, isso viraria meu mundo de cabeça para baixo. Mas não poderia ser verdade. Demônios eram malignos.

– Muito bem – eu retruquei –, vou esperar.

Roth deu um sorriso atrevido.

– Bom.

Murmurando baixinho, eu me concentrei novamente no Demonete. Eu ia ter que dar uma boa explicação quando ele destruísse uma calçada inteira de transeuntes. Era impossível considerar qualquer outra alternativa. Toda a minha vida foi construída em torno de uma simples crença: demônios mereciam ser punidos sem dúvida alguma.

O Demonete empurrou a pedra marmorizada e estendeu a mão, casualmente passando os dedos ao longo da parte inferior do andaime, depois continuou andando. Um segundo mais tarde, um gemido alto perfurou o ruído do trânsito e o andaime começou a estremecer. Os operários viraram a cabeça abruptamente. O homem largou a serra que segurava e gritou. Vários outros operários saíram correndo da lateral do prédio, agarrando seus capacetes amarelos enquanto todo o andaime vinha abaixo, desabando como um acordeão atrás da corda laranja.

Quando a névoa de poeira se assentou e os palavrões explodiram como tiros, pedestres pararam nas calçadas, alguns tirando fotos do desastre com seus celulares. E, meu Deus, era um desastre. Quem sabia quanto tempo havia demorado para montar o andaime, e as ferramentas tinham sido presas a ele, mas muito provavelmente foram destruídas quando o andaime desmoronou.

Eu só fazia encarar.

– Hmm – Roth murmurou lentamente. – Isso foi definitivamente um passo para trás no projeto e algum dinheiro desperdiçado, mas malvadeza maligna puramente? Não, acho que não.

– Ele... Ele provavelmente queria que o andaime caísse na calçada.

– É, fique tentando se convencer disso.

Ninguém tinha se machucado. Quase como se o demônio tivesse esperado até que o último homem descesse do andaime para tocá-lo. Eu não conseguia processar o que tinha visto.

Roth colocou um braço sobre os meus ombros.

– Vamos lá. Vamos procurar outro.

Eu afastei o braço dele quando começamos a andar pela calçada. Roth estava cantarolando aquela maldita música de novo.

– O que é isso?

Ele parou.

– O que é o quê?

– A música que você fica cantarolando.

– Ah. – Ele sorriu. – *Paradise City*.

Levei alguns segundos para entender.

– Guns N' Roses?

– Música boa – respondeu ele.

Encontramos outro Demonete mexendo nos postes conectados aos semáforos. Todos os quatro lados do cruzamento ficaram verdes ao mesmo tempo. Seguiram-se incríveis batidas de carro, mas, novamente, ninguém ficou ferido. A Demonete em questão poderia ter mexido com o sinal de pedestres, o que teria sido muito ruim, mas ela não fez isso.

A coisa toda era mais travessa do que sinistra.

– Dizem que a terceira vez é a da sorte. Quer tentar?

– Não – eu sussurrei, letárgica e confusa. Eram apenas dois demônios. Não poderia significar nada demais.

Roth arqueou uma sobrancelha escura.

– Você quer marcar? Não? Achava que não mesmo. Que tal fazermos outra coisa?

Parando em uma faixa de pedestres, lancei a Roth um olhar atravessado.

– É por isso que você mandou eu parar de marcar? Porque acha que os Demonetes são inofensivos?

– Eu *sei* que os Demonetes são inofensivos. Nem todos os demônios são. Alguns de nós são realmente malignos, mas aqueles que você tem condenado à morte? Não. – Ele fez uma pausa enquanto meu estômago afundava. – Mas não. O meu pedido realmente não tem nada a ver com isso.

– Então o quê?

Ele não respondeu até atravessarmos a rua, pisando no meio-fio.

– Você está com fome?

Meu estômago resmungou em resposta. Eu estava sempre com fome.

– Roth...

– Vou melhorar a proposta pra você. Você come comigo e eu lhe conto sobre a outra que era como você. Você adoraria saber sobre ela, não é mesmo? – Ele exibiu um sorriso triunfante. – Fique comigo e eu vou te contar o que sei ao final da nossa pequena aventura. Não antes.

Eu cruzei por um grupo de turistas. Minha curiosidade estava me queimando de dentro para fora, e era mais fácil me concentrar nisso em vez de pensar na possibilidade de condenar Demonetes relativamente inofensivos à morte. Mas um acordo com um demônio era literalmente fazer um acordo com o diabo.

– Qual é a pegadinha?

Roth parecia terrivelmente inocente.

– Você passa um tempo comigo. Eu prometo. É só isso.

– Você já mentiu pra mim – Eu cruzei meus braços. – Como é que eu vou saber se você não está mentindo agora?

– Acho que é um risco que você vai precisar correr.

Um casal de idosos passou por nós, sorrindo na nossa direção. Roth lhes devolveu um de seus sorrisos mais encantadores enquanto eu pensava o que fazer. Eu duvidava que Abbot esperasse qualquer marcação hoje à noite, já que eu nem tinha certeza se ainda estava autorizada a marcar. Puxando o ar, acenei com firmeza.

– Está bem.

O sorriso dele se abriu ainda mais.

– Ótimo. Eu conheço o lugar perfeito.

– Isso me preocupa – respondi com franqueza.

– Você me excita.

Eu ruborizei, ocupando-me com o ajuste da alça na mochila. Em seguida, ele estendeu a mão, tirando meus dedos da alça. Senti meu coração pular descontrolado e meu rosto ficou ainda mais quente.

– Você é sempre assim? – perguntou Roth, virando minha mão sobre a dele.

– Assim como?

– Fica nervosa facilmente, sempre corando e desviando o olhar – Ele passou as pontas dos dedos sobre a minha palma. A carícia disparou um choque em mim, seguindo o caminho dos nervos até as pontas dos meus dedos. – Como agora. Você está corando de novo.

Tirei minha mão da dele.

– E você é sempre irritante e bizarro.

Ele riu. Não uma gargalhada falsa. Roth estava verdadeiramente se divertindo com os meus insultos. Maluco.

– Tem uma cafeteria perto do Verizon Center que serve os melhores muffins do mundo.

– Você come muffins? – Aquilo me parecia estranho. – Achava que você bebia sangue de virgens e comia coração de vaca.

– O quê? – Roth riu novamente, e aquele som profundo era agradável. – O que os Guardiões te ensinaram? Eu adoro muffins. Quer pegar o metrô ou ir andando?

– Andando – respondi. –u não gosto de metrô.

Partimos em direção à Rua F, o que levaria algum tempo a pé. Eu mantive o olhar propositalmente focado nas almas cintilantes à minha frente, consciente de Roth em todos os níveis. O mais estranho era que, quando olhava para ele e não via uma alma, sentia alívio ao invés de horror. Estar rodeada por almas o dia inteiro acabava comigo. O vazio era um alívio.

Mas também era algo que ia além disso.

Estar perto de Roth era uma espécie de *libertação*. Além de Zayne e dos Guardiões, ele era o único que sabia o que eu era. Até meus melhores amigos não faziam ideia sobre mim. Roth sabia, e ele não se importava. Zayne e os Guardiões se importavam. Era verdade que Roth era um demônio de sangue puro de sabe Deus o quê, mas eu não precisava fingir com ele.

– Eu também não gosto de descer para o metrô – disse Roth depois de um tempo.

– Por quê? Deveria ser como ir para casa pra você.

– Exatamente.

Eu o observei. Com as mãos enfiadas nos bolsos da calça e a expressão sincera em seu rosto, ele parecia estranhamente vulnerável. Mas quando ele me olhou de relance, ele me encarou com uma expressão predadora. Eu tremi e apertei os olhos para ver o sol brilhante.

– Como é lá embaixo?

– Quente.

Revirei os olhos.

– Isso eu já imaginava.

Roth tirou um panfleto anti-Guardião da parte de trás de um banco no caminho e o entregou a mim.

– É como aqui, só que mais escuro. Acho que tenta espelhar o mundo da superfície, mas tudo fica deturpado. Não é um lugar muito paisagístico. Muitos penhascos, rios que não têm fim e terras arrasadas onde cidades ruíram. Acho que você não iria gostar.

O panfleto tinha o mesmo desenho grosseiro que os outros tinham. Eu o joguei em uma lixeira próxima.

– Você gosta de lá?

– Eu tenho escolha? – perguntou ele com dureza. Eu podia sentir seus olhos em mim, estudando minha reação.

– Eu diria que sim. Ou você gosta ou não. – Os lábios dele se afinaram.

– Eu gosto mais daqui.

Tentei manter minha expressão neutra enquanto parávamos em outro cruzamento agitado.

– Você vem aqui com frequência?

– Mais do que eu deveria.

– O que isso significa? – Inclinei minha cabeça para trás, encontrando seu olhar intenso.

– É... real aqui em cima. – Ele colocou uma mão na base das minhas costas, e aquele peso queimou através do meu suéter fino da maneira mais... inesperadamente deliciosa enquanto ele me guiava pela rua. – Então, quando você começou a marcar demônios?

Eu mordisquei meu lábio, insegura do quanto eu deveria contar a ele.

– Eu tinha treze anos quando comecei.

Suas sobrancelhas se elevaram.

– Demorou tanto tempo assim para eles perceberem que você conseguia fazer isso?

– Não. Depois que eles... me encontraram, eles sabiam que eu podia ver almas. Acho que eu comentei sobre ver a alma deles ou algo assim. Foi um acidente descobrirem que eu conseguia marcar demônios.

– O que aconteceu? – perguntou ele, baixando a mão.

– Acho que eu tinha uns dez anos e estava com um dos Guardiões – contei. – A gente tinha saído para comer algo. Vi uma pessoa que não tinha aura e eu esbarrei nela na fila. Foi como se eu tivesse ligado um interruptor. Ninguém mais parecia notar, só o Guardião.

– E o resto é o resto – Roth parecia presunçoso. – Os Guardiões encontram um meio demônio que pode ver almas e marcar demônios. Parece meio conveniente demais.

– Não sei o que você quer dizer com "conveniente". Eu *sou* uma Guardiã também, sabe.

Ele me encarou.

– Você não tá me dizendo que você nunca considerou seriamente que a razão pela qual eles te mantêm por perto é por causa do que você pode fazer.

– E a razão pela qual você tá interessado em mim não tem nada a ver com o que eu posso fazer? – eu ironizei, me sentindo um tanto ousada e orgulhosa.

– É claro que estou interessado em você por causa do que você faz – respondeu ele casualmente. – Eu nunca disse o contrário.

Eu desviei de um grupo de adolescentes da minha idade. As garotas vestidas de saias curtas e meias de renda até os joelhos esticaram os pescoços para Roth.

– Eles não sabiam o que eu podia fazer quando me encontraram, Roth. Então pare de tentar fazer com que eles sejam os vilões da história.

– Eu gosto quando as pessoas tentam classificar as coisas em boas e más, como se tudo fosse direto assim.

– É direto assim, sim. Sua espécie é ruim. Os Guardiões são bons – Minha resposta soava oca. – Eles *são* bons.

Roth passou uma mão pelo cabelo, fazendo com que caísse de forma desajeitada sobre sua testa.

– E por que você acha que os Guardiões são tão bons?

– As almas deles são puras, Roth. E eles protegem as pessoas de coisas como você.

– Pessoas com as almas mais puras são capazes das maiores maldades. Ninguém é perfeito, não importa o que sejam ou de que lado lutem – Roth pegou minha mão, me fazendo desviar de um grupo de turistas com pochetes. – Um dia vou comprar uma dessas pra mim.

A risada saiu antes que eu pudesse segurá-la.

– Você ficaria muito sexy usando uma pochete.

O sorriso dele aqueceu seu rosto – e *me* aqueceu.

– Eu ficaria sexy em quase tudo.

Eu ri de novo, balançando a cabeça.

– Você é tão modesto.

Roth deu uma piscadela.

– A modéstia pertence aos perdedores, coisa que eu não sou.

Eu balancei a cabeça, sorrindo.

– Eu lhe diria que esse comentário provavelmente te rendeu uma passagem para o Inferno, mas você sabe...

Roth inclinou sua cabeça para o lado, rindo.

– É, sim. Você faz ideia de quantas vezes as pessoas já me disseram para ir para o Inferno?

– Eu só posso imaginar.

Eu vi o topo do Verizon Center.

– Não me canso dessa – disse Roth, sorrindo suavemente.

121

Capítulo 9

Viramos na Rua F e eu me aproximei dele, apontando para o outro lado da rua.

— Quando eu era pequena, costumava me sentar do outro lado do centro de artes performáticas e assistia a eles pelas janelas. Gostaria de ter só um tiquinho da graça e do talento deles. Você deveria me ver dançando.

— Hm — Roth murmurou, olhos dourados brilhando. — Eu gostaria de ver você dançar.

Era comum um demônio distorcer cada comentário em algo relacionado a insinuações sexuais? A multidão aumentou mais perto do centro de artes, um sinal claro de que haveria um concerto mais tarde. Meu olhar pousou sobre um casal encostado na esquina do prédio. Eles estavam envolvidos um no outro, alheios ao mundo ao seu redor. Eu mal conseguia dizer onde um terminava e o outro começava. A inveja espiou dentro de mim, e eu me forcei a desviar o olhar.

Roth estava me observando enquanto eu olhava para o casal. Ele sorriu com um sorriso de lobo.

— Então, como é uma marca em um demônio?

— Você não consegue ver? — eu sorri. — Bem, não vou te contar.

Roth riu.

— Justo. Posso te perguntar outra coisa?

Eu o espreitei. Ele estava olhando para frente agora, com os lábios em riste.

— Claro.

— Você gosta de fazer isso? Marcar demônios?

– Sim. Estou fazendo algo bom. Quantas pessoas podem dizer isso? – Rapidamente, acrescentei: – Eu gosto.

– Não te incomoda que a sua *família* prontamente te coloque em perigo para servir o seu próprio propósito?

Irritação explodiu em mim como o reflexo do sol de inverno sobre a neve.

– Eles não querem muito que eu continue marcando, então não estão me colocando prontamente em perigo. Fico feliz por poder ajudar. Será que você pode dizer o mesmo sobre o que você faz? Você é mau. Você arruína a vida das pessoas.

– Não estamos falando de mim – ele respondeu com calma. – E o que você quer dizer com eles não querem que você continue marcando? Acho que estes Guardiões e eu temos algo em comum.

Eu segurei a alça da mochila no meu ombro, mentalmente me dando um chute na cara.

– Não é nada. Estou cansada de falar sobre mim.

Nós paramos em frente ao café que Roth tinha comentado mais cedo. Os biscoitos e muffins frescos expostos na vitrine cantavam para mim.

– Com fome? – Roth sussurrou no meu ouvido.

Sua proximidade estava dificultando a minha respiração. Eu podia ver a ponta da cauda da serpente saindo pelo seu colarinho. Levantei a cabeça, engolindo em seco.

– A tua tatuagem está se mexendo.

– Bambi fica entediada – Sua respiração arrepiou os cabelos próximos à minha orelha.

– Ah – eu sussurrei –, então... ela vive em você ou algo assim?

– Ou algo assim. Você tá com fome ou não?

Foi quando notei o sinal de Não Servimos Guardiões Aqui. Senti a repulsa me invadindo.

– Acho que sei por que você gosta desse lugar – Sua risada confirmou minhas suspeitas. Eu me virei para ele. – Impressionante. Eles não servem Guardiões, mas servem a sua espécie.

– Eu sei. Chama-se ironia. Adoro.

Balançando a cabeça, entrei na cafeteria. Aqueles biscoitos pareciam bons demais para deixar passar. Dentro do lugar cheio estava um pouco mais quente do que na rua. O cheiro de pão recém-assado encheu o ar, assim como a conversa suave das pessoas sentadas em mesas de estilo bistrô. Eu pedi um sanduíche frio e dois biscoitos de açúcar. Roth pediu um café e um muffin de mirtilo – o fato de ele comer muffin ainda me surpreendia. Encontramos uma mesa perto do fundo da cafeteria, e eu tentei não estranhar o fato de que eu estava jantando com um demônio.

Pensei em alguma pergunta normal para fazer enquanto comia meu sanduíche.

– Quantos anos você tem?

O olhar de Roth saltou de onde ele estava estrategicamente desfazendo seu muffin em vários pedacinhos menores para colocar na boca.

– Você não acreditaria em mim se eu contasse.

– Provavelmente não – eu sorri. – Mas tente.

Ele colocou um pedacinho do muffin na boca, mastigando devagar.

– Dezoito.

– Dezoito... o quê? – Eu terminei meu sanduíche enquanto ele olhava para trás, sobrancelhas levantadas. – Espera aí. Você tá tentando me dizer que você tem apenas dezoito anos?

– Sim.

Fiquei boquiaberta.

– Você quer dizer dezoito em anos de cachorro, certo?

Roth riu.

– Não. Quero dizer dezoito anos, que nasci exatamente dezoito anos atrás. Sou um bebê demônio, basicamente.

– Um bebê demônio – repeti lentamente. Quando pensava em bebês, a imagem de algo macio e fofinho me vinha à mente. Nada em Roth se assemelhava a um bebê. – Você tá falando sério.

Ele assentiu, limpando as migalhas das mãos.

– Você parece bem surpresa.

– Eu não estou entendendo.

Eu peguei um dos biscoitos.

– Bem, tecnicamente, demônios não são realmente vivos. Eu não tenho alma.

Eu franzi a testa.

– Você foi encubado em enxofre ou algo assim?

Roth jogou a cabeça para trás, rindo.

— Não. Eu fui concebido como você, mas nosso crescimento é muito diferente.

Eu não deveria estar curiosa, mas não conseguia evitar.

— Diferente como?

Ele se inclinou para a frente, sorrindo enquanto seus olhos brilhavam.

— Bem, nascemos como bebês, mas dentro de algumas horas amadurecemos. Isso – Ele gesticulou para si mesmo – é apenas uma forma humana que eu escolhi usar. Pra ser sincero, todos nós somos praticamente iguais.

— Então são como os Guardiões, você tá usando uma forma humana. Bem, como você é de verdade?

— Tão lindo como sou agora, mas um tom de pele muito diferente.

Eu suspirei.

— De que cor?

Roth pegou sua xícara enquanto abaixava o rosto. Ele olhou para mim através dos seus cílios espessos.

— Um garoto deve ter alguns segredos. Mantém o mistério vivo.

Revirei os olhos.

— Que seja.

— Talvez eu te mostre algum dia.

— Até lá eu não vou estar interessada. Foi mal – Avancei para o meu segundo biscoito. – Então, de volta pra coisa dos dezoito anos. Você parece muito mais maduro do que caras normais. Isso é coisa de demônio?

— Nós somos oniscientes.

Eu ri.

— Que conversa fiada. Você tá dizendo que nasceu sabendo de tudo?

Roth sorriu com malícia.

— Basicamente. Eu saí desse tamaninho – ele abriu as mãos mostrando uma distância de cerca de um metro – para o que eu sou agora em cerca de vinte e quatro horas. Meu cérebro cresceu junto.

— Isso é tão esquisito.

Ele pegou o café e tomou um gole.

— Então, o que você sabe sobre sua outra metade?

E ele estava mais uma vez falando de mim. Eu suspirei.

— Não muito. Eles me disseram que a minha mãe era um demônio, e isso é tudo o que eu sei.

– O quê? – Roth se recostou na cadeira. – Você realmente é muito inocente sobre a sua linhagem. É fofo, mas estranhamente irritante.

Mordisquei o meu biscoito.

– Eles acham que é melhor assim.

– E você acha que tá tudo bem eles te manterem completamente no escuro sobre a outra parte de você?

Eu dei outra mordida, encolhendo os ombros.

– Não é como se eu tivesse orgulho da outra metade.

Ele revirou os olhos.

– Sabe, isso meio que me lembra de uma ditadura. A maneira como os Guardiões te tratam, digo.

– Como assim?

– Mantendo as pessoas no escuro, longe da verdade, faz com que elas sejam mais fáceis de serem controladas – Ele bebericou o café, me observando sobre a borda. – É o mesmo que fazem com você – Ele deu de ombros. – Não que você se importe, aparentemente.

– Eles não me controlam. – Eu quebrei o biscoitinho de maneira grosseira, considerando, por um breve momento, jogá-lo na cara dele. Mas isso seria um desperdício de um biscoito perfeitamente bom. – E acho que você deve trocar uma ideia com alguns dos piores ditadores do mundo.

– Eu não diria que troco uma ideia com eles. – Pensativo, ele apertou os lábios. – Está mais pra espetá-los com atiçadores quentes quando estou entediado.

Eu me encolhi.

– Sério?

– O Inferno não é legal para aqueles que trilharam seu caminho até lá.

Pensei naquilo por um momento.

– Bem, eles meio que merecem serem torturados eternamente. – Olhei ao redor da cafeteria, através das almas cintilantes e dos retratos emoldurados nas paredes. Eram fotos dos antigos proprietários, cada um deles idoso e grisalho. E então eu a vi.

Ou vi a alma dela primeiro.

Alerta de pecadora. A essência ao seu redor era manchada, um caleidoscópio de tons escuros. Eu me perguntei o que ela tinha feito. Uma vez que sua alma se esvaneceu, vi que ela parecia uma mulher normal de uns trinta e poucos anos. Ela estava bem vestida, usava saltos realmente bonitos e carregava uma bolsa maravilhosa. Seu cabelo loiro era um pouco acobreado, mas tinha um corte curto da moda. Ela parecia normal. Nada que desse medo ou aversão, mas eu sabia mais do que isso. O mal fervia sob a fachada da normalidade.

– O que é? – Parecia que Roth falava à distância. Eu engoli em seco.

– A alma dela... É bem ruim.

Ele parecia entender. Eu me perguntava o que ele via: uma mulher vestida com roupas bonitas, ou alguém que tinha pecado tão gravemente que sua alma estava agora manchada?

– O que você vê? – ele perguntou, como se tivesse pensado exatamente a mesma coisa.

– É escura. Marrom. Como se alguém tivesse pegado um pincel, mergulhado em tinta vermelha e sacudido em volta dela – Eu me inclinei para a frente, sendo sufocada pela ânsia. – É lindo. Errado, mas lindo.

– Layla?

Cravei minhas unhas na toalha de mesa.

– Oi?

– Por que você não me fala sobre o colar?

A voz de Roth me puxou de volta à realidade. Arrastando meu olhar para longe da mulher, eu respirei fundo. Olhei para o meu biscoito, meu estômago se enchendo de lava.

– O que... o que você quer saber?

Ele sorriu.

– Você usa o tempo todo, não é?

Eu movi os dedos até que eles tocassem no metal suave do anel.

– Sim, eu não sou muito fã de joias. – Como que compelida, eu me voltei novamente para a mulher. Ela estava no balcão, fazendo seu pedido. –, mas eu uso isso o tempo todo.

– Layla, olha pra mim. Você não quer ir por esse caminho.

Com esforço, eu me concentrei nele.

– Sinto muito. É que é tão difícil.

Suas sobrancelhas se ergueram.

– Você não precisa se desculpar por algo que é natural pra você, mas tirar a alma de um ser humano... Não dá pra voltar atrás desse tipo de coisa.

Diferentes emoções me atravessavam. A primeira foi surpresa. Por que é que Roth, sendo o que era, não queria que eu saltasse da cadeira e sugasse alguma alma? Mas, então, o chicote amargo da tristeza me atingiu.

– Por que você se importa? – Roth não disse nada. Eu suspirei. – Não é natural. O que eu quero dela, ou de qualquer um, falando nisso. Eu não posso sequer chegar perto de um garoto, Roth. Essa é a minha vida. – Eu peguei um biscoito e o sacudi na frente do meu rosto. – Isso é tudo que eu tenho. Açúcar. Eu sou um anúncio ambulante para diabetes em desenvolvimento.

Uma carranca profunda tomou o rosto marcante de Roth.

– Sua vida vai muito mais além do que o que você não pode fazer. E quanto a todas as coisas que você *pode* fazer?

Eu ri, balançando a cabeça.

– Você nem me conhece.

– Eu sei mais do que você imagina.

– Bem, isso é super esquisito e você é um demônio pregando sobre a vida pra mim. Tem alguma coisa bizarramente errada com isso.

– Eu não estava pregando.

Eu olhei para o balcão. Ela tinha ido embora. Eu me afundei na cadeira, o alívio tão doce quanto os biscoitos.

– De qualquer forma, o colar pertencia à minha mãe. Sempre esteve comigo. Eu nem sei o porquê. Quer dizer, é idiotice, já que ela era um demônio e nem me queria. E aqui estou eu, correndo por aí usando o anel dela. Patético.

– Você não é patética.

Abri um sorriso, sem entender muito bem por que eu tinha admitido isso. Não era algo que eu tinha dito sequer a Zayne. Dei outra mordida no biscoito e o deixei cair no guardanapo.

Movendo-se tão rapidamente quanto Bambi, Roth esticou o braço sobre a mesa do bistrô, pegou minha mão e levou meus dedos para sua boca. Antes que eu pudesse reagir, ele lambeu as migalhas de açúcar que o biscoito tinha deixado ali.

Eu ofeguei, mas o ar ficou preso na minha garganta. Um formigamento agudo se espalhou pelo meu braço e pelo meu peito, depois se estendeu para baixo, muito mais para baixo. Um peso se aninhou logo abaixo dos meus seios, diferente e intenso, mas não desagradável.

– Isso... isso me deixa desconfortável.

Roth olhou para mim através dos seus cílios espessos.

– Isso é porque você gosta.

Uma grande parte de mim gostava, mas eu soltei minha mão da dele, olhando em volta da pequena cafeteria. Eu me sentia anormalmente quente.

– Não faça isso de novo.

Ele sorriu.

– Mas você é tão saborosa.

Limpei meus dedos no guardanapo.

– Acho que terminamos.

Ele pegou minha mão novamente.

– Não. Não fuja ainda. A gente só estava começando.

Meus olhos se fixaram nos dele e senti... senti como se estivesse caindo.

– Começando com o quê?

Seus dedos deslizaram entre os meus.

– Virando amigos.

Eu pisquei com força.

– Nós não podemos ser amigos.

– Por que não? – Roth enlaçou seus dedos nos meus. – Existe uma regra que eu não estou sabendo?

De repente, eu não tinha mais certeza. Ele se levantou para pagar a nossa conta enquanto eu tentava descobrir o que estava acontecendo entre nós. Eu poderia ser amiga dele? Eu ao menos queria tentar ser? Eu provavelmente deveria ter tentado fugir enquanto ele esperava na fila, mas não fiz isso.

Uma garçonete de meia-idade se aproximou da nossa mesa. Sua alma era de um rosa desbotado, um contraste completo com o olhar abatido em seu rosto e o brilho do cansaço do mundo em seus olhos.

Ela pegou os guardanapos e pratos vazios enquanto olhava por cima do ombro para onde Roth estava.

– Aquele garoto parece ser complicado.

Eu ruborizei, subitamente muito interessada na gola da minha camisa.

– Pode-se dizer que sim.

A garçonete soltou o ar pelo nariz e seguiu para outra mesa.

– Por que você tá com o rosto vermelho? – Roth perguntou.

– Por nada – Peguei a mochila e me levantei. – Você prometeu me contar sobre a pessoa que conseguia fazer o que eu faço. Acho que agora é a hora.

– É, não é? – Ele segurou a porta aberta para mim.

Na luz do sol poente, todos os edifícios do distrito pareciam antigos e hostis. Paramos perto de um pequeno parque da cidade, cuidadosamente mantido. Olhei para Roth, esperando.

– Eu sei o que você quer saber, mas primeiro eu tenho uma pergunta.

Lutando contra a minha impaciência, dei-lhe um curto aceno positivo com a cabeça. Ele baixou o queixo novamente, parecendo terrivelmente inocente.

– Você nunca foi beijada, não é?

– Isso *realmente* não é da sua conta – Eu cruzei os braços enquanto Roth esperava por uma resposta. – Eu acho que é óbvio. Eu não posso beijar ninguém. Essa questão de sugar almas dificulta as coisas, sabe.

– Não se você estiver beijando alguém que não tem alma.

Eu fiz uma careta.

– E por que eu beijaria alguém que não tem…

Ele se moveu incrivelmente rápido. Eu nem tive chance de reagir. Num segundo, ele estava parado a um bom metro de distância e, no seguinte, suas mãos estavam gentilmente aninhando minhas bochechas. Houve um momento em que me perguntei como algo tão forte e mortal poderia segurar qualquer coisa com tanto cuidado, mas então ele inclinou minha cabeça para trás e abaixou a dele. Meu ritmo cardíaco entrou em parafuso. Ele não ia me beijar. De jeito nenhum.

Roth me beijou.

O toque de seus lábios foi investigativo no início, uma varredura sem pressa de sua boca contra a minha. Todos os músculos do meu corpo travaram, mas eu não me afastei como deveria, e Roth emitiu um som grave no fundo de sua garganta que provocou arrepios na minha espinha. Mais uma vez, seus lábios acariciaram os meus, mordiscando e agarrando-se a eles até que eu os abri em uma arfada. Ele aprofundou o beijo com um impulso da sua língua. Meus sentidos entraram em sobrecarga, disparando para todas as direções. O beijo... O beijo era tudo o que eu podia imaginar que um beijo deveria ser e um pouco mais. Sublime. Explosivo. Meu coração tremulava descontroladamente, de um anseio tão profundo que dardos de medo dispararam em minhas veias.

– Tá vendo – ele murmurou com uma voz grossa e se afastou, seus dedos traçando linhas sobre as minhas bochechas. – Sua vida não é só sobre tudo que você não pode fazer. É sobre o que você *pode* fazer.

– Você tem um piercing na língua – eu disse estupidamente.

Um brilho perverso encheu seu olhar.

– Esse não é o meu único piercing.

As palavras de Roth não chegaram em mim. De repente, eu estava com tanta raiva que pensei que eu ia dar uma de *O Exorcista* e minha cabeça ia girar inteira. Ele *se atreveu* a me beijar. E eu tinha gostado de verdade? Eu não sabia com quem ficar mais irritada – com ele, ou meu corpo traidor. Mas, espera aí, onde mais ele tinha um piercing? Esse último pensamento fez meu cérebro se lambuzar feliz na sujeira, e isso me deixou ainda mais irritada.

Roth inclinou a cabeça para o lado.

– Agora você foi beijada. Uma coisa a menos na lista de desejos.

Eu o soquei.

Fiz um movimento para trás com o braço, ganhando impulso, e lhe dei um soco no estômago como se eu fosse um pugilista peso-pesado.

Ele resmungou uma risada sufocada.

– Ai. Isso meio que doeu.

– Nunca mais faça isso de novo!

Mesmo depois de eu ter batido nele, Roth ainda parecia satisfeito consigo mesmo.

– Você sabe o que dizem sobre primeiros beijos.

– Que as pessoas se arrependem deles?

Seu sorriso desvaneceu.

– Não. Eu ia dizer que "as pessoas nunca se esquecem".

Lutando para não bater nele novamente – ou rir – eu respirei fundo.

– Me fala sobre a pessoa que era como eu, ou vou embora daqui.

– Você é tão dramática. – Ele enfiou as mãos nos bolsos. – Tem certeza de que quer saber sobre ela?

Eu tinha certeza de três coisas: eu nunca iria esquecer aquele beijo, eu precisava saber sobre esse demônio e eu estava realmente ficando exausta daquela atitude de sabichão dele.

– Sim. Tenho certeza.

– A pessoa que podia fazer o que você faz era um pouco mais... investida em sua capacidade – disse ele, se apoiando nas costas de um banco.

Eu apertei os lábios. Nenhuma outra explicação era necessária. A pessoa como eu gostava de levar almas.

– Ela também era muito boa no que fazia, tão boa que era um dos demônios mais poderosos que já andou na superfície. Havia outras coisas que ela podia fazer além de tomar almas.

Uma pilha de nervos se formou no meu estômago.

– O que mais ela podia fazer?

Roth deu de ombros, seu olhar fixo sobre a minha cabeça.

– Coisas que você provavelmente não vai querer saber.

A minha respiração ficou presa enquanto um desconforto se espalhou por mim como uma erva daninha asfixiante.

– Quem era ela, Roth?

Seus olhos encontraram os meus, e uma parte em mim já suspeitava qual seria a resposta.

– Esse demônio era a sua mãe – disse ele, seu olhar nunca deixando o meu.

– Tá certo – Eu engoli. Secamente. E eu dei um passo para trás. – Então isso explica o que eu posso fazer. Faz sentido, né? A maioria das pessoas tem os olhos da mãe. Acabou que herdei a habilidade demoníaca de sugar almas. E o anel dela. Qual era o nome dela, afinal?

Eu não tinha certeza se eu precisava saber o nome dela, porque isso a tornaria ainda mais *real* para mim, mas eu não podia desfazer a pergunta.

Roth soltou um suspiro suave.

– Sua mãe era conhecida por muitos nomes, mas a maioria a conhecia como Lilith. E, por causa disso, você está na Lista dos Mais Procurados do Inferno.

Sentada no banco, à espera de Morris, eu olhava para frente sem ver ou ouvir nada. Beleza, então minha mãe era um demônio que sugava almas.

Não era preciso um grande salto de inteligência para descobrir isso, mas eu não esperava quem ela era. Lilith? Tipo *a* maldita Lilith? A mamãe de todas as coisas que dão medo no escuro? Sem chance. Tinha de haver outra Lilith porque aquele demônio não vinha à superfície há um milênio.

A sabedoria popular afirmava que Lilith fora a primeira esposa de Adão e tinha sido criada como ele, mas ela se recusou a se tornar subserviente a Adão. Isso causou muitas batalhas épicas entre eles, que no fim resultaram em Deus banindo Lilith do Éden e depois criando Eva. Nem é preciso dizer que Lilith não era uma jogadora feliz. Para se vingar de Adão e de Deus, ela fugiu e seduziu o arcanjo Samael. Depois disso, as coisas foram de mal a pior.

Até aí era verdade, mas o resto era, em sua maioria, bobagens do que eu tinha aprendido nos textos religiosos velhos e obtusos que Abbot tinha em seu escritório. Toda aquela história de devorar bebês era pura mentira. Lilith nunca dormiu com Satanás. Ela nunca dormiu com *nenhum* demônio. Ela dormiu apenas com um anjo, e o resto eram todos consortes humanos. Mas os Alfas não estavam muito satisfeitos com ela em primeiro lugar, e depois que ela ficou com Samael, eles a puniram.

Cada criança que Lilith gerou daquele ponto em diante era um monstro – um súcubo, um íncubo, e praticamente qualquer outra criatura demoníaca que se possa imaginar. E o pior de tudo, ela tinha dado à luz aos Lilin, uma raça de demônios que podia roubar almas com um único toque. Eles foram seus primeiros e mais poderosos filhos. Foi nessa época que a primeira geração de Guardiões apareceu, criada pelos Alfas para combater os Lilin. Eles conseguiram acabar com os demônios Lilin e capturar Lilith. Os textos diziam que Lilith tinha sido enviada para o Inferno por um dos Guardiões, acorrentada lá embaixo por toda a eternidade.

Como a maioria das coisas que os Alfas faziam, aquilo simplesmente não fazia sentido para mim. Através do nascimento de tantos demônios, Lilith se transformou ela mesma em um demônio, e, porque os Alfas a haviam punido, eles acidentalmente criaram os Lilin, uma legião de demônios tão temida e poderosa que poderiam garantir que nenhum humano passasse pelas portas do Céu.

Não importava o quão bons eles haviam sido em vida, humanos que morriam sem alma existiam entre o Céu e o Inferno, presos no meio do caminho por toda a eternidade. Atormentados pela sede e fome intermináveis, eles se transformavam em espectros violentos e vingativos, dos quais até mesmo os demônios tinham medo. Os espectros podiam interagir com o mundo dos vivos, e quando o faziam, geralmente acabava em uma carnificina.

Ajeitando meu cabelo para trás, eu vi uma alma azul cintilante deixar rastros atrás de um homem de jeans rasgados. Minha mãe não podia ser *aquela* Lilith. Porque se ela era, o que isso dizia sobre mim? Como eu poderia superar uma linhagem como aquela? E se Lilith fosse realmente minha mãe, então Abbot teria que saber, e não tinha como alguém deixar uma criança de Lilith andar livremente por aí. Além disso, havia toda a questão de ela estar acorrentada ao Inferno. Não era como se alguém fosse deixá-la sair e engravidar, dando à luz uma criança.

Lista dos Mais Procurados do Inferno? Eu estremeci. Era por isso que um demônio Imitador e um zumbi tinham... Cortei esse pensamento. Nada do que Roth me contou podia ser verdade. O que eu estava fazendo sequer considerando tudo aquilo? Confiar nele seria como dar na cara dos Guardiões. Demônios mentiam. Até eu mentia. Bem, a minha mentira realmente não tinha muita relação com ser um demônio, mas ainda assim. Roth estava apenas brincando comigo, tentando me fazer parar de marcar demônios. E se o Inferno estava atrás de mim, então aquela poderia ser a única razão verdadeira.

Apertando meus dedos ao redor do anel, eu segurei um resmungo antes que ele escapasse. Eu tinha beijado um demônio. Ou ele tinha me beijado. A semântica provavelmente não importava agora. De qualquer maneira, os meus lábios tinham estado nos lábios de um demônio. O meu primeiro beijo. Meu Jesus...

Quase gritei quando vi o Yukon preto chegando. Eu precisava seriamente de uma distração dos meus pensamentos incômodos. Eu me levantei e coloquei a mochila em um dos ombros. Um arrepio estranho desceu pelo meu pescoço, eriçando os minúsculos pelos do meu corpo. Não era como das outras vezes quando eu esperava por Morris. Aquilo foi diferente.

Virei-me, analisando os pedestres na calçada. Borrões de rosa desbotado e azul e algumas auras mais escuras, mas em ninguém estava faltando uma alma. Torcendo o pescoço, me levantei nas pontas dos pés e tentei ver para além da esquina, para além da frota de táxis que se alinhavam. Nada parecia ser demoníaco, mas ainda assim, o sentimento era familiar.

Morris buzinou, chamando minha atenção. Sacudindo a cabeça, disparei entre dois táxis e abri a porta do passageiro. O sentimento me atingiu novamente, como uma mão fria viajando em volta do meu pescoço. Estremecendo, me sentei no banco do passageiro e fechei a porta, meus olhos na fila de táxis. Algo... algo não estava certo.

– Você tá sentindo isso? – perguntei, me virando em direção a Morris. Ele levantou as sobrancelhas e, como de costume, não disse nada. Às vezes eu fingia que a gente conversava. Eu até mesmo encenava uma ou duas vezes para Morris. Gostava de pensar que o divertia.

– Bem, eu sinto algo estranho. – Inclinei-me para a frente enquanto ele dirigia o SUV para as ruas congestionadas. Três táxis também saíram, bloqueando a maioria das lojas e calçadas. – É como se um demônio estivesse por perto, mas não vejo nenhum.

Três quarteirões depois e o sentimento não só persistiu, mas cresceu como uma nuvem sinistra. Malícia e malevolência preencheram as ruas, infiltrando-se no Yukon, sua presença sufocante. Gotas de suor apareceram na testa enrugada de Morris.

– Agora você tá sentindo, não é? – Eu me agarrei às bordas do meu assento. – Morris?

Ele confirmou com um aceno de cabeça, o olhar aguçado enquanto contornava um caminhão lento e depois cortou na frente dele, pegando a rampa de saída. Dois táxis estavam bem atrás de nós, além de uma série de carros que também estavam entrando no anel viário.

O sentimento de malícia pendia, espesso e obscuro. Tão potente que parecia que o que quer que estivesse causando o sentimento sufocante estava no banco de trás, respirando em nossos pescoços. *Aquilo* era um sentimento do mal em sua mais pura forma, algo que eu nunca tinha percebido perto de um Demonete.

– Morris. Acho que temos de nos apressar e chegar em casa.

Ele já estava agindo, pisando no acelerador enquanto costurava através do tráfego congestionado. Contorcendo-me no meu assento, espreitei pela janela de trás e o meu coração disparou. Atrás de nós, um táxi estava tão perto que eu conseguia ver a cruz de prata pendurada no espelho retrovisor. O fato de que o taxista estava a centímetros de beijar nossa traseira não era um grande problema; taxistas eram loucos quando se tratava de dirigir pela cidade. Não, foi o *motorista* atrás do volante que fez meu coração apertar de tanto medo.

Agora eu sabia de onde o sentimento ruim estava vindo.

O espaço em torno do motorista curvado era mais escuro do que qualquer sombra, espesso como óleo. Finas camadas de prata – minúsculas partículas de humanidade – espreitavam através da escuridão de sua alma, quase invisíveis. Sua alma se espalhava para além dele, infiltrando-se pela frente do táxi, deslizando sobre o painel e rastejando sobre a janela.

– Ai, meu Deus – eu sussurrei, sentindo o sangue desaparecer do meu rosto. – O motorista está possuído!

Assim que as palavras saíram da minha boca, Morris torceu o volante para a direita. Uma buzina soou. Pneus guincharam. Ele afundou o pé no freio, me fazendo sacudir enquanto evitava, por um triz, cortar a traseira de um caminhão de entrega. Uma série de manobras rápidas depois e vários carros estavam entre nós e o taxista possuído.

Eu encarei Morris.

– Caramba. Para um velho, você sabe dirigir.

Morris manteve suas mãos apertadas no volante, mas sorriu para o que eu disse.

Um segundo depois, estávamos na rampa de saída, voando pela estrada. O Yukon patinou quando ele fez uma curva rápida para a direita, e eu gritei, agarrando a alça "puta-que-pariu" do carro. Então o carro pesado cambaleou para a frente enquanto ele enfiava pé no acelerador até o chão. Atingimos o estreito trecho de duas pistas da estrada privada a velocidades vertiginosas.

E não estávamos sozinhos.

O táxi estava se aproximando de nós, e depois estava na outra faixa, indo na direção errada, aproximando-se do nosso carro. Meu coração pulou para a minha garganta enquanto eu olhava para dentro do táxi.

A escuridão da alma do homem desapareceu, revelando um rosto pálido e vazio. O humano estava em piloto automático, completamente sob o controle do demônio que o possuiu. Possessão, junto com assassinato, era um dos piores crimes, e era proibida de acordo com a Lei do Equilíbrio. Os humanos perdiam todo o livre-arbítrio uma vez que um demônio soprava sua essência neles, possuindo-os. Apenas demônios de Status Superior estavam autorizados a possuir humanos. Roth? Era provável, já que ele era o único demônio de Status Superior que eu tinha visto, com a excepção daquele que tinha se movido rápido demais para eu ter certeza. Pavor preencheu meu estômago como chumbo. Será que Roth possuiu aquele homem porque eu me recusei a parar de marcar demônios? Se fosse isso, eu tinha simplesmente colocado a vida de Morris em perigo. A raiva e a culpa giraram dentro de mim, fazendo com que minhas mãos se fechassem até que as unhas se fincassem nas palmas.

De repente, o táxi estava acelerando ao nosso lado. Como um profissional, Morris manteve seu olhar treinado na estrada, mas um grito queria escalar minha garganta. Meus músculos tensionaram, como se meu corpo já soubesse o que esperar.

Morris deu uma guinada. Duas rodas saíram da estrada, passando por terra batida. Mas, meu Deus, ele tinha agido tarde demais. Eu fechei os olhos com força, o terror tomando conta de mim.

O táxi bateu em nós.

Capítulo 10

O impacto foi ensurdecedor.

O metal sendo esmagado deu lugar a uma explosão de branco que me atirou para os lados e, em seguida, me empurrou para trás. Um segundo antes do *airbag* bater no meu rosto, eu vi um borrão de árvores se aproximando rapidamente em direção à frente do carro.

Deus abençoe Morris, porque de alguma forma, mesmo com um *airbag* no rosto, ele virou o volante, girando o veículo de modo que, ao invés da frente do carro, foi a traseira que bateu no tronco grosso de uma árvore antiga. Mas o impacto não foi menos brutal, nos jogando para trás.

Quando o carro finalmente parou, tinha certeza de que eu ia ter uma parada cardíaca.

– Morris. Morris! – Eu empurrei o *airbag* que se esvaziava, tossindo enquanto um pó branco se espalhava no ar. – Você tá bem?

Ele se inclinou para trás, piscando várias vezes enquanto acenava com a cabeça. O pó branco polvilhava suas bochechas, mas além de uma gota de sangue escorrendo do nariz, ele parecia bem.

Voltando minha atenção para o outro carro, eu soltei meu cinto de segurança com dedos trêmulos. A frente inteira do táxi era uma placa de metal torcido e amassado. No para-brisa havia um buraco do tamanho de um corpo. Manchas de uma substância vermelha escura cobriam as bordas do vidro quebrado e salpicavam o capô do carro.

– Ai, meu Deus – eu disse, deixando o cinto de segurança bater para trás. – Eu acho que o outro motorista foi ejetado.

Bati no maldito *airbag* enquanto lutava para alcançar a mochila e pegar meu celular. Eu precisava pedir ajuda, precisava fazer alguma coisa.

Mesmo que o taxista tivesse nos atingido, ele estava possuído e de maneira alguma era responsável por suas ações. Ele era um ser humano inocente, e eu tinha que fazer alguma coisa. Não havia muito movimento por esta estrada e...

Um rosto ensanguentado e mutilado apareceu do lado de fora da janela do passageiro. Eu me inclinei para trás, engolindo um grito. A náusea subiu rapidamente. O rosto... meu Deus, o rosto estava destruído. Cacos de vidro estavam enfiados nas bochechas dele. A carne estava rasgada. Trilhas de sangue escorriam pelo seu rosto como chuva. Um dos olhos aparecia quase que arrancado. Seu lábio inferior... o lábio mal estava ali e a cabeça estava inclinada em um ângulo anormal. O cara deveria estar morto, ou pelo menos em coma.

Mas ele ainda estava de pé e andando. Péssimo sinal.

Ele agarrou a maçaneta da porta do carro e puxou, arrancando a porta direita do Yukon de suas dobradiças. Ele a atirou para o lado e depois estendeu o braço, mãos ensanguentadas vindo diretamente na minha direção.

Morris colocou um dos braços em torno dos meus ombros enquanto eu me precipitava para longe do assento, mas o maldito possuído continuava vindo. Inclinando-me para trás contra Morris, eu levantei meus joelhos e bati com ambos os pés contra a camisa rasgada do taxista, empurrando o homem para trás.

O possuído voltou a aparecer, determinado. Uma de suas mãos prendeu meu tornozelo quando eu o chutei para longe novamente, e ele puxou, me arrancando para fora do carro. Sangue espumava para fora da sua boca – para fora de um maldito *buraco* na sua garganta. Eu gritei e bati minhas mãos descontroladamente, conseguindo agarrar o câmbio do carro. Por um segundo, meu corpo subiu pelo ar, metade de mim para fora do Yukon enquanto o possuído me puxava como se ele estivesse disposto a me rasgar em dois pedaços.

Morris disparou para a frente, abrindo o porta-luvas. Houve o flash de algo brilhante metálico e preto e, em seguida, uma explosão disparou através do interior do carro. O possuído se afastou e soltou meu tornozelo. Eu caí de lado sobre o assento e o console entre o motorista e o passageiro. Uma dor opressora atravessou o meu corpo. Uma fumaça ocre queimou meus olhos.

O possuído ficou parado com os olhos vidrados, um buraco de bala no centro da testa. Então sua cabeça caiu para trás e a boca se abriu. Um grito desumano escapou dele, uma mistura entre um bebê gritando e o ganido de um cão.

Fumaça vermelha saía da boca aberta, preenchendo o ar com sua imundice e fedor. Ela continuou saindo até que a última gavinha se desenrolasse para fora e uma nuvem de fumaça em movimento se formasse. O possuído caiu no chão, mas a nuvem continuou a se expandir. Formas delineavam dentro dela. Dedos e mãos se pressionavam para fora, como se alguma coisa estivesse procurando uma maneira de escapar.

De repente, a massa se encolheu, e uma forma oval alongada se formou, quase como uma cabeça. Aquilo se virou para nós, e o pânico explodiu no meu peito.

Aquela coisa não morria de jeito nenhum.

Além da massa, os topos das árvores começaram a tremer como se Godzilla estivesse prestes a surgir. Àquela altura, tudo era possível. Os galhos balançavam para frente e para trás, descartando as últimas folhas que se agarravam a eles. Elas caíam como chuva, nublando o céu em castanhos e verdes suaves.

Algo grande estava a caminho.

Então, ao longo da margem da floresta tremulante que cercava a estrada, o sol poente atingiu um ponto e refletiu sobre uma cauda de ônix espessa e brilhante deslizando ao longo do solo coberto de folhas.

Fiquei sem fôlego. Bambi.

A massa pulsava e se torcia, mas aquela maldita cobra era *rápida*. Disparando pelo chão, ela se arqueou no ar, engolindo a essência do mal em um segundo.

E então não havia nada, nenhuma essência ou cobra gigante. O cheiro horrível de enxofre perdurou, mas não era mais tão forte, e o sentimento de malícia desapareceu. Havia apenas o som da respiração pesada de Morris e o meu coração batendo forte.

– Você viu aquilo? – Olhei para o rosto de Morris.

Sua expressão dizia "viu o quê?" e eu não tinha certeza se ele tinha visto Bambi, ela se moveu rápido demais.

– Jesus Cristo – murmurei. Morris sorriu.

Na mansão, o caos reinava.

A partir do momento em que Morris e eu explicamos o que tinha acontecido, raiva e tensão se infiltraram em todos os cômodos da casa gigante. Um humano possuído vindo atrás de alguém não era coisa boa. E a ideia de alguém chegar tão perto da casa fez todos os Guardiões se agitarem. Todos com exceção de Zayne, porque não fazia ideia de onde ele estava.

Mesmo com toda a segurança e os encantos cobrindo os acres de terra em que a casa era situada, tudo tinha sua limitação. Por causa de... Bem, por minha causa.

A minha presença perturbava os encantos protetores. Provavelmente não tanto quanto um demônio de sangue puro ou um possuído, mas os Guardiões precisavam ser cuidadosos para não me matarem acidentalmente. Eu não tinha ideia de como meu dia tinha começado meio que normal, pelo menos normal para mim, e terminado com todo o meu sistema de crenças sendo questionado, meu primeiro beijo sendo com um demônio, descobrindo que minha mãe poderia ser *a* Lilith e sendo perseguida por um humano possuído.

Como é que as coisas puderam terminar tão mal?

A caminho para descartar o corpo e os destroços dos dois carros, Nicolai, um Guardião de vinte e poucos anos que havia perdido a companheira e o filho no ano passado durante o parto – como tantos outros –, parou onde eu estava.

– Você tá bem, Layla? – ele perguntou, colocando uma mão no meu ombro.

Embora Nicolai raramente sorrisse hoje em dia e fosse mais reservado do que os outros, ele sempre foi gentil comigo. Alguns dos Guardiões, mesmo sendo membros do clã, me tratavam como se eu não valesse nada por causa do meu sangue.

Eu estava machucada e abalada, e um tanto quanto apavorada, mas eu acenei com a cabeça.

– Estou bem.

Ele apertou meu ombro e saiu, deixando-me em uma sala cheia de Guardiões irritados. Cansada, me sentei no sofá.

No centro dos seis Guardiões, Abbot matinha uma postura clara de guerreiro. As pernas afastadas, sua coluna reta e os braços cruzados. Não precisava dizer que ele não estava feliz. Eles estavam falando em voz baixa, e Elijah e o filho estavam lá, trocando olhares sombrios que se voltavam para mim de vez em quando. Não restava dúvidas de que Elijah e Petr me culpavam.

Eu já tinha sido interrogada. Não questionada ou confortada, mas interrogada sobre os eventos. Não era grande coisa. Um humano possuído era uma verdadeira crise. As minhas habilidades de resiliência não eram uma prioridade. Depois de contar a Abbot e ao clã tudo o que eu lembrava, desde o primeiro indício de que algo estava errado até o momento em que percebi que o pobre motorista estava possuído, ele voltou sua atenção para os homens.

— Procure na cidade por atividade demoníaca de Status Superior – ele ordenou, e várias cabeças concordaram. – Detenham *qualquer* demônio para interrogatório. Se um demônio está possuindo humanos, então algo está para acontecer. Até mesmo um Demonete pode saber o que está acontecendo. Façam esses demônios falarem.

Um dos Guardiões sorriu. Vários olhares foram trocados, todos transparecendo que estavam ansiosos pelo trabalho da noite.

Uma sensação desconfortável e angustiante se aninhou no fundo do meu estômago. Se eles fossem capturados para interrogatório... Morrer seria uma conclusão mais agradável para um demônio. Minhas entranhas se torceram. Havia um armazém na cidade onde os Guardiões detinham demônios. Nunca tinha ido lá, mas ouvia os Guardiões falando sobre o que acontecia naquele lugar e como eles faziam os demônios falarem.

Eu não tinha contado ao clã sobre Bambi, já que Morris parecia não ter visto a cobra. A culpa mastigava minha pele, mas Bambi viera em nosso auxílio. Não havia como dizer o que aquela essência maligna teria feito se a cobra não a tivesse engolido.

Batendo o pé, eu abracei meu próprio torso e mordi o lábio. Não ter contado a Abbot era errado. A vida dos Guardiões poderia estar em perigo. Os *humanos* poderiam estar em perigo. Mas eu mantive toda a situação de Roth para mim mesma por tanto tempo que eu não tinha certeza de como começar. E se Abbot soubesse sobre ele, iria me tirar da escola. E eu odiava a parte de mim que era demônio, porque me fazia estar mais preocupada com o que *eu* ganharia e o que *eu* poderia perder do que com como as coisas afetavam as outras pessoas. Mas essa era a pegadinha. Às vezes o sangue demoníaco ganhava. Eu sabia que era errado. Tinha entendido bem aquilo, mas não significou nada no fim das contas.

– Sabíamos que isso ia acabar acontecendo – rosnou Elias –, que este dia era...

Abbot lançou um olhar para ele que dizia "cala a boca", e me perguntei sobre o que é que o outro Guardião estava falando. Sem dúvida que ele estava prestes a culpar tudo isso no meu sangue demoníaco. Fechando meus olhos, eu respirei fundo. Imediatamente, vi o rosto mutilado do pobre homem que havia sido possuído. Enquanto eu vivesse, nunca esqueceria aquele homem. Estremecendo, eu forcei meus olhos a se abrirem, e meu olhar procurou por um rosto em particular.

Limpei a garganta.

– Onde está Zayne?

Geoff, que eu nunca realmente via andando pela casa, já que parecia que ele vivia na sala de controle, virou-se para mim. Seu cabelo castanho na altura dos ombros estava puxado para trás, revelando traços amplos. Quando ele sorria, havia uma covinha no seu queixo. Mas ele não estava sorrindo agora.

– Ele saiu com Danika e Jasmine. Eles levaram os gêmeos para o parque com outro macho.

O ardor amargo do ciúme foi rápido para subir, e era tão errado, mas de qualquer maneira rastejou sobre a minha pele.

Os olhos agudos de Geoff não perderam nada.

– A gente ligou pra eles, e eles estão voltando imediatamente.

Lançando meu olhar para o tapete, eu só podia imaginar e sentir vergonha com o que Geoff pegou em suas câmeras. Se alguém sabia de tudo, era ele.

– Layla? – A voz de Abbot chamou minha atenção, e eu olhei para cima para encontrá-lo de pé na minha frente. – Você tem certeza de que o possuído não disse nada pra você?

Eu balancei a cabeça negativamente enquanto observava o clã sair para encontrar e *interrogar* demônios. Petr parou brevemente, seus olhos se estreitando sobre mim, e então ele saiu pela porta, seguindo o pai. Apenas Geoff permaneceu. Ele ficou perto da porta, braços cruzados.

– Não. Acho que não era capaz de falar. Ele tinha um... – Eu me perdi na frase, estremecendo quando lembrei do buraco irregular na garganta do possuído. – Ele não conseguia falar.

Ele se ajoelhou, seu olhar excepcionalmente afiado.

– E aquele Rastreador que fingiu ser um Imitador, não disse nada? – Minha cabeça se levantou.

– Não. Quer dizer, eu acho que ele disse "te peguei", mas não tenho certeza. Por quê?

Abbot olhou para Geoff, que murmurou algo em voz baixa.

– O quê? – perguntei, apertando minhas mãos entre os joelhos. – O que tá acontecendo?

Ele beliscou a ponte de seu nariz e se levantou.

– Eu acho que é hora de você parar de marcar demônios.

Comecei a protestar, mas Geoff levantou o queixo e falou sobre a minha voz.

– Obviamente não é mais seguro pra você ou para o clã, Layla.

O déjà vu me atingiu, e meu coração falhou.

– Eu não me machuquei, nem Morris, não de verdade. Ele não precisa mais ir me pegar. Eu posso...

– Em poucos dias, você teve um Rastreador, um zumbi e um possuído chegando perto de você. Não existe nada de coincidência quando lidamos com demônios. Um deles quase chegou ao nosso complexo, Layla.

Uma imagem de Roth apareceu na minha cabeça.

– Por que... por que você acha que os demônios estão chegando perto de mim?

O silêncio se alongou por algum tempo, e Abbot disse:

– Parece que eles podem ter descoberto a sua habilidade. – Ele parou, olhando para longe. Um músculo estalou em sua mandíbula. – Não pode haver outra razão.

Não consegui identificar, e talvez tenha sido só um caso de paranoia, mas tive dificuldade em acreditar que aquilo era tudo o que Abbot sabia. Com certeza tinha mais coisa que ele não estava disposto a compartilhar.

– Não é seguro pra você agora – Geoff se aproximou, parando ao lado de Abbot. – Se os demônios perceberam o que você pode fazer, você não pode mais marcar. É perigoso demais.

– Eu sei como me defender. Zayne me ensinou.

Abbot escarneceu.

– O que quer que o meu filho te tenha ensinado, não será suficiente para enfrentar um demônio determinado a acabar com você, criança. Você não tem mais o elemento surpresa, que era *tudo* o que você tinha. E você sabe disso.

Eu queria discutir, mas, caramba, ele tinha razão. Eu conhecia os meus limites, mas não fazia nada daquilo mais tolerável. Eu me recostei de volta contra o couro flexível do sofá.

– Vamos descobrir o que está acontecendo, Layla. – A voz de Abbot se abrandou um pouco. – Eu sei como é importante pra você ajudar nessa guerra, mas no momento eu não posso me dar ao luxo de me preocupar com a sua segurança. Sinceramente, devia te tirar da escola.

O medo se apoderou de mim, e eu me levantei de supetão, pronta para implorar e suplicar.

– Por favor, Abbot, não faz isso. Tá tudo bem na escola. Estou segura lá e...

– Eu não disse que ia fazer isso. Pelo menos não agora, mas eu não quero mais que Morris dirija você. Um dos membros do clã vai fazer isso.

E era isso. Eu fui considerada basicamente em confinamento a não ser que eu estivesse na escola ou que um dos Guardiões estivesse comigo. O que era meio irônico, considerando que havia um demônio de Status Superior na minha aula de biologia, mas agora eu sabia sem sombra de dúvidas que se eu compartilhasse essa pequena anedota, eu acabaria estudando em casa. Parte de mim entendeu a precaução.

Subi as escadas, deixando Geoff e Abbot para conversarem mais daquele jeito em voz baixa. Assim que abri a porta do meu quarto, ouvi os gritos animados dos gêmeos vindos do saguão. Virando-me, eu me preparei para o som de passos determinados, para Zayne correr na minha direção e procurar por lesões que eu não tinha. Para ele me puxar para um daqueles abraços gigantescos que faziam tudo parecer melhor.

Vozes masculinas ecoavam do andar de baixo, uma delas era de Zayne. A raiva aprofundou sua voz, assim como a do seu pai. Eles não estavam discutindo, mas ouvi o tom suave de Danika se intrometendo, e então as vozes baixaram.

Eu esperei.

Não havia passos subindo as escadas, e as vozes se dissiparam à medida que se moviam mais para dentro da casa, provavelmente para o subsolo.

Um suspiro escapou dos meus lábios enquanto eu estava lá, ainda aguardando a chegada de Zayne, mas ele nunca subiu as escadas. Ele nunca veio.

Na manhã seguinte, eu me levantei cedo como fazia todos os sábados. Claro, ainda estava chateada com o que aconteceu com Zayne, mas era sábado de manhã. Tinha de haver uma razão para ele não me ter visto ontem à noite. O mais provável é que Abbot o fez deixar a mansão imediatamente para ir ajudar o resto dos Guardiões, mas nós tínhamos planos. Nós sempre tínhamos planos no sábado de manhã.

Mesmo com a possibilidade de demônios estarem me procurando, eu ficaria bem porque estaria com Zayne. Ele era o tipo de babá que eu aprovaria.

E queria perguntar a Zayne sobre a minha mãe. Achava que conseguiria fazer isso sem levantar suspeitas e sabia que ele me contaria a verdade. Em toda a minha vida, Zayne nunca mentiu para mim. Eu confiava nele e sabia que ele me diria que eu não tinha nada com o que me preocupar, que minha mãe não era *a* Lilith.

Esperei até as oito da manhã e depois fui até a porta do quarto dele, como sempre fazia. A essa altura, ele já estaria voltando para a sua forma humana, abrindo a porta a qualquer minuto. Mas a porta não se abriu às oito. Dez minutos se passaram. Depois de meia hora, eu me sentei. Quando o relógio anunciou nove horas, comecei a me sentir mal. E se algo tivesse acontecido com Zayne? E se ele estivesse ferido ou coisa pior?

Incapaz de esperar por mais tempo, eu me levantei e corri para o primeiro andar. Abbot ainda não estava em repouso. Ele estava com Elijah e alguns outros homens do clã. Eu derrapei ao parar na frente de seu escritório, sem fôlego.

Abbot levantou a cabeça, um leve olhar de diversão cruzando seu rosto quando me viu perto da porta.

– Layla?

Cada um dos homens se virou para olhar para mim. O calor cobriu minhas bochechas enquanto eu cruzava meus braços sobre o peito.

– Zayne voltou? – Eu não conseguia perguntar se ele tinha sido ferido. As palavras não conseguiam sair pela minha boca.

Abbot pareceu confuso por um momento enquanto acariciava a barba.

– Ah, hoje é sábado, não é?

Eu concordei com a cabeça.

– Acredito que Zayne tenha esquecido – disse Nicolai em sua voz suave.

Elijah se encostou à porta, bocejando alto.

– Zayne está com Danika. Nós encontramos com ela pouco antes do amanhecer. Eles falaram algo sobre tomar café da manhã.

Meu olhar se desviou rapidamente para Abbbot. Ele parecia satisfeito com o desenvolvimento da história. Claro, ele queria que Zayne acasalasse com a garota, então ele provavelmente estava torcendo em silêncio e já imaginando bebês saltitantes, mas eu não conseguia respirar.

Andando ao redor da cadeira, os olhos de Nicolai pousaram em mim. Simpatia brilhou em seu rosto, e meu coração doeu da pior maneira.

– Você quer comer alguma coisa? Ou só café?

Elijah e seus homens riram com escárnio, o que Nicolai ignorou.

– Isso não será necessário – disse Abbot. – Você precisa de seu descanso, Nicolai, e Layla realmente não deveria sair depois do que aconteceu ontem à noite.

– Posso dispensar uma ou duas horas para a menina – A expressão de Nicolai se afiou. – Não fará mal a ninguém, e ficaremos bem.

– Que caridoso – murmurou Elijah.

A humilhação trouxe lágrimas ardentes aos meus olhos. Afastando-me da porta do escritório, eu balancei a cabeça.

– Não. Tá... tá tudo bem.

– Mas...

Eu me virei, correndo antes que Nicolai pudesse terminar a frase. Zayne tinha esquecido de mim. Eu não podia acreditar. Ele *nunca* esqueceu os nossos sábados. Talvez ele não tivesse esquecido. Talvez ele tivesse apenas me substituído por Danika, uma companheira muito mais adequada. Mas eu não conseguia entender. Ele nunca tinha prestado tanta atenção a ela antes.

Mas agora ele estava.

Comecei a me dirigir para a porta da frente, mas parei no hall de entrada. A luz do sol entrava pelas janelas. Para onde eu poderia ir? Ficar pela casa da árvore novamente, como uma panaca? Eu estava presa naquela casa.

De volta ao meu quarto, voltei a vestir o pijama e rastejei para a cama. Não queria chorar. Era fraco e estúpido derramar lágrimas por algo assim, mas minhas bochechas acabaram ficando úmidas de qualquer maneira e meu peito doía. Enrolei-me de lado, acariciando o anel com a mão até que lentamente voltei a dormir.

Horas depois, uma batida na porta do meu quarto me despertou do sono. Eu me forcei a abrir os olhos para ver que, do lado de fora da janela do quarto, o sol estava se pondo. Eu tinha dormido o dia todo. A batida veio novamente. Eu puxei o edredom grosso sobre a cabeça.

A porta se abriu.

– Laylabélula?

Eu me escondi, esperando que ele simplesmente fosse embora.

Alguns momentos depois, a cama se mexeu sob o peso de Zayne. Ele apalpou ao redor até que sua mão pousou na minha cabeça.

– Cadê você embaixo desses cobertores? – Ele tateou a cama algumas vezes. – Não consigo te encontrar. – Eu o odiava por fazer brincadeiras. Houve um momento de silêncio. – Você tá brava comigo.

Apertei os olhos até ver uma luz branca.

– Você se *esqueceu* de mim.

Outro momento de silêncio se seguiu.

– Não era minha intenção te esquecer, Layla. Depois de tudo o que aconteceu ontem à noite com o humano possuído, todos nós ficamos fora até tarde. Simplesmente... aconteceu.

Um estranho sentimento de vazio se abriu no meu peito.

– Em todos os anos que nos conhecemos, você nunca me esqueceu – Um nó seco se formou na minha garganta. – Eu esperei por você, sabe?

Daí, feito a idiota que eu sou, pensei que tinha acontecido alguma coisa com você. Então eu fiz um papelão na frente de todo o clã.

– Fiquei sabendo que Nicolai se ofereceu pra ir com você.

Relembrar aquilo fez eu me sentir ainda pior.

– Vai embora.

Zayne agarrou a borda do cobertor, puxando-o dos meus punhos. Eu clamei desesperadamente pelo controle do cobertor, mas Zayne o segurou para longe de mim. Eu desisti, caindo de costas na cama.

– Você é um saco.

– Sinto muito. – Ele parecia exausto. Sombras fracas floresciam sob seus olhos, o cabelo estava uma bagunça, mais ondulado que o normal, e a camisa estava amassada. – Layla, eu realmente sinto muito. Eu queria muito ter voltado pra cá a tempo. E eu queria ver você, eu estava preocupado contigo. Perdi o controle das coisas.

– Você tá horrível – eu disse. – Acho que você ficou acordado até mais tarde do que o normal, hein?

Os olhos de Zayne se estreitaram.

– Não mais do que eu normalmente ficaria se estivesse com você.

Mas ele não esteve comigo.

– Por que você pediu a Danika pra ficar de olho em mim?

Ele piscou.

– Então tudo isso. – Ele gesticulou para mim – é sobre um pedido? Você tá com raiva porque eu pedi a ela pra te ajudar se você precisasse de alguma coisa?

– Estou zangada porque você me deu um bolo esta manhã, e, sim, estou zangada porque você contou a ela sobre o meu problema.

– Layla, todo mundo aqui sabe o que você pode fazer. Não é um segredo.

Eu me sentei, empurrando a bagunça que era o emaranhado de cabelo para longe do meu rosto.

– Nem todo mundo sabe o quanto isso me afeta! E você sabe disso. Mas você contou pra Danika.

Confusão se espalhou pelo rosto de Zayne.

– Não entendo qual é o problema. Não é como se a gente estivesse falando mal de você.

– Você não sabe qual é o problema? – Eu saí da cama, ignorando as cobertas que se derramaram para o chão. Tudo saiu de mim. Toda a raiva, frustração e confusão borbulharam para a superfície. E havia uma dor mordaz de luto também, porque parecia que eu estava *perdendo* Zayne. – Você sabe o quão vergonhoso, o quão *humilhante* é as pessoas pensarem que eu sou tão quebrada por dentro? Jesus Cristo. Jasmine já acha que eu vou sugar a alma de seus bebês e agora Danika me segue no meio da noite. Quer dizer, quando ela não está seguindo *você*.

– Jasmine não acha isso, Layla – Ele virou o torso, enfiando a mão no cabelo. – Você tem estado tão nervosa ultimamente. Achei que seria uma boa ideia caso...

Eu recuei.

– Caso o quê, Zayne?

– Layla, eu não quis dizer nada com isso. – Ele se levantou, erguendo as mãos, desamparado.

Por alguma razão, meu olhar caiu sobre uma velha casa de bonecas no canto do meu quarto. Depois de todos esses anos, eu nunca tive coragem de guardá-la no sótão. As memórias de forçar Zayne a brincar de bonecas comigo pareciam tão antigas. Por que eu estava me prendendo a elas, por que me prendia a ele, quando era tudo tão sem sentido?

– Sabe, eu sequer acho que o que aconteceu essa manhã ou eu ter pedido a Danika pra te ajudar tem algo a ver com o porquê de você estar agindo dessa maneira – disse Zayne, com sua voz cheia de frustração.

Eu franzi a testa, voltando-me para ele.

– E por qual outro motivo eu estaria com raiva?

– Você tá chateada porque Danika está aqui. Você fica assim toda vez que ela vem visitar, mas é mais do que óbvio desta vez.

Minha boca se abriu, e o estranho sentimento vazio e nojento se espalhou.

– Você realmente acha que é isso? Que ridículo. Você fez eu me sentir um lixo quatro vezes, Zayne.

– Quatro? Do que diabos você tá falando?

Levantei uma mão, contando em cada dedo.

– Você puxou meu tapete com a história de marcar demônios, e devia estar feliz, porque depois da noite passada, já não posso mais marcar. Você disse a Danika pra tomar conta de mim, *para o caso* de eu dar uma de demônio pra cima de todo mundo. – Eu sabia o quão louco isso tudo parecia, mas não conseguia parar. – Você nem sequer veio saber como eu estava ontem à noite. E você me esqueceu essa manhã para passar tempo com outra pessoa!

Ele atravessou o quarto, parando na minha frente.

– Eu sugeri que você parasse de marcar porque é perigoso pra você, o que acabou sendo verdade, não foi? Eu disse a Danika para ficar de olho em você porque *eu me importo* com você. Esquisito, né? – Seus olhos pálidos estalaram em chamas, agarrando-se aos meus e mantendo o olhar. – Eu não vim te ver ontem à noite porque eu imaginei que você estava descansando e eu saí imediatamente pra caçar. E eu sinto muito sobre essa manhã. Não estou tentando te substituir, Layla. Foi um erro de verdade.

– Mas você *está* me substituindo! – Percebendo o que eu tinha dito, coloquei as mãos sobre a boca e recuei. Pior ainda eram as lágrimas se acumulando em meus olhos.

Sua expressão suavizou instantaneamente. Ele ergueu um braço na minha direção, mas eu recuei. Algo semelhante a dor passou pelo seu rosto.

– Não é nada disso.

Eu abaixei minhas mãos.

– Mas você tá passando tanto tempo com ela. Eu mal te vi desde que ela chegou aqui. Ela tá fazendo tudo o que eu... – Eu parei, mordendo o interior da minha bochecha até sentir o gosto de sangue. *Idiota. Garota idiota.*

– Faz apenas alguns dias. Ela vai embora em algumas semanas. – Zayne passou os dedos pelo cabelo novamente. – Por favor, não seja assim, Layla.

Nossos olhos se encontraram, e eu sabia que ele estava esperando que eu dissesse que estava tudo bem. Que eu estava de boa com as coisas agora, e eu não ficaria chateada com Danika. Eu não disse nada, porque não estava de boa com isso, e o ciúme e a amargura eram como comprimidos azedos explodindo no meu estômago. Isso era mais do que uma paixonite não correspondida. Ele era meu amigo, o único amigo que *realmente* me conhecia, e eu o estava perdendo.

Balançando a cabeça, Zayne deu de ombros. Então ele foi até a porta do meu quarto, parando para me olhar por cima do ombro.

– Sinto muito.

– Se desculpar não faz eu me sentir melhor – eu disse só porque eu queria ser uma ingrata.

Um músculo ao longo de sua mandíbula se contraiu. Vários segundos se passaram antes que ele falasse novamente.

– Sabe, você fica constantemente reclamando sobre as pessoas te tratarem como uma criança. É difícil te tratar como uma mulher adulta quando você age assim.

Ai. Ele poderia ter me batido e teria doído menos.

Por um momento, Zayne parecia arrependido de ter falado aquilo, mas a expressão se perdeu enquanto ele esfregou a mão sobre o rosto. Ele abriu a porta.

– A propósito, o pai falou com os Alfas ontem à noite.

Meu coração vacilou em meu peito.

– Os Alfas?

Ele deu um aceno curto de cabeça.

– Eles estão vindo aqui amanhã.

Tudo o mais foi esquecido em um instante. A história toda com Lilith, até mesmo a dor aguda que suas palavras deixaram para trás.

– Você vai se encontrar com eles?

– Não. Eles só querem falar com o pai. – Acenei lentamente com a cabeça.

– Então eu não deveria ficar aqui?

– Não. Você não deveria ficar aqui.

Capítulo 11

Os Alfas realmente eram como o bicho-papão para qualquer criatura com um traço de sangue demoníaco em seu corpo. Nem mesmo os Guardiões ficavam totalmente confortáveis perto deles. Eu fiquei cuidando o relógio, sabendo que eles viriam antes do anoitecer. Já devia ter saído de casa, mas não tinha para onde ir e... E eu queria vê-los de novo.

Eu fiquei pela cozinha enquanto Jasmine tentava enfiar um lanche nos gêmeos antes que ela os colocasse para dormir. Izzy e Drake estavam na mesa, ligados no modo gárgula. Seus pequenos chifres pretos balançavam para cima e para baixo enquanto riam.

Jasmine estava entre eles, e de repente enrijeceu.

Sua reação causou uma vibração nervosa no meu peito. Eu coloquei meu copo de suco na mesa.

– Eles estão aqui?

– Ainda não. – Ela alisou as mãos sobre a frente de sua blusa de mangas curtas – Mas os homens estão se preparando para sua chegada.

Era estranho como todos eles estavam conectados. Segundos depois, eu os ouvi se movendo lá em cima. Eu não tinha visto Zayne o dia todo. Era oficial: ele estava me evitando. Eu precisava vê-lo, porque, depois de encarar o teto a noite toda, eu sabia que deveria me desculpar. Eu estava colocando muita pressão nele, esperando coisas que não devia. Ele se importava, mas a distorção acontecia do lado de cá, porque o que eu sentia por ele era mais do que deveria.

– Aonde você vai? – Jasmine perguntou, rapidamente limpando as caixas de suco de maçã e biscoitinhos em formas de animais.

Ajeitei o cabelo para trás.

– Eu não sei. Espero conseguir me encontrar com Zayne antes que eles cheguem aqui. Se não, eu acho que vou sair pra casa da árvore. – *Feito uma perdedora...*

Um olhar afiado beliscava o rosto de Jasmine.

– Como você vai saber quando eles forem embora?

– Não sei. Se eu não conseguir falar com Zayne, acho que alguém vai me ligar. – Pelo menos era o que eu esperava. – Quanto tempo você...

Um estrondo alto cortou minhas palavras. Copos tremeram no armário. Panelas de aço inoxidável bateram umas contra as outras. Eu me afastei do balcão, juntando as mãos. Num instante, todo o ar foi sugado para fora da casa. A estática permeou o ambiente. Eu não me atrevi a me mover. Até mesmo os gêmeos pareciam sentir sua chegada, olhando com olhos arregalados para a mãe.

Os Alfas com certeza adoravam as suas entradas extravagantes.

Uma explosão de energia eriçou os pelos minúsculos do meu corpo. O estrondo parou e o ar cheirou a algo almiscarado e doce. Não teria esse mesmo cheiro para todo mundo. O Céu cheirava como você quisesse, como o que você desejasse. Rosas? Panquecas com xarope de bordo? Borracha queimada. Seja o que fosse. A última vez em que eles estiveram aqui, tinha cheirado a menta de inverno para mim. Jasmine me olhou, mas eu já estava dando a volta no balcão. Instintivamente soube que eles estavam na biblioteca. Eu me esgueirei pelo corredor, parando a vários metros de distância. Luz suave e luminosa passava por debaixo da porta, deslizando pelo chão de madeira de bordo, subindo pelas paredes da cor de creme de manteiga. A luz pulsava, tornando-se mais uma entidade viva à medida que as gavinhas atravessavam o teto, pingando traços de luz brilhante em poças cintilantes no tapete.

Era a luz que as pessoas viam momentos antes de morrerem. E era linda. Celestial. Para alguns, não havia nada a temer na morte. Não quando *isso* esperava por eles.

Ali era o mais longe que eu podia ir. Eles já sabiam que eu estava aqui, em algum lugar da casa, mas eu não conseguia me afastar. Minha garganta começou a queimar, e minha pele formigava. Era simplesmente torturante estar perto de algo tão puro e não querer... bem, devorar sua essência.

Eu sabia que precisava sair, mas estendi a mão, passando as pontas dos meus dedos pela luz. Ofegante, eu puxei minha mão de volta. Estava quente – queimando. As pontas dos meus dedos estavam rosadas e latejavam. Fios de fumaça saíam da minha mão.

Recuando, eu segurei a mão ferida contra o peito e, bem, meu peito doeu por uma razão totalmente diferente. Eu olhei para a luz enquanto ela continuava a se espalhar por toda a casa, iluminando tudo ao seu redor.

Eu não podia ir para a luz. Não agora e provavelmente nunca. Lágrimas pesadas queimaram meus olhos. Então eu me virei, pegando minha mochila da cozinha agora vazia, e saí de casa antes que os Alfas se cansassem da minha presença e tomassem a escolha de saírem por mim.

Sentada no estúpido *deck* de observação, olhei para a tela do meu celular e soltei um palavrão tão suculento que teria queimado as orelhas dos Alfas. O anoitecer tinha caído, e as estrelas minúsculas estavam começando a espreitar pelo céu.

Zayne não tinha respondido às duas primeiras vezes em que liguei, meia hora atrás.

Olhando para a minha mão, franzi a testa para a pele rosada brilhante dos meus dedos. Só eu seria burra o suficiente para tentar tocar a luz celestial.

Eu coloquei uma mão no pescoço e puxei a corrente de modo que a pedra estranha pendesse logo abaixo dos meus dedos. Com o polegar, acariciei a joia, e não fui capaz de parar o tremor de repulsa. Eu queria arrancar o anel da corrente e jogá-lo nos arbustos. Eu quase fiz isso, mas quando os meus dedos se fecharam em torno dele, eu... eu simplesmente não conseguia. Mesmo que a minha mãe fosse *a* Lilith, mesmo que ela não me quisesse, eu não podia jogar fora a única coisa que tinha dela.

Empurrando minha mochila para o lado, eu me encaixei pela abertura do *deck* e desci as tábuas pregadas no tronco da árvore. Depois de ligar para Stacey e não ter resposta, recebi uma mensagem dela dizendo que estava no cinema. Com inveja, eu chutei uma raiz grossa que rasgava o chão e liguei para Zayne mais uma vez.

O telefone continuou a tocar por um tempo e Zayne não atendia. Eu desliguei quando a caixa postal soou. O meu coração acelerou, como sempre acontecia quando ele não me respondia. Talvez fosse um pouco *stalker* psicopata da minha parte, mas mesmo irritado como ele estava comigo, ele precisava saber que eu estava basicamente acampada na maldita casa da árvore até que alguém se lembrasse de me ligar.

Cinco minutos se passaram e eu tentei novamente, me odiando por isso. Porque, falando sério, eu estava entrando naquela zona do desespero outra vez, aquela habitada por garotas que se humilhavam por rapazes que não queriam nada ou não podiam ter nada com elas. O meu estômago estava se revirando por todos os lados, como ontem à noite, logo antes de eu dizer toda aquela idiotice.

Após o segundo toque, a chamada foi direto para a caixa postal.

Mas o quê...?

O meu estômago gelou. Eu gelei.

Tudo ao meu redor pareceu ficar silencioso enquanto eu ouvia a caixa postal automática atendendo. Entorpecida, eu pressionei o botão de finalizar chamada e baixei lentamente a mão. Ele me enviou para a caixa postal. Ele realmente enviou minha chamada para a caixa postal.

Quem sabe quanto tempo eu fiquei ali. Provavelmente teria sido muito mais se eu não tivesse ouvido o galho se partindo atrás de mim. Girando bruscamente, senti meu coração cair para os meus pés. Petr estava na minha frente, com as mãos enfiadas nos bolsos de seus jeans. O ar tinha ficado frio, mas ele usava apenas uma camisa fina. Eu não conseguia identificar a estampa na escuridão iminente.

Petr riu – com escárnio.

– Isso é muito fácil.

– O que é? – Eu dei um passo para trás, mas mantive meus olhos treinados nele.

Um sorriso afiado cortou seus lábios.

– Você tá aqui fora? Em uma casa na árvore? Quão incrivelmente patético é isso?

O desconforto rapidamente se transformou em irritação.

– O que você tá fazendo aqui?

Petr olhou em volta incisivamente.

– O que parece? Testemunhando sua patética existência uma última vez.

Uma bola de gelo se formou no meu peito.

– Te disseram pra me deixar em paz.

– Sim, veja, essa é a coisa engraçada. Me disseram um monte de coisas – Ele andou em torno de mim lentamente, cabeça baixa, muito como o predador que um Guardião era. – Qual é a sensação de ser deixada do lado de fora como um cão sarnento? Indesejado? Até mesmo Zayne parece ter se cansado de você.

As palavras dele me machucaram, porque, de certa forma, eram verdadeiras, exceto que eu era mais como uma mula indesejada do que um cão sarnento. Mas eu me recusei a demonstrar qualquer mágoa.

– Qual é a sensação de ser uma desculpa pervertida para um macho Guardião?

Os olhos de Petr se estreitaram em fendas finas enquanto ele fazia outro círculo largo.

– Você sabe o que é tão engraçado sobre tudo isso?

– Não. Mas eu acho que você vai me dizer.

Ele sorriu.

– Você nem sabe por que os Alfas estão aqui. Você nem sabe a verdadeira razão pela qual os demônios estão farejando você.

Eu coloquei uma mão sobre o celular, sentindo o meu pulso acelerar.

– E você vai me dizer?

Ele avançou tão depressa que nem o vi se mexer. Enrolando um dedo longo ao redor da corrente do meu colar, ele puxou com força o suficiente para fazê-la beliscar minha pele. Seu olhar caiu para onde o anel balançava.

– Você nem sabe o que é isso.

Puxando o colar de seu punho, eu recuei. Algo em suas palavras me atingiu bem no fundo. Ele sabia sobre Lilith? Realmente não importava. Alfas na casa que se danem, eu disparei em torno dele.

Ele agarrou meu braço.

– Aonde você acha que está indo?

Eu olhei para a mão dele, tentando sufocar a súbita onda de pavor. Mostrar medo nunca era uma boa ideia.

– Me solta.

Petr riu zombeteiramente, e alarmes dispararam dentro de mim. Muito longe da mansão para ser ouvida se eu gritasse, eu também sabia que qualquer um que viria em meu auxílio estava de alguma maneira ocupado. Eu alinhei meus ombros.

– Você se lembra do que aconteceu da última vez?

Inconscientemente, a mão dele foi para a cicatriz fraca ao longo de sua mandíbula. Aquele era um presente de Zayne.

– Vou fazer pior do que partir o seu maxilar se você não me soltar.

A risada fria de Petr veio como um soco no estômago, e um sentimento de sufocamento e desespero ameaçou me engolir.

– Isso deveria ter sido feito há muito tempo, mas estou feliz que não foi o caso. Vou me divertir consertando esse erro.

Em um momento frio de clareza impressionante, percebi que Petr não estava ali apenas para falar besteira comigo. Ele estava ali para *me matar*. Com aquele conhecimento, eu respirei muito fundo, mas o pânico tirou o ar dos meus pulmões.

– Você não vai se safar dessa.

– Ah, acho que vou ficar bem.

O instinto entrou em ação. Jogando meu peso para o lado, eu o surpreendi e seu aperto afrouxou. De alguma forma, lembrei que eu segurava meu telefone na mão. Toquei na tela cegamente, rezando para que ligasse para alguém, qualquer pessoa. Antes que ele pudesse se recuperar, levantei meu joelho e o atingi no estômago.

Soltando-me, eu girei, mas ele pegou um punhado do meu cabelo, puxando minha cabeça para trás. Petr mirou no meu celular, torcendo meu pulso até eu soltar o objeto. Ele o jogou nos arbustos mais próximos.

Pavor correu pelas minhas veias, assim como uma raiva cega. Eu me virei para ele, cravando minhas unhas em seu rosto. Petr gritou e me soltou. Eu chutei, dando uma rasteira na perna dele.

Petr disparou ao meu lado, me atingindo com o punho e me derrubando no chão. A explosão fresca de dor me imobilizou, mas eu rastejei para frente. Ele me pegou pelo ombro, me virando de costas.

De súbito, à nossa esquerda, os arbustos se sacudiram descontroladamente, chamando a atenção de Petr. Ele se levantou no momento em que me virei, e algo – algo preto e brilhante e com grandes presas – disparou das folhagens. *Bambi?* Nem sequer me questionei por que a cobra estava ali, apenas rezei para que ela comesse Petr.

Bambi atravessou a clareira, a boca aberta e as presas reluzindo. Soltando um grunhido baixo em sua garganta, Petr se virou, pegando a cobra logo abaixo da cabeça dela. Ela sibilou e mordeu o ar, mas, com um palavrão, ele jogou a cobra contra uma árvore próxima. Bambi bateu contra o tronco com um baque feio e caiu no chão como um amontoado confuso e imóvel.

Terror verdadeiro se espalhou em mim como um vírus. Eu lancei um punho no ar, mirando em qualquer parte dele que eu pudesse atingir.

– Sua vadia demoníaca estúpida – cuspiu Petr, agarrando o meu braço. – Um familiar, você tem um *familiar* por perto de você? Até mesmo Abbot vai me agradecer por isso.

Um grito ficou preso na minha garganta enquanto eu dava uma joelhada no estômago dele. Petr grunhiu e então seu punho voou, atingindo meu rosto. O zumbido em meus ouvidos bloqueou todo o som. Eu suguei ar e sangue, me debatendo sob seu peso. Eu fui reduzida a lutar como um animal selvagem.

– Pare. Apenas pare – disse Petr, empurrando minha cabeça para trás. – Isso será muito mais fácil se você simplesmente não resistir.

Um tipo diferente de instinto lutou para crescer dentro de mim; não a Guardiã, mas uma parte lá no fundo que era mais poderosa do que a vontade de sobreviver. Petr achava que me tinha indefesa embaixo dele? Que ele acreditasse nisso. Tudo que eu precisava era que ele abaixasse a cabeça apenas mais alguns centímetros. O demônio dentro de mim rugiu em aprovação.

– É isso – Os arranhões em sua bochecha se abriram, derramando sangue. – Isso tem que ser feito. O mundo inteiro estará melhor se você estiver morta.

A confusão e a colônia picante que ele usava me sufocavam. Minha pele parecia que estava esticada até o limite. O demônio dentro de mim arranhava para sair.

– Você vai implorar. – Seu olhar brilhava, olhos pálidos em brasa. – Todos eles imploram. Imploram antes que os enviemos de volta para o Inferno. – Sua mão se moveu mais para baixo, machucando. – Sem orgulho. E é assim que deve ser. Olhe pra você agora.

Lágrimas de frustração e medo escorriam pelas minhas bochechas, misturando-se com terra e sangue, mas não tinham efeito sobre Petr. Eu não podia fazer isso, não podia simplesmente ficar ali e esperar. Eu me ergui, segurando os cabelos curtos na parte de trás de sua cabeça e forçando sua boca em direção à minha.

Petr apertou a mão sobre a minha boca, forçando minha cabeça de volta para baixo.

— Ah, não, você não vai fazer isso.

Pânico completo e absoluto se instalou em mim. Sua mão esmagou meu lábio cortado, e eu não conseguia respirar. Eu bati meus punhos contra seus braços, seu peito. O material fino da minha blusa se rasgou, e então seus dedos estavam envolvendo meu pescoço. Senti cada pedregulho se enfiando em minhas costas, e da massa de pensamentos confusos, lembrei do que Roth tinha dito. *Pessoas com as almas mais puras são capazes das maiores maldades. Ninguém é perfeito, não importa o que sejam ou de que lado lutem.*

Palavras mais verdadeiras nunca foram ditas.

O desespero turvou meus sentidos. Eu cravei minhas unhas na mão dele, mas não importava o quanto eu tentasse, eu não conseguia respirar. Meus membros ficaram pesados enquanto eu me engasgava com minhas próprias lágrimas. Seus dedos me machucavam enquanto ele tentava abrir minhas pernas, mas eu as apertava cada vez mais. Olhei para o céu escuro, a lua, uma sombra pálida e distante.

Resistência irrompeu pelo meu corpo. Eu virei o pescoço, as mãos de Petr escorregaram e eu o mordi tão forte quanto eu conseguia. Sua pele estalou entre meus dentes e o sangue quente jorrou. Petr se jogou para trás, uivando. O golpe que ele desferiu fez minha cabeça bater contra o chão duro. Uma explosão de luzes obscureceu minha visão.

Não desmaie. Não desmaie.

Abri meus olhos e eles arderam de forma anormal. Algo dentro de mim estalou. Talvez fosse finalmente o demônio. Não importava o que fosse. Eu me levantei do chão, apertando os lados do rosto de Petr. Meu movimento o atordoou, me dando tempo suficiente para colocar minha boca sobre a dele. Puxei o ar profundamente, sentindo o primeiro fiapo da sua alma.

Eu inspirei mais uma vez, e ele perdeu o controle, batendo nos meus braços e no meu peito. Eu resisti, arrastando sua alma pouco a pouco para dentro de mim enquanto ele gemia. Ele não tinha o gosto que eu imaginei que uma alma pura teria. Parecia espesso, cheio de sangue e ódio.

Petr estava se mexendo, seus dedos arranhando meu pescoço, enrolando-se em torno da corrente de prata. O último fiapo de sua alma lutou contra mim, mas eu o puxei para dentro de mim. Petr se afastou, e no momento em que a boca dele saiu da minha, eu deixei escapar um soluço desconsolado.

Com as costas arqueadas e os braços jogados para o lado, a pele de Petr perdeu a cor. Suas veias incharam ao longo de da garganta e depois escureceram, como se tivessem injetado tinta em seu sangue. Vasos escurecidos percorreram suas bochechas e desceram pela pele nua de seu braço. Ele estremeceu uma vez, e então se levantou nas pontas dos pés, como se não fosse nada mais do que um fantoche.

Sentindo-me muito quente e mais do que um pouco desequilibrada, tentei ficar de pé, mas minhas pernas não cooperavam, mesmo que os instintos básicos estivessem despertando para a vida. *Corra. Corra.* O que quer que estivesse acontecendo com Petr, aquilo não era normal, mas a alma dele... Ah, o sabor da alma era como tomar uma dose da droga mais pura que existe. O calor fervilhava em minhas veias, entorpecendo as inúmeras dores e apagando o medo. Eu já havia provado uma alma antes, mas nunca tinha tomado uma por completo.

Humanos definhavam minutos depois de perderem as suas almas, transformando-se em espectros. Aparentemente, Guardiões sofriam algo completamente diferente.

Eu forcei meus músculos a funcionarem, conseguindo me sentar. Tonta, eu me esforçava para me concentrar através da onda de calor. Músculos relaxaram e se soltaram. O mundo acima girava, mas Petr...

Seu corpo se contorceu e ele jogou a cabeça para trás, com a boca aberta em um uivo silencioso. Presas surgiram entre seus lábios pálidos cinzentos. Suas roupas se esticaram e rasgaram. Petr estava se transformando. Talvez eu não tivesse levado sua alma. Talvez eu tivesse alucinado aquilo.

Ossos estalaram e a pele se rasgou. As asas de Petr se desenrolaram de suas costas, abrangendo dois metros de cada lado dele. Seu corpo se remexeu para os estágios finais da transformação. Ele parou por um momento e então seu queixo estalou.

Os olhos do Petr estavam vermelhos de sangue.

E aquilo... bem, aquilo não estava certo.

Minhas palmas deslizaram pelo solo e eu acabei deitada de costas. Uma risadinha escapou de meus lábios frouxos. Com o pulso acelerado, eu tentei me sentar novamente. No fundo eu sabia que deveria estar com medo, mas nada poderia me machucar agora. Eu poderia beijar o céu se eu quisesse.

O chão tremia enquanto Petr dava um passo à frente, um rosnado baixo ressoando através dele. Ele estendeu um braço muito musculoso, e suas mãos formaram garras mortais. Lábios puxados para trás em um rosnado, ele se curvou e se agachou.

Algo maior e mais rápido se afastou das sombras, indo direto para nós. Na minha cabeça confusa, eu me perguntava se não era outro Guardião vindo ajudar Petr a terminar o que ele tinha começado.

Petr se endireitou, virando-se bruscamente em direção à sombra que se aproximava em alta velocidade, mas ele não foi rápido o suficiente.

O borrão se solidificou num instante. As feições faciais eram familiares, mas mais nítidas, como se a pele tivesse se diluído sobre os ossos. Tinha pupilas esticadas verticalmente e íris brilhantes amarelas.

O corpo de Petr espasmou e ele soltou um grito rouco. Calor quente e úmido foi borrifado no ar, pontilhando meu jeans e minha barriga. Um cheiro metálico inundou o ar.

– Isso é por ser um filho da mãe – disse Roth, e então ele puxou o braço para trás. Uma estrutura longa e espinhosa pendia de sua mão. Uma coluna. – E isso é por ter jogado Bambi.

Capítulo 12

Atordoada e fora de mim demais para dizer qualquer coisa, assisti a Roth soltar a coluna no chão. Seus lábios estavam torcidos em desgosto quando ele passou por cima do corpo de Petr e se ajoelhou diante de mim.

— Você tá bem? — ele perguntou, e quando eu não respondi, ele estendeu uma mão ensanguentada. Seu olhar pousou sobre ela e murmurou algo baixinho. Puxando a mão para trás, ele a limpou em seu jeans. — Layla?

Seu rosto não parecia tão afiado agora, mas aqueles olhos ainda brilhavam num tom amarelo. O barato tinha alcançado seu ponto máximo e agora estava começando a se diluir como uma brisa ociosa. Fortes fisgadas de dor estavam aparecendo por todo o meu corpo. Eu abri a boca para falar, mas só saiu ar.

Meu olhar se desviou em direção ao corpo.

— Não olhe — disse ele, colocando uma mão na minha perna.

Eu me afastei, minha respiração começando a acelerar novamente.

— Tudo bem — disse Roth, olhando para onde Bambi estava se agitando, com vida. Ele voltou o olhar para mim, assobiando baixo, e a cobra se ergueu e percorreu até a metade do caminho para Roth antes de se transformar em uma nuvem escura. A fumaça percorreu seu braço e se assentou ali, a cauda da tatuagem envolvendo o cotovelo. Roth manteve seus olhos fixos em mim.

— Layla, diz alguma coisa.

Eu pisquei lentamente.

— Muito... obrigada.

Um músculo estalou em sua mandíbula enquanto seu olhar sustentava o meu um momento mais, e então ele se virou de volta para o corpo.

– Eu preciso cuidar disso e então eu vou... Vou cuidar de você.

Roth pegou o corpo e as outras partes, desaparecendo rapidamente no matagal espesso da floresta. Rolando para o lado, consegui me levantar, então me encostei na base de uma árvore. Pensamentos desarticulados se arrastavam interminavelmente pela minha cabeça.

Eu tinha tomado uma alma. Uma alma pura.

Meu estômago estava apertado. O brilho suave que me cercava desapareceu e eu tremi incontrolavelmente.

Eu tinha tomado uma alma.

Roth se materializou do nada, a frente de seus jeans úmida e as suas mãos limpas do sangue. Ele devia ter se lavado no córrego próximo. Sem dizer uma palavra, ele se aproximou lentamente, como se estivesse preocupado em não me assustar. Ele deslizou um braço sob meus joelhos e me levantou, e me ocorreu que eu provavelmente deveria perguntar para onde ele estava me levando. Mas eu só queria estar longe daqui, o mais longe possível.

Seu corpo se transformou contra o meu, endureceu muito como o de um Guardião. Um calor irradiava dele e lá estava o som familiar de pele se separando. Asas tão escuras que quase se misturavam à noite se abriram de seu corpo, arqueando graciosamente. Havia chifres nas pontas, curvados e afiadíssimos. As asas tinham que ter pelo menos seis metros de envergadura. A maior que eu já tinha visto.

Eu me afastei um pouco e ofeguei com força. Sua pele era da cor do ônix polido, mais esqueleto do que pele. Ao contrário dos Guardiões, não havia chifres cranianos. Apenas pele preta e lisa. Uma facada fria de medo perfurou meu coração. Ver Roth em sua verdadeira forma era um lembrete doloroso do que ele realmente era: um demônio.

Mas eu era parte demônio e Petr... Petr tinha sido um Guardião, e ele queria me matar. As coisas já não eram mais tão simples para mim.

Levantei meu olhar para o rosto de Roth.

Olhos dourados encontraram os meus, e foi como se ele soubesse o que eu estava pensando.

– Engraçado o quanto demônios e Guardiões se parecem, né? – Eu não respondi, mas um lado de seus lábios se curvou para cima no melhor estilo Roth. – Feche os olhos, Layla. Isso vai ser rápido.

Ele não me deu muita chance de protestar. Com a mão que estava livre, ele colocou minha cabeça no espaço entre seu pescoço e ombro. Ele se inclinou em um agachamento e um poderoso tremor balançou seu corpo um momento antes de se lançar para o céu.

Coração disparado, fechei meus olhos com força e enterrei a cabeça em seu pescoço. Só Zayne já tinha feito isso, me levado para o céu. Era preciso muita confiança da minha parte. Se Roth decidisse me deixar cair, não era como se eu fosse criar asas e me salvar de virar um pudim no chão. E mesmo que eu duvidasse que isso fizesse parte do seu plano mestre, o meu nível de ansiedade disparou e engrenou o meu coração já acelerado em *overdrive*.

Roth me segurou com mais firmeza e murmurou algo que se perdeu no vento. O voo para onde Roth estava me levando foi um borrão, mas cortou o resto do barato. Quando ele finalmente pousou, todo o meu corpo se contorcia de dor. Eu estava tremendo tanto que nem percebi que Roth tinha voltado à forma humana até que ele se inclinou para trás e eu pude ver seu rosto.

— Tá aguentando bem aí? — ele perguntou. As pupilas de seus olhos cor de mel ainda estavam esticadas verticalmente.

Eu acenei com a cabeça; pelo menos, achei que sim. Sobre o ombro dele, eu não conseguia ver nada além de prédios residenciais, iluminados como um tabuleiro de xadrez.

— Onde... estamos? — Eu estremeci quando a dor atravessou minha mandíbula.

— Minha casa.

Sua casa? Roth não elaborou quando começou a andar em frente. Levei alguns segundos para perceber que estávamos em um beco estreito atrás de um prédio bastante grande. A porta na nossa frente se abriu, e um homem apareceu na escuridão.

Ele parecia ter vinte e poucos anos. O cabelo loiro claro estava puxado para trás em um rabo de cavalo baixo, mas as sobrancelhas finas e arqueadas eram escuras. Seus olhos eram como os de Roth, da cor do mel puro. Ele era definitivamente um demônio, mas segurou a porta aberta.

— Que surpresa — disse ele.

— Cala a boca, Cayman.

Os passos de Cayman acompanhavam os de Roth. Estávamos em uma escadaria, subindo.

— Devo me preocupar? Porque se essa é quem eu acho que seja e ela está nesse estado por causa de algo que você fez, eu realmente preciso saber antes que eu tenha uma frota de Guardiões destruindo o meu prédio.

Eu me perguntava o quão ruim eu estava e como esse cara sabia quem eu era.

— Ele não fez isso.

— Isso é um alívio, mas...

Roth acrescentou:

— Os Guardiões não vão ser um problema nesse momento.

O outro demônio arqueou uma sobrancelha.

— Essa seria a sua opinião, e uma opinião inválida. Os Guardiões...

— Já não te disse pra calar a boca?

Cayman sorriu enquanto deslizava ao nosso redor, abrindo a porta para o décimo quinto andar.

— E desde quando eu te dou ouvidos?

Roth grunhiu.

— Realmente.

Ele se afastou, uma mão na porta.

— Querem alguma coisa?

— Não no momento — Mas Roth parou e se voltou para o outro demônio. — Eu vou descer pra conversar mais tarde. Não se preocupe, vou te contar tudo.

O humor brilhou nos olhos do demônio.

— Ótimo. Estou precisando de uma boa fofoca.

E depois ele foi embora, como se tivesse virado pó no corredor.

Roth começou a caminhar pelo corredor.

— Eu... eu posso... andar.

— Preferia que não andasse agora, e, além do mais, estamos aqui.

Aqui era uma porta pintada de preto. A porta se abriu por conta própria e, assim que entramos, uma luminária de teto se acendeu e a luz ofuscante se espalhou pela sala. Eu pisquei até que meus olhos se ajustassem.

Sua casa longe do Inferno era bastante agradável. Um grande *loft* adequado a um rei, para ser exata. As paredes foram pintadas de branco e estavam nuas, com exceção de algumas pinturas macabras e abstratas. Havia uma cama no meio, coberta com lençóis pretos e vermelhos. Uma TV estava pendurada na parede, e abaixo dela havia várias pilhas de DVDs e de livros. Em um canto, estava um piano ao lado de uma porta fechada.

Em qualquer outra situação, eu teria marchado em direção aos livros e DVDs, mas quando ele me sentou gentilmente na cama, lá fiquei, me sentindo entorpecida e vazia.

— Por que ele fez isso? — A voz de Roth estava estranhamente calma.

— Bambi... Bambi tá bem? — perguntei em vez de responder.

Roth franziu a testa.

— Bambi está bem.

Era estranho sentir alívio por uma cobra demoníaca.

— Ela me ajudou duas vezes — Eu levantei meu olhar. — Você me ajudou duas vezes.

— Como eu te disse, Bambi parece gostar de você. Ela fica de olho em ti...

Quando eu não posso parecia ser a parte não dita da frase. Eu abaixei meu olhar, super confusa sobre absolutamente tudo. Todos os demônios eram realmente maus? Como poderiam, quando um deles me resgatou da criatura que tinha o dever de proteger a todos?

— Responde minha pergunta, Layla.

Hesitei. Porque... porque não tinha certeza se podia dizer a razão de Petr fazer o que fez. Eu não estava pronta para falar aquelas palavras, porque tornava tudo dolorosamente real. E naquele momento, eu não achava que seria capaz de lidar com elas.

Ele olhou para mim por um momento e então caminhou até uma cadeira baixa. Ele tirou uma manta grossa apoiada no encosto.

— Aqui. — Ele a colocou cuidadosamente sobre meus ombros. — Você parece estar com frio.

Eu lentamente larguei minhas roupas rasgadas, afundando meus dedos na maciez intensa, envolvendo a manta ao meu redor. Eu não sabia que tipo de material era. Talvez caxemira? Mas era preto, o que fazia sentido por ser de Roth.

Roth permaneceu ali perto, sem dizer nada, e então girou os calcanhares. Eu assisti ao movimento intrincado de seus músculos enquanto ele puxava a camisa suja sobre a cabeça. Os músculos dos seus braços flexionaram enquanto ele a jogava no chão. Havia uma tatuagem grande ao longo da lateral do seu corpo: quatro linhas de escrita eloquentemente transcritas em um idioma que eu nunca tinha visto antes.

Mesmo no estado de espírito em que eu estava, não pude deixar de apreciar tudo o que Roth tinha em seu favor. Quando ele se virou para pegar uma camisa de uma pilha de roupas cuidadosamente empilhadas, eu consegui espiar a parte da frente. Ele era todo musculoso, esculpido e magro. Gracioso. Suas calças estavam baixas, e parecia que alguém tinha pressionado os dedos na pele ao lado de seus quadris, deixando para trás reentrâncias. Os vales e planos de seu abdômen pareciam surreais.

Bambi estava enrolada em torno de seus bíceps, e havia uma estranha tatuagem circular sobre seu peitoral direito. Havia ainda outra tatuagem esculpida sobre a barriga. Parecia ser um dragão, com a cabeça erguida para trás e mandíbulas abertas. As asas estavam guardadas contra suas costas escamosas e a cauda desaparecia abaixo da cintura das calças.

Eu precisava desviar o olhar, mas os meus olhos estavam colados onde a cauda daquele dragão devia estar.

Roth vestiu uma camisa limpa, e eu enfim respirei. Ele foi até uma pequena cozinha e abriu um armário. Ele voltou para o meu lado, abrindo uma garrafa.

– Bebe um pouco disso aqui. Vai te ajudar.

Eu aceitei, tomando um grande gole. O álcool queimou meus lábios e o interior da minha boca enquanto Roth desaparecia pela porta do que eu presumi ser um banheiro, mas a bebida aqueceu meu interior maravilhosamente. Eu ouvi a água ser ligada algum tempo depois. Quando ele reapareceu, olhei para a toalha em sua mão.

– O que você tá fazendo?

– Limpando o seu rosto. – Roth se agachou, seus olhos vagando sobre mim. – Dói pra falar?

Doía não falar.

– Um pouco. – Tomei outro gole, gemendo enquanto o líquido escorria sobre a pele rasgada. Roth pegou a garrafa de mim, colocando-a fora do meu alcance. Eu suspirei.

– Como você se cura normalmente? – ele perguntou.

– Mais rápido do que um humano, mas não como os Guardiões ou... como você – eu respondi. Com alguma sorte, a maioria dos hematomas desapareceriam até o meio da semana. Não que meus ferimentos fossem sequer um problema. Eu tinha coisas maiores para me preocupar.

Com uma delicadeza surpreendente, ele usou a toalha para enxugar debaixo do meu lábio.

– Eu quero saber por que ele fez isso, Layla. Eu preciso saber.

Olhando para longe, eu fechei os olhos com força. Dor lancinante rasgou meu peito como uma ferida de verdade. Eu sabia, meu Deus, eu sabia que não era só Petr que queria me ver morta. A coisa toda parecia uma grande armação: os Alfas, os membros do clã não estarem por perto, e até mesmo Zayne não atendendo o telefone. A traição me cortou tão profundamente que quebrou minha essência.

Dedos gentis se pressionavam sob meu queixo, virando minha cabeça para o lado.

– Fala comigo, Layla.

Eu abri meus olhos e pisquei, tentando conter as lágrimas.

– Ele queria... Ele queria me matar. Ele disse que o mundo estaria melhor sem mim.

Um músculo se contraiu ao longo da mandíbula de Roth e seus olhos queimaram em uma cor castanha, mas seu toque permaneceu tão suave que não parecia que era ele segurando meu queixo.

– Ele disse por quê?

– Ele disse que eu deveria ter sido morta quando os Guardiões me encontraram pela primeira vez. Petr sempre me odiou, mas isso... isso foi algo a mais.

Eu contei para Roth tudo o que tinha acontecido, parando a cada poucos minutos para descansar minha mandíbula dolorida.

– Eu não tive escolha.

– Escolha sobre o quê? – ele perguntou. – Você não o matou. Eu matei. E gostaria de fazer isso mais uma vez.

Eu sacudi minha cabeça e doeu.

– Eu tirei a alma dele, Roth. Não entendi o que aconteceu. Ele não definhou como um ser humano faria. Ele se transformou e seus olhos estavam vermelhos.

Ele ficou quieto, me olhando diretamente nos olhos.

– Você tomou a alma dele?

Lágrimas arderam em meus olhos.

– Layla – ele disse gentilmente. – Você tomou a alma dele completamente?

– Acho que sim. – Minha voz falhou. – Sim. Sim, completamente.

O tom de seus olhos escureceu.

– Você fez o que tinha que fazer. Não há culpa no que aconteceu. Está entendendo? Ele estava... Machucando você. O desgraçado merecia morrer.

Eu não respondi, e Roth passou o pano sobre a minha testa. Ele era quieto e meticuloso enquanto trabalhava. Eu vi o músculo em sua mandíbula se contraindo, suas pupilas lenta e continuamente voltando ao normal quando ele saiu e voltou com uma toalha limpa.

– O quão ruim tá o meu rosto? – eu perguntei quando não consegui mais aguentar o silêncio.

Roth sorriu pela primeira vez desde que me encontrou.

– Não é tão ruim quanto poderia ser. O seu lábio tá cortado, e vai haver um hematoma enorme no seu maxilar – Ele deslizou os dedos sobre a minha testa. – E aqui. Você é mais resistente do que parece.

Eu deveria ter sentido alívio, mas não consegui. Tudo que eu conseguia sentir eram as mãos de Petr em mim e a maneira como ele ficou depois que eu tomei a sua alma. Roth gentilmente começou a levantar a borda do cobertor e eu resisti.

– O que você tá fazendo?

– Estou me certificando de que você tá bem.

– Não – Eu me afastei dele, sentindo as paredes começarem a se fechar ao meu redor. – Estou bem.

– Não vou te machucar – Com cuidado, Roth colocou uma mão sobre o meu ombro, mas eu ainda estremeci com a dor viajando pelo meu braço. O olhar dele endureceu. – Você tá deixando eu te ajudar. Eu não vou te machucar, ok? Prometo.

Olhei para ele pelo que parecia ser uma eternidade, então acenei com a cabeça e soltei a manta. Roth não esperou que eu mudasse de ideia. Ele tirou o cobertor dos meus ombros e quando o ouvi puxando o ar, assustado, quis me cobrir novamente. Eu o senti mexer o pano debaixo do meu pescoço, entre as metades desfiadas da minha camisa.

— Ele arranhou você — explicou Roth depois de alguns momentos.

— Ele estava em sua verdadeira forma quando fez isso?

— Não — Eu abri meus olhos. — Ele começou a se transformar quando eu segurei sua alma e depois ele se transformou por completo.

Antes que Roth pudesse responder, senti algo macio e quente se esfregar contra meu tornozelo. Eu olhei para baixo, surpresa. Um gatinho branco me encarou de volta, olhos azuis como o céu.

— Um gatinho?

— Sim. É um gatinho.

Chocada que Roth teria algo tão fofo, eu ignorei a onda de tontura e me inclinei ao lado dele, alcançando a bolinha de pelos. Seu ronronar suave era como um motor em miniatura. Outro saiu de baixo da cama. Preto, fofo e do mesmo tamanho que o outro gatinho, ele se espremeu para fora e pulou nas costas do branquinho. Eles rolaram, sibilando e golpeando um ao outro. Eu olhei para Roth.

— Dois?

Ele balançou a cabeça, apontando para a cabeceira da cama.

— Três.

Um terceiro espreitava pelo canto de um travesseiro, uma mistura de preto e branco. Ele trotou até mim, agarrando meus dedos com garras surpreendentemente afiadas.

— Eu... não estou acreditando que você tem gatinhos — Eu mexi meus dedos e o pequenininho se esforçou para alcançá-los. — Quais são os nomes deles?

Roth soltou uma risada.

— Aquele é Fúria. O branco é Nitro e o preto se chama Thor.

— Quê? Você batizou essas gracinhas com nomes assim, mas chamou uma cobra gigante de Bambi?

Ele se inclinou para frente, aninhando um beijo no meu ombro. Foi tão rápido que eu não tinha certeza se ele realmente tinha feito isso.

— Há doçura no mal — disse ele. — E não se esqueça, as aparências enganam. — Eu abaixei meus dedos, passando-os sobre a cabecinha do gatinho. — Eu não faria isso se fosse...

Fúria enfiou suas garras e dentes na minha mão. Eu gritei, puxando minha mão para trás. Ele se manteve preso, uma bolinha de gatinho vampiro se contorcendo.

Roth agarrou a pelagem dele, gentilmente o removendo da minha mão.

– Gatinho mau – disse, deixando-o cair ao lado de seus irmãos.

Eu encarei a bolinha de pelos demoníaca enquanto ele lambia suas garras ensanguentadas, e então voltei o meu olhar para Roth.

– Não estou entendendo.

– Vamos apenas dizer que eles nem sempre tiveram essa aparência fofinha. Eles podem ficar bem grandes quando provocados, mas mesmo nessa forma, os Cães do Inferno têm medo deles – disse Roth.

O branco pulou na cama, esticou as perninhas e bocejou. Me olhou como se não tivesse certeza do que eu estava fazendo ali.

Roth pegou minha mão, trazendo o dedo que o gatinho tinha ferido para os seus lábios. Ele pressionou um beijo na pele machucada, me surpreendendo mais uma vez.

– Você vai ficar bem.

Eu podia sentir as lágrimas brotando em meus olhos novamente.

– O que... o que eu vou fazer? Eu tomei uma alma, uma *alma pura*.

Roth se sentou ao meu lado.

– Vai ficar tudo bem.

Uma risada estrangulada me escapou.

– Você não entende. Eu não tenho permissão... para tomar almas. Em nenhuma circunstância.

– Não é algo pra se preocupar no momento – disse ele com firmeza. – Eu vou cuidar disso.

Eu queria muito acreditar nele, mas não conseguia ver como ele poderia cuidar de qualquer coisa. O que tinha sido feito não podia ser revertido.

Roth estendeu a mão, apoiando o lado da minha mandíbula que não parecia estar em chamas.

– Vai dar tudo certo. Você vai ver. – Houve uma pausa. – Olha. Você tem uma pequena visita.

Eu olhei para baixo. O gatinho branco se esfregava contra mim, me olhando com seus olhos azuis gateados. Eu me coçava para pegá-lo e segurá-lo perto, mas eu valorizava meus dedos. Ele voltou a se esfregar no meu quadril, como se me desafiasse a acariciá-lo.

A emoção apertou minha garganta quando percebi que não havia agradecido adequadamente.

– Por que você tá me ajudando? Quero dizer, obrigada. Eu nunca vou poder te agradecer o suficiente por ter aparecido quando você apareceu. Eu só... – Eu só não entendia como um demônio poderia ter me salvado de um Guardião.

Ele deu de ombros, abaixando a mão.

– Eu sou um monte de coisas, Layla. Mas até eu tenho meus limites.

O silêncio caiu entre nós, e Roth voltou a limpar o resto das minhas feridas. Ele era bom nisso de cuidar de alguém. Duvidei que fosse algo que ele tivesse aprendido no Inferno.

Quando terminou, ele me deu um par de calça de moletom e uma camisa para vestir. Na caminhada para o banheiro, eu me sentia dolorida e estranha. No banheiro bem iluminado, eu encarei o meu reflexo. Meus olhos pareciam maiores do que o normal, um cinza mais cintilante que beirava uma aparência selvagem. O lado direito da minha mandíbula já estava ficando roxo. Combinava com o hematoma que se formava logo abaixo da minha linha do cabelo. A pele tinha sido cortada ali, mas não parecia que eu precisava de pontos. Meu lábio parecia ter passado por uma injeção de Botox que deu terrivelmente errado.

Eu tirei minhas roupas, estremecendo não apenas pela dor, mas pela visão das manchas violetas e azuis claras cobrindo meus ombros e colo. As marcas das garras de Petr começavam abaixo da minha garganta, três cortes profundos de cerca de dez centímetros de comprimento. Eu troquei de roupa rapidamente, incapaz de olhar para mim mesma por mais tempo.

Roth estava na janela quando voltei. Ele se virou e tentou um sorriso lupino.

– Eu sempre soube que você ficaria ótima nas minhas roupas.

Eu não tinha imaginado que seria capaz de rir novamente, mas ri. Soou fraco.

– Que original da sua parte.

Ele se afastou da parede e gesticulou para a porta fechada que eu tinha notado antes.

– Quero te mostrar uma coisa. Você acha que tá bem pra isso?

Intrigada apesar de tudo o que aconteceu, eu confirmei com a cabeça. Ele abriu a porta e fez um sinal para eu entrar. Eu o segui pela escada estreita que subia. Ele parou em uma porta e olhou por cima do ombro.

– Me promete que você não vai pular do parapeito.

Eu teria revirado os olhos se não fosse doer.

– Prometo.

Ele não parecia ter acreditado em mim, mas abriu a porta. O ar frio me puxou para a frente. Eu passei por ele.

– Não saia do telhado. Por favor – Ele seguia atrás de mim. – Eu não gostaria de raspar seus restos mortais da calçada lá embaixo.

Tendas brancas macias e ondulantes rolavam na brisa perfumada. Embaixo delas havia várias espreguiçadeiras e mesinhas, mas foi o jardim de flores bem cuidado que chamou a minha atenção. Vasos de todos os tamanhos e formas forravam o telhado. Eu não conhecia a maioria das flores, mas via rosas e lírios em todos os lugares.

– Isso é seu? – perguntei.

– Tudo isso é meu.

Eu me detive em um vaso grande, passando meus dedos sobre as pétalas pesadas. No escuro, eu não conseguia dizer se a flor era roxa ou vermelha. Mas seu cheiro era doce e picante.

– Seu jardim?

– Eu fico entediado – Sua respiração dançava no meu rosto. – Acho que é uma maneira viável de passar o tempo.

Eu não o ouvi chegar diretamente atrás de mim. Eu me virei um pouco, inclinando minha cabeça.

– Um demônio que curte jardinagem? – O canto dos seus lábios se ergueu.

– Já vi coisas mais loucas.

– É mesmo?

Roth inclinou a cabeça para o lado.

– Você ficaria surpresa. Eu conheço alguns da minha espécie que declaram o imposto de renda sempre que estão na superfície, alguns que são professores de educação física. Nós demônios adoramos um bom jogo de queimada.

Fiz uma tentativa débil de rir.

– Eu sabia... que tinha algo de errado com a minha professora de educação física.

– Se eu não soubesse, pensaria que a senhora Cleo era um Cão Infernal disfarçado.

Eu me afastei dele, me concentrando na deslumbrante exibição de luzes das centenas de edifícios que nos rodeavam. Ao longe, eu podia ver a torre do Nancy Hanks Center. Eu tremia quando me voltei para Roth.

Ele estava tão perto, mas eu não o tinha ouvido se mexer.

– Você devia se sentar.

Ele não me deu muita opção, me guiando para uma das espreguiçadeiras. Acabei me deitando de costas em segundos, abraçada pelas almofadas grandes. O barato tinha desaparecido. A adrenalina tinha se dissipado, e tudo o que me restava eram dores profundas e muitas perguntas.

Roth se sentou ao meu lado, seu quadril pressionando contra minha perna.

– Como você tá se sentindo?

Que pergunta vaga.

– Tudo é... tão confuso.

– É.

Desviando meu olhar para ele, eu quase ri de novo. Sua honestidade brutal não era desse mundo. Sob o dossel branco, o luar refletia em seu rosto marcante. Nossos olhares se cruzaram.

– Eu não sei o que devo fazer a partir daqui.

Seu olhar era inabalável.

– Alguma vez você soube o que deveria fazer?

Boa pergunta. Quebrei o contato visual.

– Você é um demônio estranho.

– Vou tomar isso como um elogio.

Eu sorri um pouco.

– Você não é nada como qualquer demônio que eu conheço.

– É mesmo? – Ele passou as pontas de seus dedos pelo meu braço, sobre a minha clavícula, parando perto de onde a pele tinha sido rasgada. – Eu acho isso difícil de imaginar. Nós demônios somos todos iguais. Nós cobiçamos coisas bonitas, corrompemos o que é puro e único, pegamos o que nunca poderemos ter. Você deve ter um fã-clube inteiro de demônios.

Seu toque era tranquilizador, reconfortante. Eu bocejei.

– Você seria um membro do meu fã-clube composto por uma horda de demônios?

Roth riu baixinho.

– Ah, acho que eu seria o presidente. – Ele se recostou ao meu lado, ficando de lado. – Você gostaria disso? – Eu sabia o que ele estava fazendo. Ele estava me distraindo. E estava funcionando.

– Posso falar sério por um momento?

Sua mão saltou para o meu outro ombro.

– Você pode falar o que quiser.

– Você realmente não é tão ruim... sabe, pra um demônio.

– Eu não iria tão longe. – Ele se esticou ao meu lado, apoiando-se no cotovelo. – Não fazem demônios piores do que eu.

– Que seja – murmurei. Vários minutos se passaram. – Eu...

– Eu sei. Eu sei. Provavelmente não há uma pergunta para a qual eu não tenha uma resposta. E nós precisamos conversar. O que você sabe agora não passa de uma gota num oceano de confusão. E o que você vai aprender vai virar o seu mundo de cabeça pra baixo – Ele parou, e meu coração acelerou. – Mas não precisamos fazer isso agora. Você precisa dormir. Eu vou estar aqui quando você acordar.

Enquanto eu o observava pelos olhos semicerrados, percebi que não sabia de nada. Não fazia ideia se sequer seria capaz de ir para casa. Se eu realmente já tive uma casa. Eu não sabia até que ponto a traição ia, se incluía outros que me viram crescer. Eu nem sabia o que o amanhã traria. Mas eu sabia que por mais improvável que fosse, eu estava a salvo por hora, e eu confiava em Roth – em um demônio.

Então eu fiz que sim com a cabeça e fechei os olhos. Roth começou a cantarolar *Paradise City* mais uma vez, e eu achei estranhamente reconfortante. Nos minutos antes de adormecer, jurei que senti a mão dele acariciar o meu rosto.

Capítulo 13

Quando acordei, estava perto do amanhecer e o céu além das tendas sacudindo suavemente ainda se agarrava à noite. Os acontecimentos do dia anterior se desenrolaram na minha mente com uma clareza surpreendente. Meu coração acelerou, mas eu não me movi. Meu corpo não era o problema, as dores tinham diminuído, e até mesmo a pulsação no meu rosto não era nada comparada a algumas horas atrás. Era só que eu sabia que os Guardiões já teriam percebido que eu estava desaparecida. Eles teriam começado a procurar por mim e por Petr. Zayne... Nem conseguia pensar nele agora.

Nada seria o mesmo.

O calor do corpo magro e firme pressionado contra o meu foi um lembrete gritante desse fato. O peito de Roth subia e descia constantemente contra a lateral do meu corpo. Nossas pernas estavam entrelaçadas. Seu braço estava jogado sobre a minha cintura. A proximidade, por mais louco que fosse, afastou todo o resto que era importante. Eu nunca tinha acordado nos braços de um garoto antes. Quando Zayne e eu éramos crianças, nós dormíamos juntos, mas isso... isso era *tão* diferente. Um calor lânguido começou a subir dos meus dedos dos pés e viajou pelo meu corpo a uma velocidade alarmante, queimando firmemente em cada ponto em que nossos corpos se tocavam.

Eu pensei no beijo que demos – meu primeiro beijo. Eu estava tão sem fôlego quanto eu estaria se praticasse técnicas evasivas. Considerando tudo o que estava acontecendo e o que já tinha acontecido, aquilo parecia a última coisa em que devia estar pensando.

Mas era tão automático quanto respirar. Meus lábios formigavam com a memória. Eu duvidava que Roth sequer pensasse sobre isso, mas eu já tinha pensado algumas vezes desde sexta-feira.

Virei a cabeça um pouco e respirei suavemente. Roth estava deitado de lado, como estivera antes de eu dormir. Seu rosto estava relaxado, os lábios estavam semiabertos. Eu queria tocar a linha de sua mandíbula, a curva de sua testa, e eu não tinha ideia do porquê. Mas meus dedos formigaram com o desejo de tocá-lo. Em repouso como estava, a aparência dura da sua beleza não estava presente. Naquele momento, ele se parecia com o que eu acreditava que os anjos poderiam ser.

Então ele abriu a boca.

– Você não devia olhar pra mim desse jeito – ele murmurou.

Um tipo diferente de calor cobriu minhas bochechas e eu limpei minha garganta.

– Eu não estou olhando pra você de nenhum jeito específico.

Ele deu seu habitual sorriso torto.

– Eu sei o que você está pensando.

– Sabe?

Um olho se abriu. As pupilas estavam esticadas verticalmente, e eu tremi, não por medo, mas por algo completamente diferente. Ele estendeu a mão, afastando alguns fios de cabelo para longe do meu rosto. Sua mão pousou na minha bochecha, surpreendentemente gentil em comparação com o que saiu de sua boca em seguida.

– Só pra você saber, sua virtude não tá segura comigo. Então quando parece que você quer que eu devore cada centímetro da sua boca, eu vou fazer isso sem nem um pingo de arrependimento. Mas eu duvido que você sinta o mesmo depois.

– Como você sabe do que vou me arrepender?

No momento em que aquelas palavras saíram da minha boca, eu sabia que provavelmente deveria ter mantido aquele comentário para mim. Os olhos de Roth se abriram e se fixaram em mim. Então ele se moveu incrivelmente rápido. Pairando acima de mim, ele me encarou com olhos que eram um mosaico de todos os tons de ouro imagináveis.

– Eu sei de muita coisa.

– Você não sabe muito sobre mim.

— Eu te observei por um longo tempo, sempre alguns passos atrás de você. Eu não estava tentando te assustar quando disse isso antes — Ele passou um dedo ao longo da gola da camisa emprestada, seus dedos roçando o volume dos meus seios. — Você sabe o que eu vi?

Eu pisquei lentamente.

— O quê?

Ele parou de mexer com a gola e deslizou a mão ao longo da curva das minhas costelas enquanto abaixava a cabeça. Seus lábios se moveram contra a minha orelha.

— Eu vi algo em você que você tenta desesperadamente esconder de todo mundo. Algo que me lembrou de mim mesmo. — Respirei fundo, minha boca seca. Roth pressionou os lábios contra a minha têmpora, deslizando a mão sob a barra da camisa. Eu me contorci quando seus dedos tocaram minha barriga. — Você sempre pareceu solitária. Mesmo quando estava com seus amigos, você estava solitária.

O meu peito teve um espasmo.

— E você... você é solitário?

— O que você acha? — Ele se mexeu de maneira que uma perna estivesse entre as minhas. — Mas isso não importa muito. Eu não estou sozinho agora. Nem você.

Eu queria continuar a conversa, mas a mão dele deslizou pela minha barriga, parando na borda do meu sutiã. Meu corpo tomou a decisão por si só e arqueou contra o toque, encorajando-o a continuar, mesmo sem realmente saber por quê. Seus olhos encontraram os meus. Havia algo quente e calculista em seu olhar, selvagem e predatório.

O olhar de Roth pousou na minha boca, e eu senti seu peito subir bruscamente contra o meu. Uma brisa suave bateu, agitando as tendas. Elas tremularam silenciosamente, revelando o céu. Eu sabia que ele ia me beijar naquele momento. A intenção estava em seu olhar, na maneira como ele abaixou a cabeça para a minha e abriu a boca. Eu ergui um braço, colocando a mão em seu rosto. A pele dele estava quente, mais quente do que a minha.

Roth se pressionou contra mim e meu coração bateu muito rápido. Nossos corpos estavam quase colados, juntos, e seu cheiro almiscarado e selvagem me envolvia. Houve um breve momento em que a parte inferior do seu corpo se moveu contra a minha, e cada nervo que eu tinha ganhou vida, mas então ele suspirou, um som cheio de arrependimento, e se afastou de mim.

Ele saiu de cima de mim.

De pé ao lado da espreguiçadeira, ele esticou os braços sobre a cabeça, mostrando um vislumbre tentador de seu abdômen e da tatuagem de dragão.

– Vou comprar um café pra gente. Precisamos conversar.

Não houve chance de responder. Ele simplesmente se foi. Evaporou-se como Cayman tinha feito no corredor na noite anterior. Que diabos era aquilo? Sentando, pressionei a palma da mão contra minha testa e gemi. Usei da ausência de Roth para organizar meus pensamentos e acalmar o meu pulso eletrizado. Cinco minutos depois, ele voltou com dois copos de café fumegante.

Eu pisquei.

– Isso foi rápido.

– Ser um demônio tem seus benefícios. Nunca precisar se preocupar com engarrafamentos. – Ele abriu a tampa de um dos copos e me entregou. – Cuidado. Tá quente.

Murmurei um agradecimento.

– Que horas são?

– Um pouco depois das cinco da manhã – ele respondeu. – Estou pensando em faltar à aula hoje. Você deveria.

Sorri, cansada.

– Sim. Eu não acho que vai rolar escola pra mim.

– Rebelde – Sem dizer nada, tomei um gole do café. Baunilha? Meu favorito. O quão intensamente Roth tinha me observado? Ele se sentou ao meu lado, esticando as longas pernas. – Falando sério, como você tá se sentindo?

– Melhor. Meu rosto não tá mais doendo tanto – Eu o olhei de canto de olho, me perguntando se ele tinha sentido alguma coisa antes de sair de cima de mim e desaparecer no ar, ou se ele estava apenas brincando comigo. – O que você acha?

O olhar de Roth passeou sobre mim, e eu tinha a sensação de que ele não estava realmente prestando atenção aos machucados.

– Parece melhor.

Houve outro momento de silêncio e, por força do hábito, eu levantei uma mão para tocar no colar.

Ele não estava lá.

— Meu colar. — Um desânimo me bateu. — Petr arrancou. Eu tenho que...

— Esqueci — Roth se inclinou para trás e enfiou uma mão no bolso. — Vi no chão e peguei. A corrente tá quebrada — Peguei o colar da palma dele. Apertando o anel na mão, eu queria chorar como um bebê gordo e irritado.

— Obrigada — eu sussurrei. — Esse anel...

— Significa muito.

Eu olhei para ele.

— Muito.

Roth balançou a cabeça.

— Você não sabe o quanto ele é importante.

O anel parecia queimar contra minha palma e eu olhei para baixo, abrindo lentamente a mão. Na luz do sol nascente, a pedra parecia estar cheia de um líquido preto. Pensei no que Roth tinha me contado sobre o meu anel e depois no que Petr tinha dito.

Olhei para cima e encontrei Roth me observando. Um minuto inteiro se passou antes que ele falasse.

— Você deve se sentir tão sozinha.

— Voltamos a esse assunto?

Ele franziu a testa.

— Você vive com as criaturas obrigadas a te matar sem hesitar. Um deles tentou, e quem sabe quantos mais querem o mesmo destino pra você? Você provavelmente passou a vida toda querendo ser como eles, sabendo que nunca poderia ser. E a única coisa que você tem pra te lembrar da sua verdadeira família é um anel que pertence à única parte que você se recusa a aceitar. Nada mais, certo? Sem lembranças. Nem mesmo como era quando seu pai te segurava ou uma memória de como era a voz dele.

Eu me recostei, sentindo um nó apertado na garganta. O zumbido fraco do trânsito na rua lá embaixo abafou o suspiro que escapou dos meus lábios apertados.

Roth assentiu sem olhar para mim.

– Eu tentei imaginar como é pra você, querendo ser parte de algo tão desesperadamente e ainda sabendo que nunca será.

– Uau – eu sussurrei, olhando para longe. – Valeu pelo choque de realidade. Você é o demônio do pessimismo?

Então ele me encarou.

– Por que você estava na floresta ontem à noite?

A mudança de assunto me pegou desprevenida.

– Os Alfas estavam na casa. Não é bom pra mim estar por perto quando eles aparecem.

– Ah, os Serafins. Guerreiros da justiça e blá, blá, blá. Baboseira – Roth balançou a cabeça, sorrindo tristemente. – São um bando de desgraçados nojentos, se você quer saber.

– Tenho certeza de que eles diriam o mesmo sobre você.

– Claro que sim – Ele soltou minha mão e tomou um gole de seu café. Um momento se passou enquanto ele observava uma planta frondosa balançar na brisa. Parecia uma apanha-moscas. – O Rastreador, o zumbi e o possuído... parece o começo de uma piada muito ruim, não é? – É, parecia. – Mas todos eles tinham algo em comum. Você.

– Eu percebi isso, mas eu não entendo o porquê. O que tem a ver com o anel ou minha mãe?

– O Inferno tá te procurando – disse ele, casualmente.

– Você disse isso antes e eu...

– Não acreditou em mim? – Quando acenei com a cabeça, ele fechou os olhos. – Eu não estava mentindo. O Inferno só procura alguém quando essa pessoa tem algo de interessante para eles. Nós realmente gostamos de cobiçar coisas. Eu já te disse isso.

– Mas eu não tenho nada que eles possam querer.

– Você tem.

Eu me remexi na espreguiçadeira, contendo a súbita vontade de me levantar e sair correndo.

– E você? É a mesma razão pela qual você começou a me procurar?

– Sim.

– Por quê? – Eu coloquei o copo de café bebido pela metade no telhado e segurei o anel perto do meu peito.

Roth me deu outro sorriso rápido.

– Eu te disse. Tenho te observado por meses, anos, na verdade.

Anos? Meu cérebro não conseguia conceber aquela ideia.

Ele voltou a encarar a planta.

– Eu te encontrei há muito tempo, muito antes do seu último aniversário, antes que qualquer um dos demônios soubessem da sua existência. Eu acho que a verdadeira questão é: o que faz você tão especial que o Inferno está procurando por você? Você é meio demônio. E daí?

Por alguma razão, comecei a me sentir mais ridícula do que de costume.

– Ok.

– Mas – ele levantou a mão – meio demônios não têm realmente nenhum poder demoníaco. Eles são apenas doidos. Sabe, crianças que arrancam asas de borboletas e queimam as próprias casas por diversão? Geralmente enquanto eles ainda estão dentro da casa em chamas. Não é a galera mais inteligente, mas, ah, acontece. Nem todo mundo é criado igual.

Eu apertei os lábios.

– Eu não acho que eu seja especial.

Roth olhou para mim novamente.

– Mas você é. Você é um meio demônio que também é *meio Guardião*. Você sequer sabe o que eles realmente são?

– Bem, as pessoas os chamam de gárgulas, mas...

– Não como eles são rotulados, mas como eles foram criados?

Eu passei os dedos sobre a curva do anel.

– Eles foram criados para lutar contra os Lilin – Ele explodiu em uma gargalhada profunda e cômica. Senti a vergonha se apossar de mim. – Então por que é que eles foram criados, espertalhão?

– Nunca deixe que eles façam você se sentir inferior – Roth balançou a cabeça, ainda sorrindo. – Eles não são melhores do que você. Eles não são melhores do que nenhum de nós. – Ele riu novamente, soando menos divertido. – Eles são Seu grande erro, e Ele lhes deu uma alma pura pra compensar por isso.

– Nada disso faz sentido.

– E não é o meu lugar de fala pra explicar isso pra você. Há tantas regras. Você sabe disso. Pergunte ao seu querido pai adotivo de bosta. Duvido que ele te dissesse a verdade, ou que alguma vez tenha dito a verdade pra você, por sinal.

– Também não é como se você estivesse fazendo um bom trabalho em me dizer a verdade.

– Não é da minha natureza contar a verdade. – Pousando o copo, ele se inclinou para trás, se apoiando nos cotovelos, e olhou para mim através dos cílios escuros. – Acredite se quiser, mas existem regras que até o Chefe segue. Nem todas as crianças do Inferno as seguem, mas há coisas que eu não posso e não vou fazer.

– Espere. O Chefe, você quer dizer...?

– O Chefe? – ele repetiu – Sim. O chefão lá embaixo.

– Você... você trabalha pra ele?

Ele abriu outro sorriso recatado.

– Ah, sim, eu trabalho. – Bom Deus, o que eu estava fazendo querendo que ele me beijasse mais cedo?

Roth suspirou como se soubesse exatamente o que eu estava pensando.

– Digamos que você tenha algo que eu queira. Eu não posso simplesmente pegar de você.

Eu balancei a cabeça, confusa.

– Por que não? Um súcubo toma energia sem que a pessoa saiba.

– Isso é diferente. O súcubo não está matando o humano, apenas provando sua essência, e, na maioria das vezes, o humano não se importa – Ele piscou. – Mas eu sou da velha guarda. Assim como o Chefe. Os humanos têm que ter o seu livre-arbítrio e toda essa conversa.

– Eu achei que você não acreditasse no livre-arbítrio.

– Não acredito, mas isso não significa que o Chefe não acredite – Ele balançou a cabeça. – Olha, a gente fugiu muito do assunto. Você sabe que eu trabalho para o Chefe e que eu estou aqui a trabalho, por assim dizer.

Mesmo sabendo que tinha de haver uma razão para Roth ter aparecido do nada e começado a me seguir, a amarga desilusão ainda revirou o meu estômago. O que eu estava pensando? Que ele tinha me visto comendo um Big Mac e percebido que precisava me conhecer?

– Eu sou o seu trabalho?

Seu olhar escuro lampejou para o meu e se manteve ali.

– Sim.

Assentindo lentamente, eu soltei uma respiração leve.

– Por quê?

– Estou aqui pra te manter a salvo de quem está procurando por você. E com isso eu quero dizer demônios muito maiores e piores do que o que você normalmente lida.

Eu olhei para ele por tanto tempo que acho que meus olhos ficaram vesgos, e então eu comecei a rir. Tão forte que lágrimas caíram pelo meu rosto, fazendo a carranca de Roth ficar desfocada.

– Por que você tá rindo? – ele exigiu. – É melhor que não seja porque você duvida da minha capacidade de manter sua bunda, uma bunda muito linda, por sinal, em segurança. Porque acho que provei que consigo.

– Não é isso. É só que você é um demônio.

Sua expressão ficou neutra.

– Sim. Eu sei que sou um demônio. Obrigado pelo esclarecimento.

– Os demônios não protegem nada nem ninguém – Acenei com a mão em desdém, ainda rindo.

– Bem, obviamente protegem, porque eu salvei você várias vezes.

Limpando algumas lágrimas do meu rosto, eu me acalmei.

– Eu sei. E eu agradeço. Muito obrigada. Mas é tão... tão ao contrário.

A impaciência brilhou em seus olhos, escurecendo-os até que as manchas marrons quase desapareceram.

– Demônios protegem meio que qualquer coisa *se* for do seu interesse. Ou seja, do interesse do Inferno.

– E por que me proteger seria do interesse do Inferno? – Os olhos de Roth se estreitaram.

– Eu ia tentar te contar isso da melhor forma possível, mas dane-se. Eu te disse o que a sua mãe podia fazer. Até disse o nome dela. – Meu humor secou ali mesmo enquanto eu olhava para ele. Um pouco de presunção se estampou em seu rosto. – E eu aposto que você passou por todos os estágios de negação e mais alguns, mas Lilith é sua mãe.

– Você quer dizer um demônio chamado Lilith. – Eu ainda me recusava a acreditar em qualquer outra opção. Era apenas um demônio aleatório com um nome infeliz.

– Não. Quero dizer *o* demônio chamado Lilith – ele corrigiu. – Ela é sua mamãe.

– Isso não é possível – Eu balancei a cabeça. – Ela está acorrentada no Inferno!

Agora era a vez de Roth rir feito uma foca abestalhada.

— E quem espalhou esse boato? Os Guardiões? Lilith estava no Inferno, mas ela se libertou dezessete anos e nove meses atrás, contando aí uma semana ou duas pra mais ou pra menos, o que, por sinal, corresponde diretamente com o quê?

Eu fiz as contas rapidamente, o que colocava a data por volta do meu aniversário. Meu estômago se revirou.

— Ela foi para a superfície, se envolveu em uma safadeza, engravidou e deu à luz a um bebê bonitinho que se parecia com ela.

— Eu me pareço com ela? — A minha cabeça ficou presa no detalhe errado. Roth estendeu a mão, pegando uma mecha do meu cabelo, enrolando os fios pálidos em torno de seus longos dedos.

— Do que eu me lembro, ela tinha a sua coloração. Só a vi uma vez antes de darem um jeito nela.

— Darem um jeito nela? — eu sussurrei, já sabendo a resposta.

— Quando ela escapou, o Chefe tinha uma ideia muito clara do que ela estava fazendo. Agora ela não vai mais sair de onde ele a colocou. — Uma dor pesada perfurou minhas têmporas. Eu as esfreguei, nunca estive tão confusa em toda a minha vida. Deveria me sentir melhor sabendo que Lilith não estava morta, sendo que ela era minha mãe? Mas ser presa no Inferno pelo próprio Satanás devia ser horrível e minha mãe... Ela era Lilith. Não sabia como me sentir, mas sabia que ia ficar muito pior.

— Você já ouviu falar da *Chave Menor de Salomão*? — perguntou ele.

Levantando meu olhar, eu balancei a cabeça.

— Não.

— É real, um livro catalogando todos os demônios. Tem seus encantamentos, como invocá-los, como distingui-los, maneiras de prender um demônio e todo o tipo de coisa divertida. Lilith não pode ser invocada — Ele fez uma pausa, me observando de perto. — Nem seus filhos originais.

Minha cabeça parecia que estava prestes a explodir.

— Os Lilin? — Quando ele assentiu, meu estômago despencou como meu status de popularidade.

— Mas tudo tem uma brecha, e existe uma bastante grande quando o assunto são os Lilin — continuou ele. — Na *Chave Menor* original, ele descreve como se pode criar os Lilin. É como um lacre que precisa ser quebrado, um encantamento.

— Ai meu Deus...

A essa altura, Roth estava completamente sério.

– O encantamento tem esses estágios, como a maioria dos feitiços tem. Sabemos que envolve derramar o sangue de uma criança de Lilith, e, bem, o sangue morto da própria Lilith. Tem mais coisa, uma terceira ou quarta coisa, mas não temos certeza. O que quer que essas coisas sejam, se estiverem todas concluídas, então os Lilin nascerão de novo na Terra.

Minhas mãos caíram sobre o meu colo. Vários minutos se passaram.

– E a criança. Sou eu? Não tem mais ninguém?

Ele assentiu novamente.

– E toda essa coisa de derramamento de sangue, bem, não tentando soar pessimista, mas como o Chefe não sabe se significa uma gota de sangue ou a sua morte, ele não está disposto a arriscar.

– Credo. Diz a ele que agradeço.

Um sorriso agraciou os lábios dele.

– O sangue morto... – Inclinando-se, seus dedos ágeis roçaram ao longo do meu pulso, provocando um arrepio em seu rastro. Ele abriu minha mão, e o estranho anel cor de rubi ficou exposto. – Esta pedra não é uma pedra preciosa. Ela contém o sangue morto de Lilith.

– O quê? Eca! Como você sabe?

– Porque Lilith costumava usar este anel, e apenas a criança de Lilith pode carregar seu sangue sem experimentar efeitos colaterais graves – disse ele, fechando suavemente meus dedos ao redor do anel. – Então sabemos onde essas duas coisas estão, mas o resto... está na *Chave Menor*.

– E onde tá o livro?

– Boa pergunta. – Roth se recostou, fechando os olhos. – Não sei. E o Chefe não sabe o que a terceira e a quarta coisas são, mas ele tá preocupado que outros demônios como Duques e Príncipes possam saber, já que Lilith era amigada com vários deles. Sair do Inferno e ter você foi de propósito, o seu último grande "danem-se" para os Céus e o Inferno.

Uau. Aquela informação fazia maravilhas para a autoestima de uma garota.

– Eu não entendo – eu disse, dobrando os dedos até que minhas unhas se pressionassem contra a carne da minha palma. – Os Lilin são... eles são insanos e super assustadores, o seu Chefe não gostaria disso? Seria o Inferno na Terra basicamente.

Roth segurou uma risada.

— Nesse caso, ninguém ganha. Quando os seres humanos são despojados de suas almas, eles definham e se transformam em espectros. Eles não vão para o Céu e nem para o Inferno. E o Chefe sabe que ele não pode controlar os Lilin. Ele mal podia controlar Lilith — Os belos lábios de Roth se curvaram em um sorriso irônico. — E pode acreditar, você não viu nada ainda se nunca testemunhou Lilith e o Chefe irem de igual para igual.

Eu tentava entender aquilo.

— Daí...?

— A última coisa que o Inferno quer é que os Lilin corram livremente pela Terra — Ele tamborilou com os dedos no joelho, sobrancelhas juntas. — E aqui estou eu, garantindo que o seu sangue não seja derramado e nem o sangue no anel, enquanto tento descobrir o que são as outras coisas antes que *elas* aconteçam. Ah, e tem também toda a questão de tentar descobrir exatamente quem quer que os Lilin renasçam. Eu sou um demônio ocupado.

Minha boca se mexia, mas nenhuma palavra saía. Nós ficamos sentados ali por vários minutos, os únicos sons sendo o suave tamborilar dos dedos de Roth e os carros lá embaixo. Cabeça. Explodindo. Minha mãe era *a* Lilith. Eu estava cansada demais para negar a verdade daquilo. Mamãe querida aparentemente me concebeu como uma maneira de mandar todo mundo à merda. Derramar sangue não parecia algo divertido, não importava por qual ângulo você considerasse isso.

— Por que agora? — perguntei.

— É o momento do seu nascimento. Teoricamente o encanto só pode funcionar depois de você fazer dezessete anos — Ele parou. — O Chefe não tinha certeza se Lilith tinha sido bem-sucedida no sentido de que você...

Eu olhei para ele, horrorizada quando percebi onde ele estava querendo chegar.

— De que eu não tivesse sido morta quando... — Eu engoli em seco, pensando no que Petr tinha dito. — ...quando os Guardiões me encontraram?

Roth assentiu com a cabeça.

— Ninguém sabia onde Lilith tinha ido ou onde você tinha nascido. O mundo é um lugar muito grande. Eu já tinha te encontrado antes, mas o seu aniversário ainda estava bem longe. Quando o Chefe soube que estávamos há meses de distância do seu aniversário, ele me mandou subir novamente para ver se ainda estava... bem, é.

– Viva – eu sussurrei.

Ele continuou:

– Quando eu me reportei, o Chefe ordenou que eu ficasse de olho em você. Veja bem, o Chefe e os demônios com quem Lilith andava não são os únicos que ouviram falar sobre o encantamento. Outros também ficaram sabendo e veem você como um risco. Eles sabem que os Alfas destruirão todos os demônios na superfície se os Lilin renascerem. O Rastreador, o zumbi e o humano possuído queriam te eliminar.

– Então alguns demônios podem estar atrás de mim para reviverem os Lilin, e outros querem me matar porque... – E foi então que a ficha caiu, com a força de um tijolo de cimento. O gelo congelou minhas veias, assim como uma onda quente de traição varrendo todo o meu corpo como uma maré subindo. – Abbot tem que saber disso.

Roth não disse nada.

Eu engoli, mas o caroço na minha garganta se recusou a descer.

– Ele deve ter sabido disso o tempo todo. Quer dizer, não tem jeito. Os Alfas... E é por isso que Petr tentou me matar. Deve ser por isso que ele e o pai dele sempre me odiaram, por causa da minha conexão com tudo isso.

No silêncio que se perdurava, lágrimas queimaram meus olhos. Eu cerrei meus punhos até os dedos me doerem, me recusando a abrir as mãos. Em nenhum momento Abbot acreditou que eu merecia saber a verdade sobre o que eu era, do que eu poderia me tornar parte. E se Zayne soubesse, eu não achava que conseguiria superar aquilo.

– Layla...

Roth disse meu nome tão suavemente que tive que olhar para ele, e quando o fiz, nossos olhares se fixaram. Parte de mim se perguntou o que ele via quando olhou para mim daquele jeito naquele exato momento, como se ele não tivesse certeza do que eu era ou o que ele estava realmente fazendo ali. E isso tinha que ser confuso para ele. Ele era um demônio, afinal de contas. Eu também me perguntava por que eu me importava, mas a última coisa que eu queria era ser vista como uma garota à beira das lágrimas. Coisa que eu era.

Inspirando o ar de maneira estridente, eu abri meus dedos e o anel rolou pela minha palma aberta. Porque eu não tinha outro lugar para guardá-lo, eu o coloquei no meu dedo anelar direito. Parte de mim esperava que a ação desencadeasse o apocalipse, mas nada aconteceu. Nem mesmo uma sensação estranha ou um arrepio.

Que anticlimático.

Meu cérebro começou a processar toda a informação lenta e constantemente. Talvez tenha levado mais tempo do que o necessário, mas fiquei orgulhosa ao perceber que meus olhos estavam secos, mesmo que minha garganta estivesse arranhando.

– Precisamos encontrar essa *Chave*.

– Precisamos mesmo. Saber o que é necessário para o encantamento funcionar nos dá uma chance de revidar. Eu tenho algumas pistas – Ele parou, e eu pude sentir seu olhar fixo em mim novamente. – Você não pode contar aos Guardiões nada disso.

Eu dei uma risada curta.

– Nem sei como eu vou voltar pra casa. Uma vez que eles descobrirem o que eu fiz com Petr...

– Eles nunca vão saber – Roth segurou a ponta do meu queixo, me forçando a olhar para ele. Seus olhos eram um tom furioso de âmbar. – Porque você não vai contar a eles o que realmente aconteceu.

– Mas...

– Você vai contar apenas parte da verdade – disse ele. – Petr te atacou. Você se defendeu, mas fui eu quem o matou. Você não vai mencionar que tomou a alma dele.

Atordoada, olhei para ele.

– Mas eles vão ficar atrás de você.

Roth riu profundamente.

– Deixe que tentem.

Eu me afastei e me levantei, incapaz de ficar sentada por mais tempo. Alisando minhas mãos sobre o que eu tinha certeza de que era meu cabelo embaraçado, comecei a caminhar entre uma macieira plantada em um vaso e algo que se assemelhava a um arbusto de lilases que não tinha florescido.

– Não vou dizer aos Guardiões que você matou Petr.

Seus lábios se transformaram em uma carranca.

— Eu posso cuidar de mim mesmo. Sou bastante difícil de ser encontrado quando não quero ser e ainda mais difícil de ser morto.

— Eu entendo, mas não. Eu vou dizer a eles que foi um demônio, mas não você. Eu não vou dar o seu nome pra eles.

Uma vez que as palavras saíram da minha boca, fiquei totalmente decidida.

Roth olhou para mim, claramente surpreendido.

— Eu sei que estou dizendo pra você mentir sobre a coisa da alma, mas isso faz sentido. Eles te matariam. Mas você está disposta a mentir sobre mim? Você percebe o que isso significa?

— Claro que sei — eu retruquei, colocando meu cabelo para trás. Não contar a eles sobre Roth era traição. Poderia até mesmo ser visto como eu tomando partido, e se os Guardiões descobrissem que eu sabia quem matou Petr e escondi a verdade, eu já estava morta.

— Eu acho que você gosta de mim — disse Roth de repente.

Parei de andar e meu coração deu um pulinho engraçado.

— O quê? Não.

Ele inclinou a cabeça para o lado, seus lábios se abrindo em um sorriso provocante.

— O jeito que você mente pra si mesma é meio fofo.

— Eu não estou mentindo.

— Hmm... — Ele se sentou com os olhos brilhando de contentamento. — Você queria que eu te beijasse mais cedo.

O calor inundou minhas bochechas.

— Não queria, não.

— Você tem razão. Você queria que eu fizesse muito, mas muito mais do que te beijar.

Agora o calor estava se espalhando por outro lugar.

— Você é maluco. Eu não quero isso... não quero você — As palavras soaram ridículas para meus próprios ouvidos. — Você salvou a minha vida. Mandar os Guardiões atrás de você não é a melhor forma de retribuir isso.

Pronto. Soou melhor.

Roth riu.

— Tudo bem.

— Não me enche — Respirei fundo.

– Tudo bem.

Eu lancei a ele um olhar atravessado.

– O quê? – ele disse inocentemente. Então ficou todo sério de novo. – O que você vai fazer?

Olhando para o céu nublado, eu balancei a cabeça. Além do óbvio, que era descobrir onde estava a Chave e ficar longe do demônio que queria me usar como parte de um encantamento bizarro, eu assumi que ele queria dizer com a situação em casa.

– Eu não sei o que fazer – admiti, minha voz não passando de um sussurro. – Eu não posso me esconder deles pra sempre. E enquanto eles não souberem sobre a coisa da alma, eu devo ficar bem. Zayne...

– Zayne? – Roth estava franzindo a testa de novo. – O loiro altão abestalhado?

– Eu não acho que ele possa ser categorizado como um abestalhado – respondi secamente. – Como você sabe... Deixa pra lá. Me observando. Entendi.

– Não se pode confiar neles. Você pode ser próxima de Pedregulho e companhia, mas eles têm que saber o que você é. Não é seguro pra você lá. – Ele passou as pontas dos dedos ao longo da almofada ao seu lado, chamando minha atenção. Ele não tinha me tocado assim ontem à noite? Eu tremi e desviei o olhar. – Se você for pra casa, Layla, você vai ter que fingir que não sabe de absolutamente nada.

– Eu não consigo acreditar – eu disse, e quando ele me lançou um olhar, eu balancei a cabeça. – Zayne... ele não deve saber. Ele...

– Ele é um Guardião, Layla. A lealdade dele...

– Não, você não entende. Não sou inocente ou estúpida, mas eu sei que Zayne não esconderia algo desse tipo de mim.

– Por que motivo? Por que você se preocupa com ele?

Estava prestes a perguntar como é que ele sabia daquilo, mas então me lembrei de Bambi passando um tempo na casa da árvore.

– Claro que me preocupo com Zayne. Ele é a única pessoa que realmente me conhece. Eu posso ser eu mesma quando estamos juntos e... – Eu perdi o fio da meada, porque a falsidade do que eu estava dizendo ficou evidente. Eu não podia ser o que eu realmente era com Zayne também. – De qualquer maneira, ele teria me dito a verdade.

Roth inclinou a cabeça para o lado.

– Porque ele se preocupa com você também?

– Ele se importa, mas provavelmente não da maneira que você tá insinuando.

– Na verdade, ele *realmente* gosta de você – Quando eu franzi a testa, ele riu. – E eu realmente estou querendo dizer que ele gosta, *gosta* de você.

Eu soltei o ar, zombeteira.

– Como você saberia? Você...

– Não conhece o Pedregulho? Tem razão, mas você se esquece de que eu te observei por algum tempo. Eu te vi com ele, e eu vi a maneira como ele olha pra você. Claro, um relacionamento entre vocês dois é tão impossível quanto o problema da dívida enfrentada...

– Credo. Tá bem. Eu sei disso.

Suspirei.

– Mas isso não impede alguém de querer outra pessoa que ela nunca vai poder ter – Seu olhar se tornou agudo. – Mesmo que Pedregulho não saiba a verdade e que você confie sua vida a ele e blá, blá, blá, você não pode dizer nada a ele. – Uma grande e pesada bola de pavor se instalou no meu estômago. – Layla?

Eu acenei com a cabeça.

– Eu não vou dizer a eles.

– Muito bem – ele disse, se levantando. Ele sorriu, mas eu não consegui retribuir o gesto. Eu não conseguia me livrar da sensação de que tinha acabado de selar o meu destino.

Capítulo 14

Sair do *loft* de Roth não tinha sido fácil. Por um segundo ou dois, eu achei que ele não ia me deixar sair. Ele não tinha manifestado qualquer oposição direta à minha ida para casa, mas dava para perceber que ele não era um grande fã daquela ideia. Mas se eu ficasse com ele, seria apenas uma questão de tempo até que os Guardiões me encontrassem.

Eles iriam matar Roth, e mesmo que eu não soubesse o que sentia por ele, não queria que ele morresse.

Roth queria me levar o mais perto possível de casa, mas eu não estava pronta para ir para lá. Não sabia para onde queria ir, mas precisava ficar sozinha. Ele me acompanhou até o lado de fora do seu prédio e eu descobri que estávamos em um dos novos arranha-céus perto do Palisades. Ao longo do rio Potomac, era uma das regiões mais ricas de D.C.

Acho que ser um demônio pagava bem.

Comecei a andar e não parei nem olhei para trás para ver se Roth ainda me seguia. Eu sabia que não seria capaz de vê-lo, mas também sabia que ele estava lá. E enquanto eu caminhava, meu cérebro reprisava tudo que aconteceu até que meu estômago se revirou sem parar. Ter tomado café pode não ter sido a melhor das ideias.

Duas horas depois, me sentei num dos bancos na entrada da Instituição Smithsonian. Mesmo nas primeiras horas da manhã, o vasto gramado estava repleto de atletas e turistas. As primeiras pessoas que passaram por mim lançaram olhares preocupados na minha direção. Com o meu rosto detonado e as roupas emprestadas, eu provavelmente parecia um exemplo bem claro do que acontecia quando adolescentes fogem de casa.

Eu mantive meu queixo para baixo, deixando o cabelo proteger a maior parte do meu rosto, e ninguém me abordou. Perfeito. Era uma manhã fria e eu me aninhei na camisa de Roth, cansada até os ossos. Em questão de horas, tudo tinha mudado. Meus pensamentos estavam dispersos; meu mundo inteiro parecia quebrado. Roth deve ter ficado espantado por eu não ter surtado depois de tudo que ele me contou, mas agora eu estava afundada no surto até a cintura.

Como a gente conseguiria encontrar um livro antigo quando ninguém sabia onde ele estava? Como eu poderia ficar a salvo de um demônio quando ninguém sabia quem ele era? E ainda mais, como eu poderia ir para casa?

O plano era ir para casa. Era por isso que eu tinha deixado o *loft* de Roth. Bem, não era a única razão. Eu precisava me distanciar dele também, porque as coisas estavam diferentes entre nós. Como se um acordo tivesse sido feito. Mas era mais do que isso. O que quer que tenha surgido entre nós naquela manhã ainda me fazia sentir como se eu estivesse trocando de pele, e Roth estava certo. Eu *queria* que ele me beijasse.

Meu Deus, não conseguia pensar naquilo agora.

O que eu queria mesmo era ficar com raiva. Eu queria jogar algo – chutar alguém, especificamente, Abbot – e quebrar algo valioso. Muitas coisas valiosas. Eu queria ficar de pé no banco e gritar até minha voz sumir. A fúria rugia dentro de mim como um cão raivoso e eu queria liberá-lo, mas sob toda aquela fúria, algo amargo e úmido se agitou. Havia algo mais no meu estômago do que apenas uma pilha de nervos. Eu sabia o que estava por vir em algumas horas.

Eu precisava de algo doce, como suco, mas isso exigiria dinheiro.

Dentro de algumas horas, uma dor profunda se instalaria em meus ossos. Minha pele ficaria gelada, mas minhas entranhas pegariam fogo. Por mais distorcido que parecesse, eu acolhia o mal-estar que vinha depois de provar uma alma. Era uma forma dura de punição, mas uma que eu merecia.

Eu inalei o ar matutino e fechei os olhos. Eu não podia me dar ao luxo de desmoronar. O que podia acontecer era maior do que os meus sentimentos de traição ou raiva. Se esse demônio fosse bem-sucedido, o apocalipse pareceria uma festa de debutante em comparação.

Eu precisava ser forte – mais forte do que o que poderia ser alcançado com treinos rigorosos.

O ronco baixo de um motor afinado me forçou a abrir os olhos. Estranho que em uma cidade movimentada com o ruído constante de conversa, o zumbido de carros passando e buzinas soando, eu era capaz de reconhecer o som do Chevy Impala de Zayne em qualquer lugar.

Eu espreitei através de uma camada de cabelo loiro-esbranquiçado exatamente quando Zayne saiu pela porta do motorista. A aura em torno dele era tão pura que parecia um halo. Ele fechou a porta e se virou, seu olhar imediatamente encontrando o banco em que eu estava sentada.

Minha respiração ficou presa como se eu tivesse levado um soco. Mil pensamentos passaram pela minha cabeça enquanto Zayne contornava o Impala. Ele parou por completo quando me viu, seu corpo ficando rígido, e então ele começou a avançar novamente, seu ritmo aumentando até que ele começou a correr.

Zayne estava ao lado do banco em um instante, despreocupado com todos os olhos sobre nós, e então seus braços me envolveram, apertando com tanta força que eu mordi o lábio para evitar que um grunhido de dor escapasse.

– Ah, meu Deus – ele disse, sua voz rouca no meu ouvido. – Eu não...

Um leve tremor percorreu seu corpo largo, e a mão dele se pressionou contra minhas costas, depois deslizou para cima, se enterrando com vontade em meu cabelo.

Sobre o ombro de Zayne, eu finalmente vi Roth. Ele estava perto de uma das cerejeiras peladas, apenas observando. Nossos olhos se encontraram por um breve momento, e então ele se virou, atravessando o gramado e indo pela calçada para o leste, com as mãos enfiadas nos bolsos da sua calça jeans. Zayne não ter sentido a presença do demônio era um testemunho de seu estado mental, e eu odiava que ele estivesse tão preocupado.

Uma vontade estranha me atingiu naquele momento. Eu queria ir atrás de Roth, mas isso não fazia sentido. Eu sabia que ele estava me observando e isso era tudo que ele fazia, mas...

Zayne me puxou para mais perto, colocando minha cabeça contra a curva do seu pescoço, e ele me segurou ali. Lentamente, levantei meus braços, coloquei minhas mãos nas costas dele e fechei meus punhos na sua camisa. Outro tremor sacudiu seu corpo. Não sei quanto tempo ficamos assim. Poderia ter sido por segundos ou minutos, mas seu calor aliviou um pouco do frio, e, por um momento, eu consegui fingir que esse abraço acontecia uma semana atrás e que ali era Zayne – *meu Zayne* – e tudo ia ficar bem.

Mas então ele se afastou, suas mãos percorrendo os meus ombros.

– Onde você estava? O que aconteceu? – Não tendo ideia por onde começar, eu mantive minha cabeça para baixo. – Layla – disse ele, colocando as mãos em cada lado do meu rosto.

Estremeci quando seus dedos pressionaram contra minhas têmporas, mas eu não me afastei. Zayne levantou minha cabeça e seus olhos se arregalaram em choque. Uma onda de emoção descontrolada atravessou seu rosto. A raiva era a mais aparente, fazendo seus olhos se tornarem um azul elétrico. Uma tensão se formou em torno de sua boca. Um músculo estalou enquanto sua mandíbula trabalhava. Ele deslizou as mãos para longe do meu rosto, mantendo meu cabelo para trás.

– Petr fez isso?

Meu peito apertou com medo e consternação.

– Como... como você sabe?

O peito de Zayne subiu pesadamente.

– Ele não foi visto desde a noite passada. Não desde que Morris disse que o viu indo em direção à floresta. Encontrei a sua mochila na casa da árvore e o seu celular estava no chão. Tinha... tinha sangue nele, seu sangue. A gente estava revirando esta cidade de cabeça pra baixo procurando por você. Meu Deus, eu pensei o pior. Eu pensei... – Ele engoliu com dificuldade. – Jesus Cristo, Layla...

Eu abri a boca para falar, mas nada saiu. A expressão nos olhos de Zayne era assustadora.

– Você tá bem? – ele perguntou, e então xingou. – Que pergunta mais idiota. É óbvio que você não tá bem. Qual é a gravidade dos ferimentos? Você precisa ir ao hospital? Você esteve fora a noite toda? Será que eu devo...

– Estou bem. – Minha voz estalou enquanto eu envolvia meus dedos em torno dos seus pulsos. Eu nunca tinha o visto assim antes. – Eu estou bem.

Ele me encarou, e de repente eu identifiquei a emoção que se agitava em seus olhos. Horror.

– Por Deus, Layla, ele... ele te *machucou*. – Não havia como negar esse fato quando meu rosto ainda parecia que tinha sido estourado contra uma parede.

– Tá tudo bem.

– Não tá tudo bem. Ele *bateu* em você. – E então seu olhar caiu, e eu sabia que ele tinha visto as pontas dos três arranhões raivosos. Ele sugou o ar de maneira irregular e um espasmo violento o atravessou. Um rugido baixo ressoou em seu peito. – Em que forma ele estava?

– Zayne. – Eu coloquei uma mão em seu braço trêmulo. – Você está começando a entrar em transformação.

– Me responde! – ele gritou, o que fez eu me sobressaltar. Algumas pessoas lançaram olhares em nossa direção. Ele soltou um palavrão e baixou a voz. – Sinto muito. Ele...

– Não. – Eu fui rápida em responder. – Ele tentou me matar, mas ele... Zayne, você tá se transformando.

Zayne estava prestes a perder totalmente o controle e entrar em modo gárgula por completo. Sua pele assumiu uma tonalidade cinzenta. Ao passo que os humanos estavam acostumados a ver Guardiões à noite, eu duvidava que eles esperassem encontrar um na frente do Smithsonian em uma segunda-feira de manhã.

– Como você me encontrou? – perguntei, na esperança de distraí-lo. Seu olhar selvagem pousou em mim.

– O quê?

Apertei seu braço com o máximo de força que conseguia. Sua pele já estava endurecendo.

– Como você sabia que eu estava aqui?

Alguns segundos se passaram.

– Foi uma última tentativa. Eu te procurei em todos os lugares e então me lembrei o quanto você gosta daqui – Ele piscou e seus olhos voltaram ao normal, a pele se tornando mais dourada a cada segundo. – Mas que Inferno, Laylabélula, eu estava quase perdendo a cabeça.

– Desculpa – Eu enlacei meus dedos com os dele. – Eu não conseguia ir pra casa e estava sem o meu celular. Eu só...

– Não se desculpe. – Ele estendeu a mão, movimentando os dedos pelo canto do meu lábio e, em seguida, acariciando a contusão na minha mandíbula. – Vou matar aquele desgraçado.

Eu deixei minhas mãos caírem no meu colo.

– Isso não será necessário.

– O diabo que não é necessário! – Uma fúria afiou sua voz. – Isso não tá certo. Quebrar a mandíbula dele não vai mudar nada. O pai dele...

– Ele tá morto, Zayne. – Eu apertei meus dedos entre as mãos. – Petr está morto.

Silêncio. Tanto silêncio que tive que olhar para ele e meu estômago se revirou. Ele tinha aquele olhar selvagem em seus olhos mais uma vez.

– Eu não o matei – eu disse apressadamente. – Ele veio atrás de mim enquanto os Alfas estavam aqui. Foi como se ele tivesse sido *enviado* pra me matar, Zayne. Não era só ele querendo encher o meu saco e a coisa ficar fora de controle – Eu contei a ele tudo o que Petr tinha dito, mal parando para respirar. – E eu teria morrido, mas...

Zayne pegou minha mão que usava o anel, e eu me encolhi.

– Mas o quê, Layla?

– Eu não o matei – Isso era verdade. – Um demônio apareceu. Ele surgiu do nada e matou Petr.

Ele ficou muito quieto.

Mentir para Zayne era uma droga. Fazia eu sentir meu peito dolorido e à flor da pele.

– Eu não sei por quê. Eu não sei quem era. Eu nem sei o que ele fez com o corpo de Petr. – O medo surgiu em uma lufada de ar gelado. Muito real, considerando o que os Guardiões fariam se soubessem que eu tinha levado a alma de Petr e o que fariam a Roth. – E depois eu fiquei tão confusa e eu sabia o que os Guardiões iam pensar, o que Abbot pensaria. Eu seria culpada, porque Petr é um Guardião. Então eu só...

– Pare – disse Zayne, apertando minha mão gentilmente. – Você não vai ser responsabilizada pelo que Petr causou a si mesmo. Eu não vou deixar que nada aconteça com você. Você deveria ter me procurado. Você não tinha que estar aqui, lidando com isso sozinha. Eu teria... – Ele se interrompeu com um gemido baixo.

– Desculpa – eu disse, porque não sabia mais o que dizer.

– Meu Deus, Layla, não se desculpe. – Um olhar assombrado passou pelos seus olhos antes de ele desviar o olhar. Ele se inclinou para trás, enfiando os dedos no cabelo. Parecia que ele já tinha feito aquilo muitas vezes. – Você tentou me ligar depois?

Eu soube imediatamente onde ele estava querendo chegar e meu coração apertou.

– Não. Eu estava te ligando antes... antes do que aconteceu.

Zayne xingou rapidamente.

– Se eu tivesse atendido o telefone...

– Não – eu implorei.

Ele balançou a cabeça, as sobrancelhas erguidas como se ele estivesse sentindo algum tipo de dor.

– Se eu tivesse atendido o telefone, isso não teria acontecido. Eu *sabia* que você não tinha pra onde ir, mas eu ainda estava com tanta raiva de você. *Merda*! Não é de admirar que você não voltou pra casa. Você deve ter ficado tão assustada. Layla, eu...

– Você não poderia ter feito nada. – Eu me aproximei. Quem sabe o que teria acontecido se Zayne tivesse atendido o telefone. Talvez Petr não tivesse me encontrado sozinha, mas ainda haveria outras chances. – Teria acontecido independente de qualquer coisa. Ele queria me matar. Ele precisava me matar. Isso não é culpa sua.

Zayne não respondeu imediatamente, e quando ele falou, sua voz era áspera.

– Eu vou contar ao meu pai o que você me contou pra que você não tenha que passar por isso de novo, mas ele vai querer falar com você. Ele vai querer saber exatamente o que Petr te disse e qual era a aparência do demônio.

O mal-estar se desabrochou em uma apreensão sufocante.

– Eu sei.

Ele suspirou e olhou para mim. Sombras escuras se espalhavam sob seus olhos.

– Todo mundo estava tão preocupado. O pai estava fora de si, todo o clã. Vou te levar pra casa. – Ele estendeu o braço enquanto se levantava. – Layla?

Eu me levantei sobre pernas trêmulas e fui para o abrigo de seu corpo. Zayne me segurou firme enquanto caminhávamos de volta para seu carro. Quando olhei para cima, ele sorriu, mas o olhar assombrado ainda estava lá e eu sabia que, não importava quantas vezes eu o tranquilizasse de que ele não poderia ter evitado aquilo, nada faria diferença. Assim como Zayne podia chamar a propriedade em que eu passei os últimos dez anos vivendo de "casa", mas aquilo nunca mais significaria o mesmo para mim.

A maior parte do clã estava se agitando pela propriedade quando Zayne me trouxe para casa, e foi difícil olhar para eles e me perguntar se alguns deles estavam desapontados que eu ainda estava de pé.

Nem é preciso dizer que Elijah e os membros de seu clã haviam desocupado o complexo no momento em que Zayne ligou para o pai e disse a ele que tinha me encontrado e o que tinha acontecido. Dois dos membros do clã estavam atualmente procurando por eles, mas eu duvidava que Elijah fosse encontrado, ou que qualquer consequência caísse sobre ele.

Tentar matar um meio-demônio, mesmo sem autorização formal, provavelmente só resultava em uma reprimenda verbal para o Guardião em questão.

Além de Morris, que tinha me espremido até à morte quando saí do carro de Zayne, Nicolai foi o primeiro a avançar na minha direção. Com um sorriso genuíno de alívio, ele me abraçou.

– Estou feliz que você tenha voltado pra casa.

Eu acreditei nele. Até mesmo Geoff parecia aliviado, junto com Abbot. O resto... *eh*, nem tanto. Mas eu também não era realmente próxima dos outros. Éramos como navios se cruzando à noite.

Zayne estava certo sobre o pai dele querer me interrogar. A maior parte do que aconteceu foi dito por Zayne, mas Abbot queria ouvir de mim os detalhes da intervenção demoníaca. Mentir para Zayne fazia minha pele ficar com comichão e esquisita, mas com Abbot, fazia minha paranoia atingir um patamar completamente diferente. Felizmente, estávamos só nós três, então não parecia uma inquisição.

– E você nunca tinha visto esse demônio antes? – Abbot perguntou. Sentado ao meu lado no sofá enquanto acariciava a barba, ele não parecia convencido.

Eu decidi jogar um pouco mais da verdade para eles. Partes que não poderiam doer.

– O demônio não parecia normal.

As sobrancelhas de Zayne se ergueram.

– O que você quer dizer com isso?

– Ele meio que parecia com um Guardião – Eu realmente esperava que ainda tivesse suco de laranja na geladeira.

– Um demônio de Status Superior – disse Zayne, olhando para seu pai. – Então talvez eu o tenha visto antes, mas não nessa forma.

Abbot me encarou demoradamente.

– Por que você não vai para o seu quarto? Vou mandar Jasmine dar uma olhada em você, para termos certeza de que está tudo bem.

Um doce alívio disparou pelo meu corpo, embora eu soubesse que aquele não era o fim da conversa. Por enquanto, eu estava livre.

– Sinto muito por qualquer problema que...

– Pare de se desculpar – disse Zayne, olhos queimando naquele azul profundo novamente. – Nada disso é culpa sua.

Abbot colocou a mão no meu ombro e apertou gentilmente. Ele não era do tipo que gostava de contato físico, então aquilo era a coisa mais próxima de um abraço que eu conseguiria dele. Uma emoção apertou minha garganta, uma mistura vil de culpa, raiva e traição. Eu estava mentindo, mas Abbot também. Olhando para ele ali, meu olhar passando pelo seu rosto desgastado, mas bonito, eu tinha que me perguntar se ele alguma vez já tinha sido honesto comigo. E o que ele tinha a ganhar mantendo a filha de Lilith viva.

– Sinto muito por termos permitido que Petr entrasse nessa casa – disse Abbot enquanto eu me erguia, seus olhos pálidos afiados. – Esse lugar é um porto seguro, e ele violou isso.

– E também o seu clã – acrescentou Zayne, a voz áspera de raiva. – É terrivelmente conveniente que eles tenham fugido no momento em que perceberam que Layla estava viva.

– De fato. – Abbot também se levantou. – Vamos chegar ao fundo dessa história.

Acenei com a cabeça e me virei para sair, duvidando que Elijah fosse sofrer quaisquer consequências extremas se ele ou qualquer um de seu clã estivessem sabendo do plano de me eliminar. Eu sabia que eles estavam envolvidos, porque por mais que Petr detestasse a minha existência, ele não teria ido atrás de mim sem o apoio do pai.

— Layla! — Abbot chamou, e eu parei na porta. — Só uma última coisa.

Meu estômago deu uma cambalhota.

— Claro.

Abbot sorriu com firmeza.

— Onde você conseguiu as roupas que está vestindo?

Horas depois, meu estômago ainda se agitava. Entre o mal-estar que fermentava depois de se ter provado uma alma e o fato de que eu sabia que seria descoberta, não me aventurei pela casa para muito além do banheiro.

A roupa, caramba, como eu poderia ter esquecido disso? Como Roth não se atentou para isso? O moletom grande demais e a camisa com uma banda dos anos oitenta estampada na frente obviamente não eram meus.

E o que eu disse a Abbot? Que eram roupas velhas de academia que eu tinha na mochila? Que tipo de mentira esfarrapada foi essa? Por que eu teria roupas masculinas na minha mochila, e por que eu trocaria de roupa, mas deixaria a mochila na casa da árvore?

Eu queria dar na minha cara.

Minha única esperança era que Abbot tivesse presumido que eu estava traumatizada, mas duvidava disso. Ele não era idiota. A maneira como ele tinha sorrido e o brilho dos seus olhos me diziam que ele sabia mais. Então, por que ele não questionou minha mentira? Esperar que ele fizesse isso era ainda pior.

Dez minutos depois, eu estava segurando os lados do vaso sanitário e esvaziando meu estômago do que Jasmine tinha conseguido me fazer comer depois de me examinar.

— Meu Jesus — eu ofeguei enquanto outra ânsia de vomitar espremia minhas entranhas. Contrações secas tomavam conta do meu corpo até que meus olhos lacrimejassem.

Então a alma surgiu.

Rasgando o caminho pela minha garganta, ela se fixou com ganchinhos, se recusando a soltar. Meu estômago se apertou, fazendo eu me dobrar ao meio. Finalmente uma fumaça branca foi expelida da minha boca. Quando o último resquício da alma de Petr saiu do meu corpo, eu estremeci, caindo contra a parede do banheiro.

A alma de Petr flutuava no ar acima de mim, uma coisinha triste e retorcida. Como uma nuvem escura antes de uma tempestade violenta, ela rodopiava e se agitava. Através dela, eu podia ver as toalhas amarelas bem empilhadas e as cestinhas em que eu guardava a maquiagem. A mera presença da alma manchava as paredes.

– Me desculpa – eu sussurrei roucamente, puxando meus joelhos para perto do peito. Por mais que eu odiasse Petr, eu não queria isso para ele. Depois que eu tinha tomado sua alma, ele tinha se transformado em algo saído diretamente de um pesadelo, e sem sua alma não havia nenhuma chance de ele encontrar paz no céu. Humanos se transformavam em espectros. Eu não tinha ideia do que acontecia a Guardiões que morriam sem suas almas.

Encharcada de suor, dei descarga no vaso sanitário e fiquei de pé sobre as pernas fracas. Me inclinando para a frente, liguei o chuveiro. O vapor preencheu o banheiro, dissipando a massa escura. Ela evaporou na névoa quente, como se nunca tivesse estado lá. Tirei a roupa e tomei meu segundo banho do dia. Olhando para baixo, fitei o anel no meu dedo. Parte de mim ainda queria se livrar daquela coisa, jogá-la fora ou escondê-la.

Com os dedos molhados, eu tentei remover o anel. Ele nem se mexeu. Retorcer também não funcionava. Segurá-lo embaixo do fluxo constante de água não ajudou. Nada do que eu fizesse conseguia tirar o anel do meu dedo. Era estranho, porque não era como se ele estivesse muito apertado. Podia girá-lo, mas não conseguia removê-lo.

Maravilha. De alguma forma, eu devia ter colocado todo o encantamento em movimento ao colocar o maldito anel, e agora meu dedo teria de ser cortado fora.

Eu fiquei embaixo do chuveiro até que minha pele se enrugou, mas a mancha ainda permanecia ali.

Os calafrios viriam a seguir.

Eu tinha acabado de colocar o pijama quando ouvi uma batida na porta do quarto. Puxando meu cabelo molhado para cima da camisa, eu me sentei na cama.

– Pode entrar.

Zayne entrou, não passando de um borrão branco no início. Quando sua essência se dissipou, vi os fios de cabelo loiro cobrindo seu rosto enquanto ele fechava a porta atrás de si. Um suéter azul claro cobria o seu peito, quase combinando com a cor de seus olhos.

Quando ele olhou na minha direção e me viu, ele parou.

– Você parece horrível.

Eu ri, o som saindo rouco.

– Valeu.

– Trouxe seu celular. Tá funcionando normalmente e eu... eu limpei – disse Zayne, colocando o objeto sobre a mesinha de cabeceira. Ele se sentou ao meu lado na cama. Eu me esquivei, estabelecendo uma certa distância entre nós. Ele notou meu movimento e seus ombros enrijeceram.

– Layla... – ele implorou.

– Estou apenas cansada depois de tudo o que aconteceu – Eu me ocupei em ajustar minhas pernas sob o cobertor. – Talvez eu esteja gripando ou...

Zayne pegou minha mão.

– Layla, não é possível. Por favor, me diz que você não fez isso.

Eu puxei minha mão do seu aperto.

– Não! Não. Eu só estou ficando meio adoentada e eu estou cansada. Tem sido um dia e uma noite longos.

Ele avançou, prendendo-me entre o seu corpo e a cabeceira da cama.

– Você tem que me dizer se fez isso, Layla. Se você tomou a alma de alguém ontem à noite, até mesmo se foi a de Petr, eu preciso saber.

– Não – eu sussurrei, enroscando os dedos no cobertor.

Seus olhos procuraram os meus atentamente e então ele abaixou a cabeça. Um suspiro suave escapou de seus lábios apertados.

– Você me contaria a verdade, não é?

Eu estremeci.

– Sim.

Zayne levantou a cabeça, seu olhar firme encontrando o meu mais uma vez.

– E você confia em mim? Você sabe que eu nunca te entregaria para os Alfas, você sabe que eu nunca faria isso com você. Então, por favor, não mente pra mim agora. Por favor, me promete que você não tá mentindo.

– Eu prometo. – A mentira parecia azeda na minha boca. Eu desviei o olhar, incapaz de encará-lo. Eu reconhecia que havia uma boa chance de que Zayne soubesse, assim como ele sabia quando eu tinha feito aquilo antes.

Ele soltou uma respiração enquanto olhava para as mãos, os punhos agarrados no edredom.

– Você precisa de alguma coisa?

Balançando a cabeça, eu me afundei na cama e estremeci.

– Eu vou ficar bem.

Zayne ficou em silêncio por vários minutos. Quando falou, eu podia sentir seus olhos em mim.

– Eu falei com Jasmine.

Eu me encolhi de medo.

Ele engoliu.

– Ela disse que você estava muito machucada.

Jasmine tinha arquejado e murmurado algo ininteligível depois de me ajudar a tirar as roupas e visto a enxurrada de contusões.

– Ela me disse que os arranhões causados pelas garras não devem cicatrizar – Sua voz carregava uma onda de raiva. – Estou feliz que Petr esteja morto. Só queria ter sido eu a matá-lo.

Eu olhei para ele com dureza.

– Você não tá dizendo isso de verdade.

– Sim. Eu estou. – Seus olhos brilharam em uma cor brilhante e azulada surpreendente. – A única coisa que eu queria mais era que você nunca tivesse que passar pelo que você passou.

Não tendo ideia de qual era a resposta adequada para aquilo, eu me recostei e não disse nada, ao mesmo tempo que queria dizer *tudo*.

O silêncio se estendeu e depois ele disse:

– Me desculpa por sábado de manhã.

– Zayne, você não precisa...

– Não, deixa eu falar. Foi uma coisa terrível da minha parte. Eu podia ter te ligado, eu devia ter atendido o telefone quando você ligou ontem, e não cabia a mim sugerir que você parasse de marcar demônios.

— Não estou mais marcando. — O humano possuído praticamente bateu o martelo quanto a isso.

— Isso não importa. Eu sei o quanto marcar era importante pra você.

Eu rolei para o lado, cutucando Zayne com meu cotovelo embaixo das cobertas.

— Sim, mas eu estava sendo uma chata de galocha. Você só estava preocupado que eu me matasse ou algo assim.

Zayne passou a mão pelo cabelo, apertando a nuca. Músculos flexionaram e se enrijeceram sob a camisa dele. Então ele estendeu uma mão, afastando fios de cabelo úmido da minha bochecha.

— Você tem certeza de que não precisa de nada? Um suco ou alguma fruta?

— Não.

Era tarde demais para isso. Eu me aconcheguei, sentindo frio até os ossos. Eu não conseguia me lembrar quanto tempo aquilo havia durado da última vez. Dois dias? Mais? Eu apertei meus olhos, rezando para que fosse apenas um ou dois dias. Queria falar com ele sobre o Inferno e sobre Lilith, mas não conseguia descobrir como fazer isso de uma maneira que não equivalesse a me atirar na frente de um caminhão de carga.

— Você... Você precisa sair? — perguntei, mesmo que eu não pudesse lhe contar coisa nenhuma.

Pela primeira vez desde que entrou no quarto, ele sorriu.

— Vai pro canto.

Eu me mexi, dando espaço para ele. Zayne manteve espaço suficiente entre nós, mas eu puxei a beirada dos cobertores para cima, escondendo minha boca. Ele me lançou um sorriso torto e lembrei do que Roth tinha dito. Zayne *gostava* de mim. Por um segundo, eu não senti como se estivesse queimando e congelando ao mesmo tempo.

— O que os Alfas queriam?

Zayne se esticou de lado, apoiando a cabeça com o braço.

— Aparentemente o movimento demoníaco de Status Superior em D.C. e nas cidades vizinhas tem aumentado. — Ele esfregou a ponte do nariz, amassando o rosto. — Maior do que os Alfas viram em séculos de atividade.

Parei de mexer nos cobertores. Posso ter parado de respirar por alguns segundos.

– Não é nada que você precise se preocupar – ele me tranquilizou rapidamente, julgando mal a minha reação. – Eles são problema nosso, e vamos dar conta deles.

– Mas... por que eles viriam pra superfície? Por que tantos? – Um tipo diferente de frieza penetrou em minhas veias.

Zayne ficou de lado, encarando-me.

– Os Alfas acham que eles estão planejando algo. Possivelmente outra rebelião, mas ninguém tem certeza. Todos nós devemos estar atentos a eles. Assim como o meu pai tinha pedido depois do humano possuído ter atacado você e Morris, fomos ordenados a interrogá-los primeiro antes de os enviarmos de volta para o Inferno.

Minha garganta secou. E se eles pegassem Roth? Eu tirei a mão de debaixo do cobertor e esfreguei a testa. A umidade grudou na minha pele. Abbot me contou sobre a última rebelião quando eu ainda era criança. Ocorreu durante a gripe espanhola. Ninguém realmente sabia quantas pessoas tinham morrido de gripe ou de possessão demoníaca. Era isso o que alguns dos demônios queriam? Que os Lilin renascessem e outra rebelião acontecesse?

– Ei – disse Zayne, se aproximando. – Tá tudo bem. Você não tem nada pra se preocupar.

– Hã?

– Você tá tão pálida, Layla. – Ele estendeu a mão, puxando os cobertores em volta dos meus ombros.

– Ah. Eu já disse, estou cansada. – Eu me deitei de costas, esticando as pernas por conta de uma cãibra súbita.

– Talvez você pudesse faltar a aula amanhã – sugeriu ele.

Parecia uma boa ideia.

– Talvez.

Ele não respondeu por um tempo.

– Layla?

Eu virei minha cabeça, encontrando seu olhar firme. Tentei sorrir, mas ficou parecendo mais uma careta.

– Sim, senhor?

— Eu sei que isso tudo é mais do que você estar cansada ou o que Petr fez. — O ar fugiu dos meus pulmões. Apoiado em um cotovelo, ele colocou uma mão no meu rosto. — Eu sei que o que você fez foi provavelmente em autodefesa. Ou talvez tenha sido depois por causa do que Petr fez. E nem consigo imaginar o quão difícil é pra você, mas sei que você é mais forte do que isso. E eu sei que você não quer viver assim. Você não é um demônio, Layla. Você é uma Guardiã. Você é melhor que isso.

Eu senti meu lábio inferior começar a tremer. *Não chore. Não chore.* Minha voz saiu quebrada e pequena.

— Eu sinto muito. Eu não queria. Eu só queria que ele *parasse* e...

— Shh... — Zayne fechou os olhos e um músculo estalou em sua mandíbula. — Eu sei. Tá tudo bem.

Lágrimas queimavam meus olhos.

— Eu não vou fazer de novo. Eu prometo. Eu sinto muito.

Zayne pressionou os lábios contra minha testa.

— Eu sei. — Ele se afastou, desligando a lâmpada de cabeceira e se acomodando. — Descansa um pouco. Vou ficar aqui até ter que sair.

Eu me aninhei de lado novamente, alcançando sua mão às cegas. Ele a pegou, envolvendo os dedos entre os meus.

— Desculpa — eu sussurrei novamente. Desculpa por gritar com ele, por tirar a alma de Petr e, acima de tudo, por todas as mentiras.

Capítulo 15

Fiquei em casa na terça-feira, passando a maior parte do dia na cama. Já na quarta-feira, a fase mais feia dos hematomas no meu rosto tinha desaparecido, e a parte mais difícil da náusea tinha passado.

Stacey estava esperando por mim no meu armário. Sua boca se abriu quando ela me viu.

— Ok. Eu sei que você disse que teve um acidente de carro na sexta, mas parece que você precisa de um médico.

Aparentemente, eu ainda parecia horrível.

Fechei o meu armário e a segui até a sala de biologia. Roth não apareceu, e, quando o almoço acabou, ele ainda não tinha dado as caras. Entre sentir que estava prestes a pular para fora da minha própria pele e me perguntar onde estava Roth, tudo o que eu queria era voltar a me entocar na cama. Os Guardiões receberam ordens para caçar os demônios de Status Superior que estavam invadindo a cidade. Será que haviam capturado Roth? Minha respiração parava toda vez que eu considerava isso.

Eu racionalizava a raiz da minha preocupação apenas no fato de que ele era o único que sabia que o Inferno estava atrás de mim e o porquê. Eu precisava de Roth vivo e inteiro. Essa era a única razão pela qual eu estava preocupada. *É, até parece.*

No almoço, os pensamentos de Stacey espelhavam os meus.

— Queria saber por onde Roth anda. Ele não vem pra escola desde sexta-feira, também.

Eu não disse nada.

— No começo, eu pensei que talvez você tivesse cedido ao desejo selvagem entre vocês dois e fugido com ele pra se casarem.

Eu quase me engasguei com minha pizza meio congelada.
— Você é maluca.
Stacey deu de ombros.
— O quê? Você não pode me dizer que se ficasse sozinha com ele não daria o bote.
— Eu fiquei sozinha com ele, e não dei bote algum — Meus olhos se arregalaram um segundo depois que aquelas palavras saíram da minha boca. — Droga — murmurei.
Ela apertou meu braço.
— Ai meu Deus, detalhes. Eu preciso de detalhes agora mesmo.
Nada além de um zumbi mastigando sua cabeça iria distrair Stacey agora, e mesmo assim eu não tinha certeza se ela iria se deixar distrair por isso. Conseguindo pensar em uma desculpa rápida, eu elaborei.
— Encontrei com ele no fim de semana e ficamos de boa.
— Em público ou na casa dele?
— Na casa dele, mas não foi grande coisa. — Eu me contorci. De jeito nenhum que eu ia contar a ela que Roth tinha me beijado. Eu nunca mais ia ter paz. — Você não vai ao Urbane-se hoje à noite? — Perguntei, na esperança de mudar de assunto.
Sentando à mesa, Sam revirou os olhos.
— Quem iria querer? É noite de poesia, o que significa que todo mundo que acha que consegue formar um dístico vai estar lá.
— Não fique com ciúmes — disse Stacey —, porque eu não te convidei. E de volta à Layla.
— O que tem Layla? — Sam encarou o resto da minha pizza. Eu empurrei meu prato na direção dele.
— Não tem nada.
— Nada? — Stacey arquejou. — Ela passou um tempo sozinha com Roth, e ainda por cima na casa dele. Foi no quarto dele? Você viu a cama? Espera aí. Deixa eu começar com a pergunta mais urgente: você finalmente perdeu a virgindade?
— Meu Deus, Stacey, por que você tá tão interessada no status de virgindade de Layla? — perguntou Sam.
— Pois é, eu estou me perguntando a mesma coisa. — Eu enrolei meu cabelo para trás. — Mas para responder a sua pergunta, não, eu não dei. Não foi nada disso.

– Olha, você é a minha melhor amiga. Eu sou obrigada a me interessar por sua atividade sexual. – Ela parou, sorrindo. – Ou a falta dela.

Eu revirei os olhos.

– Isso é um pouco perturbador. – Sam deu uma cotovelada em Stacey enquanto ele pegava um punhado dos bolinhos de batata dela.

– Espera aí. Não é "nada disso" quando estamos falando do cara mais gostoso a pisar nos corredores desta escola? – Stacey se sentou, jogando as mãos para cima. – Você é inacreditável – Outro olhar assustado cruzou seu rosto antes que eu pudesse responder. – Você viu a cama dele? Santa Maria, mãe de Deus, você realmente se *sentou* na cama dele?

Meu rosto passou por mil tons de vermelho.

– Stacey...

– Seu rosto me diz que você viu a cama dele, provavelmente até sentou nela. Como era? – Ela se inclinou para frente com olhos ansiosos. – Cheirava como ele? Como sexo? Ele tinha lençóis de seda? Vai, ele tinha que ter lençóis de cetim ou de seda.

– Sério? – Sam abaixou o copo, lançando um olhar carrancudo para ela. – Sério que você acabou de perguntar se a cama dele cheirava a sexo? Quem se importa com o cheiro da cama dele?

– Eu me importo – exclamou Stacey com os olhos arregalados.

– Não cheirava a sexo – murmurei, coçando um lado do meu rosto. Stacey zombou.

– Você nem sabe como é cheiro de sexo. – Eu meio que queria estrangulá-la.

– Será que a gente pode só...

– Sabe de uma coisa? Você tá agindo como o resto das meninas idiotas daqui – Sam pegou sua mochila, ficou de pé e a jogou sobre o ombro. – Ele é bonito. Incrível. Você não precisa ficar perseguindo ele.

A boca de Stacey se abriu. Eu olhei para Sam, de repente sentindo muita pena dele. Eu comecei a ficar de pé.

– Sam...

Com as bochechas coradas, ele balançou a cabeça.

– Vejo vocês na aula de inglês. Falou.

Assistimos a ele jogando fora o almoço e saindo pelas portas duplas. Eu me virei para Stacey, mordendo o lábio. Ela observou as portas como se esperasse que ele voltasse, gritasse "Peguei vocês!" e risse.

Quando nada disso aconteceu, ela se recostou na cadeira, passando os dedos pelos cabelos.

– Que diabos foi isso?

– Stacey, Sam gosta de você desde o primeiro ano. É óbvio.

Ela bufou.

– Como pode algo assim ser óbvio pra você e não pra mim? Até Roth aparecer, você nem achava que garotos tinham pulso.

– Isso não é sobre mim, sua idiota.

– Você tem que estar errada – Ela balançou a cabeça enquanto jogava uma bolinha de batata em sua bandeja. – Sam não pensa em mim dessa maneira. Não é possível. Somos amigos há anos.

Eu pensei sobre Zayne.

– Só porque você tem sido amiga de alguém não significa que ele não pensa em você como algo mais. Sam é bonito, Stacey. E ele é esperto.

– Sim – disse ela lentamente. – Mas é o *Sam*.

– Que seja.

Ela arqueou uma sobrancelha.

– Esquece essa história de Sam por enquanto. Você gosta de Roth? Quer dizer, você não sai com nenhum cara além de Sam ou Zayne. Isso é meio épico.

– Não é épico – Entornei o resto do meu suco, ainda com sede.

– Então... você gosta dele?

Eu olhei para a bebida dela.

– Não. Não sei. Você vai beber isso?

Stacey me deu a garrafa de água dela.

– Como assim, não sabe?

– É difícil de explicar – Eu esfreguei a parte de trás da minha mão sobre a boca. – Roth não é como os outros caras.

– Isso você não precisa me dizer – ela disse secamente.

Eu ri, mas parei rapidamente. Eu queria contar a Stacey sobre Roth – sobre tudo. O que ele era. O que eu era. Não seria difícil para ela acreditar, não depois que os Guardiões foram a público. As pessoas provavelmente já esperavam a verdade. A necessidade de apenas conversar, de ser sincera uma vez que fosse, bateu forte.

– Layla? Você tá se sentindo bem? – A preocupação beliscou a testa de Stacey. – Eu sei que foi só um acidente de carro, mas parece que você tá passando mal.

– É, acho que estou ficando doente. – Forcei um sorriso. – Nada demais.

O sinal tocou, forçando a nossa conversa e a minha necessidade de dizer a verdade acabarem. Recolhemos nosso lixo, e quando saímos, Stacey me parou do lado de fora da lanchonete. Eu engoli em seco com dificuldade. Almas – as almas estavam por toda parte.

Então eu notei o rubor rastejando pelo rosto de Stacey. Ela nunca corava. Nunca.

– Diz – eu falei.

Ela mexeu na alça da mochila, e suspirou pesado. A lufada de ar levantou sua franja por um momento.

– Você realmente acha que Sam gosta de mim?

Apesar de tudo, sorri.

– Acho, sim.

Stacey assentiu, concentrando-se no fluxo de estudantes.

– Ele não é feio.

– Não.

– E ele não é um idiota – continuou ela. – Ele não é como Gareth ou qualquer outro cara que só quer uma coisa das garotas.

– Ele é muito melhor que Gareth – concordei.

– Ele é – disse ela, pausando. Um olhar conturbado apertou sua expressão. – Layla, você acha que eu o magoei? Não era minha intenção.

Agarrei sua mão, apertando.

– Eu sei. E acho que Sam também sabe disso.

Ela apertou minha mão em retorno e depois soltou. Virando-se, ela sorriu enquanto andava pelo corredor.

– Bem. Essa é uma reviravolta interessante.

Eu sorri.

– É mesmo. O que você vai fazer sobre isso? – Stacey deu de ombros, mas seus olhos estavam brilhando.

– Quem sabe? Eu te ligo mais tarde, tá bem?

Nós nos separamos depois disso, indo em direções diferentes. Passei o resto do dia olhando por cima do ombro, esperando que Roth aparecesse. Não apareceu, e o nó no meu estômago se apertou tanto que eu mal conseguia me concentrar na aula ou, mais tarde, na conversa na mesa de jantar. Nenhum dos Guardiões falou sobre apanhar demônios de Status Superior, mas eles normalmente não me deixavam fazer parte desse tipo de conversa.

Abbot também não abordou a questão da minha troca de roupa ou mesmo o tema do ataque de Petr e o envolvimento demoníaco que se seguiu. Esperar que ele dissesse algo para confrontar minhas mentiras estava me deixando louca. Em minha própria casa, com todos esses segredos crescendo entre todos, sentia-me como uma estranha e ficava desconfortável em minha própria pele.

Sem mencionar que eu estava tentando não perder a cabeça. Saber que havia demônios por aí querendo me usar em algum tipo de encantamento bizarro ou me matar me deixava nervosa. O que também não ajudava era o fato de que Elijah ainda estava lá fora. Quando tudo estava silencioso, minha imaginação rolava solta.

Na quinta-feira de manhã, decidi oficialmente que a coisa mais louca que aconteceu nas últimas semanas *não* tinha nada a ver com descobrir que eu era a filha de Lilith ou que eu poderia de alguma forma criar uma horda de demônios comedores de almas. Ou que havia mais do que um exército de demônios que me queriam morta. Não. A coisa mais louca era Stacey.

Ela estava agindo de forma estranha e surpreendentemente contida. Ela não falava sobre sexo ou garotos nos primeiros cinco segundos de uma conversa. Na aula de inglês na quarta-feira, depois da desavença do almoço com Sam, ela riu de tudo o que ele disse, o que foi estranho de assistir. Sam ficava me dando olhadelas, e eu tentei ignorá-lo. Eu tinha a impressão de que tinha a ver com a sua descoberta recente da paixonite de Sam por ela.

Não que ela admitisse isso.

Pegando seu livro de biologia, ela fechou a porta do armário com um chute.

— Você ainda parece doente. Você devia ir ver um médico, Layla.

Revirei os olhos.

– Não mude de assunto. Você tem sido super esquisita desde o almoço de ontem.

Stacey se virou, encostando-se no armário enquanto olhava para mim com as sobrancelhas levantadas.

– Você é estranha todos os dias. Desaparece quando devia se encontrar com a gente. Sai com o cara mais gostoso do planeta e depois diz que "não é nada disso". Terra para Layla. Você é a amiga esquisita aqui.

Eu estremeci. Tudo isso era verdade.

– Que seja.

Ela se afastou do armário, encaixando seu braço com o meu.

– Eu só quero que Sam não pense mais que eu sou... esse tipo de garota.

– Mas você *é* esse tipo de garota – eu disse lentamente. O fluxo constante de almas cintilantes exigia minha atenção, mas eu me concentrei. – E Sam gosta de você pelo que você é.

– Claro que ele não gosta.

Eu dei uma empurrada de lado nela com o quadril.

– Você tá sendo besta.

Ela abriu a boca para falar, mas parou quando um corpo alto cruzou nosso caminho. Antes mesmo de olhar, eu sabia que era Roth. Aquele cheiro doce e almiscarado não poderia pertencer a mais ninguém.

– E aí! – disse Stacey, se recuperando. – A gente achou que você tinha morrido ou algo assim.

Eu ergui meu olhar, me sentindo desconcertada quando nossos olhos se encontraram. Seu olhar viajou sobre mim. Eu estava bastante desarrumada hoje, usando jeans soltos e um moletom com capuz que tinha visto dias melhores. Seus lábios cheios se viraram para baixo.

– Vocês sentiram tanto assim a minha falta? – Roth brincou, com os olhos fixos em mim.

– Onde você esteve? – As palavras saíram antes que eu pudesse detê-las e, meu Deus, eu me senti uma verdadeira idiota.

Roth deu de ombros.

– Eu tinha algumas coisas pra resolver. Falando nisso... – Ele se virou para Stacey. – Eu preciso roubar ela de você, se você não se importar.

– Eu tento dizer à minha mãe o tempo todo que tenho coisas pra fazer, mas ainda assim tenho que vir pra escola – Stacey deslizou o braço do meu, apertando os lábios. – Queria eu ter os pais que você tem, deixando eu vir pra escola só quando eu sentir vontade de vir. Mas de qualquer maneira, você não tá pensando em aparecer na aula de biologia?

– Não – Ele piscou enquanto abaixava a voz. – Eu vou ser um rebelde e faltar às aulas *mais uma vez*.

– Uhhh – Stacey soltou. – E você quer corromper a minha amiga pura e bem-comportada?

Com os braços largados em cada lado meu, suspirei. O olhar dourado de Roth se aqueceu.

– Corrupção *é* meu nome do meio.

– Bem, você só pode roubar e corromper a minha amiga *se* ela quiser ser roubada e corrompida.

Aquilo já era demais.

– Pessoal, eu estou aqui, lembram? Eu não deveria ter uma palavra a dizer nessa decisão?

Ele arqueou uma sobrancelha para mim.

– Você quer ser roubada e corrompida?

Eu tinha a sensação de que já estava corrompida apenas por sua mera presença.

– Por que não.

– Ótimo! – Stacey cantarolou, recuando e gesticulando descontroladamente atrás de Roth. Ela estava fazendo um gesto com a mão e a boca que eu sabia que Roth estaria muitíssimo interessado em participar. Eu tentei ignorá-la.

– Mas me promete que vai devolvê-la, ok?

– Eu não sei, não – Roth deu uma volta, deixando o braço cair sobre meus ombros. – Eu posso roubá-la de você permanentemente.

Eu não consegui impedir o arrepio que passou por mim. O jeito que a mão de Roth apertou os meus ombros me disse que ele também tinha notado.

– Que seja – Stacey nos deu adeusinho com a mão e saltitou em direção à aula de biologia.

A mão de Roth deslizou do meu ombro, segurando a minha mão.

– Você tá horrível.

Eu não sabia dizer se minhas bochechas estavam queimando. Eu já me sentia estranhamente quente por uma série de razões erradas.

– Valeu. Todo mundo fica me dizendo isso.

Ele puxou meu rabo de cavalo bagunçado com a mão livre.

– Você ao menos tomou banho esta manhã?

– Sim. Credo. Onde você estava, Roth?

– Por que você tá doente? – ele perguntou em vez de responder. – Parece que você não dormiu desde a última vez em que te vi. Você não poderia ter sentido tanta falta assim de mim.

– Cara, você é egocêntrico. Não tem nada a ver com você. Eu fico assim depois de...

– Depois do quê? – Ele se inclinou, esperando eu continuar.

Desviei o olhar, abaixando minha voz.

– Se eu provo uma alma, isso me deixa doente depois. Apenas por um dia ou dois, mas parece que tomar uma alma faz durar mais tempo.

Roth largou minha mão.

– Por quê?

– É tipo como uma abstinência ou algo assim – eu disse. Roth estava anormalmente quieto enquanto me observava, sua expressão pensativa. – O que foi?

Ele piscou.

– Nada. Eu realmente não estou pensando em ir pra aula de biologia.

– Eu imaginei – Respirando fundo, eu decidi me corromper. – Onde você tá pensando em ir?

Roth exibiu um sorriso rápido, o que me fez pensar que ele estava prestes a dizer algo pervertido, mas ele me surpreendeu.

– Venha descobrir. O que tenho feito nos últimos dias tem a ver com você.

– Maravilha.

Roth pegou minha mão, sua pele agradavelmente cálida contra a minha, e eu não tive um ataque com a coisa de segurar a mão. Ele me levou para uma escadaria próxima e, em seguida, descemos um lance de degraus, para a parte antiga da escola, onde havia um punhado de escritórios vazios e uma quadra de esportes decrépita que cheirava a mofo. Felizmente, as salas da caldeira estavam do outro lado da escola. Com todos os cubículos na parte inferior da escola, era um ponto de encontro notório entre os maconheiros.

Não me surpreendeu que Roth soubesse onde ir se não quisesse ser encontrado.

Ele parou na escadaria inferior. Uma fita de segurança laranja rasgada estava pendurada nas portas duplas da quadra, apoiadas contra o metal cinzento e opaco. Uma das janelas estava coberta com tanta sujeira que parecia de vidro fumê. As paredes da escada não estavam muito melhores do que isso. Faltava tinta em seções inteiras, expondo a estrutura de cimento.

Roth parou e pegou as minhas duas mãos entre as dele.

– Senti sua falta.

Meu coração deu um pulinho estranho. Coração idiota. Eu precisava me concentrar. Com toda atividade de ficar largada na cama que tinha feito nos últimos três dias, tive tempo para pensar no que ele tinha revelado.

– Roth, precisamos conversar sobre o que você me contou.

– Estamos conversando – Ele abaixou a cabeça, esfregando a bochecha contra a minha.

– Isso não é conversar. – Não que eu não tenha gostado. – E eu realmente tenho perguntas.

– Então pergunte. Eu posso fazer várias coisas ao mesmo tempo – Ele me puxou para a frente, colocando um braço ao redor da minha cintura. Mergulhando sua cabeça para onde meu pescoço estava inclinado, ele inalou profundamente. – Você não pode?

Eu estremeci contra ele, minhas mãos agarrando a frente da sua camisa. Eu não achava que conseguia fazer mais do que uma coisa ao mesmo tempo, mas estava disposta a tentar.

– Por onde você andou?

– Por onde *você* andou? – Suas mãos caíram até meus quadris, apertando deliciosamente. – Você não estava na escola na terça.

– Como você sabe?

– Eu sei um monte de coisas.

Eu suspirei.

– Fiquei em casa. Eu pensei que estando doente e com os... hematomas, era melhor tirar outro dia de folga.

– Boa ideia – Seus lábios franziram ligeiramente quando ele levantou uma mão, deslizando um dedo ao longo da minha têmpora. – Tá quase imperceptível – Seu olhar caiu para a minha boca, e eu senti meus lábios se abrirem. – E seu lábio parece...

– O quê?

Seu lábio se transformou em um sorriso lento e sedutor.

– Bem, parece bom o suficiente para ser mordiscado.

Eu puxei o ar em uma respiração instável, tentando acalmar as batidas descontroladas no meu peito.

– Roth, qual é.

– O que foi? – Ele me lançou um olhar inocente. – Eu só estou dizendo que eu poderia fazer todos os tipos de...

– Entendi. Enfim, de volta à minha pergunta.

– Hmm... – Roth moveu as mãos para a minha cintura. O calor se intensificou onde seus dedos pressionavam através do moletom. – Como estavam as coisas quando você voltou?

Distraída mais uma vez, respondi à pergunta dele.

– Foi... ok, mas eu esqueci de vestir as minhas roupas antes de sair da sua casa – Em resposta às suas sobrancelhas arqueadas, eu lembrei a ele das roupas emprestadas e como Abbot tinha perguntado sobre elas. – Eu não acho que ele tenha acreditado no que eu contei, mas ele não insistiu.

Roth não parecia muito preocupado.

– Tenho certeza de que ele sabe toda a verdade. Mas o que ele pode dizer sem expor todas as mentiras que ele te contou? – As mãos dele deslizaram para cima apenas alguns centímetros, descansando logo abaixo da minha caixa torácica. – E além do mais, ele não vai te matar nem nada do tipo.

Eu franzi o meu nariz.

– Espero realmente que não.

Ele riu baixinho.

– Eu não acho que seu líder destemido fará qualquer coisa que vá irritar o Pedregulho. Por falar nisso, ele pareceu aliviado quando te viu na segunda-feira.

– Ele estava... – Eu balancei a cabeça. – Eu te disse. Eu conheço Zayne por quase toda a minha vida. Somos próximos.

– Ele parecia *muito* aliviado em te ver na segunda-feira – Seus polegares se moviam em círculos lentos e ociosos que dificultavam a concentração. – Acho que só vi um Guardião correr tão rápido assim se ele estivesse de fato perseguindo um demônio.

Senti o calor rastejar de volta para o meu rosto enquanto eu segurava seus pulsos.

– Roth, eu não quero falar sobre Zayne.

– Por que você não quer falar sobre o Pedregulho?

A irritação me inflamou intensamente.

– Não sei, por que há coisas mais importantes pra serem faladas?

Roth afundou a cabeça novamente, e quando falou, sua respiração estava quente contra a minha orelha.

– Mas eu quero falar sobre o Pedregulho. Lembra quando eu te disse que ele gostava de você, Layla?

Meu aperto em seus pulsos ficou mais forte.

– Sim. Como eu disse...

– Você o conhece toda a sua vida. Eu entendo isso. – Seus lábios roçaram contra o ponto logo abaixo da minha orelha, e eu ofeguei. – Mas alguma vez foi... assim? – Antes que eu pudesse perguntar "assim como", os lábios de Roth viajaram pela minha bochecha. Minúsculos arrepios ardentes se espalharam pelos meus nervos. Seus lábios roçaram o canto dos meus, e meu pulso ficou descontrolado. Eu estava tão fora da minha zona de conhecimento com ele que não era nem engraçado.

– É *assim*, Layla?

Assim? Ah, o toque... o quase beijo.

– Não. – Eu mal reconheci minha própria voz. – Eu não posso...

– Não pode o quê? – As pontas dos dentes dele tocaram no meu lábio inferior. Uma pequena mordidinha, como Roth tinha falado antes, e meu corpo inteiro arqueou contra o dele. – Não pode o que, Layla?

– Eu não posso ficar tão perto dele – eu admiti com uma voz ofegante.

Os lábios de Roth, contra os meus, se curvaram em um sorriso.

– Que pena.

A falta de sinceridade foi incrível.

– Tenho certeza de que você realmente se sente assim.

Ele riu, e, desta vez, quando ele se afastou e inclinou a cabeça novamente, seus lábios estavam contra o meu pescoço. Aquilo era ridículo. Precisávamos conversar sobre coisas. Coisas importantes. Eu não estava faltando às aulas para fazer... bem, o que quer que isso fosse com Roth. Mas, caramba, o que ele estava fazendo era tudo novidade para mim.

E aquilo era tão incrivelmente bom, essa antecipação selvagem que ele estava construindo, uma promessa que poderia realmente ir a algum lugar. O desejo feroz era como uma tempestade dentro de mim, girando e me carregando tão alto que eu sabia que a queda quebraria algo valioso. Porque aquilo era diferente, aquilo não tinha sido construído em fantasias desesperançadas. Perceber aquilo era tão emocionante quanto aterrorizante.

Com uma força eu não percebi que tinha, eu me afastei. Roth ergueu uma sobrancelha quando ele deixou cair as mãos para os lados. Seus olhos eram de um bronze fervoroso, consumidos em sua intensidade e assustadores em sua capacidade de me atrair, de fazerem eu esquecer todas aquelas coisas realmente importantes.

Limpando minha garganta, eu desviei o olhar.

– Muito bem. De volta à minha pergunta.

– O que você quer saber? – Divertimento se agarrava às suas palavras. – Eu esqueci.

– Claro que esqueceu – Suspirei, pensando se em algum momento eu iria conseguir que Roth se mantivesse focado. – Por onde você andou?

Ele se apoiou contra a parede, cruzando os braços.

– Eu tive que ir pra casa.

– Pra casa tipo...? – Eu baixei minha voz, mesmo que não houvesse mais ninguém por perto. – O Inferno?

Roth assentiu com a cabeça.

– Eu precisava me reportar e pensei que seria uma boa chance pra perguntar por lá, ver se alguém sabia que demônio era responsável por tudo.

Troquei a mochila de ombro.

– Você descobriu alguma coisa?

– Todo mundo tá bem de boca fechada sobre esse assunto. Ninguém tá disposto a dizer quem é, o que me diz que é alguém com muito alcance.

– Obviamente um demônio de Status Superior como você?

– Mas definitivamente não tão incrível quanto eu – Ele piscou, e, Deus me ajude, ele realmente parecia gostoso fazendo aquilo. – Mas eu não voltei de mãos vazias. Eu estava certo sobre a coisa toda da *Chave*

Menor. O encantamento exato para despertar os Lilin tá nessa Chave, e um monte de demônios estão procurando por ela, em ambos os lados.

Tudo fez sentido.

– É por isso que tem tantos demônios de Status Superior por aqui.

– Conte-me mais.

Acenei com a cabeça.

– É o que eu ouvi falar.

– E onde você ouviu isso? – Quando eu não disse nada, Roth se afastou da parede. Seus passos lentos e precisos me forçaram para trás, até que eu estava contra a parede. Pequenas partículas de tinta flutuavam no ar. – Compartilhar é cuidar, Layla.

Contar a Roth o que os Guardiões sabiam não era fácil. A culpa se instalou no meu estômago como um bloco de cimento, mas eu confiava nele. Além de me salvar de Petr e só Deus sabe de quantas outras coisas, ele nunca me pediu para confiar nele. Nem uma vez. Talvez só por aquela simples razão eu confiava nele.

– Estamos juntos nessa, certo? – eu disse, olhando para ele. – Quero dizer, nós vamos descobrir quem é o demônio por trás disso e impedi-lo?

Os olhos de Roth encontraram os meus.

– Quando se trata disso, você e eu somos como unha e carne.

Meus lábios tremeram.

– Ok, porque eu não me sinto muito bem te contando as coisas, mas eu... eu confio em você. – Pausando, eu inspirei uma grande quantidade de ar. – Os Alfas disseram que tá rolando muito movimento demoníaco de Status Superior na cidade. Os Guardiões estão tentando capturar e deter todos eles. Pensei... Bem, de qualquer forma, o que tá acontecendo tá no radar dos Alfas.

Ele inclinou a cabeça, com um sorriso torto em seus lábios.

– Você pensou que eles tinham me pegado? Eu? – Ele soltou uma risada alta. – Fico muito lisonjeado com a sua preocupação, mas isso não é nada com que você tenha que se preocupar.

Tinha quase certeza de que o meu rosto estava todo vermelho, então eu me concentrei na folha de maconha que alguém tinha esculpido na parede atrás dele.

– Eu não estava preocupada com você, seu babaca.

– Aham. Continue tentando acreditar nisso.

Minha paciência começou a desaparecer.

– Então é óbvio que os demônios estão procurando pela Chave, certo?

Roth mais uma vez invadiu meu espaço pessoal. Por que ele sempre tinha que ficar tão perto? E eu deveria estar reclamando?

– Isso – murmurou. Seus dedos se dobraram sobre o meu ombro, e eu inspirei profundamente. Compartilhamos uma batida de coração, e meu corpo enrijeceu. – Essa não é a única coisa que eu fiquei sabendo.

– É mesmo?

Ele assentiu com a cabeça.

– Precisamos encontrar a Chave antes que qualquer outra pessoa encontre. E encontrar um livro antigo que tá provavelmente bem protegido não vai ser fácil. Mas tenho uma pista.

– Então? Qual é a pista?

Estendendo a mão, ele pegou uma mecha de cabelo que tinha escapado e o enroscou em torno do seu dedo. A palidez se destacou em contraste ao tom mais escuro de sua pele.

– Há um vidente por perto.

Eu puxei meu cabelo de volta.

– Um médium?

Roth bufou.

– Não é um vidente de panfleto em feirinha. É um vidente que tem uma conexão unidirecional com o andar de cima e o andar de baixo. Se alguém sabe quem é o demônio ou onde a Chave tá localizada, o vidente saberá.

Eu ainda estava insegura.

– Videntes são protegidos pelos Alfas. Como é que um demônio sabe onde uma pessoa assim tá?

– Eu disse que tinha uma pista, não que seria fácil – Roth recuou, enfiando as mãos nos bolsos. Eu abri a boca para falar, mas ele me interrompeu. – E antes que você pergunte, você *não* quer saber o que eu tive que fazer pra conseguir essa pista.

Droga. Eu queria perguntar.

– Então, onde tá o vidente?

– Nos arredores de Manassas – ele respondeu.

– Então não muito longe. – Uma bolha de animação nervosa subiu dentro de mim. – Podemos ir agora.

– Opa – Roth levantou as mãos. – Eu sou super a favor de você faltar às aulas e cometer atos de caos generalizado. Sou um demônio, afinal de contas, mas "nós" não vamos fazer nada.

– Não vamos? – Eu não estava conseguindo acreditar. – Por quê?

O olhar de Roth me dizia que ele queria afagar a minha cabeça como a de uma criança.

– Porque eu provavelmente não sou o único demônio que fez coisas indescritíveis pra conseguir a localização do vidente. Pode ser perigoso.

Eu cruzei os braços, decidida a pressioná-lo.

– Tudo pode ser potencialmente perigoso agora. Ir pra escola? Um zumbi pode aparecer novamente e tentar me levar ao seu líder maligno. Um demônio pode possuir um professor. Posso ser sequestrada por um demônio no caminho pra casa hoje.

Uma expressão preocupada apareceu em seu rosto.

– Nossa, isso é tão consolador.

Eu revirei os olhos.

– Olha, eu não vou ficar de fora e deixar todo mundo arriscar as suas vidas por mim e fazer todo o trabalho duro enquanto eu assisto a uma aula de história.

– Bem, se você é contra ficar assistindo aula na escola, você sempre pode ir ao meu apartamento e fazer companhia à minha cama até eu voltar.

Havia uma boa chance de que eu iria bater nele.

– Isso tem a ver comigo, com a minha vida. Estamos juntos nessa. Isso significa que vamos juntos ao vidente.

– Layla...

– Sinto muito, mas não vou aceitar um não como resposta. Eu vou com você. Lide com isso.

Roth olhou para mim, parecendo um pouco atordoado.

– Eu não sabia que tinha isso em você.

– Isso o quê?

Ele bateu na ponta do meu nariz.

– Você é briguenta por baixo de toda essa fofura.

– Não tenho certeza se devo ficar ofendida ou não – eu resmunguei.

– Não fique. – Ele disse algo baixinho, em um idioma diferente e, em seguida, estendeu a mão. – Então vamos lá. Vamos fazer isso. Juntos.

Capítulo 16

Faltar à escola, bem, pela primeira vez na vida, para ir ver um vidente era problema na certa, assim como a forma com que Roth dirigia seu Porsche, como se ele fosse a única pessoa que tinha o direito de estar na estrada. Naturalmente, *Paradise City* estava gritando pelos alto-falantes.

— Você pode ser um demônio imortal — eu disse, segurando a alça do cinto de segurança —, mas eu não sou.

Ele exibiu um sorriso selvagem que me fez pensar em coisas realmente estúpidas.

— Você vai ficar bem.

Deixando de lado a possibilidade de morrer em um acidente de carro, aquilo era muito melhor do que ficar sentada fingindo que não estava acontecendo nada. Eu estava sendo proativa. De certa forma, eu estava cuidando disso por minha conta com a ajuda de Roth, e esse pensamento aliviava a inquietação e o pânico que vinham se acumulando dentro de mim.

Quando entramos em Manassas, Roth fez algo inesperado e entrou no estacionamento do primeiro mercado que encontramos. Eu o encarei fixamente enquanto ele desligava o motor.

— Você precisa fazer compras, tipo, agora?

Roth me lançou um olhar, mas não respondeu. Suspirando, saí do carro e o segui até o mercado. Eu meio que esperava que alguém pulasse na nossa frente e exigisse saber por que não estávamos na escola, mas uma vez dentro da loja, eu vi cerca de seis outros adolescentes e imaginei que nos misturaríamos com facilidade.

Ele parou na seção de aves, franzindo a testa.

— O que você tá procurando? — perguntei, curiosa.

– Uma galinha – disse ele, vasculhando as prateleiras. – De preferência uma galinha viva, mas não parece que eles vão ter isso aqui.

Eu me inclinei para mais perto dele.

– Eu quero saber por que você quer uma galinha viva agora?

– Pensei que seria uma boa companheira de viagem – Ele sorriu quando meus olhos se estreitaram. – Você deve sempre trazer um presente de agradecimento quando você visita um vidente. Ouvi dizer que galinhas são um bom presente – Ele pegou um frango inteiro cuja embalagem alegava que havia sido criado em uma fazenda. – Todo mundo ama os frangos da Perdue, certo?

– Isso é tão esquisito.

Um sorriso torto apareceu em seu rosto.

– Você ainda não viu nada.

Estávamos de volta à estrada dez minutos depois, com nossa galinha Perdue, seguindo na direção do Parque Nacional do Campo de Batalhas de Manassas. Eu não tinha certeza do que esperar, mas quando passamos pelas velhas cercas de madeira e muros de pedra e estacionamos na garagem de uma casa que parecia que provavelmente tinha buracos de bala da *própria* batalha na Guerra Civil, eu tentei me preparar para a bizarrice que estava prestes a acontecer.

Roth caminhou à minha frente, seus olhos escaneando os arbustos cuidadosamente aparados que estavam enfileirados na calçada, como se esperasse que um gnomo de jardim nos atacasse. Subimos os degraus da varanda. Um balanço em nossa extrema esquerda se moveu pela leve brisa. Havia um espantalho de madeira sentado em uma abóbora pendurado na porta.

A porta se abriu antes que Roth pudesse sequer levantar a mão para bater.

Uma mulher apareceu. Quando, enfim, o fraco tom azul de sua alma desapareceu, eu consegui dar uma boa olhada nela. Seu cabelo loiro estava puxado para cima em um penteado elegante. Linhas finas rodeavam seus olhos cinzentos e afiados. Sua maquiagem era perfeita. Seu cardigã rosa claro e as calças de linho não tinham nenhum sinal de vincos. Ela estava até mesmo usando um colar de pérolas.

Aquilo totalmente não o que eu esperava.

Ela lançou um olhar frio sobre nós e depois se fixou em Roth. Seus lábios se apertaram.

– Eu não estou feliz com isso.

Ele arqueou uma sobrancelha escura.

– Eu diria que sinto muito, mas não seria verdade.

Abri a boca para pedir desculpas, porque aquele tipo de atitude não nos levaria a lugar nenhum, mas a mulher se afastou para nos dar passagem mesmo assim.

– No porão – ela disse, gesticulando para a direita. Carregando a galinha em um saco plástico, Roth foi o primeiro a descer por um corredor estreito. A casa cheirava bem, como maçã assada. O barulho de um video game podia ser ouvido vindo do porão, e quando entramos no ambiente espaçoso, meu olhar foi direto para a TV.

Assassin's Creed. Sam ia adorar esse lugar.

– Eu agradeço pelo frango, mas não é bem o que se traria para um vidente.

Meu queixo bateu no chão.

No começo era apenas um borrão de bondade branca perolada, uma alma pura. Ver um humano com uma alma pura era como ganhar na loteria; era extremamente raro encontrar uma alma assim fora da raça dos Guardiões. Minha boca secou e minha garganta se fechou. Um desejo profundo me chutou no estômago, um desejo que não desapareceu quando a alma se desvaneceu, revelando o vidente. Roth colocou uma mão nas minhas costas; eu não tinha percebido que tinha dado um passo à frente até então. O olhar em seu rosto dizia: "não coma a alma do vidente", mas, honestamente, a única coisa que aliviou o desejo foi o choque que se espalhou por mim quando eu me voltei para o vidente.

Sentado de pernas cruzadas na frente da TV estava um menino de cerca de nove ou dez anos de idade, o controle do console de jogos na mão. Não podia ser...

Roth mudou o peso de perna.

– Desculpe, mas você ficaria surpreso em como é difícil conseguir uma galinha viva em tão pouco tempo.

O jogo na TV foi pausado, e o menino se virou para nós. Vários cachos dourados caíam em sua testa. Ele tinha o rosto de um querubim. Covinha no queixo e tudo.

– Ainda bem que estou com vontade de comer um frango assado.

– *Você* é o vidente? – perguntei, perplexa. – Por que você não tá na escola?

– Eu sou um vidente. Você acha que eu realmente preciso ir pra escola?

– Não – murmurei. – Acho que não.

– Você parece chocada. – Olhos azuis brilhantes pousaram em mim, e eu dei um passo para trás, batendo no braço de um sofá quadrado com estampa xadrez. O centro de suas pupilas era branco. – Você não deveria estar, filha de Lilith. Se alguma coisa é realmente chocante nesse lugar, é o fato de que você está aqui. Com um demônio.

Minha boca estava aberta como um peixe fora d'água. Eu não tinha ideia do que dizer. O vidente era uma criança.

A mãe dele limpou a garganta quando ela chegou atrás de nós e pegou o frango da mão de Roth.

– Eu ofereceria algo pra beber, mas eu não espero que vocês dois fiquem aqui por muito tempo. – Ela parou. – Tony, o que foi que eu disse sobre sentar tão perto da tela? Você vai estragar sua visão.

Lentamente, eu me virei para Roth, e seus lábios se contraíram.

O rostinho de Tony se fechou.

– Meus olhos vão ficar bem. Eu *vi*.

Bem, o comentário encerrou aquela parte da conversa. A mãe dele nos deixou a sós com o vidente, e quando ele se levantou, só chegava na altura do quadril de Roth. Aquilo era realmente super esquisito.

– Eu sei por que vocês estão aqui – disse ele, cruzando braços roliços. – Vocês querem saber quem quer despertar os Lilin. Isso eu não sei. E se eu soubesse, não contaria a vocês, porque eu gostaria de chegar a uma idade suficiente pra conseguir crescer a barba.

Os olhos de Roth se estreitaram.

– Como é que um vidente não sabe quem quer despertar os Lilin?

– Como é que um demônio do seu status não sabe? Se você não sabe, por que esperaria que eu soubesse? Eu olho para coisas que eu *quero* olhar e coisas que me afetam. Como eu sabia que vocês viriam aqui hoje com uma galinha, por isso disse à mãe pra não se preocupar em fazer planos. Também sei que se espreitasse o demônio por trás disso tudo, os meus olhos estariam guardados dentro de um frasco em cima da lareira de alguém, como um troféu. E prefiro mantê-los intactos.

Era perturbador ouvir uma criança falar assim.

Tony inclinou a cabeça para o lado enquanto me olhava.

– E você deve ter muito cuidado.

Os pelos do meu corpo se eriçaram inteiros.

– Por quê?

– Além do óbvio? – ele perguntou. – Você luta o tempo todo contra o que você realmente é. Deve ser cansativo. Tanto que quando chegar a hora de realmente lutar, você estará muito desgastada pra conseguir fazer qualquer coisa.

Eu inspirei suavemente.

– Eu...

– Não veio aqui pra ouvir conselho meu? Eu sei. Você quer saber onde a *Chave Menor de Salomão* está. – Tony deu um suspiro cansado do mundo que parecia muito estranho vindo de uma criança. – Você sabia que um Guardião e um demônio esconderam a Chave? Foi a única vez em que as duas raças trabalharam juntas, e elas irão trabalhar juntas no futuro novamente.

A impaciência irradiava de Roth e deu à sua voz um gume de aço.

– Você sabe onde a Chave está, vidente?

As pupilas de Tony brilharam.

– Deixe-me fazer uma pergunta. Quem você acha que ganha ao despertar os Lilin?

Olhei de canto para Roth, e disse:

– Eu não vejo como alguém tem algo a ganhar. Os Lilin não podem ser controlados.

– Não é exatamente verdade – respondeu o vidente. – Os Lilin podem ser controlados por Lilith, mas isso não é algo relevante no momento. Se os Lilin forem soltos, ninguém os deterá. E você está certa. Ninguém será capaz de detê-los uma vez que libertados.

– Então? – Roth cruzou os braços. – Você já sabe a resposta pra essa pergunta. Por que perguntar?

O menino sorriu, mostrando dentinhos retos.

– Porque eu fiz a pergunta pra fazer vocês pensarem, mas aparentemente tentar fazer um demônio pensar é pedir demais.

Os olhos de Roth se estreitaram e ele deu um passo à frente. Eu sabia que ele não teria problema em pegar um vidente de tamanho PP e jogá-lo pela sala. Eu intervi.

– Por que você acha que um demônio tá tentando fazer isso?

O vidente não tirou os olhos de Roth.

– Só uma coisa pode resultar disso, e é o princípio do apocalipse – Ele soava como se estivesse discutindo um desenho animado. Nada demais. – Se os Lilin andarem sobre a Terra novamente, os Alfas entrarão em cena. Eles vão tentar eliminar todos os demônios na superfície, o que iniciará uma guerra. E uma guerra entre os Alfas e os demônios soa bastante familiar, não é? O Armagedon não está marcado pra começar pelas próximas centenas de anos, mas os Lilin vão acelerar essa festinha com os Quatro Cavaleiros.

Meu estômago se revirou.

– Esse demônio quer começar o apocalipse?

– Isso é o que eu *acabei* de dizer – O menino virou as costas e pegou o controle do jogo. – Lamento, amigos, mas os demônios não mandam nas coisas aqui na superfície, e a única maneira de poderem fazer isso é dando início ao apocalipse e tentando ganhar. É uma aposta arriscada, mas... – Ele olhou por cima do ombro para Roth. – Você sabe como o Inferno é ruim. Os demônios querem dar o fora. E alguns estão dispostos a destruir o mundo inteiro pra conseguir isso. Você não pode me dizer que nunca pensou em como seria poder vir à superfície sempre que quisesse e não ter de te preocupar com os Guardiões te caçando. Liberdade: isso é tudo que qualquer criatura viva quer.

Os nós no meu estômago triplicaram, ampliados pelo fato de que Roth não negou o que o vidente disse. Ele realmente arriscaria o mundo? A quem eu estava tentando enganar? Claro que Roth iria arriscar, porque ele era um demônio, e os demônios operavam em um esquema de interesse próprio. Mas o Inferno devia ser um horror fora de série, então quem era eu para julgar?

– Tudo o que tenho a dizer é que se esse demônio for bem-sucedido, é melhor a humanidade esperar que Deus seja mais do estilo Novo Testamento do que do Antigo Testamento, porque essa merda tá prestes a ficar bem feia.

— Tony! — A voz de sua mãe soou de algum lugar da casa. — Olha essa boca suja!

Roth sorriu.

— É, olha essa boca, garoto.

As bochechas do menino coraram, e eu tive a sensação de que ele estava prestes a nos expulsar antes de termos qualquer informação.

— Você pode nos dizer onde está a *Chave Menor*?

Tony respirou fundo e expirou pelo nariz.

— Por que eu deveria te dizer qualquer coisa? *Ele* não tem sido muito legal.

— Eu não sou legal com ninguém. — Roth respondeu casualmente.

— Você é legal com ela — o garoto apontou.

Roth baixou a voz.

— Isso é porque ela é bonita. Um dia, quando você crescer, você vai entender isso.

— Um dia você vai estar acorrentado nos poços de chamas do Inferno, e eu vou estar rindo — Tony atirou de volta. Em vez de rir ou tentar rebater o fora do menino de dez anos, Roth empalideceu e se endireitou como se alguém tivesse colocado aço em sua coluna. Uma emoção brilhou em seu rosto, algo como pavor, e meu desconforto se multiplicou. Foi muito rápido, desaparecendo antes que eu pudesse realmente dizer que ele teve aquele momento de vulnerabilidade.

Um sorriso satisfeito apareceu no rosto de Tony.

— Descubra onde o monólito é lançado de volta durante a lua cheia, e você encontrará a entrada para onde a verdadeira *Chave Menor* está guardada. Agora, como vocês podem ver, eu tenho uma galera pra derrotar.

— Espera aí. Isso não fez nenhum sentido — eu interrompi. Eu não tinha ideia do que era um monólito. Todo o tempo que passei na biblioteca parecia ter valido de nada.

— Faz todo o sentido. — Tony acenou com o controle do jogo. — E eu tô ocupado.

Em que planeta aquela frase obscura tinha algum significado?

— Será que você não pode nos dizer onde ela tá exatamente?

— E desenhar um mapa também?

— Isso seria ótimo — eu respondi secamente.

Tony soltou um som exasperado e apertou o controle.

– Eu não posso dizer exatamente onde a Chave está localizada.

– Porque isso seria muito fácil – resmungou Roth.

– Não. Porque essas são as regras – disse o vidente. – Se eu disser a vocês exatamente onde a Chave tá localizada, então eu tenho que dar a mesma informação para o próximo demônio que entrar na minha casa. Eu não posso escolher lados ou sequer dar a impressão de que escolhi um. Eu já disse o suficiente pra vocês descobrirem a localização – Ele se jogou na frente da televisão. – Então vão nessa pra descobrir. Tipo, agora.

– Mas há uma boa chance de o outro demônio saber o que é preciso pra despertar os Lilin – protestei.

– Então é melhor vocês começarem a fuçar por aí. – Tony reiniciou o jogo. Uma flecha se ampliou na tela, acertando o espaço entre a armadura de um cavaleiro. – Não deixe que a porta te bata onde o Senhor te abriu.

– Bem, isso foi umas sete camadas diferentes de esquisitice – eu disse, olhando pela janela. Paredes cinzentas separando o anel viário das subdivisões vizinhas se misturavam. – Você tem alguma ideia do que ele estava falando? O monólito? – Olhei de volta para o meu celular, para os resultados da minha pesquisa na internet pela palavra *monólito*. – Um monólito é uma rocha maciça. Alguma ideia de onde tem uma rocha enorme e conveniente?

– Não.

Olhei para ele. Desde que saímos da casa do vidente, ele não tinha falado quase nada.

– Você tá bem?

Seu olhar saltou para o espelho retrovisor.

– Tão bem quanto posso estar.

Mordendo meu lábio, eu me recostei.

– Você acredita nele?

– Que parte?

– A parte em que ele disse que você estaria acorrentado nos poços de chamas do Inferno? – Eu senti frio dizendo aquelas palavras.

– Não – Roth riu, mas algo no som daquela risada me fez sentir ainda mais frio. – De qualquer forma, precisamos descobrir o que ele quis dizer sobre o monólito e lançar de volta. Precisamos da Chave.

Eu assenti, voltando a minha atenção para a estrada enquanto Roth cortava a frente de um táxi. Uma rápida olhada no relógio do painel me disse que se voltássemos para a escola agora, chegaríamos lá antes do almoço. Voltando para a aula como se eu não tivesse acabado de conhecer um vidente de dez anos de idade e recebido um enigma que eu não tinha esperanças de decifrar. E não fizemos nenhum progresso em descobrir quem era o demônio por trás de tudo isso.

– Você quer voltar pra escola? – Roth perguntou.

– Tem certeza de que você não consegue ler mentes? – Ele fez uma volta com o Porsche em torno de um carro à nossa frente, e os meus olhos se esbugalharam enquanto evitávamos bater no paralamas por pouco. – Ou dirigir – eu adicionei, tomando fôlego.

Roth sorriu.

– Tenho certeza. Embora eu fique curioso pra saber o que se passa na sua cabeça.

Naquele momento eu estava me perguntando se conseguiríamos voltar para a cidade vivos.

– Não. Eu não quero voltar pra escola – admiti.

– Olha a decadência dos valorosos – Sua voz caiu, naturalmente provocante. – Eu estava super pensando em chegar a tempo pra aula de matemática.

– Claro que estava.

Alcançando a saída em velocidade vertiginosa, ele riu baixinho.

– Podemos voltar pra minha casa.

Meu estômago girou, e não porque ele tinha apertado os freios.

– Eu não tenho certeza sobre isso.

Roth me deu uma olhada de lado.

– O que foi? Você tá preocupada que eu esteja te levando de volta ao meu covil pra conseguir o que eu quero de você?

O calor floresceu nas minhas bochechas.

– Não.

– Droga. Esse era o meu plano maligno – Ele virou à direita. – Vagar pela cidade não é muito inteligente, considerando que temos um demônio atrás de você. Ou é na escola, ou no meu apartamento.

Sentindo-me como uma pré-adolescente incapaz, eu encolhi os ombros duramente.

– Pode ser seu apartamento.

– Pensei que a gente podia usar esse tempo pra descobrir o que o vidente quis dizer sobre onde a Chave tá sendo guardada.

Parecia um bom plano, mas uma excitação nervosa me invadia como um beija-flor pelas razões erradas. Roth estacionou o Porsche em uma garagem escura. Curiosa, olhei para ele.

– Essa não é a sua casa.

– Eu sei, mas é apenas a alguns quarteirões de distância – Ele desligou o motor. – Essa belezinha não vai ficar estacionada no meio da rua. Alguém pode tocá-la.

Seu amor pelo carro o fez parecer tão humano naquele momento, que era difícil não sorrir. Ele saiu do carro e abriu minha porta antes que eu pudesse piscar.

Curvando-se para a frente, ele estendeu o braço.

– Posso acompanhá-la?

Naquele momento, eu não conseguia esconder meu sorriso. Colocando minha mão na dele, eu deixei que Roth me puxasse para fora do carro. Ele entrelaçou os dedos nos meus, e eu me senti como se estivesse numa montanha-russa.

– Então, o que você faz com o carro quando você tá... uh, lá embaixo?

– Você se lembra de Cayman? Ele é um bom amigo. Ele fica de olho.

Olhando para nossas mãos dadas, eu quase tropecei em uma rachadura na calçada.

– Você tem amigos?

– Ai.

Eu abri um sorriso.

– O que foi? É uma pergunta sincera.

– Há alguns como eu que vivem no meu prédio. Eu confio neles.

– Sério?

Ele assentiu, me guiando pelo declive no caminho que levava para os níveis mais baixos da garagem. As luzes suspensas com um espaçamento de alguns poucos metros lançavam trechos de luz ao longo dos corredores, refletindo nos capôs dos carros.

– Então, sim, Cayman toma conta do meu bebê enquanto estou lá embaixo.

– Cayman parece um nome estranho pra um demônio.

Ele riu profundamente.

– Cayman é um governante infernal que permanece na superfície. Assim como a maioria dos governantes infernais, ele é um gerente demoníaco. Ele os mantém sob controle e faz relatórios com atualizações semanais e mensais. Ele também é como um assistente pra mim.

Então gerência intermediária existia até mesmo no Inferno.

Eu balancei a cabeça quando chegamos no segundo nível e, como se por um acordo silencioso, paramos de andar. Um pavor profundo assentou em meu estômago como pedras. Meus pés pareciam estar enraizados no cimento. Roth largou minha mão e deu um passo à frente, seus olhos se estreitando.

Antes que eu pudesse perguntar o que estava acontecendo, as luzes do teto começaram a oscilar. Então, em rápida sucessão, elas explodiram uma depois da outra, derramando faíscas como gotas de chuva. Cada explosão foi como um tiro. Apenas uma luz restou, piscando rapidamente. Densas sombras se infiltraram através dos carros, subindo pelas paredes. Um barulho de clique encheu o ar enquanto as sombras se arrastavam, engolindo o sinal vermelho de saída e cobrindo metade do teto. As sombras ondularam e pulsaram, e por um segundo que durou o tempo de um batimento cardíaco irregular, elas incharam como uma fruta madura demais e depois se acalmaram.

Roth xingou.

Como se uma corda tivesse sido cortada, as sombras despencaram, cobrindo o chão diante de nós em uma mancha de óleo espessa e fervente. Para fora da sujeira, colunas dispararam pelo ar, mais de uma dúzia delas tomando forma em um nanossegundo. Seus corpos se curvaram, protuberâncias saindo da pele e das costas ossudas. Dedos se dobraram e se afiaram em garras. Orelhas pontudas se achataram e chifres brotaram do couro cabeludo sem cabelo. A pele deles era de um cinza pastoso e enrugado em camadas pesadas, quase superando os olhos vermelhos e redondos. Caudas grossas que se pareciam com a de ratos ricocheteavam pelo chão.

Demônios Torturadores pertenciam às entranhas do Inferno, o tipo que passava uma eternidade torturando almas. E estávamos completamente cercados.

Capítulo 17

Havia um motivo pelo qual esse tipo de demônio nunca estava na superfície, e não era por causa da boa aparência deles. Torturadores se alimentavam da dor dos outros, e se eles não tinham almas para torturar, não ficavam sentados esperando.

Roth grunhiu.

— Ok. Qual de vocês foi alimentado depois da meia-noite? Porque vocês estão piores do que um mogwai.

— Mogwais são fofos — não pude deixar de protestar. — Essas coisas não são.

— Mas os mogwais se transformam em gremlins malvados, então...

Eu lancei um olhar enviesado para Roth enquanto dava um passo atrás, quase me engasgando com o cheiro de enxofre.

— Hã, você acha que querem me capturar ou me matar?

— Sabe de uma coisa, a essa altura, eu não acho que isso importe — A voz de Roth era sombria.

Um dos Torturadores abriu a boca, revelando um monte de dentes serrilhados, como os de um tubarão. Fez uma série de cliques arrepiantes, e qualquer que fosse o idioma que tenha usado, eu não conseguia entender absolutamente nada, mas as sobrancelhas de Roth se ergueram.

— Eu acho que eles querem te levar pra algum lugar. Talvez em um retiro de lua de mel? — Ele apertou as mãos. — É, acho que não. Vamos lá.

E isso foi como tocar o sino do jantar para uma matilha de cães de um ferro velho extremamente famintos. Como um único ser, os demônios se lançaram em direção a Roth.

Eu disparei para a frente, mas a voz áspera de Roth soou.

— Fique fora disso, Layla!

Então ele se agachou e chutou, pegando o primeiro demônio e atingindo as pernas da criatura, fazendo-as ceder bem debaixo dele. Movendo-se feito um relâmpago, ele se ergueu enquanto o demônio cambaleava tentando ficar em pé. Roth levantou a mão, evitando a mandíbula mordedora, e colocou a mão na testa do Torturador.

Um flash de luz vermelha veio da palma da mão de Roth, cobrindo a cabeça do demônio. O que quer que estivesse no toque de Roth ou na luz que ele emanou, era como gasolina. Fogo se acendeu no demônio, brilhando de suas órbitas oculares e da boca aberta. Meio segundo depois, a criatura era uma pilha de cinzas.

– Meu Jesus – eu sussurrei.

Lançando um piscada de olho sobre o ombro na minha direção, Roth disparou para a frente, abatendo três demônios Torturadores com um golpe do seu braço. O fogo os invadiu, incinerando seus corpos. Mais três se aproximaram, se agachando e sibilando.

Eles avançaram sobre Roth. Ele ficou ali, com a cabeça inclinada para o lado, e então levantou o braço direito. Da manga de seu suéter, uma entidade escura e retorcida se derramou no espaço à sua frente. A sombra se despedaçou em mil pontinhos do tamanho de bolas de gude e, em seguida, elas atingiram o chão, atirando-se juntas mais rápido do que o olho poderia acompanhar.

– Bambi – eu sussurrei.

Em um piscar de olhos, a enorme cobra estava enrolada entre os demônios Torturadores e Roth, levantando sua cabeça em formato de diamante, até que estivesse posicionada diretamente acima dos demônios Torturadores.

Os Torturadores que se aproximavam deram um passo para trás.

– Tá na hora da janta, bebê – Roth disse. – E o papai trouxe você pra um rodízio.

Bambi disparou para frente, atingindo o demônio Torturador mais próximo. A coisa gritou enquanto as presas de Bambi rasgavam pele e carne. Eu engoli em seco, querendo desviar o olhar da visão perturbadora, mas incapaz de fazê-lo. Meu estômago se revirou quando uma substância escura voou pelo ar, espirrando no chão. Observando os demônios que restavam, Roth soltou uma risada baixa que trouxe arrepios à minha pele. Ele brincava com eles, atraindo dois dos Torturadores para perto e, em seguida, os atacava, claramente se divertindo.

O enorme corpo de Bambi estava deslizando pelo pavimento arranhado enquanto seguia outro Torturador que ousava avançar. Mas Roth – ai, Deus – agora estava cercado. Não havia como ele conseguir acabar com seis demônios por conta própria, não importava o quão impressionante seu toque de fogo da morte fosse.

Respirando fundo, ignorei a ordem de Roth e engoli o medo. Não havia como eu ficar ali parada sem fazer nada.

– Ei – eu chamei. – E eu?

Três dos Torturadores giraram em minha direção, suas bocas se abrindo em um grito silencioso.

– Não! – gritou Roth. Eles dispararam em minha direção.

– Porcaria – eu murmurei, meu coração dando cambalhotas sobre si.

Os músculos se apertaram no meu abdômen e nas pernas enquanto eu tentava me lembrar de todas as lições chatas de autodefesa de Zayne. Ele costumava pregar algo sobre entrar na zona ou algo assim, antecipando o próximo movimento do inimigo. O que eu tinha bastante certeza que envolvia um ou mais demônios roendo a minha perna.

O primeiro chegou perto de mim, e o instinto finalmente tomou conta. Eu dei um pulo para trás, me virando parcialmente enquanto eu dava um chute, atingindo o Torturador no estômago. Ele caiu de joelhos. Não houve tempo para celebrar aquela pequena vitória.

Girando no lugar, eu dei um soco rápido e certeiro, atingindo o próximo demônio Torturador no pescoço. O osso frágil se quebrou enquanto ele cambaleava para trás, e então correu na minha direção. Jogando o meu braço pra trás, eu fechei o punho e nocauteei o desgraçado feioso direto na mandíbula.

O demônio caiu, completamente apagado.

Eu olhei para cima, encontrando o olhar atordoado de Roth.

– O que foi? Eu consigo dar um soco.

Orgulho e algo mais encheram seus olhos, algo como uma atração que espumava nas profundezas carameladas do seu olhar. Como se me ver socar um demônio fosse o mesmo que me ver de biquíni cavado, e isso foi meio esquisito. Mas então esse olhar desapareceu e o medo se infiltrou, expandindo suas pupilas.

– Layla!

Um hálito quente e podre sibilou de um lado do meu rosto. Precipitando-me para longe, fiquei cara-a-cara com um demônio Torturador.

Fazendo o barulho de estalido que me doía os ouvidos, ele disparou em minha direção, estendendo a mão com uma garra.

Ah, de jeito maneira.

Girando no lugar, eu comecei a me abaixar como Zayne tinha me ensinado. Eu senti o Torturador agarrar o ar acima de mim. Disparando sob o braço da criatura, eu comecei a levantar meu joelho, mas o demônio mudou de lado. Antes que as palavras "ai, merda" pudessem se formar, uma dor aguda e lancinante explodiu ao longo da minha coluna.

Uma ardência cortou as palmas das minhas mãos e meu jeans se rasgou nos joelhos enquanto eu batia contra o cimento frio. Um grito saiu um segundo antes de um peso me atingir mais uma vez. Jogando minha cabeça para trás, acabei a um segundo de sentir o gosto do chão.

O pânico puro e desenfreado arranhou minha garganta enquanto o demônio pegava um punhado do meu cabelo e então agarrava a mão que trazia o anel de Lilith.

E então ele me soltou tão rápido que minha cabeça quase pulou para frente. Ele voou pelo ar e atingiu algo atrás de mim. Talvez um carro? Me virando, vi Bambi atravessando o pavimento, batendo no Torturador antes que ele pudesse se recuperar e ficar em pé. Eu analisei a garagem, vendo algumas pilhas de cinzas e alguma sujeira nojenta no chão, mas nenhum outro demônio.

Roth se ajoelhou na minha frente, agarrando meus pulsos.

– Em que diabos você estava pensando, Layla?

– O que foi? – Eu tentei me soltar, mas ele virou minhas mãos, inspecionando minhas palmas arranhadas. – Eu não ia ficar aqui parada. Eu sei como lutar.

Seus olhos se estreitaram observando a pele rosada, e depois se voltaram para os meus.

– Quem te ensinou tudo isso? Pedregulho, a gárgula?

Fiz uma careta.

– O nome dele é Zayne, e sim.

Roth balançou a cabeça enquanto seu polegar alisava as palmas das minhas mãos.

— Ver você arrebentar com eles foi incrivelmente excitante, tipo muito, *muito* excitante. Mas se você alguma vez fizer algo assim de novo, eu vou te atirar por cima dos meus ombros e te dar umas palmadas na...

— Se você terminar essa frase, eu vou apresentar meu joelho a uma certa parte da sua anatomia.

Ele desviou o olhar e estremeceu.

— Tá bem. Você ganhou. Eu vi seus chutes.

Eu comecei a responder, mas Bambi deslizou e colocou sua cabeça do tamanho de um cavalo no meu ombro. Todos os músculos do meu corpo travaram e eu apertei meus olhos. Houve uma lufada de ar, mexendo nos cabelos ao longo da minha têmpora. A língua bifurcada de Bambi saiu, fazendo cócegas no meu pescoço.

— Ei, olha, Bambi gosta de você.

Abri um olho.

— E se ela não gostasse?

— Ah, você saberia, porque ela já teria te comido.

Minhas palmas ardiam um pouco, mas, no geral, poderia ter sido pior. Nós dois estávamos vivos e Bambi estava de volta a onde ela pertencia, na pele de Roth. Alguém estava aumentando seus esforços, e ao trazer demônios Torturadores para a história, as coisas só iriam piorar a partir daqui.

— Você acha que seu apartamento é seguro?

— Nenhum demônio se atreveria a se aproximar da minha casa. E antes de você me acusar de ter um ego desnecessário, tem um monte de demônios aqui que ficariam muito zangados se o seu território fosse invadido.

Eu realmente esperava que fosse o caso. Eu realmente não queria uma segunda rodada com Torturadores. A adrenalina ainda corria em minhas veias, impulsionando o meu coração contra minhas costelas. Se eu estivesse sozinha marcando demônios e tivesse dado de cara com eles... Nem queria pensar nisso. Normalmente, os demônios eram noturnos porque era mais fácil para eles se misturarem entre os seres humanos quando o sol começava a se pôr. Para os Torturadores estarem fora assim? Não era nada bom.

Meus olhos estavam bem abertos quando entramos pela porta da frente do prédio e demos em um saguão bem iluminado. A última vez em que estive aqui, eu tinha saído pela entrada lateral, então tudo aquilo era novo para mim.

Um enorme lustre dourado estava dependurado no centro do teto, que por sua vez era coberto de murais. A pintura era... hã, interessante? Anjos cobriam o vasto teto, representados em cenas de batalha. Eles estavam lutando uns contra os outros com espadas em chamas. Alguns estavam caindo por nuvens brancas espumosas. Muito tempo havia sido dedicado em desenhar suas expressões. As caretas de dor e o brilho em seus olhos pareciam muito reais.

Credo.

Sofás e cadeiras de couro das antigas foram colocadas sob o lustre. O ar era carregado de um cheiro fraco e até agradável de café e tabaco, e parecia que havia um café ou algo assim atrás das portas escuras em frente ao lobby.

Tudo tinha ares de uma Hollywood de antigamente. Eu quase esperava que o fantasma de Marilyn Monroe aparecesse do nada. O saguão não estava vazio, mas eu tinha certeza de que ninguém ali tinha qualquer traço de DNA humano.

Demônios estavam por toda parte, espalhados pelos sofás, falando em telefones celulares, aninhados em cadeiras, lendo livros, e alguns estavam amontoados em pequenos grupos.

Roth colocou uma mão nas minhas costas, me guiando em direção às escadas.

– Sem elevador? – perguntei.

– Nenhum que você gostaria de entrar. – Ao ver a expressão no meu rosto, ele sorriu. – Os elevadores aqui só descem.

Caramba. Eu sabia que havia... *portas* por toda a cidade e pelo mundo. O senso comum dizia que tinha de haver, porque de que outra forma os demônios iriam para cima e para baixo? Mas ninguém, e especialmente nenhum dos Guardiões, sabia onde elas se encontravam, e eu definitivamente nunca tinha visto uma. O fato de Roth me trazer aqui e me contar que havia um portal era astronomicamente estúpido.

Na escadaria, ele me lançou um olhar perspicaz.

– Eu confio que você não vai contar ao Pedregulho sobre o nosso sistema de elevadores.

A questão era que eu não estava planejando fazer isso. Eu continuei pensando nos Demonetes e nos outros demônios no lobby. Todos eles pareciam tão... tão normais.

– Layla? – Roth questionou.

– Não vou fazer isso. – E eu estava sendo sincera. – Além disso, eu mantive a boca fechada sobre todo o resto e eu deveria estar na escola agora.

Ele acenou com a cabeça e fomos para cima. Ver seu *loft* e sua cama mais uma vez fez eu me sentir meio fora de mim. Enquanto Roth caminhou em direção ao piano, murmurei qualquer coisa sobre ir ao banheiro e me escondi lá dentro. Meu rosto estava terrivelmente quente, meu coração fora de controle.

Seu banheiro era agradável, surpreendentemente arrumado e espaçoso. Eu não tinha notado isso da última vez. Um conjunto de toalhas pretas estava pendurado ao lado da banheira com pés de garras e do chuveiro. As torneiras eram banhadas em ouro. Eu tinha a sensação de que era ouro real mesmo. Eu não me apressei, tentando acalmar as batidas no meu peito.

Estou aqui para falar sobre onde a Chave Menor *poderia estar. Isso é tudo. O fato de que eu quero que ele me beije não tem absolutamente nada a ver com essa visita. Nem um pouquinho. E não quero que ele me beije de verdade.*

Meu Deus, o meu monólogo interno soava como uma loucura.

Quando abri a porta, ele estava sentado ao piano, brincando de forma despretensiosa com o gatinho preto com uma mão e na outra... aquilo era uma *taça de vinho*? A luz do sol do final da manhã se projetou pelas janelas, criando uma aura em torno dele. Nenhum garoto devia ser tão bonito quanto ele era, e especialmente nenhum demônio. Eu me ocupei olhando ao redor do apartamento, subitamente tímida. Havia algo íntimo sobre estar novamente no seu *loft*.

Roth olhou para cima, me encarando por sobre a borda do copo.

– Tem uma taça aqui pra você, se quiser.

Eu me aproximei dele.

– Não, valeu. Seu... apartamento é legal. Eu não tenho certeza se eu disse isso da última vez.

Ele riu e se levantou.

– Imaginei que você não diria. – Ele se deteve na minha frente, afastando minha mão para longe do meu cabelo. – Para de se remexer. Eu não vou te atacar.

Sentindo meu rosto passar por três tons de vermelho, eu me aproximei das fileiras de livros empilhados nas prateleiras. Um segundo depois, ele estava ao meu lado. Desta vez eu só me assustei um pouco. O meio sorriso de Roth era simultaneamente presunçoso e travesso. Cantarolando baixinho, ele passou um dedo sobre a lombada dos vários livros de uma maneira lânguida que me fez pensar nele me tocando daquela maneira. Eu soltei a respiração de maneira silenciosa, grata por ele não estar olhando para mim. Quando Roth parou em um livro fino específico, ele o tirou da prateleira. Enquanto passava por mim, ele piscou.

– O que você tem aí? – eu perguntei, me sentado em sua cadeira de escritório. Sem olhar para mim, Roth trouxe o livro para a cama, onde ele se jogou de lado. O fino volume pendia de dois dedos.

– Essa é uma cópia comercial de *A Chave Menor de Salomão*. Quer dar uma olhada?

Eu rolei para mais perto da cama.

– Uma cópia comercial?

Ele assentiu com a cabeça.

– Sim, para todos os pequenos aspirantes a satanistas pelo mundo. Está incompleto, obviamente. Mas tem uma lista de todos os principais personagens. Eu já olhei isso uma dúzia de vezes. Talvez eu esteja deixando alguma coisa escapar.

Chegando ao pé da cama, estendi minha mão.

– Deixa eu dar uma olhada.

– Vem cá.

Olhei para ele por um momento, depois revirei os olhos. Ficando de pé, me aproximei cautelosamente de onde ele estava.

– Assim?

– Aham. – Ele puxou o livro de volta. – Senta aqui comigo.

Eu franzi a testa para ele.

– Por quê?

– Porque eu estou tão solitário.

– Isso é ridículo. Eu estou *bem aqui*.

Seus cílios abaixaram.

– Mas isso é longe demais, Layla.

Minhas mãos se fecharam em punhos enquanto um sorriso provocante aparecia em seus lábios. Ele não ia ceder. Murmurando baixinho, eu me sentei ao lado dele.

– Obrigado.

– Que seja. Posso ver o livro agora?

Roth o entregou para mim. O livro era estreito e não devia ter mais de cem páginas. Um círculo e uma estrela estavam desenhados na capa.

– O verdadeiro livro tem o símbolo gravado e a capa parece carne seca envelhecida – explicou ele. – Encadernado em pele humana.

Tive que fazer um esforço para não deixar a réplica cair da minha mão.

– Eca.

– Pois é. Era assim que eles faziam antigamente.

Eu abri o livro e soltei um assobio baixo.

– Legal – Eu estava estudando uma imagem desenhada à mão de um ser meio-humano, meio-melro. A legenda abaixo proclamava que seu nome era Caim, o grande Presidente do Inferno, governante de trinta legiões. – Mestre da lógica e do trocadilho – eu li. – Ele parece um doido.

– Você devia ver pessoalmente.

Na página oposta havia um encantamento incompleto para invocar e banir aquele demônio de volta ao Inferno. Eu permaneci em silêncio quando Roth estendeu uma mão e virou as páginas, ouvindo enquanto ele fazia um comentário aqui e ali.

Parei em um demônio chamado Paimon.

– "Classificado como primeiro e principal Rei do Inferno, ele governa o Ocidente. Ele comanda duzentas legiões." Uau – eu disse.

– Isso ele é, mas ele é, ou melhor, era de alto escalão. Basicamente, o assistente do Chefe. Ele era o mais leal a ele.

– "Era"? – Eu não conseguia parar de olhar para a imagem. Era um homem com algum tipo de cocar escuro, montado em um camelo. Ou um cavalo com problemas nas costas. Uma coisa ou outra.

– Ele e o Chefe tiveram uma briga séculos atrás.

Minhas orelhinhas curiosas atentaram na mesma hora.

– Uma briga grande o suficiente para que ele pudesse estar por trás disso tudo?

– Metade dos demônios já teve algum problema com o Chefe uma vez ou duas – Roth se sentou fluidamente, com o ombro contra o meu.

– Tá vendo que o feitiço de banimento tosco na página oposta foi, sem dúvida, roubado de um episódio de *Sobrenatural*?

Eu sorri.

– O livro real tem um feitiço real, que inclui, adivinha, uma armadilha real para demônios. É por isso que este livro é tão poderoso. Se a tripulação dos corações de pedra – os seus Guardiões – consegue pôr as mãos isso, eles realmente poderiam se livrar dos demônios.

O arquejo saiu de mim antes que eu pudesse impedi-lo.

– E quanto a…

– Mim? – Roth deu de ombros, meio torto. – Eles poderiam tentar.

Eu coloquei meu cabelo para trás.

– E você tá de boa com isso?

Ele arfou uma risada.

– Eu sou difícil de pegar.

Observando-o por um momento, eu me voltei para o livro e mudei de assunto. Pensar em Roth sendo banido me assustava mais do que deveria.

– Ainda me surpreende que o Inferno sequer siga as regras, sabe? Parece tão contraintuitivo.

– Seja qual for o acordo que o Chefe tenha com Ele, tem sido mantido por mais de dois mil anos. Tentamos seguir as regras, e os Alfas não nos eliminam do planeta – Ele virou a página, parando em uma lista de demônios inferiores que poderiam ser invocados para fazerem favores. – O bem e o mal precisam existir no mundo. É preciso que exista uma escolha. E você também é meio-demônio. Acredite ou não, o Chefe não gosta que a gente lute entre si. Ele acredita que é uma perda de tempo e propósito. Mas quando alguém da nossa espécie começa a quebrar as regras, ele não fica nada feliz com isso.

Eu ri.

– Claro, porque vocês deveriam estar gastando tempo corrompendo almas humanas.

– Você tá certa – respondeu Roth, continuamente folheando as páginas. – Como você tá se sentindo? Tá com alguma dor por ter dado uma de mestre kung-fu com os demônios?

Eu neguei com a cabeça.

– Não. Os machucados do... bem, você sabe de que, estão curados. E as minhas mãos estão bem – Roth assentiu enquanto virava para a próxima página, mas eu não estava mais olhando para o livro. Eu estava observando-o, estudando-o, na verdade. – Eu te devo um pedido de desculpas.

Ele olhou na minha direção, a mão pairando sobre o livro.

– Eu não preciso de desculpas. Acho que elas são dadas com muita frequência para terem qualquer significado real.

– Desculpa – eu disse de qualquer forma. – Eu não deveria ter te tratado tão mal no começo – Roth ficou em silêncio e eu que me voltei para o livro e comecei a folhear novamente. Demônios e mais demônios, e então um chamou a minha atenção. – Ei! – eu gritei quando Roth pegou o livro fino de mim. – Não! Espera! – Eu coloquei as minhas mãos no livro.

Roth o puxou pela beirada.

– Layla.

– Se você continuar puxando, você vai terminar rasgando o livro no meio – Eu pressionei com mais força. – Deixa eu ver.

Ele olhou para mim pelo que pareceu ser uma eternidade, seus olhos flamejando.

– Beleza.

Ele largou o livro, inclinando-se para trás e se sentando.

Eu fiz uma careta, folheando o livro para onde ele estivera aberto. O desenho era o de um jovem usando uma coroa de prata comum. Ele tinha asas que eram quase tão longas quanto o seu corpo. Asas tão dramáticas quanto as que eu vi em Roth. Em um braço, uma cobra preta se enrolava, e havia um Cão Infernal posando aos seus pés.

Ele também estava nu e anatomicamente correto.

Minhas bochechas coraram.

– Astaroth, o Príncipe... da Coroa do Inferno? – Roth não disse nada. – "Astaroth é um demônio muito poderoso da Primeira Hierarquia, que seduz por meio de preguiça, vaidade e filosofias racionalizadas" – Eu soltei uma risada. – Parece mesmo você. "Ele também tem o poder de tornar os mortais invisíveis e pode conceder poder para controlar serpentes."

Roth suspirou.

– Você terminou?

– Não. – Eu ri, lendo rapidamente o encantamento parcial para convocá-lo. Envolvia sangue de uma pessoa virgem e ficar nu. Nenhuma surpresa aí. Não havia feitiço de banimento, embora houvesse um selo que parecia uma bússola bagunçada. – Como eu me livro de você?

– Todos os demônios da Primeira Hierarquia não têm feitiços conhecidos de banimento. Você teria que usar uma armadilha do diabo em uma lua cheia, o que é explicado na *Chave Menor*. Mas a armadilha do diabo não é uma simples expulsão de um demônio. Ela nos envia para os poços de chamas. Isso é como a morte pra gente.

Eu olhei para ele, meu bom-humor desaparecendo lentamente. Um músculo se contraiu ao longo de sua mandíbula enquanto ele olhava para o outro lado da sala, pelas janelas.

– O que foi? – Eu dei uma risada curta. – Isso não é realmente você. Não pode ser.

Ele virou a cabeça para mim com as sobrancelhas franzidas.

– Qual você acha que é meu nome completo?

– Tanto faz. Você só tem dezoito anos e... – Eu me perdi no que ia dizer enquanto olhava para a imagem. O Roth sentado à minha frente não podia ser o Príncipe da Coroa do Inferno. Então a ficha caiu e eu quis atirar o livro na cara dele. – Você mentiu pra mim.

– Não. Eu nasci há dezoito anos – Roth balançou a cabeça. – Você não entende.

– Você tá certo. Não estou entendendo. Esse livro pode ser uma cópia falsa, mas a *Chave Menor* é mais velha do que andar pra frente. Como você poderia constar no livro?

– Eu sou apenas um de muitos – disse ele, sua voz átona e fria. – Aqueles que vieram antes de mim tiveram fins prematuros ou já não serviam ao seu propósito – Ele sorriu, mas faltava tudo o que o tornava humano. – Eu sou o *mais recente* Príncipe da Coroa.

Eu me sentei.

– Então... você é como um substituto?

– Uma reposição idêntica. – Ele riu sem graça. – Cada Roth antes de mim se parecia comigo, falava como eu e provavelmente era quase tão charmoso quanto eu sou. Então, sim, sou um substituto.

– É assim com os outros demônios também?

Roth passou os dedos pelo cabelo.

– Não. Demônios não podem realmente morrer, mas os poços de chama são o nosso equivalente da morte. Todos os antigos Príncipes estão lá, sofrendo de maneiras que você nem poderia imaginar. Eu consigo ouvir seus gritos. Meio que serve como um bom lembrete pra me comportar – Ele deu de ombros com casualidade, mas eu sabia que tudo aquilo o incomodava. – Então, veja bem, menti um pouquinho. Eu praticamente nem sou real.

Fechei o livro, querendo jogá-lo para fora da cama. Roth ainda estava sentado ao meu lado, duro como pedra. Ele era um substituto, criado porque aquele antes dele tinha falhado em algo ou tinha caído em uma armadilha do diabo. Não conseguia nem imaginar como ele devia se sentir. Ele era mesmo um indivíduo próprio ou era o acúmulo das dezenas, se não centenas, que vieram antes dele?

Eu me sentia terrível por ele. Enquanto eu mal tinha arranhado a superfície da minha própria ancestralidade, Roth sabia até demais sobre a sua. O silêncio se estendeu entre nós. Eu conseguia ouvir os gatinhos debaixo da cama, ronronando como trenzinhos de carga. Eu me atrevi a olhar para ele e o encontrei observando-me atentamente. Os nossos olhares se encontraram.

Ele respirou fundo.

– Que foi?

– Eu só... sinto muito.

Roth abriu a boca e depois a fechou. Vários segundos se passaram antes que ele falasse.

– Você não deve se sentir mal por mim. Eu não me sinto.

Eu não acreditava nele. De repente, muitas coisas fizeram sentido.

– Conversa fiada. – Os olhos dele saltaram. – É por isso que você gosta tanto daqui. Você não quer ficar lá embaixo. Você quer ficar aqui em cima, onde tudo é real – Eu me inclinei para a frente, mantendo meu olhar no dele. – Porque quando você tá aqui, você é real e não apenas outro Roth.

Ele piscou e depois riu.

– Talvez fosse o caso se eu realmente me importasse com esse tipo de coisa. Eu sou o que eu sou. Eu sou...

– Você é um demônio. Eu sei – Eu fiquei de joelhos, encarando-o. – Você diz isso o tempo todo. Como se estivesse tentando se convencer de que isso é a única coisa que você é, e eu sei que não é o caso. Você é mais do que isso, mais do que apenas outro Roth.

– Ah, lá vamos nós – Roth se deitou de costas, sorrindo para o teto. – A seguir você vai me dizer que tenho uma consciência.

Revirei os olhos.

– Eu não iria tão longe, mas...

Sua risada me cortou.

– Você não sabe do que tá falando. Só porque eu gosto da superfície não significa nada além de que eu gosto de lugares que não cheiram a ovo podre e nem têm a temperatura de um bilhão de graus.

– Você é tão mentiroso.

Ele se ergueu sobre os cotovelos, sua risada desaparecendo em um sorrisinho.

– E você é tão incrivelmente ingênua. Não estou acreditando que você se sente mal por mim. Eu nem sequer tenho um coração.

Eu o empurrei pelos ombros. Ele caiu de costas não porque eu tinha usado qualquer força real, mas principalmente por surpresa. Dava para ver no seu rosto.

– Você é tão idiota. Estou pronta pra ir embora.

Roth se ergueu e agarrou meus braços, me pressionando para baixo em meio segundo. Ele pairava em cima de mim.

– Por que você fica brava quando eu digo a verdade?

– Não é a verdade! – Eu tentei me levantar novamente, mas ele me prendeu. – Eu não entendo por que você tem que mentir. Você não é feito só de maldade.

– Eu tenho razões pra fazer o que faço – Seu olhar se afastou do meu rosto, descendo pelo meu corpo. – Nenhuma delas é angelical. Todas são em proveito próprio.

– Não – eu sussurrei. Eu sabia que não era verdade. – Você é mais do que apenas o próximo Príncipe.

Ele se inclinou e ficamos peito contra peito. Seu rosto estava a meros cinco centímetros do meu. O ar ficou preso na minha garganta.

– Eu sou apenas o próximo Príncipe da Coroa. Isso é o que eu sou, é tudo o que eu sou.

– Não é, não.

Roth não respondeu enquanto suavizava o aperto e deslizava os dedos pelo meu braço. Sua mão saltou para a minha cintura, depois para o meu quadril. Um calor seguia o seu toque, provocando uma pontada aguda de desejo e até de medo. Ele levantou o rosto, e a intensidade do seu olhar tinha um magnetismo. Aquela tensão inebriante estava ali, nos deixando cada vez mais próximos. Eu estava cansada de ignorá-la, cansada de acreditar que era errado quando era o que eu queria, quando era o que eu precisava.

Porque o Roth era mais do que um demônio e eu era mais do que uma garota encurralada entre duas espécies.

Lentamente, levantei minha mão e a coloquei contra seu rosto. Apenas seu peito se movia, subindo e descendo de maneira instável. Foi então que percebi que ele se sentia tão afetado quanto eu pelo que quer que havia entre nós. Não era apenas um jogo ou um trabalho. Era mais do que provocação e flerte.

– Você é mais do que apenas outro Roth. Você é mais do que isso. Você é...

Os lábios de Roth tocaram os meus. Eu respirei fundo, assustada, congelando debaixo dele. Não era bem um beijo, apenas uma tentativa de carícia, surpreendentemente suave e gentil. Ele não forçou ou aprofundou o contato. Ele apenas pairou ali, um beijo de borboleta fazendo mais comigo do que qualquer coisa já tinha feito.

E eu queria mais, muito mais.

Capítulo 18

Roth levantou a cabeça e olhou para mim. Não exatamente uma pergunta em seu olhar, era mais como uma promessa feroz de coisas que eu provavelmente não conseguia sequer começar a compreender.

Eu coloquei minhas mãos hesitantes em seu peito. Para afastá-lo ou puxá-lo para mais perto, eu não sabia. Tantos pensamentos se misturavam. Queria isso, mas não sabia o que *isso* era. O dia no parque com Roth tinha sido o meu primeiro beijo, e eu nem tinha certeza se aquilo contava como um beijo de verdade. Ah, tinha sido bom, realmente bom, mas tinha sido o resultado de uma paixão? Eu achava que não. Se era resultado de algo, ele me beijou apenas para provar que podia.

Mas agora ele realmente me beijaria. Eu sabia disso no meu âmago.

Movi minhas mãos trêmulas para os ombros dele. Eu não empurrei com força, mas Roth me soltou imediatamente, os músculos em seus braços inchando enquanto ele respirava de maneira irregular.

— O quê? — Sua voz era profunda e infinita.

Com o coração disparado, puxei minhas mãos para mim, dobrando-as sobre o peito. Minha camisa estava puxada para cima, nossas pernas ainda estavam entrelaçadas. Seus olhos... eles pareciam brilhar em um tom dourado.

— Eu acho... eu não sei sobre isso.

Roth ficou muito quieto por um momento, e então ele assentiu com a cabeça. Eu mordi meu lábio enquanto ele rolava e ficava de lado. Eu esperava que ele se levantasse ou ficasse chateado por eu ter puxado os freios antes de *qualquer coisa* começar. Que Inferno, uma grande parte *de mim* estava chateada. Por que eu o havia parado?

– Desculpa – eu sussurrei enquanto me sentava e puxava minha camisa. – É que eu nunca...

– Tá tudo bem. – A cama afundou quando Roth me aninhou em seus braços e me puxou de volta para a cama. Ele se esticou, me mantendo pressionada de lado contra ele. – Sério, sem problema.

O gatinho preto e branco pulou na beira da cama, se esfregando no pé de Roth e depois no meu, chamando a nossa atenção. A distração era uma coisa boa, porque parecia que um enxame de borboletas tinha irrompido no meu estômago.

O gatinho parou, olhando para mim com olhos azuis brilhantes. Esperei que ele mordesse meu pé ou enfiasse suas garras na minha pele, mas parecia ter ficado entediado comigo. Ele se enrolou em uma bolinha ao pé da cama, rapidamente sendo acompanhado pelos outros dois gatinhos. Vários minutos se passaram em silêncio enquanto eu tentava colocar meu coração sob controle e dar sentido aos graus conflitantes de decepção e de alívio. Então Roth começou a falar sobre coisas aleatórias e mundanas. Como as séries de TV que ele perdia quando estava lá embaixo.

– Não temos TV a cabo lá em baixo – disse ele. – Apenas TV aberta, e assim que alguém lança uma bola de chamas, o que acontece o *tempo todo*, o sinal cai.

Ele me contou como ele e Cayman acabaram se tornando amigos. Cayman aparentemente supervisionava o portal e o prédio. Ele deu em cima de Roth, e Roth acabou com um *loft* acima do bar depois de explicar que gostava de garotas. Não sei bem como aquilo tinha funcionado, mas nem me dei ao trabalho que perguntar.

E depois ele me contou sobre a mãe dele.

– Você tem uma mãe? – perguntei, rindo, porque me pareceu engraçado. Eu ainda o imaginava chocando de um ovo e saindo totalmente crescido.

– Sim, eu tenho uma mãe e um pai. Você sabe como os bebês são feitos?

Eu meio que queria mostrar a ele que eu sabia exatamente como bebês eram feitos.

– Qual é o nome dela?

– Ah, ela tem muitos nomes, e existe pelo mundo há muito, muito tempo.

Franzi a testa. Por que aquilo soava familiar?

– Mas eu a chamo de Lucy – acrescentou.

– Não chama de mãe?

– De jeito nenhum. Se você conhecesse aquela mulher e, pode acreditar, você nunca vai querer conhecê-la, você entenderia o porquê. Ela é muito... das antigas. E controladora.

– Como o Abbot? – Eu estava contente demais para me mexer e tirar meu cabelo da frente do rosto. Eu tentei assoprá-lo para longe, mas isso não tinha funcionado.

– Sim, como o Abbot – Ele ajeitou meu cabelo para trás, seus dedos se detendo na minha bochecha. – Mas acho que Abbot realmente se importa com você.

Eu franzi a testa contra o peito dele.

– Se ele me amasse, ele não teria mentido pra mim.

– Ele mente pra te proteger – Um suspiro suave fez seu corpo estremecer. – Isso é diferente.

Parte de mim queria questionar por que de repente ele era do time de Abbot, mas eu deixei passar.

– Como ela é?

Roth inclinou minha cabeça para cima, seu polegar deslizando sobre meu lábio inferior.

– Ela é... única.

Ficamos quietos por alguns minutos.

– Tenho que voltar logo.

– O Pedregulho vai pegar você na escola?

– Não é mais seguro pra Morris me pegar na escola – Eu não sei por que, mas sentia que precisava justificar aquilo, dar uma razão válida. – Então, sim, Zayne vai me buscar.

Seu braço apertou em volta da minha cintura.

– Talvez eu devesse me apresentar.

– É, eu não acho que seja uma boa ideia.

Ele sorriu.

– Eu acho que é uma excelente ideia.

Desvencilhando-me dele, eu me sentei e arrumei minha camisa. Uma fração de segundo depois, a mão de Roth estava segurando o meu rosto. Eu nem o tinha visto se mexer.

– Você é linda assim, suas bochechas coradas e os olhos grandes.

Meu coração fez uma dancinha boba.

– Falar coisas fofas pra me convencer a te apresentar a Zayne não vai funcionar.

Ele baixou a mão e se afastou.

– Droga. Preciso de um novo plano.

Eu me levantei da cama e recuei.

– A gente realmente precisa voltar pra escola.

Roth soltou um suspiro profundo e intenso e então se levantou, esticando os braços por cima da cabeça. Sua calça estava baixa, revelando mais da cauda do dragão e dos entalhes no seu quadril do tamanho de polegares.

Ele me pegou encarando.

– Tá vendo algo que gosta?

Eu lancei um olhar vazio em sua direção, e então nós, bem, olhamos um para o outro desajeitadamente. Tudo tinha mudado entre nós, mesmo que eu não pudesse identificar o momento exato em que tinha mudado ou ter certeza do que aquilo realmente significava. Mas mais tarde, quando eu estava fingindo sair da escola e caminhando em direção ao Impala de Zayne, percebi duas coisas.

O espasmo estranho que eu sentia no meu peito sempre que eu pensava em Roth provavelmente não iria embora tão cedo. E a principal razão para eu ter ido ao apartamento de Roth tinha sido perdida no momento em que os lábios dele tocaram os meus tão delicadamente. Se continuássemos assim, estávamos fritos.

As coisas foram meio que normais na semana seguinte. Se *normal* agora significasse ter um demônio em sala de aula e passar o tempo livre que eu tivesse disponível tentando descobrir onde um livro demoníaco estava guardado. Roth e eu ou não estávamos vendo o óbvio, ou não éramos as pessoas mais inteligentes da Terra, porque seguíamos de mãos vazias.

Tirando o problema dos demônios, era bom ter Zayne me levando e me trazendo para a escola. Ninguém tinha encontrado ou tido notícias de Elijah e os membros do seu clã. Eles não tinham voltado ao seu distrito, e Zayne desconfiava que eles ainda estavam em algum lugar perto da cidade. No fundo eu sabia que ainda veríamos Elijah de novo, mas ele não era o maior dos problemas. A cada dia que passava, eu sentia que estávamos ficando sem tempo. Não demoraria muito para que outro demônio aparecesse. Eu estava constantemente olhando por cima do ombro.

No almoço de quinta-feira, Sam folheava um jornal na minha frente. A manchete dizia "Guardiões? Eles devem ficar ou devem ir embora? A Igreja dos Filhos de Deus opina".

Peguei o jornal com um suspiro enojado e olhei a página. De vez em quando a Igreja dos Filhos de Deus realizava um comício contra os Guardiões que gerava manchetes em seguida. Eles vinham fazendo isso desde que o público descobriu sobre a existência dos Guardiões.

Roth praticamente irradiava de alegria enquanto olhava por cima do meu ombro. Ele costumava almoçar com a gente quando não faltávamos à aula para investigar o que o vidente quis nos dizer ou quem era o demônio.

– Eles precisam começar a fazer entrevistas – disse Sam. – Ou idiotas como esse pessoal vão queimá-los na cruz.

– O que tem de errado com uma boa fogueira? – Roth perguntou, me cutucando com o joelho debaixo da mesa.

Eu lhe dei um soco na perna.

Se esticando para o meu lado da mesa, Sam pegou um punhado das minhas batatinhas.

– Você leu essa porcaria?

– Eu realmente não prestei tanta atenção – Eu coloquei o jornal sobre a mesa.

Stacey se inclinou, olhando para o jornal entre nós.

– Que diabos é isso? Aqui diz, e é uma citação direta: "Os Guardiões se assemelham às próprias criaturas que foram banidas do Céu e enviadas para o Inferno. Eles são pecadores se disfarçando de santos". Aham. Que tipo de drogas essas pessoas usam, e onde consigo um pouco?

– Olha – Roth apontou para o terceiro parágrafo enquanto deslizava um braço em volta da minha cintura. Por causa da nossa proximidade física, metade da escola achava que Roth e eu estávamos juntos. Eu não tinha certeza *o que* a gente era. Nenhuma classificação tinha sido identificada. – A Igreja diz que os Guardiões são um sinal do apocalipse. Massa.

Sam bufou.

– Eu vou ficar muito irritado se tiver um apocalipse e não tiver um único zumbi.

Roth abriu a boca para falar enquanto tirava o braço da minha cintura, mas eu o cortei.

– Gente fanática é louca.

Sam olhou para Stacey.

– Você vai comer essas batatinhas?

– Desde quando você pergunta antes de pegar? – disse Stacey. Eu agarrei a mão de Roth, que estava subindo pela minha perna. – Pode ficar à vontade pra comer do meu prato.

As bochechas de Sam foram tomadas por um tom rosado.

– Você sabia que o adulto médio queima duzentas calorias durante trinta minutos de sexo? – O rosa se intensificou para um vermelho quando seus olhos se arregalaram atrás dos óculos. – Eu não sei por que eu disse isso.

Eu tentei sufocar minha risada com a mão, mas falhei. A mandíbula de Stacey bateu no chão.

As sobrancelhas de Roth se ergueram.

– Sexo na cabeça, amigo?

Sam murmurou algo e limpou a garganta.

– De qualquer forma, você sabia que as bananas são radioativas?

– Uau – Stacey balançou a cabeça, mas ela estava sorrindo. – Você é cheio de fatos aleatórios.

– Sim, a coisa da banana é realmente... – Eu me ergui com rapidez, minha coluna rígida. Roth me lançou um olhar de estranheza, mas eu o ignorei. Sam realmente era uma fonte de conhecimento aleatório. Como eu não tinha pensado nisso antes? Uma animação disparou pelo meu corpo como uma flecha. – Ei, eu ouvi um enigma no rádio um dia desses e estou intrigada com ele desde então.

O interesse brilhou nos olhos do Sam.

– Manda.

– Ok. Eu acho que é referente a algum lugar da cidade, um lugar onde um monólito é lançado de volta – Eu estava praticamente para fora da cadeira quando Roth finalmente entendeu. – Alguma ideia do que poderia ser?

Sam olhou para mim por um momento, e então ele riu, batendo com as mãos sobre a mesa branca.

– Você tá falando sério?

Eu não entendi o que era tão engraçado.

– Sim, estou falando sério.

Roth pegou um garfo de plástico.

– Estou entendendo que você sabe onde é este lugar?

– Claro! Como alguém poderia não saber? É tão óbvio. Apenas um... – Sam se perdeu na frase quando parecia que Roth ia transformar o garfo em um projétil. – Tudo bem, talvez não seja *tão* óbvio assim.

– Sam – eu disse, ficando impaciente.

Ele empurrou os óculos nariz acima.

– Olha, o enigma é redigido obliquamente pra te desviar do caminho certo. Então, claramente, a chave está em decifrar significados mais comuns pra algumas das pistas. Por exemplo, qual é outra palavra para "monólito"? Um monumento. E um sinônimo de "lançado de volta"? Refletido. Então o que está sendo realmente perguntado é onde encontrar um lugar com um monumento sendo refletido. E todo mundo sabe onde é isso.

– Cara – Stacey olhou para ele. – Nem todo mundo.

Sam suspirou.

– Eu tenho que soletrar tudo? É o Monumento de Washington. E seu reflexo está no... espelho d'água. Tá vendo? Meio óbvio, né?

Roth murmurou:

– Claro que não.

Eu queria abraçar Sam.

– Você é incrível! Valeu mesmo.

– Eu *sou* incrível – Sam sorriu. – Eu sei.

Olhando para Roth, peguei minha bandeja.

– Ei, gente, vejo vocês na aula de inglês?

– Claro – murmurou Stacey, ainda olhando para Sam.

Eu apostaria dinheiro no fato de que ela tinha voltado a pensar em queimar duzentas calorias. Roth e eu jogamos fora os restos do almoço e fugimos para a nossa escadaria no ginásio velho. Manchas de tinta estavam descascando ao longo dos corrimãos enferrujados.

– Espero muito que você esteja querendo testar aquela teoria das duzentas calorias.

Eu lancei um olhar fechado para ele.

– Não, Roth. Bela tentativa.

– Ah, um demônio pode sonhar, não pode?

– Agora a gente sabe onde a *Chave Menor* está – Eu coloquei meu cabelo para trás. – Meu Deus, não estou acreditando que a gente não descobriu isso. Olá, aqui quem fala é uma boa notícia!

– Eu sei – Ele pegou a mecha de cabelo que eu estava mexendo e enrolou em torno de seu dedo. – Mas estou realmente preso na ideia das duzentas calorias.

Dei-lhe um tapa na mão.

– Roth!

– Tá bem, tá bem. – Roth pegou na mecha de cabelo selvagem novamente. – Quem diria que toda aquela informação inútil que Sam tem guardada na cabeça seria realmente... útil.

– Pois é – Eu ri. – Agora só precisamos de uma lua cheia.

– Estamos com sorte. Teremos uma no sábado à noite.

Apertei os lábios para baixo.

– Como diabos você sabe dessa informação assim de cabeça?

Roth me puxou para frente.

– Demônios e luas cheias andam juntos como ervilhas e cenouras.

Eu coloquei as minhas mãos em seu peito para manter alguma distância entre nós.

– Isso é a coisa mais idiota que eu já ouvi na vida.

Ele sorriu.

– Quer ouvir a melhor coisa?

Só Deus sabia o que ia sair da boca dele.

Meus olhos piscaram, encontrando os dele.

– O quê?

– Hmm? – Ele avançou e eu dei um passo para trás. – Você se lembra do que estava tentando me convencer naquele dia na minha casa?

Minhas costas encostaram na velha parede de cimento.

– Sobre você não ser apenas mais um Roth?

Roth deixou meu cabelo cair apenas para colocar as pontas de seus dedos no meu queixo. Uma faísca de eletricidade disparou dali até os meus dedos dos pés. Inclinando minha cabeça para trás, ele olhou para mim com um sorriso travesso.

– Quando eu disse que não era um menino de verdade?

– Sim.

Ele sorriu enquanto se inclinava para frente. Eu tentei fechar as minhas pernas, mas a coxa dele deslizou entre elas.

– Eu acho que estou definitivamente me tornando um menino de verdade.

Ai, meu Deus do Céu...

O sinal da escola tocou, sinalizando o fim do almoço. Soava tão distante.

– Roth...

– O que é? – Ele abaixou a cabeça, esfregando o nariz contra o meu. Seus lábios pairavam a poucos centímetros da minha boca. Nossos corpos estavam um contra o outro, se tocando em cada ponto que fazia meus sentidos fritarem. Ele abaixou a cabeça, roçando os lábios contra a minha bochecha e sobre o lóbulo da orelha. Ele mordiscou, segurando a pele sensível. Eu ofeguei, uma mão amassando a frente de sua camisa. Roth soltou e recuou. – Para de me distrair.

Eu fiquei boquiaberta.

– O quê? Eu não estou fazendo nada. É você que...

– Você é muito irresistível – Seu sorriso se alargou um pouco. – Mas de volta às coisas importantes.

Estava tão tentada a bater nele. Cruzei os braços.

– Sim, de volta às coisas importantes.

– Eu posso ir pegar a Chave no sábado.

– Eu vou com você – acrescentei.

Roth suspirou.

– Eu sabia que você ia dizer isso, mas tem um probleminha com você querer ir comigo. Como é que você vai sair de uma fortaleza Guardiã no meio da noite pra isso?

– Eu consigo fugir – Diante do seu olhar acusador, eu grunhi. – Ok. Provavelmente não consigo fugir, mas posso tentar que me deixem passar a noite na casa de Stacey.

– E eles vão mesmo permitir isso?

– Não sei. – Eu reajustei a alça da minha mochila. – Mas eu quero pelo menos tentar.

Roth exalou alto.

– Tá bem. Tenta. Me manda uma mensagem avisando – Ele inclinou a cabeça, segurando a porta aberta. – Você acha que consegue andar até a sala de aula, ou seus joelhos estão muito fracos?

Eu estreitei os olhos, passando por ele.

– Meus joelhos não estão fracos. E você tem um ego muito grande.

– Isso não é a única coisa que é gran...

– Fica quieto! Informação demais, Roth, informação demais! – Eu joguei minhas mãos para cima. – Eu te aviso sobre sábado.

Roth foi engolido de volta na multidão de estudantes enquanto eu ia para a aula. Eu menti. Meus joelhos estavam totalmente fracos.

Capítulo 19

Passei pela décima vez na frente do escritório fechado de Abbot. Fazê-lo concordar em me deixar dormir na casa de Stacey no sábado seria um pequeno milagre. Apesar de não ter havido ataques demoníacos desde os demônios Torturadores, e os Guardiões nem sequer sabiam disso, eu duvidava seriamente que ele fosse permitir isto.

Mas eu tinha que tentar.

Zayne dobrou uma esquina e parou quando me viu. Estava voltando do treino, sua camisa cinza estava úmida e colada à sua cintura bem definida. Ele sorriu.

— O que você tá fazendo, Laylabélula?

— Esperando Abbot terminar de falar com Nicolai e Geoff – Eu olhei para a porta de carvalho, desejando que ela se abrisse. Quando nada aconteceu, eu me deixei sentar no degrau inferior da escadaria. – Tá demorando uma eternidade.

— Eles estão lá há quanto tempo?

— Desde que o jantar acabou. – Eu fui mais para o canto do degrau, abrindo espaço para o corpo enorme de Zayne. – Seu pai tem tido muitas reuniões particulares ultimamente.

Zayne se sentou, deixando cair os cotovelos sobre os joelhos dobrados.

— Pois é.

— Você não sabe nada sobre isso? – Eu o olhei de esguelha.

— Não. – Ele riu enquanto soltava a respiração. – O pai tá armando alguma coisa, mas eu não sei o que é.

Um arrepio dançou sobre mim. Com alguma sorte, o que quer que o pai de Zayne estivesse armando não tinha nada a ver comigo.

— Você tá bem? – ele perguntou, cutucando minha perna com a dele.

– De boinha – Sorrindo, eu puxei meu cabelo para fora do rosto e o ajeitei sobre o ombro. – E você?

As sobrancelhas dele se ergueram.

– Estou bem.

Encontrando seu olhar por um momento, eu acenei com a cabeça e voltei a me concentrar na porta do escritório do seu pai. Desde o ataque de Petr, as coisas tinham sido diferentes entre mim e Zayne. Ele parecia estar sempre observando-me, esperando por um inevitável colapso histérico... ou que eu perdesse completamente a noção de realidade e começasse a sugar almas a torto e a direito. Talvez pensar isso não fosse justo. Zayne estava apenas preocupado.

– Você tá diferente.

Meu estômago deu um nó ante o comentário inesperado.

– Hã?

A cabeça de Zayne se inclinou para um lado.

– Você parece diferente... pra mim.

O nó frio se apertou e eu senti como se alguém tivesse enlaçado meu peito com uma corda apertada.

– O que você quer dizer?

– É difícil de explicar. – Ele riu de novo, seu tom inseguro. – E eu não consigo entender exatamente o que é – Sua mão encontrou o volume de cabelo no meu ombro. Ele não puxou ou enrolou os dedos nos fios como faria normalmente. Ele passou os dedos pelo cabelo, sentindo-o, e eu fiquei completamente imóvel. – Talvez seja eu.

De repente, imagens de Roth passaram pela minha cabeça: o momento do beijo no parque e de todos aqueles quase beijos que vieram depois. Porque, tirando os segredos que tenho guardado, a única coisa diferente em mim era o fato de eu ter sido... beijada. Mas não podia ser isso. Não havia como Zayne saber disso. Não era como se estivesse escrito na minha testa.

Ai, meu Deus, e se ele soubesse de algum jeito? Zayne parecia saber de tudo.

Eu balancei negativamente a cabeça, o que fez com que sua mão pousasse no meu ombro.

– Eu sou a mesma Layla ridícula de...

– Você não é ridícula. – Sua mão se dobrou sobre meu ombro. – Você nunca foi ridícula.

Eu sorri, tentando dispersar o clima tenso.

– Bem, na verdade eu sou meio ridícula como um...

– Para. – Zayne balançou a cabeça de um lado para o outro. – Eu odeio quando você fala essas coisas. E o que eu odeio mais ainda é que você realmente acredita nisso.

Eu abri a boca para falar, mas meus protestos murcharam como uma flor morta. Havia tantas coisas que tornavam Zayne diferente de mim. Às vezes parecia que éramos perfeitos opostos. Inseguranças ressurgiram dentro de mim como velhos amigos que ninguém gostaria de rever. Eu não era como Zayne. Eu nunca poderia ser como ele, não importava o quanto eu tentasse. Izzy e Drake já conseguiam se transformar aos dois anos de idade e aqui estava eu, dezessete, e não conseguia fazer isso. Desviei o olhar, compilando uma lista das minhas falhas que era maior do que a Torre Eiffel.

O estranho era que, quando eu estava com Roth, não enveredava por esse caminho perturbador.

Zayne murmurou algo e então passou o braço em torno dos meus ombros curvados. Me puxando para mais perto, ele me colocou contra a sua lateral e descansou o queixo em cima da minha cabeça. Eu fechei os olhos, inalando seu aroma de hortelã fresca de inverno. Ficamos assim até que ouvi passos pesados se aproximando da porta fechada.

Afastando-me de Zayne, ignorei o súbito calafrio que subiu pelo meu corpo e me levantei. Nicolai e Geoff saíram primeiro, piscando para mim enquanto se dirigiam para as portas sob a escadaria que levava aos níveis subterrâneos.

Abbot olhou para o filho e para mim.

– Presumo que um ou ambos estão me esperando?

– Eu. – Dei um passo à frente, torcendo os dedos atrás das costas, mais nervosa do que um peru no Natal. – Eu estava esperando pra te pedir um favor. – Ele cruzou os braços. – Bem, não é realmente um favor. É mais como um pedido. – O calor invadiu minhas bochechas. Eu não sabia o que aquele homem tinha que sempre me transformava em uma tagarela idiota. Olhando por cima do meu ombro, eu vi que Zayne ouvia atentamente de sua posição reclinada nos degraus.

Eu suspirei. – Vou ter uma prova muito importante de biologia na segunda-feira. – Mentira. – E já que não houveram ataques demoníacos ultimamente... – Mentira. – Eu queria poder passar a noite na casa de Stacey pra gente estudar no sábado.

Mentira. Mentira. Mentira.

Antes mesmo que Abbot pudesse responder, Zayne interferiu.

– Não houve nenhum ataque porque você não esteve em nenhum lugar pra eles chegarem até você.

Bem...

Lancei um olhar para Zayne que dizia "cala a boca ou eu te mato".

– Se Zayne me levar pra casa dela e me deixar lá, ele pode investigar o bairro.

– Ah, espera um segundo. – Zayne estava de pé em um nanossegundo. – Não me voluntarie pra essa loucura. De jeito nenhum que você vai passar a noite fora depois de tudo o que aconteceu.

Eu fiz uma carranca.

– Eu não sabia que estava pedindo pela sua permissão.

– Você nem deveria estar sugerindo algo assim agora.

Respirando fundo, eu me voltei para Abbot.

– Por favor. Eu realmente preciso estudar e...

– Eu posso te ajudar a estudar – disse Zayne, colocando as mãos na cintura.

– Não. Você não pode. Você não tá tendo aula comigo.

Zayne inclinou a cabeça.

– Mas eu já estudei biologia, e provavelmente foi muito mais difícil do que o que você tá estudando na escola.

Minha postura era a mesma que a dele.

– Bem, obrigada pela atualização, mas eu preciso estudar o que a escola pública pobre tá me ensinando com Stacey – Lançando meu melhor olhar de cachorrinho pidão, eu estava a segundos de implorar. – Eu prometo que no momento em que algo parecer estranho ou suspeito, vou chamar todo o clã. Eu não vou...

– Você não tá nem um pouco preocupada em colocar sua amiga em perigo? – Zayne perguntou, e maldito seja ele, eu queria pular em suas costas como um macaco. – Layla, seja razoável.

– Que tal *você* ser razoável? Eu não posso ficar em casa pra sempre e só ir pra escola! Você quer que eu reprove? – Sim, aquilo foi um golpe meio baixo, mas eu estava desesperada. – Porque eu vou reprovar se não estudar.

– Ninguém quer que você reprove – disse Abbot com um suspiro. Ele beliscou o meio do nariz, um gesto que ele fazia sempre que Zayne e eu entrávamos em discussões bestas na frente dele, mas havia uma certa astúcia em seu olhar. – Eu não acho que ir pra casa da sua amiga no sábado é uma ideia tão ruim assim.

– Sério? – Eu guinchei na mesma hora em que Zayne gritou:

– O quê?

Abbot franziu a testa para o filho.

– Sim. Acho que não vai ter problema nenhum. Você precisa ser capaz de estudar e provavelmente gostaria de algum tempo sozinha com a sua amiga. – Seu olhar se tornou afiado. – Especialmente depois de tudo o que aconteceu.

A surpresa esvoaçou suas asas sobre mim. Abbot tinha sido abduzido por alienígenas. Aquilo tinha sido fácil demais, mas cavalo dado não se olha os dentes.

– Obrigada – eu disse rapidamente, contendo-me de correr e abraçar Abbot.

– Eu não acho que isso seja uma boa ideia. – O choque deixava a voz de Zayne mais profunda.

– Bem, eu acho que seria uma boa ideia que você a levasse na casa de Stacey e fosse buscá-la, já que você é tão vigilante quando se trata de Layla – Abbot tirou um fiapo de suas calças. – Se alguma coisa acontecer, Layla sabe como entrar em contato com a gente imediatamente.

Eu acenei avidamente, mas uma grande parte de mim se sentia mal por mentir, especialmente porque havia uma preocupação se espalhando por todo o rosto de Zayne enquanto ele recostava os ombros contra as paredes cor de creme de manteiga. Meu único conforto era o fato de que eu estava mentindo por um bem maior. Isso tinha que compensar a mentira.

Abbot nos deixou sozinhos no corredor, e eu me virei para ir embora o mais rápido possível. Zayne segurou o meu braço antes que eu pudesse dar o primeiro passo.

– Eu ainda acho que essa é uma ideia bem ruim – disse ele.

– Vai ficar tudo bem. Prometo.

– Não gosto disso.

– Mas você vai me deixar e me pegar – Eu me soltei do seu aperto. – E você vai garantir que tudo vai ficar bem.

Os olhos de Zayne se estreitaram.

– Você tá tramando alguma coisa.

Meu estômago despencou enquanto eu subia um degrau.

– Queria eu estar tramando algo. Infelizmente, minha vida não é tão emocionante assim.

– Não é? – Ele subiu no primeiro degrau, ficando muito mais alto do que eu. – Alguma vez Stacey já estudou pra uma prova?

Droga. Todas as vezes que eu já tinha contado pra ele histórias sobre Stacey e a escola estavam voltando para me assombrar, mas me mantive firme.

– Bem, é por isso que estou estudando com ela. Quando eu ajudo Stacey, eu me ajudo também.

Zayne bufou.

– Você é cheia de conversa fiada.

– Não sou! – Eu o cutuquei no peito. – O que mais eu estaria fazendo além de estudar com Stacey? Não é como se eu tivesse sido convidada pra uma festa – Brincar com a simpatia de Zayne daquela forma era uma coisa realmente desgraçada de se fazer. – E, obviamente, eu não estou fugindo pra me encontrar com um cara.

– Layla...

– Eu só vou estudar com Stacey. Só isso.

Um olhar de aborrecimento brilhou em seu rosto, como se ele já estivesse planejando se arrepender disso.

– Você é um saco.

Dando-lhe um sorriso, eu subi correndo as escadas para enviar uma mensagem a Roth dizendo que estava tudo certo para o sábado à noite.

Stacey estava mais do que feliz comigo a usando de desculpa para "ficar de boa com Roth", e eu meio que me senti mal depois. Não porque eu a estava usando como disfarce, mas porque ela estava animada demais com a ideia de eu ir em um "encontro" noturno com Roth. Embora não fosse um encontro e eu realmente não planejasse que durasse até o amanhecer, a ideia de passar a noite com Roth me fazia querer dar risadinhas e, ao mesmo tempo, parecia me dar urticária. Às vezes eu achava que Stacey estava mais entusiasmada com a possibilidade de eu ter um namorado do que eu mesma.

Quando Zayne me deixou na casa geminada de Stacey, pouco antes das sete da noite no sábado, eu assisti da janela da sala de estar da casa de tijolos marrons a ele dando mais algumas voltas com o carro. Depois da quinta volta, revirei os olhos.

– Você tem certeza de que ele não sabe o que você tá fazendo? – Stacey perguntou, apoiando seu irmãozinho no quadril. A mãe dela estava com o namorado, foram jantar fora, aparentemente, o que era perfeito. – Ou ele tá fazendo bico de *stalker*?

– Ele só tá sendo superprotetor. – E muito, muito irritante. – Mas acho que ele já terminou.

Stacey arqueou uma sobrancelha enquanto colocava o irmão no sofá estofado.

– Então... você vai sair vestindo isso?

Saindo da janela, eu me virei e olhei para mim mesma.

– O que tem de errado com calça jeans e um suéter?

– Sério? – Ela suspirou enquanto pegava um elefantinho de pelúcia. – Se eu fosse você, estaria usando a menor quantidade de roupa que ainda não infringiria a lei.

– Essa roupa tá boa. – Eu não achava que usar uma saia e um decote que fizesse meus peitos pularem para fora enquanto eu ia para Deus sabe onde recuperar a Chave seria uma boa ideia. Mas provavelmente Roth acharia que era uma ótima ideia. – É bonitinha.

– É sem graça – Ela sacudiu o brinquedo na frente do rosto do irmão, fazendo-o rir. – Tipo, muito sem graça mesmo.

Será que era? Eu puxei a barra do meu suéter e então revirei os olhos. Sem graça ou não, não importava. Caminhando até onde tinha deixado a minha mochila, peguei meu celular. Em algum momento, Roth tinha pego meu celular e substituído o nome de Zayne por Pedregulho e listado seu próprio número como Bonitão. Que babaca.

Eu sorri.

Enviei uma mensagem curta dizendo que eu estava pronta e me voltei para Stacey. Ela estava segurando o brinquedo fora do alcance do bebê, e depois finalmente o entregou.

— Estou realmente orgulhosa de você. Saindo escondida com um garoto como uma adolescente normal faria.

Fiz uma careta.

— Só você mesmo pra ficar orgulhosa de algo assim.

Stacey caminhou na minha direção e alisou os lados do meu cabelo para baixo. O ondulado estava um desastre hoje.

— É tipo um rito de passagem. Promete que vai me ligar de manhã e me contar tudinho. Todos os detalhes, e é melhor que tenha uma tonelada de detalhes sensuais.

— Eu vou voltar ainda hoje à noite. — Eu afastei suas mãos para longe.

— Claro que vai — ela disse. Uma buzina soou do lado de fora da casa de tijolos marrons, e seus olhos se arregalaram. Ela puxou a barra do meu suéter para cima, expondo uma pequena área da minha barriga, e depois me empurrou em direção à porta. Eu estava deixando minha mochila aqui com ela. Não era como se eu fosse realmente estudar. — Não vou esperar acordada.

Puxando meu suéter para baixo, lancei um olhar torto para ela.

— É bom você me deixar entrar quando eu chegar mais tarde.

Ela piscou enquanto abria a porta. O Porsche prateado de Roth ronronava no meio-fio. Quando a janela de vidro fumê rolou para baixo e Roth apareceu, Stacey deu um tchauzinho.

— Agora vai. Deixe a mamãe aqui orgulhosa.

— Orgulhosa como?

Stacey arqueou uma sobrancelha.

— Use sua imaginação. Mas não esqueça que você só pode ser jovem e inconsequente uma vez na vida. E esse é um belo espécime pra fazer par com a sua juventude e inconsequência.

— Você é uma tarada — Eu lhe dei um abraço rápido e saí antes que ela começasse a falar com Roth sobre deixá-la orgulhosa também. Descendo os degraus da frente, parei na calçada e me certifiquei de que não sentia a presença de nenhum Guardião. Quando não detectei nada, dei um suspiro de alívio. A última coisa que precisávamos era que Zayne me visse agora.

Roth sorriu enquanto eu deslizava para o banco do passageiro.
– Por que seu rosto tá tão vermelho?
Às vezes eu odiava Stacey.
– Nenhum motivo – murmurei. – Pra onde estamos indo?

Para fazer parecer que Roth e eu estávamos realmente saindo em um encontro, ainda tínhamos várias horas pela frente antes da lua cheia sair e ser tarde o suficiente para verificar o espelho d'água.

– Pensei em voltar pra minha casa depois da gente pegar algo pra comer. Isso deve nos ocupar por algumas horas.

Me agarrando às laterais do assento de couro, eu concordei com a cabeça enquanto meu estômago se retorcia. Acabamos no restaurante Chan, a algumas quadras do apartamento de Roth. Eu identifiquei alguns Demonetes e até mesmo um Imitador. Tive que me controlar muito para não marcar este último. Fazer isso iria chamar a atenção para mim, tanto dos demônios quanto dos Guardiões.

Uma vez de volta ao *loft* de Roth, ele colocou as caixinhas com sobras de arroz dentro da geladeira e, em seguida, tirou os sapatos. Sem saber bem o que fazer, eu me sentei na beirada da cama. Os gatinhos estavam amontoados uns sobre os outros formando uma bolinha em cima do piano.

Roth se encostou contra a parede, com um sorrisinho no rosto.
– Você tá nervosa.
– Não estou, não.
Ele riu.
– Eu consigo sentir o cheiro do seu nervosismo, Layla. Sobre isso você não pode mentir.

Muito bem. Eu puxei meus joelhos até o meu peito e cruzei os braços em volta das pernas.

– Você não tá nervoso? E se a Chave não estiver lá? E mesmo se estiver, como faremos se estiver sendo vigiada? Duvido muito que a gente consiga entrar lá e só pegá-la.

– Eu não estava falando sobre isso. – Ele se empurrou da parede e andou até onde eu estava sentada. Ao sentar-se ao meu lado, ele colocou as mãos em ambos os lados dos meus pés descalços. – Mas pra responder à sua pergunta: não, eu não estou nervoso. Não importa os obstáculos que criem pra gente no caminho, eu serei capaz de lidar com eles.

– Nossa, como você é especial. Nada arrogante, hein?

– Eu sou todo tipo de especial, mas você sabe disso – Inclinando-se, ele colocou o queixo em um dos meus joelhos. – Você tá nervosa porque você tá aqui comigo.

Com ele assim tão próximo, era difícil pensar em uma boa mentira.

– Você me deixa nervosa.

Aquele sorriso vagaroso dele se espalhou por seus lábios cheios enquanto ele se levantava, deixando pouca distância entre nossas bocas.

– Você deveria estar nervosa.

– Que reconfortante – Eu queria me inclinar para trás, mas me mantive onde estava.

Roth deu uma risada soltando o ar e então se levantou. Passeando pelas prateleiras, ele tirou um DVD de uma delas e então olhou por cima do ombro.

– Topa um filme?

Corada, acenei com a cabeça.

Depois de inserir o disco do filme, ele se acomodou na cama ao meu lado, esticando-se como um gato preguiçoso tomando banho de sol. Cerca de um minuto do filme tinha passado quando eu reconheci o que era.

– *Advogado do Diabo*? – Ele abriu um sorriso. – Boa escolha.

Suspirei, balançando a cabeça.

– Apenas assista e se divirta.

Por mais que eu tentasse, mal conseguia me concentrar no filme. Entre olhar para o relógio ao lado da cama e tentar ignorar Roth, eu estava completamente tensa. Meu cérebro continuava voltando para o que Stacey tinha dito. Realmente muita coisa inútil, mas ela meio que tinha razão. Eu só poderia ser jovem e inconsequente uma vez.

E havia realmente um grupo muito limitado de pessoas com quem eu podia ser jovem e inconsequente.

Espreitando na direção de Roth, meus olhos se fixaram naqueles cílios impossivelmente longos dele. Com as pálpebras semiabertas, seus cílios abanavam a pele sob os olhos. A ampla extensão das suaves maçãs do rosto implorava para que eu as tocasse. Seus lábios estavam ligeiramente abertos. Apenas uma pequena cintilação no piercing da sua língua era visível. Lembrando-me da frieza e textura lisa do piercing, fechei os meus olhos com força.

Ele era, de fato, um belo espécime.

Uma ondulação de nervos se apertou em mim, e o meu coração disparou. Não tendo ideia do que eu estava pensando ou estava prestes a fazer, eu respirei fundo e deslizei até que eu estivesse deitada ao lado de Roth. Havia algum espaço entre nós, mas toda a frente do meu corpo formigava como se estivéssemos nos tocando.

Abrindo os olhos, eu me concentrei na TV. Keanu tinha acabado de comprar um apartamento novo em Nova York. As coisas estavam prestes a irem por água abaixo bem rápido. Minha capacidade de prestar atenção ao filme durou cerca de um minuto, dando lugar ao anseio afiado que crescia dentro de mim.

Eu me mexi para mais perto, de modo que minha coxa tocasse na dele. Roth estava respirando normalmente até aquele momento, mas agora ele parecia ter parado de respirar de súbito. Uma única sobrancelha escura se ergueu.

Eu realmente ainda não sabia o que estava fazendo ou por quê. Era porque eu só queria ser como uma adolescente normal uma vez na vida, jovem e inconsequente? Ou eu estava procurando uma maneira de esquecer do que estávamos prestes a fazer e do nosso futuro bastante incerto?

Ou era só porque eu desejava Roth?

No momento em que essa pergunta se formou na minha mente, não havia como negar a verdade por trás dela. Um calafrio começou a se espalhar do meio das minhas costas até as minhas pernas e braços. Era mais do que apenas poder beijá-lo. Havia algo em Roth que se conectava comigo, com tudo de mim. Algo que eu não tinha certeza se já havia sentido antes. A minha mão se movia antes mesmo que eu entendesse o que eu estava fazendo.

Eu a coloquei sobre a barriga dele, logo abaixo de seu peito. Eu estava imóvel. Roth estava imóvel. Nós dois estávamos olhando para o filme, e eu sabia que ele estava como eu naquele momento, sem prestar atenção.

– Layla...

O rosnado baixo em sua voz enviou arrepios através do meu corpo. Eu comecei a puxar a minha mão para longe, mas ele a pegou em um aperto que era firme, mas gentil.

— O que você tá fazendo? – ele perguntou.

O ar ficou preso na minha garganta, e eu não conseguia responder, não conseguia falar as palavras explicando o que eu estava fazendo, o que eu queria. Roth emitiu outro som grave e então se moveu rápido como um relâmpago. Um segundo depois, eu estava deitada de costas e ele estava em cima de mim, seus músculos flexionando sob a camisa que ele usava enquanto se erguia.

Seus olhos colidiram com os meus, e eles eram como dois citrinos. Ele leu algo no meu olhar. Deve ter lido, porque um arrepio se espalhou através de seu corpo.

— Eu sou um demônio, Layla. O que eu vejo em seus olhos e o que eu sinto do seu corpo é algo que eu vou me aproveitar. Não se engane. Eu vou te dar uma chance. Feche os olhos, e eu vou deixar isso passar.

Eu me senti fraca sob seu olhar consumidor, mas não fechei os olhos.

— Layla – ele disse o meu nome como se o magoasse.

E então ele me beijou. Não como da primeira vez no parque. Não como da outra vez nesta mesma cama. Ele capturou meus lábios em um beijo demorado. Eu gemi ao sentir o primeiro gosto dele, doce como chocolate. Pequenos arrepios de prazer e de pânico dispararam pelo meu corpo quando ele aprofundou o beijo e eu senti a frieza do piercing em sua língua. Meu corpo se agitou inteiro; meu coração inchou e trovejou. A onda de sensações rastejando pelo meu corpo era enlouquecedora, linda e assustadora.

Eu enfiei minhas mãos em seu cabelo, nem um pouco surpresa ao senti-lo macio ao toque. Roth se pressionou para baixo, prendendo minha perna em torno de sua cintura. Eu ofeguei contra sua boca. Sua mão deslizou sob a minha camisa, seus dedos vagando sobre a minha pele, enviando uma onda de sangue para cada parte de mim.

Eu queria tocá-lo do mesmo jeito que ele estava me tocando. Roth gemeu quando eu me remexi, deslizando minhas mãos sob sua camisa. Sua barriga era firme, esculpida e moldada nos lugares certos. Ele se afastou tempo suficiente para puxar a camisa sobre a cabeça. Ele pairou sobre mim por um momento, poderoso e forte. Não era a primeira vez que o via sem camisa, mas ainda assim eu me maravilhava com sua beleza. Até mesmo Bambi, que cobria o braço, e o dragão, que se erguia em seu abdômen, eram lindos para mim. Eu me perguntei o que ele achava de mim, mas estávamos nos beijando novamente enquanto ele me deitava na cama, soltando um beijo contra a minha bochecha, depois as minhas pálpebras, enquanto eu tentava controlar meu coração disparado.

Então Roth aninhou meu rosto em suas mãos, nossos lábios mal se tocando de novo e de novo. Meu suéter foi tirado em um puxa-puxa inebriante. Passei a ponta dos meus dedos pelo peito dele até chegar ao botão da calça. Ele tinha a mesma coisa em mente, porque ele já estava entre as minhas pernas, e eu estava nadando nas sensações mais intensas. Prazer e incerteza se misturavam. Eu não tinha experiência nenhuma nisso. Por um breve momento, Roth congelou acima de mim. Seus olhos se apertaram firmemente e sua cabeça pendeu para trás em direção ao teto. Eu não percebi que ele estava exercendo qualquer controle até que ele deixou de fazê-lo.

Seus braços se apertaram em torno de mim, esmagando-me contra seu peito enquanto os seus quadris se moviam contra os meus. Estávamos pele contra pele em algumas áreas, entrelaçados, e a cada respiração que um de nós soltava, o outro parecia inalar. Nossos peitos subiam e desciam, nossos corações disparavam. Sua pele era dura e lisa sob meus dedos que o apertavam.

Ele segurou meus quadris, me inclinando para cima e fazendo-nos ficar mais próximos ainda. Quando ele me beijou novamente, foi aquele tipo de beijo profundo e escaldante que me empurrou para a beira do penhasco. Eu estava pronta para saltar de cabeça, para finalmente *sentir* tudo o que eu sempre acreditei que me fora negado.

Meus dedos se cravaram na pele lisa de seus bíceps enquanto sua mão livre deslizava para baixo da minha barriga, dedos circundando meu umbigo e então indo mais para baixo, sob o cós do meu jeans. Todos os músculos do meu corpo travaram de uma maneira estranha. Não de uma maneira ruim, mas era intenso, simultaneamente demais e não o suficiente.

– Roth, eu... eu não sei...

– Tá tudo bem – ele sussurrou contra o canto do meu lábio. – Isso é sobre você. Sim, é só sobre você. – Ele parecia surpreso com suas próprias palavras, e quando falou novamente, sua voz estava rouca enquanto ele pressionava sua testa contra a minha. – Você me desfaz. Não faz ideia de como você me desfaz.

Antes que eu pudesse processar o que aquilo significava, sua mão começou a se mover e seu pulso se torceu fazendo as células do meu corpo se apertaram até um ponto quase doloroso. Eu não conseguia me controlar. Meu corpo se movia por conta própria, minhas costas arqueando. Uma onda de sensações me atingiu de uma só vez. Aquela beirada em que eu estivera me balançando? Eu caí de cabeça enquanto aquelas minhas células pareciam se dispersar em todas as direções. Roth sabia o momento de me beijar, seus lábios silenciando os sons que eu ficaria envergonhada de lembrar-me mais tarde.

Ele me segurou ao longo daquele momento. Horas se passaram enquanto eu lentamente me recompunha. Talvez fosse apenas alguns minutos. Não importava. Meu coração trovejava. Eu me sentia gloriosa. Viva. Melhor do que depois de provar uma alma.

Nossos olhos se encontraram, e eu sorri um pouco. Algo se quebrou em seu olhar enquanto seus dedos deslizavam sobre o meu rosto.

– O que eu não daria...

Roth não terminou a frase, e meu cérebro ainda estava muito atribulado para descobrir o que ele queria dizer. Ele pressionou os lábios contra a minha testa corada e lentamente saiu de cima de mim para se deitar de costas. Eu o segui, não tão graciosamente. Minha perna acabou entrelaçada com a dele. Roth levantou uma mão, seu peito subindo e descendo rapidamente.

– Preciso de um minutinho.

Eu abri a boca e então voltei a fechá-la. Ruborizando, eu comecei a me afastar, mas seu braço serpenteou em volta da minha cintura, me segurando onde eu estava.

– Tá bem. Talvez eu precise de mais do que um minuto – Sua voz soava firme e laboriosa, espessa.

Eu podia ser inexperiente, mas eu não era completamente ingênua.

– Por que... por que você parou?

– Eu não sei. – Ele deu uma risada curta. – Eu realmente não sei, mas tá tudo bem. É, vai ficar tudo bem.

Eu fechei os olhos com força por um momento e então eu me deixei relaxar contra o corpo dele, me confortando com o subir e descer do seu peito. Senti sua mão alisar minha bochecha, ajeitar meu cabelo atrás da minha orelha. A minha respiração ficou presa na garganta, e quando abri os olhos, ele estava me encarando de uma forma que eu não conseguia entender.

Incapaz de manter o seu olhar, deixei que o meu pousasse sobre seu peito e barriga nus. Os detalhes do dragão eram tão incríveis quanto os de Bambi. Escamas azuis e verdes iridescentes brilhavam na luz natural que vinha através da janela, seu corpo ondulando sobre os vales e planos do abdômen de Roth. Enquanto ele respirava, parecia que o próprio dragão respirava também. Os olhos do dragão eram iguais aos de Roth, em uma bela tonalidade dourada que brilhavapor dentro.

– Se você continuar olhando assim aí pra baixo, não vai ficar tudo bem.

Eu ruborizei e rapidamente desviei o olhar, mas não consegui desviar por muito tempo. Apoiando-me em um cotovelo, foi necessário muito autocontrole para eu não tocá-lo ali.

– A tatuagem... ela sai de você como Bambi faz?

– Só quando estou com muita, muita raiva – Roth levantou os braços acima de sua cabeça e suas costas se curvaram, fazendo com que a tatuagem de dragão se espreguiçasse junto com ele. – E mesmo assim, eu não o deixo sair a menos que não haja outra opção.

– Ele tem um nome?

Roth arqueou uma sobrancelha.

– Tambor.

Eu ri alto.

– O que você tem com nomes de personagens da Disney?

– Eu gosto do nome. – Ele se sentou rapidamente e pressionou um beijo na parte de trás do meu ombro, e então ele se acomodou de volta, passando um braço em volta da minha cintura. Sua mão pousou no meu quadril com uma naturalidade surpreendente. – Você pode tocá-lo se quiser.

Foi o que fiz.

Seguindo o contorno da asa, eu achei que seria áspera ou pelo menos em alto relevo contra a pele, mas era tão lisa quanto o resto de Roth. Eu alisei por cima da barriga do dragão e fui até onde a cauda desaparecia sob a cintura do jeans de Roth.

Ele respirou fundo.

– Beleza, talvez a coisa de te deixar tocar seja uma má ideia.

Eu puxei minha mão e espiei em sua direção. Ele estava olhando para o teto, um músculo se mexendo ao longo de sua mandíbula.

– Desculpa.

Um lado de seus lábios se contorceu para cima.

– Você... você me surpreendeu. Eu imaginei que você estaria vestindo branco.

– O quê? – Então a ficha caiu. Meu sutiã era vermelho. Eu dei uma tapa no peito dele. – Eu não sou uma princesa da pureza, pelo amor de Deus.

– Não. Não, você definitivamente não é – Ele rolou até ficar de lado, de frente para mim. Um sorriso engraçado dançava em seus lábios. Roth de repente parecia jovem e... completamente à vontade. – Você é realmente uma coisinha selvagem.

Eu balancei a cabeça.

– Não tenho tanta certeza disso.

– Você não tem ideia – Sua voz era áspera e ele me puxou para baixo de forma que eu estivesse meio que deitada sobre o peito dele. Ele colocou uma mão no meu queixo e trouxe meus lábios para os dele. A resposta foi em um beijo profundo e ardente que fez meu coração dar cambalhotas. Sua mão deslizou do meu queixo para a nuca, me segurando contra ele enquanto os beijos me deixavam atordoada e sem fôlego.

Então ele se levantou e toda a preguiça sensual se foi de seu belo rosto. Minha pulsação disparou e um calafrio serpenteou através da minha coluna.

Roth respirou fundo.

– Tá na hora.

Capítulo 20

Saímos um pouco antes da meia-noite, estacionando a vários quarteirões do monumento. Um Porsche como o de Roth chamaria muita atenção, e eu já estava preocupada que encontraríamos um Guardião. Eles estariam caçando demônios... demônios como Roth.

Começando na Constitution Avenue, não fiquei surpresa com a intensidade do tráfego de pedestres para aquela hora da noite. A maioria eram humanos indo de bar em bar, mas misturados entre eles estavam alguns sem alma. Uma demonete, seu cabelo cor de vinho puxado em um rabo de cavalo alto, estava chamando um táxi, o que me pareceu estranho. Ao lado dela estava um homem humano, e eu me perguntava se ele sabia o que estava ao lado dele.

Quando nos aproximamos do Passeio Nacional, a lua cheia estava alta no céu, gorda e inchada. Roth pegou minha mão na dele e eu o encarei.

– O que foi? Tá com medo de novo?

– Engraçadinha. Na verdade, estou fazendo a gente ficar invisível.

– Quê? – Olhei para mim mesma, esperando ver através da minha perna. – Eu não me sinto invisível.

– E como que alguém se sente invisível, Layla? – A diversão coloriu o tom dele.

Fiz uma careta em sua direção.

Roth sorriu.

– O Passeio Nacional fechou há cerca de meia hora. A última coisa que a gente precisa é de um guarda se metendo na nossa vida.

Ele tinha razão.

– Agora somos invisíveis?

Lançando-me um sorriso rápido, ele me puxou bem na frente de dois jovens que estavam vagando pela rua. Sob a iluminação pública, as pontas dos seus cigarros ficavam vermelhas quando eles inalavam. Nós caminhamos bem na frente deles, tão perto que eu podia ver o pequeno piercing no nariz de um dos caras. Eles nem sequer piscaram quando Roth deu uma dedada. Absolutamente nenhuma reação. Para eles, não estávamos lá.

Mais adiante na rua, finalmente encontrei minha voz.

– Isso é tão legal.

– É mesmo.

Atravessamos a rua larga e as abóbadas dos museus de arenito se erguiam contra o céu estrelado.

– Você faz essa coisa de ficar invisível com frequência?

– Você faria se pudesse? – ele perguntou.

– Provavelmente – eu admiti, tentando ignorar o quão quente a mão dele estava contra a minha.

Meu estômago se revirou em nós quando avistamos o Monumento de Washington. Não tendo ideia do que ia acontecer, eu esperava que algum tipo de armadilha no melhor estilo Indiana Jones estivesse nos aguardando.

Quando chegamos ao Lincoln Memorial, a lua estava atrás de uma nuvem espessa e o espelho d'água era vasto e escuro, imóvel como sempre. Árvores circundavam a piscina, e o cheiro úmido e mofado do rio Potomac provocava meu nariz.

Esperei até um guarda seguir em frente antes de falar.

– E agora?

Roth olhou para cima.

– Esperamos até que a lua reapareça.

Um minuto e dez mil anos depois, a nuvem se dispersou e a luz prateada da lua foi revelada centímetro por centímetro. Engolindo com força, observei a água, me perguntando se realmente estávamos no lugar certo.

Sob a luz pálida da lua cheia, o reflexo do Monumento de Washington começava no centro da piscina mais distante de onde estávamos, em frente ao Lincoln Memorial. O pilar atravessou a piscina à medida que o reflexo crescia, até que a extremidade pontiaguda alcançasse a margem onde estávamos.

Eu prendi a respiração.

E nada aconteceu. Nenhuma porta se abriu de repente. Trombetas não clamaram. Indiana Jones não apareceu do nada. Nada.

Eu olhei para Roth.

– Bom. Isso foi realmente anticlimático.

Ele franziu a testa enquanto examinava a área.

– Deve estar faltando alguma coisa.

– Talvez Sam estivesse errado ou o vidente estava apenas brincando com a gente – O nível de decepção que eu estava sentindo era terrível. – Porque tudo parece o mesmo... Espera aí. – Eu dei um passo à frente, ainda segurando a mão de Roth enquanto eu me ajoelhava na borda do espelho d'água. – É impressão minha ou a água onde o monumento está refletido parece meio... cintilante?

– Cintilante?

– Sim – eu respondi. Estava fraco, mas parecia que alguém tinha jogado baldes de glitter na água. – Você não tá vendo? – Eu olhei para ele.

Seus olhos estavam estreitados.

– Eu vejo, mas isso poderia ser só a água mesmo.

Com minha mão livre, eu abaixei e mergulhei meus dedos na água e puxei minha mão de volta.

– Mas que *diabos* é isso?

– O que foi? – Em um segundo, Roth já estava ajoelhado, seus olhos chamejando na escuridão. – O que foi?

Era muito difícil de explicar. A água... não era água de verdade. Meus dedos tinham passado completamente por ela e estavam secos como o deserto.

– Coloca os dedos.

O olhar em seu rosto me dizia que ele tinha um comentário bastante nojento para acompanhar aquela instrução, mas ele sabiamente manteve a boca fechada. Usando a outra mão, ele colocou os dedos na piscina.

Roth riu.

– Cacete, a água...

– Não existe! – Impressionada, eu balancei a cabeça. – Você acha que a coisa toda é uma ilusão de ótica?

– Não pode ser. Tem uns idiotas que pulam nessa piscina o tempo todo. Tem que ser algum tipo de encantamento que tá reagindo à gente – Ele moveu a mão ao longo da água falsa, cobrindo uma área de cerca de dois metros, até que ele deve ter tocado a água verdadeira, porque uma pequena ondulação se moveu através da piscina. – Tá nessa região aqui – O olhar dele seguiu até o centro da piscina e depois se voltou para cima. – É toda a extensão do reflexo.

Eu esperava que sim, porque eu tinha bastante certeza de que a piscina tinha pelo menos uns cinco metros de profundidade e morrer afogada não parecia muito divertido.

– Você tá pronta pra fazer isso?

Não muito, mas concordei com a cabeça enquanto me levantava. Roth foi primeiro, testando a teoria de que a água não era realmente água. Sua bota e depois sua perna coberta pela calça jeans desapareceram. Não houve ondulação ou movimento.

Ele sorriu.

– Tem um degrau, e não tá molhado. – Ele caminhou ainda mais para baixo até que a escuridão o engoliu até a altura das coxas e nossos braços estavam esticados ao máximo. – Tá tudo bem. O que quer que seja, a água não tá realmente aqui.

Respirando fundo, dei o primeiro passo. A água não penetrou no meu tênis ou na minha calça jeans, e então dei mais um passo e fiquei a centímetros de Roth.

– Isso é tão esquisito.

– Já vi coisas mais esquisitas.

Parte de mim queria uma explicação mais elaborada do que aquilo, mas então eu estaria apenas adiando o inevitável, que era minha cabeça afundando dentro do que quer que aquilo fosse. Quando a escuridão chegou aos meus ombros, eu estremeci. Era como passar por um nevoeiro espesso, que tinha substância que você podia sentir, mas não conseguia agarrar. Meu olhar se voltou para cima, encontrando com o de Roth, e ele sorriu de maneira tranquilizadora. Por força do hábito, prendi a respiração enquanto descia mais.

O peso de milhares de litros d'água não caiu sobre mim. Meu cabelo ainda estava a mesma bagunça seca e ondulada caindo sobre meus ombros e costas. Eu respirei fundo pelo nariz e não engasguei com água. Havia um cheiro úmido e bolorento que fazia minha garganta coçar.

– Abre os olhos, Layla. – A voz de Roth estava perto do meu ouvido.

Abri um olho e meu queixo caiu.

– Jesus Cristinho...

Ele riu enquanto soltava a minha mão.

– Quanta eloquência.

Estávamos dentro do espelho d'água, ou pelo menos era o que eu pensava, mas era como estar em um mundo diferente.

Tochas acesas estavam alinhadas ao longo do túnel a cada poucos metros em ambos os lados, lançando sombras tremulantes sobre o caminho úmido. O teto acima de nossas cabeças não era realmente um teto, apenas o fundo do que quer que a substância que atravessamos fosse.

– Vou arriscar um palpite e dizer que estamos no caminho certo – eu disse, alisando minhas palmas úmidas ao longo da calça. – Ou nos afogamos e estamos alucinando.

A risada de Roth era tão sombria quanto o túnel.

– Vamos. É hora de acabar com isso.

Começamos a caminhar pelo túnel, nossos passos ecoando pelas paredes de cimento. Roth cantarolava o que eu agora pensava como a sua música. Caminhando pelo que parecia ser uma eternidade, devíamos estar nos aproximando dos museus quando chegamos a um ponto onde o túnel se ramificava em duas seções.

– Pena que não tinha um mapa que a gente pudesse ter pego pra esse momento – brincou Roth enquanto caminhava para a direita. Cerca de dois metros à frente, ele parou e voltou atrás. – Essa porta tá cimentada.

Então, espero que não seja para onde devemos ir.

Sem outra opção, escolhemos o túnel para a esquerda. Envolvendo meus braços ao redor do me tórax, eu estremeci com o ar frio e úmido. Mais ou menos outro quarteirão depois no corredor, havia uma curva para a direita. À frente, havia uma velha porta de madeira. Com suas largas tábuas de madeira e juntas de aço, parecia algo saído dos tempos medievais.

– A qualquer segundo, um Cavaleiro Templário vai sair por aquela porta – eu disse.

Os lábios de Roth se curvaram no canto.

– Isso meio que seria realmente divertido.

– Não seria? E então ele iria nos pedir para escolher...

Uma rajada de vento varreu o túnel, esvoaçando meu cabelo e fazendo com que as tochas tremeluzissem em uma dança louca. Todos os pelos do meu corpo se eriçaram enquanto eu me virava.

– Roth...

O som de algo clicando sobre o chão de cimento crescia com a aproximação, como uma onda de sapateadores super-rápidos. Dei um passo para trás, meu estômago afundando até os dedos dos pés. O clique aumentou, abafando o som do meu coração disparado.

–DEFs– disse Roth, mãos se fechando em punhos.

– O quê?

–Demoninhos Feiosos – ele explicou. – Você já viu *A princesa prometida*, certo?

– Hã, sim.

Roth fez uma careta.

– Você se lembra daqueles ratões enormes na floresta sombria?

Os meus olhos se arregalaram.

– Ai, Deus.

– Pois é, então tenta abrir essa porta, tipo, bem rápido.

Me virando, corri em direção à porta e soltei um palavrão dos grandes. Ela não estava trancada, mas tinha uma barra de aço cruzando-a na frente. Envolvendo minhas mãos na base da barra, tentei levantá-la. Mesmo com toda a força de demônio e de Guardião dentro de mim, o objeto não se mexeu.

– Hã, Roth, isso não tá...

As palavras desapareceram quando o clique-clique deu lugar a tagarelice. Eu me virei, vendo formas descendo freneticamente pelo túnel.

Um grito ficou preso na minha garganta enquanto Roth xingava.

Com aproximadamente um metro de altura, os DEFs eram como ratos que andavam sobre duas pernas. Seus longos focinhos estavam escancarados, revelando bocas cheias de dentes afiados como os de um tubarão. Olhinhos vermelhos do tamanho de contas brilhavam na escuridão. Suas mãos estendidas eram cheias de garras enquanto suas caudas chicoteavam pelo chão.

– Meu Deus – eu sussurrei, recuando.

– A coisa vai ficar feia agora – disse Roth, como se aquilo já não fosse óbvio.

Um DEF saltou pelo ar, lançando-se diretamente em Roth. Ele desviou para a direita e a criatura peluda bateu na parede. Ele se chocou contra o chão, suas perninhas se debatendo e os braços se sacudindo enquanto a criaturinha tentava se reerguer.

Certo. Obviamente, eles não eram as criaturas mais inteligentes do mundo, mas o que eu não entendia era por que eles estavam nos atacando. Eles eram do Inferno, e o Inferno queria que encontrássemos a *Chave Menor*, certo? E mesmo que eles estivessem sendo controlados pelo demônio responsável, por que eles iriam querer nos impedir a essa altura? Se ele não sabia qual era o encantamento, a informação estava na *Chave Menor*. Não fazia sentido, mas não era como se eu pudesse apertar um botão de pause e fazer perguntas.

Roth lançou um DEF voando contra a parede mais próxima e um barulho nojento de algo sendo esmagado soou. Outro deles caiu de costas. Ele se inclinou, jogando-o em um amontoado de outros DEFs. Havia dezenas deles, mordiscando nas pernas e braços de Roth enquanto ele girava, chutando-os para longe. Um deles abriu um rasgo irregular em sua calça.

Não havia um jeito de lutar contra todos eles. Não com as costas para um beco sem saída na forma da porta mais pesada do mundo. Estávamos presos.

Meu olhar se voltou para as tochas.

Pegando impulso contra a porta, corri até a parede e me estiquei, agarrando a base viscosa de uma tocha. Um DEF menorzinho agarrou minha perna, me escalando. Soltando um grito agudo, eu sacudi a perna até que a coisinha maldita não conseguisse mais se segurar e caísse de barriga para baixo.

Ele se levantou de supetão e girou em minha direção, sibilando como uma cobra. Eu balancei a tocha de um lado para o outro, estremecendo quando as primeiras chamas começavam a lamber o corpo peludo da criatura. Era como segurar um fósforo aceso perto de gasolina. As chamas cobriram o DEF. O cheiro amargo de pelo queimando subiu rapidamente.

O DEF soltou um guincho e correu em pequenos círculos até que bateu contra a parede e caiu no chão, se desfazendo em cinzas avermelhadas.

Roth agarrou um DEF que mirava para sua garganta e o lançou contra outro que pulava pelo ar. Eles estavam infestando Roth, mordendo e agarrando suas roupas com as garras. Dois estavam em suas costas.

Correndo para o lado dele, eu segurei a tocha para trás enquanto eu pegava uma das bizarrices peludas pela nuca e a puxava. A coisinha se contorceu e deu mordidas no ar. Eu a joguei para o lado e peguei uma outra antes que chegasse à cabeça de Roth. Jogando-a no chão, eu estremeci. Eu estava precisando desesperadamente de um desinfetante e terapia pesada.

Roth me lançou um sorriso agradecido enquanto pegava a tocha de mim.

– Valeu.

Deslizando para baixo, ele sacou a tocha para a frente. As chamas saltaram para o DEF mais próximo. Guinchando, o DEF se sacudiu e se chocou em outro. A partir daí foi uma reação em cadeia. Eles continuavam correndo e se chocando uns contra os outros, espalhando as chamas como um vírus.

Ele se virou de volta para a porta.

– Segura isso e os mantenha longe enquanto eu tento abrir a porta.

– Certo – Eu o segui até a porta, mantendo um olho na massa estridente de corpos peludos e cinzas. Meu olhar disparou para Roth, procurando rapidamente por ferimentos. Sangue pontilhava sua camisa branca. Meu estômago se retorceu. – Você tá ferido.

– Eu vou ficar bem – Ele agarrou a barra de aço. Os músculos das suas costas se contraíram enquanto ele levantava a barra. – Só mantém esses desgraçadinhos do Inferno longe.

Me virando para eles, eu fiz uma careta.

– Eu não acho que eles vão ser um problema. Estão todos mortos.

– Até que mais deles cheguem aqui – Ele grunhiu enquanto levantava a barra do trinco. – Meu Deus do Céu. Do que essa coisa é feita?

Eu recuei, dando-lhe espaço enquanto ele deixava a barra cair no chão. O impacto ressoou através do túnel, rachando o chão. Um momento depois, os sons de clique-clique começaram novamente.

– Ugh – eu murmurei.

— Vem — Roth agarrou minha mão livre enquanto ele abria a porta. Uma onda de ar gélido nos atingiu quando entramos. Me soltando, ele fechou a porta um segundo antes dos corpos se chocarem contra o outro lado. — Meu Deus, eles continuam vindo.

Engolindo com força, eu me virei, me deparando com outro maldito túnel.

No final desse, havia outra porta. Corremos naquela direção, e eu continuava olhando por cima do ombro, esperando que os DEFs derrubassem a porta atrás de nós. Roth levantou outra barra de aço enorme e a deixou cair, sobressaltando-me quando o som perfurou o túnel. Ele abriu a porta.

Sombras se esvoaçaram porta afora. Não, não eram sombras.

Asas batiam pelo ar. Roth rodopiou e agarrou meu braço. Assustada, deixei cair a tocha enquanto ele me puxava para uma pequena concavidade, me pressionando contra a parede com seu corpo.

— Morcegos — eu sussurrei contra seu peito, segurando-o contra mim.

Ele assentiu.

— Muitos morcegos.

Eles guinchavam e suas asas batiam como um refrão perturbador que me dava arrepios na espinha. Os sons continuaram pelo que parecia ser uma eternidade, mas eventualmente eu percebi uma outra coisa. O corpo de Roth estava pressionado contra o meu com tanta força que não eu conseguia dizer onde ele terminava e eu começava.

Suas mãos caíram para os meus quadris, os dedos deslizando para baixo do meu suéter. Seus polegares traçaram círculos preguiçosos contra a minha pele enquanto a agitação continuava no corredor e se espalhava dentro do meu peito.

Um som profundo saiu da sua garganta.

— Deixa a Chave pra lá. Vamos ficar exatamente onde estamos.

— Você é muito mal — eu disse.

Sua risada profunda ressoou dentro de mim.

— Você não viu nada ainda.

Eu inclinei minha cabeça para cima e sua boca pousou na minha. Eu não estava preparada para a intensidade daquele beijo, mas eu me acostumei rapidamente. Meus lábios se abriram enquanto o piercing deslizava para dentro, arrastando-se pelo meu lábio inferior. Um som estrangulado e cheio de desejo preencheu o ar, quebrando o silêncio.

Isso queria dizer que...

Roth levantou a cabeça, respirando profundamente. O salão havia ficado em silêncio. Quando ele deu um passo para trás, eu comandei meu coração a parar de palpitar e o segui para fora do canto. Levou alguns segundos para conseguir formar palavras.

– Pra onde foram os morcegos?

Roth levantou o queixo.

– Meu palpite é que eles saíram pela rachadura no teto – Pegando a tocha esquecida, ele caminhou em direção à porta aberta.

Eu o segui pela saída. Era uma pequena câmara circular, mal iluminada por tochas. Mais ao fundo da câmara havia um arco que levava a outro túnel. Roth segurou sua tocha perto da parede, lançando luz sobre formas estranhas gravadas no cimento.

– O que é isso? – perguntei.

– A língua antiga – disse ele, movendo a tocha mais à frente.

– Latim? – As palavras cobriam toda a câmara, do teto ao chão.

Roth bufou.

– Não. Isso antecede o latim. A Chave tem que estar aqui – Ele se virou para o centro da sala e se ajoelhou. – O que temos aqui?

Espreitei por cima do ombro dele. Um quadrado com cerca de um metro de diâmetro foi cortado no chão. No centro do quadrado havia duas marcas de mão. Ambas aproximadamente do mesmo tamanho, e algo sobre aquelas marcas de mão me lembrava as de um Guardião. Os dedos eram longos e delgados, as palmas, largas.

Exatamente como as mãos de Roth na sua verdadeira forma.

Roth colocou a tocha no chão e olhou para mim.

– Coloca sua mão em uma das marcas.

Eu me ajoelhei ao lado dele e assisti a ele esticando uma mão e a colocando na marca da esquerda. Eu pensei sobre o que o vidente tinha dito sobre um Guardião e demônio trabalharem juntos para esconder a Chave. Eu ajeitei a minha mão sobre a marca da palma. A minha era muito menor.

Um ronco suave começou debaixo da câmara, e eu comecei a me afastar, mas Roth disse:

– Não se mexe. Tá funcionando.

Pedrinhas caíram no chão da câmara. Uma rachadura surgiu no teto. Poeira caía sobre as chamas das tochas, transformando-se em pequenas faíscas que deslizavam pelo ar. Cara, eu realmente esperava que aquela câmara não desabasse sobre nós.

O quadrado tremeu e então começou a subir. Naquele momento, eu afastei minha mão, assim como Roth. Em pé, juntos, demos um passo para trás quando o pedaço de cimento irrompeu pelo chão em um grunhido alto de cimento sendo triturado.

– Bingo – disse Roth.

No meio do bloco de cimento estava um cubículo, e naquele cubículo estava o que só poderia ser a edição original da *Chave Menor de Salomão*.

Roth pegou a tocha e a segurou mais perto do cubículo. A capa era exatamente como ele havia descrito antes. Parecia uma carne seca envelhecida. Encadernado em pele humana – pele humana muito antiga.

Eu já queria vomitar.

Esculpido na capa estava o mesmo símbolo que vimos na réplica no apartamento de Roth. Um círculo com uma estrela no meio estava delineado em ouro. A estrela estava ligeiramente torta para a direita, não estando centralizada. Pequenos números e letras foram esculpidos perto das cinco pontas.

Roth me entregou a tocha, que eu peguei com prazer. Eu não queria tocar naquela coisa de jeito nenhum. Eu o vi estender os braços e cuidadosamente colocar uma mão em cada lado do livro. Seria uma droga se aquele negócio implodisse em pó, e eu quase ri daquela ideia, mas na realidade não seria tão engraçado.

Roth recuou com a *Chave Menor* na mão. De repente, a rachadura no teto explodiu. Pedaços do telhado caíram no chão. Roth pulou para a frente, agarrando meu braço e me puxando para longe da direção de um pedaço enorme. Caiu exatamente onde eu estava parada.

Outro fragmento cedeu, bloqueando o caminho por onde entramos. Horror me invadiu, tão denso quanto a poeira preenchendo a caverna.

– Roth!

Ele agarrou minha mão e me puxou, me fazendo dar a volta no pedestal erguido. Nós corremos para o arco.

– Você sabe aonde isso vai? – eu gritei.

Ele soltou uma risada agressiva.

– Não. Mas tem que dar em algum lugar.

Algum lugar era melhor do que onde estávamos. Entramos no túnel em uma corrida desenfreada. A câmara inteira desabou atrás de nós, provocado algum tipo de construção defeituosa na sua arquitetura. Ou talvez tenha sido projetada dessa maneira, uma vez que a *Chave Menor* fosse removida, o negócio inteiro entraria em colapso, prendendo a Chave e quem a pegou.

Com os corações disparados, corremos pelo túnel, virando à direita quando chegamos a um cruzamento. Uma nuvem de poeira e rochas nos perseguia através do labirinto de túneis, estalando em nossos calcanhares. Eu tropecei uma vez, quase caindo de cara no chão, mas Roth me segurou no último minuto, puxando-me para eu ficar de pé.

Quando finalmente passamos sob um arco maior, demos em uma descida. Caímos desajeitadamente, tropeçando no caminho. Recuperando o equilíbrio, eu me virei assim que a última seção do túnel cedeu, fechando-se.

Soltei o ar com dificuldade.

– Bem, a gente não vai devolver o livro, né?

– Não. – Roth saiu da trilha e apoiou o livro em uma plataforma. Ele agarrou minha cintura e me levantou. – Pronto.

Me esforçando para ver pela plataforma, eu me levantei e percebi que estávamos no sistema de metrô. Ao longe, havia uma luz piscando.

– Meu Deus, a gente deve estar a quilômetros de distância do Monumento.

Roth estava ao meu lado em uma quantidade indecente de tempo, *Chave Menor* na mão. Eu olhei para ele. A alegria iluminava seus olhos.

– Isso foi meio divertido, não foi? – ele disse. – Fez o coração bater forte.

– Isso não foi divertido! Tinha ratos andando sobre duas patas. Morcegos! E então a coisa toda desmoro...

Ele se moveu tão rápido que não havia chance de me preparar. Um segundo ele estava lá, e no outro ele estava colocando uma mão na minha nuca.

– Você precisa de algo – disse ele, e quando eu o encarei, ele acrescentou: – Seu rosto.

– Meu rosto?

– Precisa dos meus beijos.

Comecei a rir, mas os lábios dele encontraram os meus como se tivessem sido feitos especificamente para isso. Minha boca se abriu em um suspiro e o beijo se aprofundou, roubando minha respiração. Seus dedos seguraram meu pescoço em um aperto firme. O tempo desacelerou, agora rastejando, e a boca de Roth nunca deixou a minha, seus lábios absorvendo as minhas respostas como se estivesse sedento por água. O beijo fazia eu me sentir bem, muito bem, e me fez pensar no que tínhamos feito quando estávamos no apartamento de Roth.

Mas a realidade entrou no nosso caminho. Quando Roth se afastou um pouquinho, ele descansou a testa contra a minha. Aqueles lindos olhos estavam fechados.

– Precisamos sair daqui e dar uma olhada no livro.

Em um murmúrio, eu vaiei, mas me afastei e caminhei em frente, dando ao meu coração tempo para desacelerar seu ritmo, junto com o meu corpo. Haviam coisas muito mais importantes em que nós tínhamos de focar. Não fiquei surpreendida quando Roth me alcançou facilmente.

– Eu não estou conseguindo acreditar que realmente pegamos o livro, hein?

– Eu não duvidei por um segundo. – Ele passou na minha frente quando entramos em um túnel estreito que se abria para uma estação de metrô. – Formamos uma boa equipe.

E lá estava aquela vibração idiota no meu peito de novo. Uma equipe, como se estivéssemos juntos. E, meu Deus, a parte mais menininha de mim estava fazendo uma dança muito feliz, o que era ridículo, porque um futuro juntos estava repleto de problemas. Havia o problema de que eu era parte Guardiã e todo aquele negócio de "minha espécie foi feita para matar a sua", mas era mais do que isso. Roth não poderia ficar aqui para sempre. Ele estava apenas fazendo um trabalho.

E o trabalho dele estaria finalizado muito em breve. Assim que saímos da estação de metrô, percebi que estávamos a alguns quarteirões da Union Station. O cheiro almiscarado do túnel permaneceu em nós, e eu respirei fundo o ar mais ou menos fresco enquanto olhava para as estrelas que espreitavam por trás das nuvens.

Eu apertei os olhos.

Uma das estrelas estava caindo.

Pavor se formou como uma bala de canhão no meu estômago e então explodiu um segundo tarde demais. Não era uma estrela caindo.

Era um Guardião.

Capítulo 21

Ele caiu do céu, pousando graciosamente na nossa frente. O impacto sacudiu carros estacionados nas proximidades, adicionou outro buraco na rua e fez os poucos humanos que estavam na rua correrem para se protegerem. Suas asas estavam abertas, abrangendo dois metros e meio ou mais. O peito largo, da cor do granito, estava profundamente escarificado, mas o rosto era liso e bonito.

Nicolai.

Seus olhos amarelos, pupilas verticais como as de um gato, deslizaram em direção a Roth.

Ele soltou um rugido que balançou dentro do meu peito.

– Demônio.

– Parabéns – disse Roth rigidamente. – Você conhece as espécies. Quer um biscoito?

Os olhos do Guardião se estreitaram e uma voz que eu nunca tinha ouvido saída de Nicolai se projetou:

– Como você ousa falar comigo, demônio *alandlik*?

A mudança para o estoniano, a primeira língua de Nicolai, me pegou de surpresa. E, honestamente, de todas as coisas, não tinha ideia do porquê. Meu cérebro estava lento para processar o que estava acontecendo, e antes que eu pudesse dar conta das informações, outra sombra caiu.

– Layla – disse ele, erguendo-se do chão e pairando como um anjo retorcido. Suas asas não faziam nenhum som enquanto se moviam pelo ar. Tudo o que ele disse foi o meu nome, mas havia tanto peso por trás daquela palavra que ele tinha que saber. Tudo.

O medo me atingiu nas entranhas, mas não por mim.

Nicolai girou em direção a Roth, mostrando presas. Houve um segundo, um fragmento de tempo, quando meus olhos se conectaram com os de Roth e o ar foi retirado dos meus pulmões. Roth me encarava como se não pudesse acreditar. Traição preenchia o seu olhar, cortando através de mim.

– Não – eu sussurrei roucamente.

Roth se virou no último segundo, desviando do ataque de Nicolai com um único golpe de braço.

– Você realmente não quer fazer isso – ele rosnou. As pupilas dilataram quando ele empurrou Nicolai para trás. – Sério.

– Você não tem ideia de com quem você tá se metendo – o Guardião rosnou.

Roth riu friamente.

– Oun, odeio te contar isso, mas você não é um floco de neve especial.

Só ele conseguiria bancar o engraçadinho em uma situação tão terrível. Os dois se atacaram. Eu não tinha ideia de como Roth foi capaz de segurar a *Chave Menor* enquanto enfrentava Nicolai. A luta era brutal. Socos foram desferidos. Garras rasgaram roupas e pele. Sangue, da mesma tonalidade e textura, voava de ambos.

Eu não podia deixar isso acontecer.

– Parem! Por favor! – Eu me joguei para frente, mas, do nada, Abbot me agarrou por trás. Ele devia ter chegado quando eu não estava olhando. – Vocês precisam parar. Ele não é...

– Um demônio? – Abbot sussurrou no meu ouvido. – Você esqueceu qual sangue corre dentro das suas veias?

Com os dedos, apertei os braços de Abbot, o que não fez nenhum efeito. Sua pele era como pedra. Eu me debati com os pés para baixo e ele xingou em voz alta. Seu aperto afrouxou e eu me libertei, correndo para onde o demônio e o Guardião lutavam.

Não consegui alcançá-los.

Abbot estava em cima de mim um segundo depois. Segurando-me pelo braço, ele me jogou para longe dos dois. Despreparada para aquela força, eu perdi o equilíbrio e bati na calçada fazendo um som de algo rachando. A dor irradiou pelos meus joelhos e eu soltei um gemido agudo.

Roth se virou com um rugido. Seus olhos brilhavam com aquele tom amarelado iridescente. Aquela distração lhe custou. Outro Guardião pendeu ao seu lado, arrancando a *Chave Menor* de suas mãos. Roth não parecia se importar. Avançando, ele se jogou contra Abbot em sua forma humana, levando o Guardião ao chão em uma enxurrada de mandíbulas abertas e asas se retorcendo.

Eu cambaleei até ficar em pé, o coração apertando. Roth estava cercado. Mesmo tão poderoso quanto ele era, não havia como ele dar conta de todos os Guardiões. A não ser que ele libertasse Bambi ou o dragão, mas eu não suportaria ver a minha família se machucando também.

O ar se agitava ao meu redor e o calor soprava pelas minhas costas. Eu sabia, sem ter de olhar, que Zayne tinha chegado.

– Tire ela daqui – ordenou Abbot, nunca tirando os olhos de Roth.

Roth se levantou e recuou, respirando pesadamente enquanto três Guardiões o cercavam. Sangue escorria de seu nariz e boca.

Eu mexi minha boca dizendo "vá" enquanto Zayne jogava um braço em volta da minha cintura, e eu implorei em silêncio para que ele me ouvisse. Atrás de mim, Zayne tensionou e, em seguida, lançou-se no ar. Logo antes da noite engolir tudo abaixo, eu vi Roth piscar e desaparecer de vista.

Zayne não tinha falado comigo nem uma vez desde que pousamos na varanda do lado de fora do meu quarto. Nem mesmo quando ele me deixou lá dentro e trancou a porta pelo lado de fora. Com as mãos tremendo, eu as enfiei embaixo dos braços e andei de um lado para o outro dentro do quarto. Como é que eles sabiam onde estaríamos? Era muito conveniente que todos eles tivessem aparecido de uma só vez, especialmente Abbot. Nós não poderíamos ter sido seguidos. Eu teria sentido a presença deles.

Deus, eu estava tão ferrada. O único alívio que senti foi que Roth tinha fugido, mas eu tinha visto o seu olhar. Ele acreditava que eu o tinha traído. O que não era uma conclusão completamente infundada. Apertando meus olhos quando uma porta bateu em algum lugar da casa, eu sabia que eu não precisava me preocupar com ele agora. Eu poderia contar a eles como Roth estava lá para me ajudar – nos ajudar. Eu poderia convencê-los.

Mas eu? Ai, Deus, isso não ia ser nada bom. Eu menti para eles. Eu protegi um demônio. Não haveria limites para a ira dos Guardiões. E Zayne... Meu peito se apertou quando pensei nele, na maneira rígida como ele tinha me carregado até aqui e me colocado no chão, na rigidez pouco natural da sua coluna quando ele saiu do quarto. Sentada na beira da cama, eu deixei minha cabeça cair entre as mãos. Eu nunca quis machucar Zayne ou fazê-lo se desapontar comigo. Mesmo contando toda a história, eu sabia que não mudaria muito. Eu nunca tinha escondido nada dele antes.

Mas não tinha *ele* escondido coisas de *mim*?

Doía o meu coração pensar que ele sempre soube quem era a minha mãe e o que aquilo significava. Haviam tantas mentiras entre todos nós que a verdade estava coberta por uma teia.

Quando uma batida soou na minha porta, meu coração pulou. Eu me ergui, as pernas trêmulas, e fui até ela. Nicolai esperava do outro lado em sua forma humana. Um leve hematoma vermelho sombreava sua mandíbula. Seu olho esquerdo estava inchado e parecia bastante dolorido.

– Nicolai...

Ele levantou a mão.

– Não há nada que você possa dizer agora, pequenina.

Fiquei em silêncio, cheia de vergonha, apesar de que eu não estava conspirando contra eles. Que o que estava acontecendo não era nada disso.

Quando fui guiada em silêncio para dentro do escritório de Abbot, descobri que odiava a forma como ele me observava, como se eu fosse uma estranha ao lado dele. Pior ainda, como se eu fosse uma inimiga a se ter cuidado. Abbot apareceu alguns minutos depois e não estava sozinho. Zayne estava com ele, e pelo olhar pálido e abatido no rosto dele, eu sabia que o que quer que Abbot suspeitasse, ele tinha contado para o filho.

Zayne nem olhava para mim. Nem uma única vez desde que Abbot fechou a porta e atravessou a sala, parando na minha frente. Zayne nem pestanejou quando eu pulei. Tudo que ele fez foi ficar atrás da mesa, com o olhar fixo na parede em algum lugar atrás de mim.

De tudo o que tinha acontecido naquela noite, eu tinha certeza de que aquilo foi o pior.

– Tudo o que posso me confiar em dizer no momento é que você tem muita, muita sorte que fomos capazes de recuperar *A Chave Menor de Salomão*. – Abbot pairava sobre mim, sua mera presença me sufocando. Ele estava machucado, também. Não tão mal quanto Nicolai, mas havia uma mancha vermelha em sua sobrancelha. – Se não tivéssemos, não haveria como impedir que os Alfas se envolvessem.

Meus dedos ainda tremiam enquanto eu colocava meu cabelo para trás.

– Você não entende.

– Você tem razão. Eu não entendo. Eu não consigo entender o que você estava pensando, ajudando um demônio a recuperar *A Chave Menor de Salomão*.

– Ele estava me ajudando. Ele não é como...

– Nem sequer termine essa frase – A raiva fez sua voz sair mais grave. – Porque se você disser que ele não é como os outros demônios, eu não vou ser capaz de me controlar.

– Mas ele não é. Você não entende. Eu posso explicar...

Abbot se atirou para frente, agarrando os braços da cadeira em que eu estava sentada. Eu recuei da raiva que manchava seu rosto. Por cima de seu ombro, vi Nicolai e Zayne avançarem, e eu não tinha certeza se eles estavam vindo em meu auxílio ou se estavam prestes a ajudar Abbot a me estrangular.

– Estou tão desapontado, estou enojado com isso – ele estava fervendo de ódio. – Como você pôde, Layla? Eu te criei para ser melhor do que isso, como se fosse uma filha do meu próprio sangue, e é assim que me retribui?

Eu me encolhi.

– Por favor, eu posso explicar, Abbot. Não é o que você acha que é – Meu olhar foi na direção de Zayne, mas me evitou. – Por favor.

Abbot me encarou por um momento e depois se afastou, cruzando os braços. Eu tomei seu silêncio como um sim relutante.

– Eu não estava trabalhando com um demônio para conspirar contra você. Eu sou parte demônio, certo? Mas eu não sou como os outros demônios.

– Isso era o que eu sempre acreditei – ele respondeu friamente.

Eu respirei fundo. Aquilo doeu.

– Ele me ajudou, me salvando do demônio Rastreador que eu encontrei. – Respirando fundo, eu contei quase tudo, deixando de fora as coisas mais íntimas que certamente teriam explodido a cabeça dos Guardiões. – Ele foi enviado do Inferno pra garantir que um demônio não despertasse...

– Despertasse os Lilin? – ele disse. – E ele lhe disse o que você é? O quão importante é o encantamento na *Chave Menor*? Ele lhe disse que é por isso que a Chave foi escondida há tanto tempo? Para garantir que ninguém fosse capaz de trazer os Lilin de volta a essa Terra?

– Sim. Ele me contou tudo. Precisávamos da Chave para ver o que estava no encantamento. Ele não ia usar a Chave para despertar os Lilin.

– E você acreditou nele? – Abbot se ajoelhou na minha frente, forçando seu olhar para o meu. – Por que você confiaria em um demônio, Layla?

Um nó se amarrou na minha garganta.

– Porque ele não mentiu pra mim, e ele apareceu quando eu precisei de ajuda...

– Ele é o demônio que matou Petr?

O ambiente estava tão silencioso que seria possível ouvir um gafanhoto espirrar.

– Sim.

– Petr te atacou mesmo ou isso é mentira?

Eu ofeguei, revoltada.

– Sim! Petr me atacou. Por que eu mentiria sobre isso?

Os olhos de Abbot brilharam um azul cintilante.

– Você não tem feito nada além de mentir desde que conheceu esse demônio! Por que eu presumiria que havia uma verdade misturada no meio das mentiras?

Eu não sabia exatamente o que ele disse que causou aquilo, e talvez tenha sido uma combinação de medo e frustração, porque eu não conseguia terminar uma única frase, mas eu perdi o controle. Eu me levantei tão rapidamente que Abbot se ergueu e se afastou de mim. A raiva corria sobre a minha pele como estática.

– Você me ataca desse jeito mesmo tendo mentido pra mim desde sempre! – As narinas de Abbot se eriçaram. – O que foi? Você não tem nada a dizer sobre isso? – Eu dei um passo à frente, fortalecida pela raiva. Havia tanta fúria que era como se houvesse uma segunda alma dentro de mim. – Você sempre soube quem era a minha mãe e o que poderia acontecer! Você contou tantas mentiras quanto eu! – Eu lancei um olhar sombrio ao redor da sala. A dor foi insuportável quando meus olhos pousaram em Zayne. – Todos vocês têm mentido pra mim!

– A gente estava tentando te proteger – disse Nicolai.

– Como é que me manter no escuro sobre as coisas iria me proteger? Tem demônios por aí procurando por mim! E não o que você atacou hoje à noite! Se não fosse por ele, provavelmente teríamos os Lilin correndo livremente pelo mundo todo agora mesmo, ou eu estaria morta.

– Eu pensei que manter você longe da verdade era melhor do que te deixar saber sobre a mancha que você carrega em seu sangue – disse Abbot.

Eu encolhi.

– A mancha no meu sangue?

– Você é a filha de Lilith.

– Eu também sou uma Guardiã!

A raiva rugia nos olhos de Abbot.

– Um Guardião nunca teria trabalhado com um demônio!

– Pai – rosnou Zayne.

Eu estava muito envolvida na minha própria ira para notar que Zayne estava falando agora.

– Claramente um Guardião fez muito mais do que apenas trabalhar com um demônio antes! Alô? De que outra forma eu estaria aqui?

– Você dormiu com o demônio? – Abbot exigiu.

Eu fui pega tão de surpresa por aquela pergunta que a maior parte da raiva foi arrancada de mim.

– O quê?

– Você ainda é virgem?

Nossa. O nível de constrangimento na sala espelhava a tensão e a raiva.

– O que isso tem a ver com qualquer coisa?

– Me responda! – rugiu Abbot.

Eu empalideci e depois ruborizei.

– Eu não dormi com ele ou com qualquer outra pessoa. Meu Deus – Os ombros de Abbot caíram de alívio, tanto que minhas suspeitas daquela pergunta só fizeram explodir. – Por quê? Qual é o problema?

O corpo da Zayne estava tenso.

– É, gostaria de saber qual é o problema também.

Seu pai deu de ombros.

– Por que mais um demônio da idade dela estaria pairando por perto? Sua inocência, ou a perda dela, é uma parte do encantamento.

– *O quê?* – A minha voz atingiu um tom agudo completamente inédito. – Tenho de ser uma maldita virgem pra sempre? – E foi então que o quadro geral se formou na minha mente. – Você sabe o que tem no encantamento?

Os três homens na sala definitivamente não estavam olhando para mim enquanto Abbot falava.

– Sim. Nós tínhamos que saber para que a gente pudesse evitar que ele fosse executado.

Eu me perguntava como diabos eles esperavam fazer isso quando nunca sentiram a necessidade de me dizer nada.

– O que tem nele?

Abbot arqueou uma sobrancelha.

– Seu demônio não lhe disse?

A irritação me perfurou.

– O *meu demônio* não sabia o que estava no encantamento. Foi por isso que fomos buscar o livro, para sabermos como impedi-lo. – E eu tinha certeza de que se Roth soubesse daquela parte, ele teria dito alguma coisa.

Houve uma pausa.

– O encantamento requer o sangue morto de Lilith, e a perda da sua inocência. Não apenas o status da sua... Bem, já estabelecemos isso, mas sua inocência também está ligada à sua habilidade demoníaca. Sua perda é total se você tomou uma alma.

Minha boca secou.

– Uma alma?

Abbot assentiu com a cabeça.

– Além das implicações morais de você tomar uma alma, é por isso que é tão importante que você nunca se rebaixe a esse nível.

Eu não tinha certeza se ele estava falando sobre o negócio do sexo ou a parte de levar uma alma. Eu me joguei na cadeira, entorpecida. Ai, meu Deus, eu tinha levado uma alma, o que significava que três das quatro coisas necessárias para o encantamento funcionar já estavam em ação.

– Acho que precisamos parar por alguns segundos – disse Zayne, concentrando-se em seu pai. – Layla nunca teria feito nada disso se não fosse por aquele demônio. Ela é uma Guardiã, mas ela é jovem e...

– Ingênua? – Abbot rebateu, com as mãos se fechando em punhos. – Ela sabe melhor do que permitir que um demônio a use. Ela não é sem culpa nisso.

– Ela também não é completamente culpada – argumentou Zayne, e enquanto eu queria salientar que eu não era ingênua, eu mantive minha boca fechada. – Ela nunca... – Ele não olhou para mim, mas eu o vi engolir. – Ninguém nunca...

Percebi então o que ele estava tentando dizer.

– Ninguém nunca tinha prestado atenção em mim antes?

Zayne não respondeu, mas eu sabia que era isso o que ele estava tentando dizer, e meu peito apertou dolorosamente. Caramba, aquilo era ofensivo e involuntariamente doloroso.

– Independentemente disso, ela é melhor do que isso – Abbot soltou uma respiração desgostosa. – Você deveria ter vindo até nós quando isso começou.

Olhei para cima.

– Você devia ter me contado a verdade.

Estávamos em um impasse. Nós dois tínhamos mentido. Nós dois deveríamos ter procurado um ao outro. Um monte de ações que deveriam ter sido tomadas, mas não foram. O silêncio se estendeu, e eu não sabia mais o que dizer. Eu contei a Abbot tudo – bem, quase tudo – e ele não acreditou em mim. Minha certeza anterior de que eu poderia convencê-lo era poeira no vento.

– Como você sabia? – perguntei baixinho.

Ele inclinou a cabeça para o lado.

– Eu sabia que você estava envolvida em alguma coisa no momento em que você chegou em casa naquela manhã vestindo aquelas roupas. Eu não sabia o que exatamente, mas eu sabia que era apenas uma questão de tempo antes que *isso* acontecesse – disse ele. – É por isso que eu deixei você ir pra casa de Stacey essa noite.

Droga. Eu sabia que Abbot tinha cedido muito rápido nisso.

– Se você sabia que eu estava planejando isso, então por que deixou que acontecesse?

– Deixei acontecer? – A risada de Abbot foi dura. – Nós temos a *Chave Menor*, e está segura agora. Nós também queríamos o demônio, mas vamos encontrá-lo.

Olhei para Zayne. Parado estoicamente em um canto, ele poderia tentar me defender, mas ainda não me olhava nos olhos.

– Qual é o nome dele, Layla? – perguntou Abbot.

Meu olhar se voltou para ele e eu engoli forte.

– Por quê? Você não acredita em mim. Você acha que ele tá querendo...

– Ele é um demônio! Ele te usou, Layla, como um demônio faria. Você não consegue entender isso? Só um demônio e um Guardião trabalhando juntos seriam capazes de recuperar a *Chave Menor*. Ele precisava de um Guardião e você estava mais do que feliz em ajudar – O corpo enorme de Abbot tremeu com a respiração seguinte que ele tomou. – Tem sangue suficiente em você pra que funcionasse.

– Eu sei disso – eu bufei. – Mas ele é...

– Você não pode ser tão ingênua, Layla. Como você sabe que ele não estava trabalhando contra nós? Que ele não era *o* demônio tentando recuperar a Chave? Talvez ele precisasse saber o encantamento e usou você pra conseguir isso.

Eu queria parar as palavras dele, porque no momento em que elas tocavam o ar entre nós, o dano tinha sido feito. O que não ajudava era o fato de que eu nunca tinha visto esse outro demônio. A única vez em que vi outro demônio de Status Superior foi aquele breve vislumbre enquanto esperava que Morris fosse me pegar.

– Ele usou você. Era apenas uma questão de tempo antes que ele te manipulasse pra tomar uma alma e perder sua inocência.

– Você não sabe disso – Eu fechei os olhos. – Ele teve... – Eu balancei a cabeça. Roth teve muitas oportunidades para me pressionar sobre sexo. Caramba, era só pensar no que aconteceu antes de sairmos para pegar a Chave. Considerando o quão linda e incrível eu tinha me sentido, eu provavelmente teria deixado ele consumar o ato comigo.

– Ele teve o quê? – perguntou Abbot.

– Nada – Eu ajustei meus ombros. Havia poder em saber o nome de um demônio. Com algumas velas pretas e más intenções, pode-se invocar um demônio pelo seu nome. Não havia como eu arriscar isso. – Eu não vou dizer o nome dele.

A reação a isso foi como o previsto.

As vozes se elevaram. Abbot parecia que estava prestes a me estrangular com muita boa vontade. Mas eu me mantive firme. Eu não trairia Roth mesmo que parecesse que eu estava traindo os Guardiões.

– Isso não importa – eu disse, exausta. Eram quase quatro da manhã e parecia não haver fim à vista para nada disso. – O que importa é o demônio que quer despertar os Lilin. O que vamos fazer com ele?

– Nós? – Abbot escarneceu. – Não tem essa de "nós" em nada disso. E não é preciso se preocupar. Nós temos a *Chave Menor*, e mesmo que você seja incrivelmente ingênua para acreditar que você já estava com o demônio responsável, nós entendemos a situação.

Olhei para ele, estupefata.

– Não é *ele*. Meu Deus! Por que nenhum de vocês me escuta? Não é ele, e o verdadeiro culpado já pode saber o que é necessário.

Abbot balançou a cabeça enquanto seus olhos se estreitavam.

– Você vai me dizer o nome dele. Talvez não essa noite, mas você vai. – Agarrando meus pulsos, ele me puxou para fora da cadeira.

Zayne avançou, vindo para o nosso lado.

– Pai, você tá machucando Layla.

Ele estava. Enquanto seu olhar se movia para suas mãos, suas sobrancelhas se apertaram, e então ele me soltou. Ele se afastou, respirando fundo.

– Desnecessário dizer que você está de castigo. – Por alguma razão, queria rir daquilo. Ainda bem que não ri, porque duvidava que Abbot encontrasse humor no fato de ter me deixado de castigo. – Para sempre – acrescentou.

Ah.

Zayne colocou uma mão em volta do meu braço em um aperto muito mais suave. Eu teria hematomas nos meus pulsos mais tarde.

– Leve-a para o quarto – disse Abbot, me lançando um último olhar sombrio. – E reze para que eu não mude de ideia e faça uso das celas da cidade.

Estremeci. Por mais zangado que Abbot estivesse, eu esperava que aquela fosse uma ameaça vazia.

Entregue a Zayne, eu o deixei me guiar para fora da sala. No corredor, eu me aventurei dar uma olhada nele. As coisas não pareciam nada bem.

– Ele realmente me colocaria em uma das celas?

Ele não respondeu até estarmos a meio caminho das escadas atapetadas de vermelho.

– Não sei.

Aquilo não era muito tranquilizante. Eu desacelerei meus passos. Eu estava cansada, mas eu não estava ansiosa para ser trancada no meu quarto até os meus noventa anos.

– Zayne...

– Eu sei o que você tá pensando – disse ele. Um músculo estalou em sua mandíbula. – Que eu sabia sobre o negócio todo de Lilith. Eu não sabia. Se soubesse, teria contado assim que você fosse capaz de entender do que se tratava.

Tropecei nos meus próprios pés, em parte por alívio que ele não tinha sabido de nada. E a outra parte? Uma onda de culpa me atingiu como uma bala indo direto para o coração. Naquele momento, eu acreditei que Zayne teria me contado se ele soubesse. Ele confiaria em mim e teria me priorizado antes do pai.

Eu não o tinha priorizado antes de Roth.

Zayne parou na minha porta. Ele fechou os olhos por um momento e depois se virou para mim.

– Parte de mim até consegue entender por que você não procurou o meu pai, mas você poderia ter me procurado. Eu teria...

– Você teria o quê? – Eu mantive minha voz baixa. – Você teria acreditado em mim? Ou você teria contado tudo a Abbot?

Seu olhar pálido encontrou o meu.

– Eu não sei. Acho que nunca saberemos.

Apertei meus lábios enquanto o arrependimento tomava conta de mim, ameaçando me sufocar. Zayne nunca tinha me decepcionado no passado. Sim, às vezes ele intervinha quando eu não queria que ele interferisse, e tinha aquela coisa com Danika, mas ele nunca tinha feito nada que me fizesse pensar que eu não poderia confiar nele.

Apertando meus olhos contra o calor das lágrimas, eu respirei fundo de maneira instável.

– Eu estraguei tudo, Zayne. Eu estraguei tudo com você. Eu sinto muito.

– É – ele disse com uma voz baixa e rouca –, estragou mesmo.

Capítulo 22

No domingo, todas as refeições foram servidas no meu quarto. Zayne pegou minha mochila na casa de Stacey. Meu celular foi confiscado, mas não antes que eu pudesse apagar o número de Roth, assim como o meu notebook e a TV. Esperava que Nicolai tirasse também os meus livros, mas ele deve ter tido pena de mim porque os deixou para trás.

Eu tentei falar com ele, mas ele não quis.

Além dos breves momentos em que ele entrou no quarto, a única visita que tive foi de Danika, quando ela trazia a minha comida. Ela não falava comigo, e eu me perguntava se ela tinha sido ordenada a não conversar. Abbot apareceu para outra rodada de "qual é o nome dele". Quando eu não disse, ele bateu a porta com tanta força que as janelas do meu quarto tremeram.

Eu não vi Zayne novamente até segunda-feira de manhã. Ele bateu uma vez antes de abrir a porta. Foi assim que eu soube que era ele.

– Tá na hora de ir pra escola – disse ele, olhando para o chão.

– Abbot vai me deixar ir à escola? – Atordoada, olhei para ele.

– Eu acredito que ele já tá pesquisando ensino a distância, mas por agora ele acha que escola já é castigo suficiente.

Graças a Deus que não tinha contado que Roth estava na escola.

Saindo da cama, eu estabeleci um novo recorde para tomar banho e me vestir. A esperança cintilava, e eu tentei manter minha animação o mais discreta possível. Zayne não falou comigo no caminho para a escola, exceto por uma última palavra de despedida.

– Nem pense em sair às escondidas da escola. Abbot vai ficar verificando durante o dia – Ele foi embora antes que eu pudesse dizer uma palavra.

Suspirando, virei e corri para o prédio.

Stacey estava no meu armário quando cheguei lá.

— Ok. Você tem que me contar tudo. Começando por Zayne, porque é que ele apareceu pra ir buscar a sua mochila e porque você não me ligou ontem.

— Me descobriram — Eu puxei o meu livro de biologia. — E estou de castigo pra sempre.

— Como? — ela ofegou.

— Um dos Guardiões nos viu — Eu fechei meu armário, odiando que eu estava contando mais uma mentira depois de tudo o que tinha acontecido naquele fim de semana. — O resto é resto.

— Isso é tão injusto. Você nem faz nada de errado e a única vez que você faz, te pegam — Ela balançou a cabeça. — Deus te odeia.

— Eu bem sei.

Passando o braço pelo meu, ela fez beicinho.

— Então, mudando de assunto para coisas mais interessantes. Você pelo menos ficou um pouco com Roth?

— Um pouco, mas nada... nada aconteceu. Pegaram a gente muito rápido.

Eu mudei de assunto rapidamente, muito nervosa para falar sobre Roth quando eu deveria *encontrar* com ele em mais ou menos um minuto. Só que quando me sentei na aula de biologia e o último sinal para a aula tocou, Roth não apareceu. A ansiedade escorregou sobre mim como uma segunda pele, piorando quando o almoço chegou e ainda não havia sinal de Roth.

— Espero que Abbot não tenha matado ele e escondido o corpo — comentou Stacey. — Porque os Guardiões podem ser um pouco assustadores, sabe.

Meu apetite foi oficialmente assassinado.

— O que aconteceu? — Sam perguntou, endireitando os óculos.

Enquanto Stacey fazia uma rápida recapitulação de como eu tinha sido pega no fim de semana, continuei olhando para as portas duplas que se abriam na frente da cafeteria. De mãos suadas e estômago retorcido em nós, eu esperei.

Esperei por Roth, mas ele não apareceu.

Como os dias se transformaram em uma semana e ainda não havia sinal de Roth e nenhuma mudança em casa, eu não tinha mais certeza no que acreditar. As próprias palavras de Roth voltaram para me assombrarem repetidamente. *Sou um demônio. Tudo que faço é mentir.*

Será que ele poderia estar mentindo para mim desde o começo, me usando para pegar a Chave para que ele pudesse despertar os Lilin? Era por isso que não tive notícias dele ou o vi na escola?

Não, de jeito nenhum. Roth não tinha me manipulado. Não tinha como tudo ter sido uma farsa. Eu não conseguia acreditar nisso. Ou talvez eu simplesmente não conseguisse me deixar acreditar nisso. Doía demais até mesmo considerar aquilo. Mas em momentos sombrios, essas perguntas me pegavam de jeito.

Alguns dias eu achava que sentia aquele cheiro único, selvagem dele. Nos corredores entre as aulas ou do lado de fora enquanto eu caminhava para onde Zayne estava estacionado. Eu o procurava por todo o lado, mas nunca o via. Nunca o ouvia cantarolando *Paradise City*.

As coisas não tinham melhorado entre mim e Zayne. Fora os momentos em que eu basicamente forçava uma resposta, ele não estava interessado na ideia de falar comigo. Eu ainda estava sendo mantida isolada no meu quarto, mas as poucas vezes que me deixavam sair, ele estava com Danika ou com os outros Guardiões.

A ânsia batia forte durante a noite. Provavelmente tinha a ver com a ansiedade e o estresse das coisas acontecendo, mas minha porta estava sempre trancada. Assim como a varanda, e as janelas tinham sido fechadas com pregos pelo lado de fora, como se eles tivessem medo de que eu saltasse pela janela ou algo assim. Sem acesso a suco ou algo doce, as noites eram terríveis.

Estranhamente, a necessidade de ceder ao meu lado demoníaco mal tinha sido uma preocupação quando Roth estava por perto. A ânsia sempre esteve presente, mas tinha sido fraco e facilmente administrável. Como se sua presença tivesse ajudado a controlá-la. Ou talvez fosse outra coisa. Eu realmente não sabia.

Depois de uma noite particularmente esgotante, quando acabei me levando à exaustão andando de um lado para o outro no quarto, Zayne rompeu o silêncio entre nós no caminho para a escola de manhã.

– Você parece péssima.

Eu dei de ombros, pegando uma corda no bolso da calça.

– Noite difícil.

Ele não disse nada de imediato, mas eu conseguia sentir seus olhos em mim quando paramos em frente ao grande prédio de tijolos que era a escola.

– Tem tido muitas noites difíceis? – Quando não respondi, ele respirou fundo. – Quão difíceis, Layla?

– Não é nada. – Eu abri a porta e saí, apertando os olhos sob o forte brilho matutino do sol de novembro. – Vejo você mais tarde.

Só porque minha sorte era inexistente, a primeira pessoa que encontrei foi Eva, com seu cabelo perfeitamente penteado. O conhecimento de que eu nem sequer tinha me dado ao trabalho de lavar o cabelo aquela manhã, juntamente com o fato de que a alma da garota parecia mais escura, com mais linhas vermelhas do que rosas, significava que ela era a última pessoa de quem eu deveria me aproximar.

– Sai do meu caminho, aberração.

Meus pés estavam cimentados no chão. Tudo que eu podia ver era sua alma e a escuridão. Uma queimação se acentuou na minha garganta e no estômago, como ácido.

Eva olhou ao redor e então estalou os dedos na minha cara.

– Sério isso? Você tá parada aqui por alguma razão?

Espesso e perigoso, o desejo sombrio transbordou dentro de mim. Eu me virei, contando minha respiração até que o pior passasse, e então coloquei um pé na frente do outro. O dia se arrastou – eu me arrastei. Oitavo dia sem Roth.

Mais tarde naquela noite, quando aquela necessidade me atingiu enquanto eu dormia e me acordou, me virei de lado, mantendo meus olhos fechados. *De novo não. Por favor, de novo não.* Minhas entranhas se torceram em nós. Um calor se espalhou na minha pele. Comecei a ter calafrios.

Abri os olhos e pisquei, tentando conter as lágrimas. Pular da janela parecia uma ideia melhor a cada dia.

Sentando-me, olhei em volta do quarto. Meu olhar passou por uma forma estranha sobre a minha mesa e depois voltou. Eu franzi a testa, não reconhecendo o que quer que aquilo fosse. Afastando os lençóis, eu me levantei e tropecei em direção à mesa.

Assim que os meus olhos perceberam o que era, coloquei uma mão sobre a boca.

Lá estava uma jarra de suco de laranja ao lado de um copo e um rolo de massa de biscoito de amanteigado ainda fechado.

Zayne estivera aqui enquanto eu dormia. Era a única explicação.

Não tive como conter as lágrimas. Elas corriam pelas minhas bochechas, encharcando a gola da minha camisa. Eu não sabia por que estava chorando tanto, mas era o tipo feio de choro soluçante. Talvez tenha sido porque esse pequeno ato de bondade da parte de Zayne dizia que ele não me odiava. Não completamente. E talvez fosse mais do que isso. Algumas daquelas lágrimas também eram para Abbot, o único pai que eu já conheci. Naquele momento, eu tinha certeza de que ele se arrependia de ter me trazido para casa naquele dia há tantos anos. Talvez algumas daquelas lágrimas fossem para Roth, porque quanto mais tempo eu ficava sem ele, mais peso era acrescentado às palavras de Abbot. Se houvesse mesmo outro demônio por aí querendo despertar os Lilin, Roth não estaria por perto, se certificando que eu não acabasse pendurada numa cruz invertida?

Mas ele não estava por perto.

Ele tinha ido embora.

Na terça-feira, senti como se um roqueiro chapado tivesse tomado conta da minha cabeça. Meu rosto inteiro doía por causa do festival de choro. Eu mal conseguia prestar atenção a qualquer coisa que Stacey estava falando durante a aula de biologia. Por algum pequeno milagre, ela ainda não tinha perguntado sobre Roth hoje.

Stacey podia ser fissurada em garotos, mas ela não era idiota. Ela achou estranho que depois de ter sido pego comigo, ele tivesse desaparecido. Aposto que ela não achava mais que o comentário dela sobre os Guardiões terem matado Roth era tão engraçado agora.

Eu não conseguia me focar na apresentação no retroprojetor. Em vez disso, desenhei um pé-grande ao longo da margem do meu caderno. No meio da aula, voltei a sentir *aquele* cheiro de Roth, o aroma doce e selvagem que me lembrava os beijos dele.

Abaixando o lápis, olhei ao redor da classe. Não havia nenhum Roth, mas o cheiro ainda estava lá. Ótimo. Além de tudo o que estava acontecendo, eu estava oficialmente perdendo o juízo.

A sra. Cleo virou outro slide no projetor e voltou a se sentar no seu banquinho. Eu acabei encarando o quadro-negro sem realmente vê-lo até o sinal tocar.

Entre as aulas, fui ao banheiro. Não sei por que, mas fiquei sentada no cubículo até todos voltarem para as salas e o último sinal tocar. Eu simplesmente não conseguia mais assistir a outra aula. Quando eu tive certeza de que o banheiro estava vazio, eu abri a porta do sanitário.

Deixando cair minha mochila no chão, agarrei a beirada da pia e olhei para meus próprios olhos arregalados no espelho. Fios de cabelo loiro de um tom frio se enrolavam em torno de minhas bochechas excessivamente pálidas, e achei que eu estava com uma aparência perturbadora, ali de pé feito uma idiota. Abri a torneira, mergulhando minhas mãos sob a corrente de água fria. Lavei meu rosto, na esperança de esfriar o fogo queimando dentro de mim. Ajudou um pouco.

A porta do banheiro se abriu com um rangido enquanto eu pegava várias toalhas ásperas de papel marrom. Eu me virei, mas ninguém estava à frente da porta que se fechava. Franzindo a testa para a sensação de *déjà-vu*, o meu olhar se afastou da entrada do banheiro e pousou sobre os cubículos vazios.

Uma respiração surpresa ficou presa na minha garganta.

Empoleirado no topo da segunda porta do banheiro estava um corvo – um corvo muito grande e muito preto. Seu bico amarelo tinha que ter metade do tamanho da minha mão.

A minha escola tinha uma péssima política de segurança, uma vez que não tinham muitos problemas, mas não podia imaginar como um corvo tão grande conseguiu entrar no prédio... ou como tinha sido capaz de abrir a porta do banheiro.

– Mas o quê...? – Eu dei um passo para trás, batendo contra a beirada da pia. O corvo grasnou alto, o som tão perturbador quanto fascinante.

Lançando-se no ar, suas asas negras se expandiram enquanto deslizava para o espaço entre mim e onde ele estivera empoleirado. Meus olhos se arregalaram enquanto o corvo pairava diante de mim por um segundo e começava... a se expandir.

A se expandir muito, *muito* mesmo.

A barriga escura se alongou e as asas adquiriram formas de braços. O bico afundou e garras afiadas foram substituídas por dedos. *Roth?* Cheia de esperança, eu dei um passo à frente, pronta para correr e abraçá-lo.

Eu não me movi enquanto o homem aparecia, vestindo calças de couro e uma camisa branca solta e esvoaçante. Misturado entre os cabelos pretos na altura dos ombros, havia penas.

Eu pisquei lentamente. Então sem Roth.

O homem sorriu.

– Meu nome é Caym. Eu governo trinta demônios, leais apenas ao Inferno.

– Que Inferno – eu sussurrei. O que diabos os demônios tinham com o banheiro feminino?

Os olhos opacos de Caym se fixaram nos meus.

– Não tenha medo. Isso só vai doer por alguns segundos.

Então ele estendeu uma mão na minha direção.

Reagindo por instinto, eu ergui meu braço e o atingi no pescoço. O demônio soltou um grunhido estrangulado, mas eu não esperei para ver se eu tinha feito algum estrago real. Pela milionésima vez na vida, amaldiçoei a minha incapacidade de me transformar enquanto disparava em direção à porta.

Ele agarrou um punhado do meu cabelo, torcendo-o em torno de seu punho grosso enquanto ele me puxava. Um grito se formou na minha garganta, poderoso e que certamente chamaria atenção. Abri a boca, me preparando para soltá-lo quando a mão de Caym apertou minha garganta, cortando o grito.

– Não tente lutar contra isso – disse, persuasivo, soltando meu cabelo. – Vai ser mais fácil assim.

Eu arranhei a mão ao redor do meu pescoço, afundando minhas unhas com força em sua pele no momento em que Caym me levantou até que meus pés balançassem no ar. Eu segurei suas mãos, tentando soltá-las enquanto eu me engasgava. *Sem ar!* Eu não conseguia respirar, não conseguia tirar os dedos do meu pescoço.

— Agora — ele disse, movendo a mão livre para a minha testa. Todos os alarmes dispararam. — Apenas relaxe e...

Eu esperneei descontroladamente, atingindo o demônio no estômago com força suficiente para desnorteá-lo. Ele me soltou e eu caí para trás. Meu quadril bateu na borda da pia e um lado da minha cabeça atingiu a cerâmica. Uma explosão fresca de dor intensa me atravessou, arrancando o precioso pouco ar que eu tinha para fora dos meus pulmões. Bati com força no chão sujo do banheiro. Ofegando por ar, eu levantei me apoiando nos cotovelos e coloquei uma mão sobre o lado da minha cabeça latejante, atordoada. Minha mão voltou vermelha.

Vermelha? Eu lutei contra a dor e a confusão, me apressando para debaixo da pia antes que Caym pudesse me agarrar novamente. Não era o melhor esconderijo, mas era tudo o que eu tinha.

— Você não devia ter feito isso — ele exclamou, se ajoelhando e agarrando minha perna. — Agora você me irritou.

— Você já não estava irritado quando tentou me estrangular? — Eu me agarrei no metal embaixo da pia.

A porta do banheiro se abriu antes que Caym pudesse responder, e eu imediatamente senti o cheiro familiar de um doce almiscarado. Meu coração tropeçou. A esperança, junto com algo muito mais poderoso, subiu como uma maré.

Roth estava na porta, seus olhos dourados lentamente se movendo de mim para o demônio.

— Caym, eu não esperava encontrar você no banheiro feminino.

Capítulo 23

Eu quase não conseguia acreditar que estava vendo-o.

— Tempos extremos exigem medidas extremas – respondeu Caym com um sorriso estranho enquanto ele puxava minha perna novamente e me tirava mais um centímetro de debaixo da pia.

Com a minha perna livre, eu chutei, acertando o demônio no joelho. Caym me largou, cambaleou para trás e se endireitou. A raiva exalava dele em ondas de calor.

— Isso não parece estar funcionando – comentou Roth de sobrancelhas levantadas.

Caym suspirou.

— Tem sido um daqueles séculos, irmão. Eu não consigo ter uma maldita folga.

— Roth – eu disse, seu nome saindo um grasnado. Ele não tirava os olhos do outro demônio. Ele estava muito ocupado *conversando* com ele. Qualquer esperança que eu tinha se esvaziou como um balão.

— Dá pra perceber. – Seu olhar pendeu para baixo e os cílios grossos roçaram as maçãs do seu rosto. Um sorrisinho contraía seus lábios, e quando ele falou, sua voz era suave, mas profunda e poderosa. – Você sabe que eu não posso deixar que você a leve.

— O quê? – exigiu Caym. – Você sabe qual é o risco! Alguém precisa dar um fim a ela ou todo mundo vai morrer se os Lilin forem despertados. Você não pode me impedir.

Roth deu de ombros.

— Mas é que eu posso.

Suas sobrancelhas se ergueram enquanto ele olhava para o outro demônio, e então ele pareceu compreender tudo. O ar ao seu redor começou a tremeluzir, mas era tarde demais. Roth se lançou para frente, e ele era rápido demais. Suas mãos estavam em volta do pescoço do outro demônio em um segundo. Ele torceu.

O barulho de algo se quebrando foi ensurdecedor, engolindo o grito de Caym.

Uma densa névoa negra explodiu, queimando meus olhos. E fedia *muito*. Eu cobri minha boca, me engasgando com os vapores expelidos pelo demônio, ou do que sobrou dele, vazando pela janela na parte de trás do banheiro. Cacos de vidro se estilhaçaram no chão e os alarmes de incêndio dispararam, estridentes.

A fumaça permeou o banheiro, tornando tudo preto. Para além da escuridão, senti mãos quentes tocarem minhas bochechas. Eu me afastei para trás, incapaz de ver além da queimação em seus olhos.

– Tá tudo bem. Sou eu – disse Roth, deslizando as mãos para os meus ombros. – Você tá bem?

Eu tossi.

– Não consigo ver... nada.

Roth se curvou, pegando algo do chão, e então ele deslizou um braço em volta da minha cintura.

– Você tá sangrando.

– Bati com a cabeça.

Ele me puxou até eu ficar de pé.

– Na pia onde você estava escondida?

– Sim, bem, as coisas não estavam indo muito bem por aqui. – Eu deixei que ele me carregasse para fora da fumaça pesada em direção ao corredor. Respirei fundo e absorvi o ar puro, mas a fumaça se espalhou para o corredor. Eu estava tendo problemas para entender as formas na minha frente.

– Roth, onde você estava? Eu estava tão preocupada.

– Por aí – foi tudo que ele disse.

Os alunos estavam correndo para fora das salas de aula, meio histéricos. Pensei ter ouvido alguém gritar "bomba!" no caos mal administrado.

Senti Roth me soltar e minhas mãos se estenderam cegamente.

– Roth...? Eu não estou conseguindo enxergar.

– Estou aqui. – Roth envolveu um braço em volta da minha cintura, meio que me carregando pelo corredor.

Eu tropeçava ao lado dele, chocada por seu súbito reaparecimento e ainda desnorteada do meu encontro com o outro demônio. A minha cabeça estava latejando menos, mas a ardência nos meus olhos me deixava impossibilitada de ver.

O braço de Roth apertou contra mim.

– Aguenta firme. Estamos quase do lado de fora.

A explosão de luz brilhante me fez estremecer quando as portas duplas foram abertas. Os professores gritavam, ordenando que os alunos atravessassem a rua e ficassem no parque. O ar frio acariciava minhas bochechas e aliviava um pouco a ardência.

Roth me guiou até o chão.

– Como você tá se sentindo?

Ao meu redor, eu podia ouvir outros alunos tossindo, alguns ligando para os pais e outros chorando. Concluí que eu estava me saindo melhor do que eles.

– Meus olhos estão ardendo. Como você ainda consegue ver?

– Eu fechei os olhos.

– Poxa – murmurei, esfregando as palmas das mãos contra os olhos. – Parece que você é mais esperto do que eu.

– Não. Eu só esperava que isso acontecesse. Você não. Apenas continue piscando – Roth instruiu suavemente, puxando minhas mãos para baixo e segurando meus pulsos em uma mão. – Deve ficar limpo em poucos minutos se você conseguir manter seus dedos longe dos olhos por três segundos.

Meus olhos ainda lacrimejavam algo forte.

– Roth...

– Eu não quero falar sobre aquelas coisas agora – disse ele.

Eu engoli com força.

– Eu não traí você. Eu juro. Eu não tinha ideia de que eles estariam lá.

Houve uma pausa.

– Você é parte Guardião. Eu não esperaria menos de você.

Uma pressão se apertou no meu peito.

– Eu também sou parte demônio.

– O que foi? Esse seu lado agora é tão importante quanto o lado Guardião?

Não respondi, porque não tinha certeza.

– Você disse pra eles qual é o meu nome? – perguntou ele, a sua voz surpreendentemente suave. – Gostaria pelo menos de ser avisado antes de me sugarem em um feitiço de invocação.

– Não, eu não disse o seu nome – Mantendo minha cabeça abaixada para evitar o brilho fulgurante do sol, respirei fundo e desejei que a dor desaparecesse. – Você já saberia se eu tivesse feito isso.

– É verdade. – Ele se mexeu de forma que pude senti-lo atrás de mim. Ele ainda segurava meus pulsos, como se esperasse que eu fosse imediatamente começar a arranhar meus olhos. – Pena que você tá perdendo isso. Tá todo mundo surtando. A polícia e os bombeiros entraram.

Eu queria poder ver alguma coisa.

– Alguém parece ferido? Stacey e Sam estavam lá dentro.

Roth suspirou.

– Tá todo mundo bem. Eu juro. Era só fumaça, não vai matar ninguém. E eu também peguei a sua mochila do banheiro. Ela tá do seu lado.

Minha visão estava começando a clarear. Me virando, olhei para Roth, e em vez de ver um borrão, vi olhos cor de mel e cílios escuros. Foi então que entendi. Todas as vezes em que eu pensei que tinha sentido o cheiro dele, não tinha sido minha imaginação.

– Você estava aqui todo esse tempo. – Roth não respondeu. – Você tem ficado invisível – Eu mantive minha voz baixa. – Mas você estava *aqui*.

Um sorrisinho engraçado levantou seus lábios, e eu comecei a insistir no assunto, porque eu queria que ele admitisse, eu *precisava* que ele admitisse, mas seus dedos deslizaram sobre o meu rosto. Seu toque provocou uma centena de deliciosos formigamentos que começaram na minha barriga e se espalharam. Nossos olhos se fixaram, e de repente fiquei com dificuldade para respirar ou até mesmo para lembrar do que estávamos falando.

Seu olhar se afastou do meu e ele suspirou.

– Aí vem a cavalaria, cem anos tarde demais.

Envolvida por Roth, não tinha sentido a presença de outro Guardião até ele estar bem em cima de nós.

– Solta ela – veio a voz de Zayne.

Não tive uma chance ficar surpreendida com a presença de Zayne ali, porque o abraço de Roth se apertou.

– Ou o quê? – ele disse. – Você vai dar uma de pedregulho pra cima de mim e me forçar a dar uma de demônio pra cima de você? Pra onde isso nos leva? Aposto que os Alfas não iriam ficar nada felizes com um confronto na frente de um bando de adolescentes impressionáveis.

Zayne rosnou baixo em sua garganta.

– Estou disposto a arriscar.

– Aposto que você tá mesmo.

Mas Roth soltou meus pulsos e em seguida mãos fortes agarraram meus braços, me colocando de pé. Eu soltei um gemido de surpresa e um pouco de dor quando os dedos me apertaram com força. Senti o cheiro de hortelã antes de Zayne me girar nos braços.

Ele parecia furioso e a emoção se intensificou um pouco quando ele vislumbrou o galo crescendo na minha cabeça.

Roth nos olhava sob a sombra das árvores, seus lábios se contorcendo em um sorriso enquanto Zayne alisava meu cabelo e verificava a contusão na minha cabeça.

– A cabeça dela vai ficar bem – disse Roth. – Agora o braço que você quase torceu é outra história.

O aperto de Zayne relaxou.

– Cala a boca.

Roth ficou de pé.

– Acho que não gosto do seu tom de voz.

– E eu não gosto da sua cara – Zayne devolveu.

– Minha cabeça... meu braço tá bem. Estou bem – Eu me soltei, ignorando a onda de tontura. – Meus olhos ainda ardem um pouco, mas agora eu estou conseguindo enxergar.

Zayne agarrou meus ombros.

– Por que você não podia ver? O que aconteceu?

– O enxofre – respondeu Roth, se aproximando e falando baixo. Ele não tinha medo de Zayne. Nem um tiquinho, e eu não sabia se deveria estar orgulhosa por isso ou com raiva. – Tinha um demônio dentro da escola. E não, não era eu. Ele queria matar Layla, então vocês deveriam ficar mais atentos a ela, então eu não teria de intervir.

Zayne rosnou, dando um passo na direção dele.

O meio sorriso no rosto de Roth se alargou quando eles ficaram cara a cara. Eles tinham aproximadamente a mesma altura, mas Roth era alguns centímetros mais alto, enquanto Zayne era mais largo. Olhei em volta, percebendo que outras pessoas estavam começando a encarar.

A quantidade de testosterona que os dois estavam exalando era ridícula. Eu me apertei entre eles.

— Ao contrário da crença popular, vocês dois não são os inimigos aqui.

Roth riu.

— E ele obviamente não consegue te manter segura.

Havia uma boa chance de Zayne estrangular Roth.

— Eu vou adorar arrancar a sua garganta fora.

— Claro, claro — Roth deu um passo para trás, seu olhar se desviando para mim. — Você precisa protegê-la ou espectros não terão sequer a chance de rasgar a sua garganta, se é que você me entende.

Eu abri minha boca para dizer a eles que eu não precisava de nenhum dos dois para me proteger, mas Roth já tinha se virado e desaparecido na multidão de estudantes. Eu olhei para o lugar onde ele estivera até que Zayne me puxou contra ele. Eu soltei um guincho abafado.

— Merda. Tem certeza de que tá tudo bem?

— Sim. — Eu empurrei contra o peito dele para tentar pegar um pouco de ar, mas não havia como movê-lo. Pensando que ele só poderia me esmagar por um tempo limitado, eu deixei meus braços caírem e esperei ele me soltar.

Quando ele finalmente me largou, Zayne pegou minha mochila do chão e segurou minha mão. Um músculo estalou ao longo de sua mandíbula enquanto ele olhava para frente. — Vou te levar pra casa.

— Ele não me machucou, Zayne. Não foi ele. — Quando não houve resposta, eu apertei sua mão. — Zayne...

— Isso não importa agora — ele disse. — O que importa é que o canalha estava certo. Nós não temos mantido você segura. E se ele é realmente o único que tem feito isso, então tem algo de muito errado nisso tudo.

Jasmine segurou um pano que cheirava a antisséptico a dois centímetros de distância do meu rosto.

— Isso pode doer um pouco.

Concluí que não poderia arder mais do que os meus olhos já tinham ardido. Mesmo agora eles ainda estavam sensíveis enquanto eu seguia, de onde eu estava sentada no solário, os movimentos cortados de Abbot na cozinha. Ela colocou o pano contra a minha têmpora e eu estremeci.

— Desculpa — ela sussurrou com um sorriso complacente.

Acenando com a cabeça, eu me mantive imóvel enquanto ela deslizava o material sobre o galo na minha cabeça. As coisas poderiam ser piores, considerando que Caym queria me matar.

Zayne estava próximo, os braços cruzados.

— Pai, dizer isso vai contra tudo o que eu sei, mas devemos considerar o que Layla tem nos contado. Esse demônio...

— Eu sei — Abbot retrucou.

Tentei esconder meu sorriso e falhei. Os olhos de Jasmine se estreitaram sobre mim. Qualquer satisfação durou pouco.

— Até chegarmos ao fundo dessa história, ela não pode voltar para aquela escola ou ir a qualquer lugar sem um Guardião acompanhando — Abbot me encarou, esfregando a barba. — E nem pense em discutir comigo sobre isso.

Eu murchei sob seu olhar.

— Mas o que você vai dizer à escola?

— Que você contraiu mononucleose ou alguma outra doença humana. Realmente, isso não importa. Nesse meio tempo, seu trabalho escolar será enviado para cá — Ele se virou para onde Geoff estava. — Você ouviu alguma coisa do comissário de polícia?

Geoff assentiu.

— Ninguém sabe o que realmente aconteceu na escola. Eles estão preenchendo um relatório dizendo que foi uma brincadeira que deu errado: uma bomba de fumaça. Mas essa foi por pouco. Se aquele demônio a tivesse matado...

— Ou se meu amigo não tivesse aparecido — eu acrescentei, só por diversão. O olhar de Abbot se arremessou contra mim.

— Mesmo que por alguma sorte bizarra esse demônio não está buscando despertar os Lilin, ele não é e nunca será seu amigo.

— De qualquer forma — disse Geoff secamente. — A exposição teria sido muito mais do que prejudicial.

Jasmine afastou meu cabelo para trás e continuou esfregando a minha têmpora enquanto olhava para a porta. Danika entrou, carregando Izzy, cuja cabecinha estava apoiada em seu ombro.

– E Drake? – Jasmine perguntou.

– Ainda dormindo. – Danika ajustou Izzy contra si um pouco mais alto. – Essa aqui não dorme se não estiver no colo, e eu não quero perder essa conversa.

Precisei me segurar para não revirar os olhos.

Ela se moveu para ficar ao lado de Zayne, e eu não pude deixar de pensar que eles já pareciam uma família, especialmente com Izzy nos braços de Danika. Eu meio que queria que houvesse fumaça negra de demônio nos meus olhos naquele momento.

– O que eu não entendo é como temos sido incapazes de capturar quaisquer demônios de Status Superior – disse ela, alisando com uma mão os cachinhos da criança.

– Os demônios sabem quando devem se esconder – resmungou Abbot.

– Faz sentido – Zayne olhou para mim e então desviou o olhar rapidamente. – Todo esse movimento de Status Superiores pela cidade, quero dizer. Um demônio tentando despertar os Lilin vai consequentemente trazer muitos outros.

– É verdade, mas são tolos. Estão mais seguros lá embaixo, onde os Guardiões não podem capturá-los – Geoff se sentou em uma das cadeiras e esticou suas longas pernas.

Ouvi-los discutir isso seriamente era estranho para mim, mas eu quis falar.

– Eles querem começar o apocalipse.

Abbot grunhiu baixinho:

– Criança, o apocalipse...

– Não é para acontecer agora, ou só Deus sabe quando é pra acontecer. Sim, eu sei disso. Mas aí é que tá. Ninguém se beneficia do renascimento dos Lilin, certo? – Com todos os olhos agora em mim, eu me sentia exposta, sentada ali com Jasmine se afligindo sobre a minha cabeça como se eu fosse uma incompetente.

Desviando de seu alcance, eu me levantei e me coloquei atrás da cadeira de vime onde eu estava sentando.

– Quando um Lilin toma uma alma, o humano se transforma em um espectro. Nem o Céu, nem o Inferno recebem o humano. E é por isso que nem o Inferno quer que os Lilin despertem. – Já tinha tentado explicar aquilo antes, mas todo mundo estava tão zangado comigo que eu tinha certeza de que nenhum deles tinha me dado ouvidos. – Mas alguns dos demônios querem sair do Inferno. Eles querem ser capazes de vir à superfície e não precisarem seguir as regras ou se preocuparem com os Guardiões. Eles sabem que se os Lilin forem despertados, os Alfas vão intervir e ir atrás de cada demônio. Eles não vão desistir sem lutar. A humanidade vai descobrir sobre os demônios. Teremos uma guerra, que provavelmente vai adiantar o cronograma do apocalipse.

Por algum tempo, ninguém falou nada. Então Geoff quebrou o silêncio.

– É arriscado, mas os demônios nunca se preocuparam com essa aposta antes.

Danika entregou o bebê adormecido a Jasmine.

– É tipo o estereótipo do namorado abusivo, não é? Se eu não posso ter a Terra, então ninguém a terá.

Eu quase sorri com aquela comparação.

– Quando o encantamento pode ser concluído? – Zayne perguntou.

– Não há tempo definido – Abbot colheu uma flor frondosa de uma das plantas próximas. – Isso só pode acontecer depois que Layla completar dezessete anos. Ou pelo menos é assim que o texto foi traduzido.

– Eu não posso ficar entocada pra sempre. Eu vou enlouquecer.

– Você não tem outra escolha – Abbot respondeu.

A irritação cobriu minha pele e eu retorqui:

– Agora você acredita em mim?

– A essa altura, eu não tenho certeza do que acreditar – Ele partiu uma folha morta e fechou o punho em torno dela. – Tudo isso são apenas teorias. Nada disso é apoiado por evidências ou verdade.

Levantei as mãos.

– É a verdade. É o que tenho dito desde o princípio.

– Tem outro jeito – disse Zayne, antes que seu pai pudesse liberar o que sem dúvida seria uma saraivada verbal como eu nunca tinha visto antes. – Encontramos o demônio responsável e o enviamos de volta ao Inferno.

– Eu gosto dessa ideia. – Eu cruzei meus braços para evitar socar alguma coisa.

– É uma boa ideia, mas o problema é que há hordas de demônios por aí – Geoff beliscou a ponte de seu nariz. – Poderíamos começar a convocá-los pela *Chave Menor*, mas isso nos levaria anos.

– O demônio... – Zayne respirou fundo. – Seu amigo não sabe quem é o demônio?

Eu sabia o quanto devia ter custado a Zayne chamar Roth de meu amigo, e eu reconheci o esforço.

– Não. Isso é algo que ele estava tentando descobrir, mas ninguém tá abrindo a boca. Ou tem um monte de demônios apoiando isso, ou eles estão com medo de quem está por trás.

– Isso não é muito consolador – comentou Danika.

As sobrancelhas de Zayne arquearam em acordo.

– Podemos ver se ele fez algum progresso desde...

– De jeito nenhum! – seu pai trovejou. – Nós não vamos trabalhar com um demônio.

– Pai...

– Não, Zayne. – Abbot marchou até a porta e parou. A raiva coloria suas bochechas. – Esse é um caminho que eu não estou disposto a trilhar por nenhum motivo. A história já provou que fazê-lo termina em traição.

Naquele momento, eu entendi que não importava o que Roth ou qualquer demônio pudessem fazer, a opinião de Abbot nunca mudaria. Ela estava muito profundamente enraizada nele, ao ponto de se tornar um preconceito cego. Apenas um milagre mudaria suas crenças. A maioria dos Guardiões eram assim, especialmente os mais velhos.

Meu olhar pousou em Zayne. Ele não estava pronto para abrir mão da conversa.

– A vida de Layla está em perigo. Assim como as vidas de milhares, se não milhões, de seres humanos.

– Você fala como se eu não soubesse disso – Abbot cruzou a sala em um piscar de olhos, parando na frente do filho. – São tempos desesperados para medidas desesperadas? Nós já estivemos aqui antes, à beira do mundo desmoronar. Isso não é nada novo. E confiar em um demônio só ajudará nesse desmoronamento.

– Não vai acontecer. – Geoff se levantou, colocando as mãos nos quadris. – Já vimos em primeira mão o que acontece quando se confia em um demônio.

– Já vimos mesmo. – Abbot olhou para mim sobre o ombro, sua expressão ilegível. – Afinal, Elijah confiou tolamente em um demônio uma vez.

– O quê? – Eu ri. – Elijah se mataria antes de confiar num demônio. Abbot se virou para me encarar frente a frente.

– Agora ele faria isso, e tem boas razões para a sua cautela. Pouco mais de dezessete anos atrás, ele cometeu o erro de confiar em um demônio que afirmava que ela preferia estar morta do que ser o que ela era. Ninguém além de Elijah sabe toda a história, mas uma coisa é certa. Ele se deitou com ela, e no final o demônio conseguiu o que queria.

Abri a boca, mas então me calei. Um vento frio varreu minha coluna. Negações se formaram na ponta da minha língua, mas nenhuma palavra saiu.

– O demônio em quem ele confiou era Lilith – disse Abbot. – E porque Elijah confiava nela, ele a ajudou a criar aquilo que poderia destruir o mundo. Você.

Capítulo 24

Eu nunca tinha sido do tipo de pessoa que desmaia, mas quase beijei o chão depois que aquela pequena bomba foi lançada. Abalada e em diferentes níveis de perturbada, eu me sentei novamente.

– Elijah é o pai dela? – O choque modelou o tom de voz de Zayne. – Você só pode tá brincando.

– Eu não estou – Abbot respirou fundo, cansado. – Ele não sabia que o demônio era Lilith até que encontramos Layla no lar adotivo anos depois.

Eu pisquei lentamente, mas a sala não entrou em foco.

– Ele sabia que eu era filha dele?

– Sabia.

– Mas ele... ele me *odeia*. – Eu me afundei de volta nas almofadas florais. – Ele sempre me odiou – No momento em que aquelas palavras saíram da minha boca, eu finalmente entendi o porquê. – Meu Deus, devo lembrar a ele de...

– De seu lapso de julgamento? – Abbot caminhou para o meu lado, sua voz baixa. – Ele nunca pode reconciliar a parte de você que era ele.

Minha cabeça girava.

– Ele não queria me matar quando vocês me encontraram? – Abbot desviou o olhar. Minha respiração estava instável. – Ele queria. Nossa. Eu nem sequer... – Meus olhos procuraram uma resposta no rosto de Abbot. – Você o impediu de me matar e sabia que ele era meu pai?

Novamente, Abbot não disse nada. Foi Geoff quem deu um passo à frente.

– A cicatriz que Elijah tem no rosto não é de um demônio. Abbot o deteve naquela noite e te acolheu. Afinal, você carrega o sangue de um Guardião.

– Meu Deus... – Balancei a cabeça. – Isso é... – Coisa demais.

Os olhos de todos estavam em mim, uma mistura de surpresa e pena. Foi demais, ficar sabendo de tudo isso e não ter um momento para realmente absorver a informação sem um público me encarando.

Eu me levantei e cegamente contornei Abbot. Alguém chamou meu nome, mas eu não parei até que eu estava no meu quarto. Sentando-me na cama, encarei um ponto qualquer na minha parede.

Nada mais parecia importar naquele momento. Elijah era meu pai, o Guardião que me odiava com o poder de mil sóis; o mesmo Guardião que queria me matar. Ele provavelmente enviou Petr para me matar.

Ah, meu Deus...

A náusea aumentou bruscamente. Petr tinha sido meu meio-irmão. Aquele desgraçado nojento...

Tirei a alma do meu próprio irmão.

Deitada de lado, eu me enrolei em posição fetal e apertei os olhos contra a ardência que não tinha nada a ver com o que tinha acontecido na escola. Um tremor começou na minha perna, chegando até os meus dedos. Eu os coloquei contra o meu peito. Como é que alguém lidava com esse tipo de coisa? Eu duvidava que houvessem habilidades de enfrentamento que eu ainda pudesse aprender para lidar com isso. Eu não sabia o que me enojava mais, se era o meu próprio pai querer me matar ou o fato de que eu tinha levado a alma do meu irmão.

Ao longo dos dias que se sucederam, eu realmente não cheguei a nenhum grande entendimento sobre tudo o que tinha sido revelado para mim. Não havia como compreender. A única coisa que eu podia fazer era não pensar naquilo. Essa estratégia não funcionava tão bem assim. Era como tentar não respirar. Nos momentos mais estranhos, os pensamentos apareciam na minha cabeça e eu não conseguia silenciá-los.

O meu próprio pai queria me ver morta.

O conhecimento ofuscava tudo, me deixando entorpecida até o âmago. Parte de mim conseguia entender o ódio de Elijah por causa do que eu o lembrava, mas eu ainda era sua filha. Por todos esses anos eu tinha construído uma fantasia em torno do meu pai, me convencendo de que, mesmo sendo parte demônio, o meu pai ainda me amava. Que algum incidente tinha acontecido com ele e eu tinha me perdido na tragédia.

Agora esse sonho tinha sido desfeito em pedaços.

A coisa toda com Petr também pesava na minha consciência. O fato de ele ser meu meio-irmão não mudava minha opinião sobre o monstro que ele era, mas me perguntava se, caso eu soubesse quem ele era para mim, eu teria feito a mesma coisa.

Eu não tinha certeza.

Zayne tinha contrabandeado meu notebook um dia depois de tudo que aconteceu no solário. Supus que eu ainda estava de castigo, mas ele se sentiu mal por mim. Depois de enviar uma mensagem rápida para Stacey contando que eu estava doente e não sabia quando voltaria para a escola, perdi todo o interesse pela internet.

Eu queria ser mais forte do que tudo isso, mas nunca na minha vida eu desejei tanto quanto naquele momento que eu pudesse ser outra coisa ou outra pessoa.

Eu não sei o que deu em mim sexta-feira à noite. Eu estava em pé na frente daquela maldita casinha de bonecas e eu a *odiava*.

Envolvendo meus dedos ao longo do último andar, eu puxei com força o suficiente para arrancá-lo da estrutura da casa. Não foi o suficiente. A parte de trás do meu pescoço pinicava quando agarrei o telhado e o puxei pelos lados. Segurando-o, considerei brevemente sacudi-lo como um bastão de beisebol para destruir o resto das paredes da casinha.

– O que você tá fazendo?

Eu soltei um guincho e me virei. Zayne estava na porta, sobrancelhas levantadas. Seu cabelo estava molhado do banho. Eu ruborizei.

– Hm, não estou fazendo nada. – Olhei para o telhado da casinha. – Bem...

Ele focou o olhar atrás de mim.

– Se você não queria mais a casa de bonecas no seu quarto, eu poderia ter tirado ela pra você.

Gentilmente, eu coloquei o telhado no chão.

– Eu não sei. – Ele inclinou a cabeça para o lado. Suspirei. – Não sei o que estou fazendo.

Zayne olhou para mim pelo que parecia ser uma eternidade.

– Que bom.

– Que bom?

O fato de ele me ter apanhado tendo um ataque de nervos com a minha casa de bonecas não me parecia nada bom.

– Eu tenho algo pra você fazer. Envolve sorvete.

Meus olhos se arregalaram.

– Sorvete?

Um pequeno sorriso apareceu em seu rosto.

– Sim, eu pensei que a gente podia sair pra tomar um sorvete.

A animação correu pelas minhas veias como uma tempestade de verão. Era como se fosse Natal. Eu podia sair de casa e envolvia sorvete. Mas a alegria desapareceu rapidamente.

– Abbot nunca vai permitir isso.

– Ele não se importa, desde que eu esteja com você.

– Você acha que não vai ter problema? – perguntei, com muito medo de ficar feliz de novo. – E se algo acontecer?

– Um demônio não vai vir atrás de você enquanto eu estiver por perto – A confiança em sua voz apagou qualquer preocupação minha. Zayne estava certo. Seria suicídio se algum deles fizesse isso. – A noite tá pra sorvete. Você topa? – ele perguntou.

Quando se tratava de sorvete, eu sempre topava.

Eu adorava andar no Impala vintage de Zayne. O barulho que fazia, os olhares que recebia. Em um mar de Mercedes e BMWs, nada se destacava mais do que um Impala vermelho-cereja. Ele me deixou dirigir uma vez, quando eu fiz dezesseis anos. Dirigir se provou ser muito complicado com todas as almas cintilantes servindo como uma enorme distração. Eu acabei encostando em um carro da polícia.

Desde então, eu não tinha mais dirigido.

Paramos em uma loja de conveniência para comprar um pacote de alcaçuz. Eu gorfei um pouco dentro da boca quando Zayne os trouxe para a sorveteria.

– Isso é tão nojento – murmurei.

Ele me lançou um olhar inocente.

– Não julgue sem provar antes.

– Eu nunca vou mergulhar um alcaçuz em um sorvete de chocolate.

Zayne me empurrou de brincadeira e roubou meu lugar na fila. Eu o empurrei de volta, mas ele não se moveu um centímetro. As almas ao nosso redor eram de vários graus de cores pastel: suaves e, felizmente, desinteressantes para mim. E nenhum demônio estava à vista. Aí sim. Ele pediu uma tigela de sorvete de chocolate e eu pedi uma banana split, a mesma coisa que eu sempre pedia.

A temperatura agradável para o mês de novembro tinha levado uma multidão de pessoas para a loja. O verão indiano ou o que quer que Zayne chamasse aquilo. Tivemos sorte de encontrar uma pequena mesa para nos espremer. Aquela loja era um dos meus lugares favoritos para ir na cidade, um estabelecimento caseiro encurralado no meio de um centro moderno, e eu me sentia bem estando ali. O piso era quadriculado em preto e branco, as mesas e o estofado eram vermelhos e fotos de família adornavam as paredes. Como não amar aquilo?

Sentia-me em casa.

Eu assisti a Zayne alegremente mergulhar o cilindro espiralado de açúcar no sorvete de chocolate. Ele me viu olhando e piscou.

– Tem certeza de que não quer uma mordida?

Fiz uma careta.

– Não, valeu.

Ele ofereceu o doce para mim, um amontoado espesso de calda de chocolate escorrendo da ponta, que se derramou por toda a mesa.

– Você pode gostar.

Ao invés de provar aquilo, eu peguei um pedaço da minha banana split. Dando de ombros, Zayne colocou o alcaçuz na boca e suspirou. Eu o observei.

– Você acha que vou ficar em prisão domiciliar até os meus dezoito anos?

– Parece que sim – ele respondeu. – O pai não tá dando o braço a torcer em nada.

– Era o que eu temia.

Ele cutucou minha mão com um alcaçuz que ele ainda não tinha mergulhado no sorvete.

– Eu vou te libertar o máximo que eu puder.

– Valeu. – Eu forcei um sorriso. – Então... como estão as coisas entre você e Danika?

Suas sobrancelhas se arquearam enquanto ele se concentrava na tigela de sorvete como se ali houvessem todas as respostas para a vida.

– Bem. Ela é uma... ótima pessoa.

– Ela é muito gostosa. Eu mataria pra ter o corpo feito o dela. – Eu olhei para minha comida. – Pensando bem, quantas calorias tem nessa coisa?

Os olhos de Zayne piscaram. Eles pareciam mais brilhantes do que o normal.

– Você é... perfeita do jeito que você é.

Revirei os olhos.

– Você tem assistido o *Diário de Bridget Jones*? – Ele me estudou por mais alguns segundos e depois se voltou para sua sobremesa. Havia uma rigidez em seus ombros que não tinha estado ali antes, como se de repente ele estivesse carregando algum peso invisível. Como uma idiota, eu continuei falando. – Eu ouvi Jasmine e Danika conversando. Ela disse que vocês dois não tinham conversado ainda sobre o futuro... juntos.

Parecia que os ombros dele estavam ainda mais tensos.

– Não. Ainda não conversamos.

Eu cutuquei uma cereja no meu prato.

– Então você ainda tá planejando ir contra o sistema?

Zayne passou a mão sobre os cabelos, apertando os olhos.

– Eu não olho pra essa situação dessa maneira. Se eu vou acasa... se eu vou me casar, eu quero fazer isso nos meus próprios termos.

– E o que Abbot tem a dizer sobre isso? – Eu lhe ofereci a cereja, que ele aceitou. – Ou você tá enrolando?

Ele deu de ombros enquanto estudava o caule da cereja.

– Eu só tenho evitado falar sobre isso.

– Mas você não tem evitado Danika – eu apontei. – Você gosta dela. Então qual é o problema?

– A questão não é sobre eu gostar dela ou não – Ele se recostou de volta no banco, as mãos saltando inquietamente da mesa enquanto olhava para os potes de sorvete na vitrine. – Ela é uma ótima pessoa. Eu me divirto com ela, mas eu realmente não quero falar sobre ela agora.

– Ah. – Meio que eu sabia para onde isso estava indo.

Ele me lançou um olhar sagaz.

– Eu perguntaria como você tem estado, mas acho que a casa de bonecas responde a isso.

Suspirei.

– Estou tentando não pensar nas coisas. Não tá funcionando. Quero dizer...

– É coisa pesada, não é?

Eu abri um sorriso.

– Pois é, é muito pesado – Cutucando uma fatia da banana, eu balancei minha cabeça. – Zayne, eu...

– O que foi? – ele perguntou, depois de alguns segundos.

Olhando para cima, encontrei o olhar dele antes de perder a coragem.

– Não tenho sido muito honesta.

– Sério? – ele disse asperamente. – Poderia ter me enganado.

Eu fiquei corada.

– Sinto muito, Zayne. Não porque eu fui pega, mas porque eu sei que te machuquei e foi errado da minha parte. Eu deveria ter confiado em você.

– Eu sei. – Sua mão pousou na minha e apertou gentilmente. – Eu estava muito chateado, parte de mim ainda tá, mas é o que é – Esperando que ele ainda quisesse respirar o mesmo ar que eu depois que ele soubesse o que eu tinha feito, eu afastei minha mão dele e voltei meus olhos para o meu sorvete que agora parecia uma sopa. Eu decidi abordar aquela situação como se estivesse arrancando um curativo. – Eu tomei a alma de Petr.

Zayne se inclinou para a frente, as sobrancelhas arqueadas como se não entendesse bem o que eu tinha dito, e depois voltou a se recostar. Suas mãos deslizaram para fora da mesa enquanto sua garganta tentava trabalhar. O silêncio bateu como uma bomba.

– Eu sei que você meio que adivinhou isso quando cheguei em casa e eu estava doente. – Meus dedos se torciam ao redor da colher. – Eu estava me defendendo. Ele ia me matar. Eu não queria fazer isso. Deus, era a última coisa que eu queria fazer, mas ele continuava vindo pra cima de mim e eu não sabia mais o que fazer. Isso fez algo com ele, Zayne. Ele não virou um espectro como aconteceria com um ser humano. Ele se transformou, mas seus olhos estavam vermelhos. Eu sinto muito. Por favor, não...

– Layla – ele disse, baixinho. Ele agarrou a mão que apertava a colher e gentilmente soltou meus dedos do cabo. – Eu sei que você fez isso pra se defender e que não era algo que você pretendia fazer.

– Mas o jeito que você tá me olhando... – eu sussurrei.

Ele sorriu, mas com dificuldade.

– Fiquei chocado. Como você disse, eu suspeitava de alguma coisa, mas achei que você poderia ter provado a alma. Não sabia que você tinha ido... até o fim.

A vergonha era um balde de pregos enferrujados que eu tinha engolido. Não pude deixar de senti-lo, mesmo sabendo que provavelmente estaria morta se não tivesse tirado a alma dele, tendo ganhado um tempo até Roth aparecer.

– Você tá decepcionado, não tá?

– Ah, Layla, não tem nada a ver com eu estar decepcionado. Você se defendeu, e eu queria muito que você não tivesse precisado fazer isso. Não por causa do que você é – ele manteve sua voz baixa. – Mas porque eu sei o quão doente você fica. Eu odeio ver você daquele jeito. Eu *odeio* te ver assim.

Usando minha mão livre, eu limpei as lágrimas dos meus olhos. Deus, eu estava chorando.

– Viu? Você tá se culpando por causa do que você fez. E eu odeio o fato de que você esteja fazendo isso com você mesma.

– Mas você disse que eu era melhor do que isso.

Ele se encolheu.

– Deus, eu gostaria de nunca ter dito isso pra você. E sabe, a maneira como você se vê, é em parte nossa culpa.

Eu franzi a testa.

– O que você quer dizer?

Recostando-se, ele levantou as mãos.

– Nós te criamos pra você odiar essa parte de quem você é. Talvez essa não fosse a coisa certa a se fazer. Eu não tenho mais certeza. Eu não tenho mais certeza de nada. – Ele enfiou os dedos pelo cabelo. – Eu sei que não estou decepcionado com você. Eu não te odeio. Eu nunca poderia te odiar. Mesmo que você não veja o verdadeiro prazer de alcaçuz mergulhado em chocolate.

Eu sufoquei uma risada enquanto eu piscava, tentando segurar mais lágrimas.

– Engraçadinho.

Seu sorriso era um pouco mais verdadeiro.

– Pronta pra sair daqui?

Fungando, eu acenei com a cabeça. Nós recolhemos nosso lixo, e uma vez do lado de fora, Zayne colocou um braço sobre os meus ombros enquanto caminhávamos até onde ele estava estacionado. Era bom estar assim com ele, tendo essa conexão novamente. Fazia maravilhas, aquecendo aquele pontinho gelado no meu peito.

Zayne se certificou de que eu estava bem segura no lado do passageiro antes de deslizar pela frente do carro e entrar. Aquilo me fez sorrir.

Ouvindo música no caminho para casa, eu ria enquanto Zayne cantava junto com uma música pop no rádio. Ele era um monte de coisas, mas cantor não era uma delas. Quando chegamos ao trecho privado da estrada que leva ao complexo, ele olhou para mim. Algo estranho estava refletido naqueles olhos, uma característica que eu tinha visto antes, mas nunca tinha entendido o que significava até... até Roth aparecer. Senti meu corpo inflando enquanto ele voltava o olhar para a estrada.

– Meu Deus! – ele gritou, enfiado o pé no freio.

Algo pousou no capô do Impala de Zayne, quebrando o para-brisa.

No começo eu pensei que um gorila crescido tinha escapado do zoológico mais próximo e descido de uma das muitas árvores ao redor. Então eu vi os dentes serrilhados e senti o cheiro de enxofre. Eu gritei, um grito profundo.

Era um Capeta.

Um Capeta grande, peludo e fedorento que tinha acabado de fazer um grande estrago ao precioso Impala de Zayne. Pelo emaranhado e grosso cobria seu corpo enorme. Os chifres enormes de carneiro eram o que tinha quebrado o para-brisa. Mas eu tinha que estar vendo coisas. Capetas não eram permitidos na superfície por razões óbvias.

Zayne jogou o braço na minha direção, me pressionando contra o assento enquanto o Capeta tentava alcançar dentro do carro. Os chifres do demônio estavam ficando presos no metal e ele parecia muito estúpido para entender que ele só precisava abaixar a cabeça para passar pelo buraco.

O Capeta rugiu. Era como ter um Tiranossauro rex gritando na sua cara.

— Zayne! — Eu gritei quando as grossas garras dianteiras deslizaram a centímetros do meu rosto. — Zayne!

— Layla, eu preciso que você me escute. — Ele tirou o cinto de segurança com uma mão. — Eu preciso que você fique calma.

As garras do Capeta rasgaram o antebraço de Zayne, tirando sangue. Zayne nem sequer se encolheu.

— Ai, meu Deus — eu sussurrei, observando as trilhas de sangue escorrerem do braço dele para o meu colo. — Zayne, seu braço.

— Layla, você vai ter que correr quando eu mandar. Ok? — ele disse com urgência. Ele alcançou o botão no meu cinto de segurança, soltando-o. — Quando eu disser pra você correr, você corre e não olha pra trás e não tenta lutar. Não se pode lutar contra essa coisa.

Eu não queria deixá-lo, não com aquela coisa atacando. Capetas eram assassinos notórios. Eles podiam rasgar Guardiões membro a membro usando apenas força bruta.

— Mas eu posso aju...

Outra patada larga cheia de garras quase me pegou. Zayne me puxou em direção a ele e para baixo, pressionando meu rosto contra sua coxa.

— Se abaixa — ele ordenou. — Só presta atenção ao meu comando. Você conhece esses bosques. Vá pra casa e avise meu pai. Não pare. É assim que você pode me ajudar.

Meu coração batia acelerado no meu peito. Eu concordei com a cabeça da melhor forma que pude. A mão de Zayne deslizou pela minha bochecha e pelo meu cabelo.

Fechei os olhos com força enquanto o Capeta uivava mais uma vez. Então Zayne estava abrindo a porta e eu estava caindo em seu assento. O carro tremeu quando o Capeta mudou de lado, avistando Zayne fora do carro.

O demônio riu, um som gutural.

Sabia que devia ter ficado deitada no banco, mas me sentei quando o Capeta saltou do carro. Pensei que Zayne hesitaria, sabendo que eu estava por perto. Mas ele não hesitou.

Zayne se transformou.

As asas foram as primeiras a brotar, arqueando bem alto no céu atrás dele e se desdobrando ao redor de seu corpo. Eu só conseguia ver um lado de seu rosto, mas só aquilo já era dramático o suficiente. Sua pele ficou cinza escuro e sua mandíbula se alargou enquanto seu nariz se achatava. Dois chifres cresceram, muito parecidos com os chifres do Capeta, mas os de Zayne eram pretos como a noite e bonitos de uma maneira estranha. Eles se curvavam para trás de sua cabeça, uma visão feroz. Como se para me lembrar que ele ainda era Zayne, uma brisa brincava com seu cabelo loiro, soprando-o em torno dos chifres.

Eu suguei o ar, um suspiro que não deveria ter sido ouvido, mas Zayne se virou uma fração de centímetro na minha direção. Uma dor atravessou seu rosto enquanto nossos olhos se fixaram por apenas um segundo. Do canto dos meus olhos, eu vi o Capeta de mover.

— Zayne! — gritei, me agarrando ao painel de bordo.

Ele se voltou para o Capeta, agarrando a mão carnuda antes que pudesse pegá-lo. Ainda segurando a besta, Zayne se inclinou para trás e plantou o pé no abdômen do Capeta. O Capeta saiu voando para trás por vários metros, grunhindo. Ele se reergueu e correu para Zayne. Eles colidiram com força suficiente para sacudirem o chão e o carro.

Dobrando os joelhos, Zayne alçoou voo, levando o Capeta com ele. Das alturas dos enormes carvalhos, Zayne arqueou no céu e se atirou de volta para o chão. Eles atingiram o solo, seu impacto corroendo vários metros da estrada. Zayne ficou de pé, envolvendo um braço musculoso ao redor do pescoço da besta.

— Vá — ele gritou com uma voz que era a dele, mas, ao mesmo tempo, não era. — Corra! Vá!

Eu abri a porta, meio que caí dela. Virando-me, eu absorvi a visão que era Zayne. Havia algo escuro — sangue? — saindo de seu nariz, uma área irregular de pele em sua bochecha que parecia um cinza mais escuro. O Capeta lutava contra o mata-leão, mandíbulas estalando.

— Vá — Zayne ordenou. — Por favor.

O Capeta se agarrou ao braço de Zayne. A última coisa que vi foi Zayne sendo jogado pelo ar. Com um grito preso na minha garganta, eu rodopiei e corri. Eu tentava me convencer de que eu não estava fugindo, que eu estava indo buscar ajuda, mas cada passo que me levava para mais longe de Zayne eu sentia como um soco no peito. E se ele se machucasse de verdade?

E se ele morresse?

Eu não podia me deixar pensar nisso. Eu continuei correndo, sabendo que a melhor coisa que eu podia fazer era avisar o clã. Galhos estalavam contra o meu rosto, puxavam minhas roupas. Várias vezes tropecei em uma pedra ou uma raiz invertida, me segurando com as mãos e depois me levantando. Era como um filme de terror cafona, exceto que o que estava atrás de mim não era um cara morto com uma máscara de hóquei. Na verdade, preferia aquele cara, com seu facão e seus assassinatos em série, ao Capeta.

Eu continuei correndo, garganta convulsionando e músculos queimando. Parte de mim percebeu que eu deveria ter topado correr com Zayne quando ele ofereceu. Eu estava terrivelmente fora de forma.

O vento quente subiu, espalhando folhas secas no ar. Elas caíram, um coro de vermelhos escuros e marrons. Um som de estalido soou pela noite, seguido por outro e mais outro.

Eu senti alguma coisa chicoteando pelo ar um segundo antes dela envolver minha perna, arrastando-me para baixo. Eu caí no solo duro com os cotovelos primeiro. Estremecendo, eu rolei de costas. Raízes grossas de árvores subiam em ambas as minhas pernas, apertando tanto que eu tinha certeza que iria quebrar os ossos ao meio. Frenética, agarrei a ponta de uma raiz grossa e comecei a desenrolá-la com mãos trêmulas. Ela me puxou para frente, derrubando-me. Senti pequenas pedras se enterrando nas minhas costas enquanto eu era arrastada pelo chão. Com os braços balançando, eu tentava me agarrar nos pequenos arbustos. Quando finalmente parei, o cheiro de enxofre era sufocante.

Ele ficou acima de mim um segundo depois, ocupando um espaço que antes estivera vazio. Não havia nada de alma ao seu redor, e eu sabia que ele era um demônio de Status Superior. Seu cabelo escuro havia sido raspado em um moicano, as pontas coloridas em vermelho-sangue. Ele parecia ter apenas vinte e poucos anos e usava um terno listrado, que, além do fato de que parecia ridículo no meio da floresta escura, era algo saído de velhos filmes de mafiosos. Ele até tinha uma gravata vermelha acetinada e lenço combinando. Uma risada curta e histérica me escapou.

E percebi que já tinha o visto antes, rapidamente. No dia em que esperei que Morris me pegasse, ele tinha sido o demônio que me observava.

– Meu nome é Paimon. Eu sou o grande e poderoso Rei, governante de duzentas legiões – disse ele em um sotaque distintamente sulista. Dei por mim pensando nas coisas mais estranhas naquele momento. O Inferno tinha um Norte e um Sul? Porque esse cara era *do Sul*. Ele fez uma mesura, uma paródia de elegância. – E você é Layla, filha do Guardião Elijah e do demônio Lilith. Finalmente, depois de todo esse tempo, tenho o prazer de conhecê-la.

Paimon. Eu o reconheci da *Chave Menor*, o demônio montado no camelo/cavalo. Não demorou muito para concluir que eu estava agora cara a cara com o demônio que tentava despertar os Lilin.

– Merda. – Eu me levantei, desesperadamente tentando desenroscar minhas pernas.

Ele levantou uma mão e eu estava completamente imobilizada, olhando para o céu noturno sem nuvens.

– Não vamos tornar isso difícil, querida.

Eu engoli o ar, movendo minhas mãos sobre o chão. Eu agarrei uma pedra, apertando até que as bordas ásperas arranhassem minha palma.

– Ando me sentindo um pouco gracioso, então vou lhe dar uma oportunidade que nunca dei a ninguém. Você vem comigo sem causar muita inconveniência. – Ele abriu um sorriso mostrando dentes brancos perfeitos. – E eu não vou fazer uma coroa dos ossos de todos aqueles que você ama. Posso lhe prometer riquezas além da sua imaginação, a liberdade de ser o que quiser e uma vida invejada por todos.

A pedra ficou pesada na minha mão e eu quase ri de novo.

– Você quer despertar os Lilin?

– Ah, estou feliz por não ter que explicar o meu desejo. Embora eu tenha planejado todo um discurso. – Ele piscou um olho vermelho. – Há sempre tempo mais tarde, querida.

O medo deu nó no meu estômago, mas forcei o máximo de bravura possível na minha voz.

– E depois que você me usar para despertar os Lilin, você vai mesmo me deixar viver?

– Talvez – ele respondeu. – Depende de quão feliz você vai me fazer.

– É, pode ir pra o Inferno.

Paimon virou a cabeça e então me encarou de novo. Sua pele derreteu, revelando um crânio vermelho e as órbitas dos olhos cheias de chamas. Sua boca estava aberta, longa e distorcida. O som uivante que vinha dele gelou a minha alma. Eu gritei até que minha voz sumisse, incapaz de me mover mais do que um centímetro para trás.

Então ele era o homem bonito de novo, sorrindo.

– Querida, você é um meio para um fim, um fim que funciona maravilhosamente a meu favor. – Paimon se agachou perto de mim, inclinando a cabeça para o lado. – Agora, você pode tornar isso fácil ou muito, muito difícil.

Respirei fundo, mas parecia que não conseguia ar suficiente nos pulmões. Eu estava preocupada com Zayne e sabia que se eu deixasse Paimon me capturar, eu nunca teria a chance de ajudá-lo.

– Ok. Será que você pode tirar essas raízes bizarras das minhas pernas?

Outro sorriso breve e Paimon acenou com a mão. As raízes estremeceram, murcharam e em segundos se tornaram nada mais do que cinzas.

– Estou tão feliz que você vai facili...

Eu girei meu braço com toda a minha força, atingindo sua têmpora com a pedra. Sua cabeça estalou na outra direção, mas um segundo depois ele estava olhando para mim e rindo. *Rindo*. Chamas emergiam da ferida onde sangue deveria ter fluído.

Paimon agarrou meu braço em um aperto muito forte.

– Isso não foi muito legal, querida.

Eu olhei para sua cabeça em chamas.

– Meu Jesus.

– Não exatamente. – Ele me puxou até eu ficar em pé. – Diz boa noite.

Abri a boca, mas, antes que eu pudesse emitir qualquer som, meu mundo ficou escuro.

Capítulo 25

As coisas se juntaram lentamente. O tato iniciou o processo, que foi a primeira indicação de que algo estava muito errado. Eu não conseguia mover meus braços ou pernas. Eles estavam presos ao chão frio, a corda apertada e cortando meus pulsos enquanto eu me esforçava para me mexer.

Que Inferno.

O cheiro veio em seguida. O cheiro bolorento era familiar, cutucando em minha cabeça, mas eu não conseguia desenterrar uma memória exata do que era. Quando consegui abrir os olhos, estava olhando para vigas de metal exposto.

As velas não iluminavam muito bem, mas na dança bruxuleante das sombras eu conseguia distinguir uma cesta de basquete sem o painel traseiro. Baixei meu olhar e rastreei as marcas visíveis no chão até elas desaparecerem em uma linha branca desenhada com giz, um círculo. Linhas retas riscadas encontravam o círculo. Virei minha cabeça, estremecendo com a dor entorpecente em minhas têmporas. Havia mais linhas no meu outro lado.

Um pentagrama ligeiramente torto. Ah, Deus, isso era ruim.

Eu estava na antiga quadra no nível mais baixo da minha escola, amarrada no meio de um pentagrama e... *aquilo era um cântico?* Meu Deus. Torcendo meu pescoço, eu tentei ver para além das centenas de velas brancas alinhadas na circunferência do círculo.

Nas sombras, havia *coisas* se movendo. Seu murmúrio suave e guinchos como o de porcos me fez gelar por dentro. Demônios Torturadores.

– Você acordou. Muito bom. – Um sotaque sulista carregado saiu das sombras. – Vamos colocar esse show na estrada.

Abaixei meu queixo, na direção dos pés. Paimon havia tirado a jaqueta e soltado a camisa vermelha do cós da calça. Ele chegou à beira do círculo, parou e olhou para baixo. Ele deu um passo para trás, e minha suspeita aumentou.

– Você não vai entrar no círculo? – perguntei.

Paimon inclinou a cabeça para trás e riu.

– Esse pentagramazinho torto pode ser facilmente convertido em uma armadilha do diabo, e meus mocassins Hermès não vão passar um centímetro pra dentro dessa marca de giz.

Minhas mãos se fecharam em punhos e eu conseguia sentir o anel machucando a pele.

– Isso vai fazer esse encantamento ficar difícil, não é?

– Não por isso, querida – disse ele, se ajoelhando. Aquele moicano dele tinha que ter pelo menos uns sessenta centímetros de altura. – É pra isso que servem os lacaios. Ô, lacaio!

À minha esquerda, outra forma se afastou das sombras. Eu não tinha o visto antes, mas seu sorriso era pior que assustador. Eu engoli em seco enquanto meus olhos iam de um demônio para o outro. Ninguém iria aparecer para salvar o dia. Eu não sabia se Zayne tinha sobrevivido ao Capeta. Roth provavelmente nem sabia que eu tinha sido levada. E a menos que eu pudesse dar uma de Houdini e me livrar daquelas cordas, eu não seria capaz de fazer muita coisa para me defender. Naquele momento, eu sabia três coisas. Eu estava ferrada. A humanidade estava ferrada. O universo inteiro estava ferrado.

– Eu confesso que fiquei desapontado com Naberius. Ele deveria ter sido capaz de te capturar sem eu ter de interferir. Mostre a ela o quão descontente eu fiquei.

O lacaio acenou com a mão esquerda. Quatro de seus dedos estavam faltando. Apenas o do meio permanecia.

– Eles vão crescer de volta. Lentamente.

– Dolorosamente – acrescentou Paimon com um sorriso alegre. Ele se levantou fluidamente. – De qualquer forma, Naberius, derrame o sangue de Lilith. Eu não tenho a noite toda.

Como uma coisinha obediente, Naberius pisou cuidadosamente sobre o círculo e se ajoelhou. Meu coração parou.

– Espera aí. – Naberius agarrou minha mão com aquela mão de um dedo só. Metal brilhava em sua outra mão. – Eu disse pra esperar!

Paimon suspirou.

– Você vai implorar agora? Vir para o lado negro da força? Você já teve sua chance, querida. Quando eu acabar aqui, eu vou te matar. Bem, eu provavelmente vou me divertir um pouco com você primeiro, mas vou te matar.

O pânico arranhava minha garganta, mas eu sabia que se cedesse, seria o fim. Com o coração disparado, tentei puxar o braço mais perto de Naberius, mas a corda não cedeu.

– Por quê?

– Por quê? – Ele imitou minha voz.

– Por que você quer fazer isso? – Minha boca estava seca. – Você realmente quer começar o apocalipse? Você realmente acha que isso vai funcionar?

Paimon inclinou a cabeça para o lado.

– O apocalipse? – Sua risada era profunda e ecoou pela quadra. – Querida, é isso que os Guardiões acham que vai acontecer?

– É o que o Inferno também pensa.

– O Chefe acha isso? Fabuloso. Mesmo que o apocalipse soe como uma festa divertida, eu não estou nem aí pra isso.

A surpresa me atravessou.

– Você... você não quer sair do Inferno?

– Ah, mas que demônio não quer sair do Inferno? Veja eu, por exemplo. Eu servi ao Chefe por mais de dois mil anos. Nada me faria mais feliz do que dizer *au revoir* pra essa vida, mas eu não estou aqui por causa do que eu quero. Eu estou aqui pelo que eu preciso. Assim como você, outro meio para um fim.

– Eu... eu não estou entendendo – Eu realmente não entendia.

Seus lábios, largos e expressivos, se torceram em um sorriso.

– É bastante irônico que você não entenda. Meio triste, também.

– É? – Naberius estava mexendo com a minha mão, tentando tirar o anel. – Então me explica isso. Se vou morrer, gostaria de saber a verdadeira razão por trás.

Paimon olhou por cima do ombro e então seu olhar deslizou de volta para mim.

– Você já se apaixonou por alguém?

– Quê? – Por aquela pergunta eu não esperava.

– Eu perguntei se você já se apaixonou.

– Eu... – Eu não sabia. Eu amava Zayne, mas eu não sabia que tipo de amor era aquele, e Roth... Eu achava que eu poderia estar apaixonada por ele, se tivesse tempo. Ou talvez já estivesse, de certa maneira. – Eu não sei.

– Interessante – respondeu o demônio. – Quando você se apaixona, você arrisca qualquer coisa pra garantir a felicidade de quem você ama. Até mesmo o fim do mundo – Ele deu de ombros. – Quando você está separado daquele que você ama, você faz qualquer coisa para se encontrar com essa pessoa de novo. Qualquer coisa. O quê? Você parece tão surpresa. Você acha que os demônios não conseguem se apaixonar? Nós conseguimos. Nosso amor é um pouco sombrio e perverso. Nós amamos até a morte. A maioria não gostaria de estar do outro lado de nossos afetos, mas sentimos o que sentimos da mesma maneira.

Eu não tinha ideia do que ele estar apaixonado tinha a ver com o despertar dos Lilin, a menos que ele pensasse que seu amante iria reencarnar em um.

Seus olhos se reviraram.

– Dá pra perceber que você ainda não entendeu. É a sua mãe, querida. É por isso que é irônico.

– Lilith? – eu guinchei.

– Você não poderia chamá-la de Mãe? Tenho certeza de que isso aqueceria aquele coração frio.

– Não. Não posso.

Ele rondou o círculo de giz.

– Sua mãe está sendo mantida nos poços de chamas, exatamente para onde uma armadilha do diabo envia um demônio. Com o Chefe no Inferno, ninguém chega perto ou sai dos poços. E a única maneira de tirá-la de lá é atrair o Chefe pra superfície. Apocalipse agora ou mais tarde, o Chefe vai se aventurar por aqui no topo se os Lilin estiverem aqui. E um minuto com a minha amada vale o risco de uma eternidade sem ela.

– O que deixa os poços desprotegidos – eu concluí. Quando Paimon aplaudiu, eu estava atordoada. Tudo isso era para libertar Lilith por que ele a *amava*? Aquilo era tão distorcido e...

– Naberius?

– Espere! – O terror estava começando a superar o pânico, o que era muito pior. – Como você sabe que o encantamento vai funcionar? Você nem tem a *Chave Menor*.

Paimon franziu a testa.

– Como se eu precisasse da *Chave Menor*. Eu tinha Lilith; eu a ajudei a se libertar para que ela pudesse ter você.

– Você a ama, então você a ajudou a engravidar de outra pessoa?

– É a única maneira para podermos realmente ficar juntos – Ele deu de ombros. – E você está pronta. Eu posso ver a mancha em sua alma.

Eu não sabia o que me surpreendia mais: que o demônio podia ver a minha alma, que eu *tinha uma alma* ou que ele achava que ela estava manchada. Eu apenas olhei para ele enquanto continuava a torcer o pulso da minha mão esquerda, na esperança de soltá-lo.

– Quando soube que o Chefe estava enviando Astaroth pra superfície, eu tinha certeza de que era meu presente de aniversário. Obviamente o Chefe pensava que eu precisava da *Chave Menor* e ele o enviou para me ajudar a obtê-la – Ele jogou a cabeça para trás e riu alto. – Será que dá pra ficar mais fácil pra mim? Tudo que eu precisava era de tempo para Roth dormir com você. E realmente foi apenas uma questão de tempo. Ele é um demônio, afinal. Sinto o seu pecado carnal, Layla.

Eu não sabia que pecado carnal ele estava cheirando, mas não era aquilo. Eu comecei a apontar isso, porque aquilo colocava um grande obstáculo em seus planos. Meu "status" estava intacto, mas se ele ficasse sabendo, não havia como impedi-lo de resolver o problema sozinho.

Eu estava ferrada, mas a humanidade e a Terra não estariam se eu deixasse que ele acreditasse nisso. O encantamento não funcionaria. Os Lilin não renasceriam e ele não conseguiria libertar Lilith. Uma dormência começou a se instalar nos meus ossos enquanto eu olhava para o demônio. Eu provavelmente iria morrer, mas precisava considerar o bem maior. Talvez tenha sido o sangue Guardião em mim que me fez aceitar mais facilmente o meu destino, porque eu não estava pronta para morrer. Havia tanta vida que eu ainda não tinha experimentado. Não era justo.

Ou talvez fosse a humanidade que tinha pegado de Stacey e Sam.

Deixando minha cabeça cair de volta contra o chão frio, olhei para as vigas escuras. Ao meu lado, Naberius finalmente conseguiu fazer com que a pedra do anel ficasse voltada para o lado certo. Com o lado sem fio de uma faca, ele acertou a superfície, rachando-a.

Eu mordi o lábio quando a dor explodiu ao longo da minha mão e então senti a umidade fresca e pegajosa se derramando sobre os meus dedos. No momento em que o líquido pingou no chão dentro do círculo, as velas tremeluziram.

O murmúrio e o cântico silenciaram.

– O sangue morto de Lilith – disse Paimon. – O sangue vivo da filha de Lilith.

Um rápido movimento da mão de Naberius, e uma pontada cortou meu pulso. O corte não foi muito profundo. Era apenas uma picada, e pequenas gotas fluíram. Um fino filete de sangue escorreu pelo meu braço, se acumulando na parte mais grossa do meu cotovelo.

– Agora – disse Paimon. – Há apenas a questão de você levar uma alma.

Ele não sabia que isso já tinha acontecido? Eu abri os olhos quando uma nova onda de ansiedade irrompeu dentro de mim. Paimon gritou algo em um idioma grosseiro e grave. Seguiu-se uma movimentação, e eu me esforcei para ver atrás de mim.

As sombras se abriram e, à medida que se aproximavam da luz das velas, eu gritei. *Não. Não. Não.* Isso não podia estar acontecendo. Lutei descontroladamente contra as cordas.

Quatro demônios Torturadores se aproximaram, cada dupla carregando um corpo curvado. Uma dupla segurava Zayne e a outra, Roth. Os dois pareciam que tinham brincado de beijar um moedor de carne. As roupas deles estavam rasgadas. Sangue manchava seus pescoços e peitos.

Paimon sorriu como um pai satisfeito.

– Você tá se perguntando como eu consegui que os demônios Torturadores obedecessem às minhas ordens?

– Não – eu disse, rouca.

– Pense em todo o sofrimento que eles serão capazes de consumir quando os Lilins transformarem a Terra em um parquinho de diversões – ele explicou, independente da minha resposta. – Naberius?

Erguendo-se, o demônio saiu do círculo, com cuidado para não perturbar o giz ou as velas. Em sua mão, aquela faca...

As velas tremeluziram novamente, e meu olhar se voltou para o meu braço. Uma gota do meu sangue atingiu o chão e o queimou como ácido. Não havia tempo para se perguntar o porquê.

– Vamos voltar à minha pergunta sobre o amor – disse Paimon, se posicionando atrás dos demônios Torturadores que seguravam Roth e Zayne. – Você os ama? E se eu quisesse que você levasse a alma do Guardião?

Um zumbido baixo se espalhou nos meus ouvidos quando eu identifiquei a crueldade desavergonhada nos olhos de Paimon.

– Não.

– Eu não achei que você fosse concordar tão facilmente. – Paimon assistiu a Naberius andar em torno de Roth. Sua cabeça escura estava curvada e seus ombros mal se moviam. Ele nem sequer demonstrou qualquer reação quando Naberius enfiou a faca sob o queixo de Roth. – Eles o pegaram indo ajudar o Guardião. Quão completamente ridículo é isso? Um demônio ajudando um Guardião? Mas, pensando bem, ele provavelmente estava indo salvar você.

Eu forcei as cordas até que minha pele e meus músculos arderam.

– Solte eles.

– Ah, mas esse é o plano. – Paimon sorriu. – Se você não tomar a alma do Guardião, então Naberius aqui terá o prazer em cortar a cabeça do Príncipe da Coroa.

– E eu quero muito, muito fazer isso – acrescentou Naberius.

Um coração disparado se juntou ao zumbido em meus ouvidos. Horror se derramou dentro de mim.

– Não. Você não pode... você não pode fazer isso.

Paimon riu.

– Eu posso e eu vou. Ou você toma a alma do Guardião, ou eu mato Roth. Agora, eu sei o quão incrivelmente ingênuas e estúpidas garotas adolescentes podem ser. Mas certamente você não vai querer ver sua primeira transa sendo decapitada, vai?

Roth não era o meu primeiro, ninguém foi o meu primeiro, mas isso não significava que eu poderia permitir que isso acontecesse. Uma fúria potente e incontrolável se espalhou dentro de mim, esticando minha pele.

– E ele não vai simplesmente morrer – continuou Paimon. – Ah, não, ele vai sentir. – Movendo-se em uma velocidade impressionante, ele agarrou um punhado do cabelo de Roth e puxou sua cabeça para trás. – Você não vai, Sua Alteza?

Um tremor se espalhou pelo corpo de Roth e seus olhos se abriram.

– Vai se danar – cuspiu ele.

– Que coisa terrivelmente entendiante – Paimon largou a cabeça de Roth, mas ela não caiu. Seus olhos encontraram os meus. Eles estavam surpreendentemente alertas para alguém que parecia estar tão socado quanto ele. Paimon olhou para Zayne. – Roth vai acabar nos poços de chamas, o que é pior do que a morte.

O terror formou nós dolorosos no meu estômago. Eu não podia tomar a alma de Zayne e vê-lo se transformar no monstro que Petr tinha se transformado. E não podia deixá-los matar Roth.

– Qual é a sua resposta, Layla?

Um grunhido baixo e terrível veio do peito de Roth.

– Layla...

Meu olhar se voltou para ele. Seus olhos estavam dilatados, brilhando.

– Eu não posso.

– Não – ele rosnou. – Não faça... – A faca se mexeu, pressionando contra o pescoço dele até que sangue fresco jorrasse.

– Pare! – Eu gritei. Minhas mãos tentaram se fechar em punhos, mas eu não conseguia me mover direito. – Só para com isso!

Paimon levantou a mão e Naberius recuou.

– Sim?

– Layla, não diga mais nada! Você... – O punho de Naberius silenciou Roth.

– Eu não preciso tomar a alma dele – eu ofeguei. – Eu já tomei uma alma, uma alma pura.

Paimon olhou para mim por um momento e então ele deu uma gargalhada.

– Bem, bem. Este é um desfecho interessante na história.

— Sim. Sim! Era um Guardião. Eu tomei sua alma — Minha respiração estava saindo muito rápido e em um ritmo estranho. Uma inspiração. Duas expirações.

— Hah. Por essa eu não esperava. — Ele parecia perplexo, e eu me perguntava se essa era a mancha que ele tinha sentido e confundido com a história da atividade carnal. Mas não importava. Ele estalou os dedos.

Os demônios Torturadores largaram Zayne no chão e ali ele ficou, um amontoado de carne e osso imóvel. Um segundo depois, Naberius estava atrás dele e agarrou um punhado de cabelo loiro, puxando a cabeça de Zayne para trás, expondo sua garganta.

— Bem, mesmo com tudo isso dito e feito, você sabe o que dizem sobre Guardiões? — o sorriso lento de Paimon se esticou em seu rosto. — Guardião bom é Guardião... — Naberius acenou com a adaga perversa, colocando o fio cortante na garganta de Zayne. — Morto — ele completou.

— Não! — eu gritei, e minhas costas se curvaram. Os olhos vermelhos de Zayne se abriram em fendas finas.

Eu joguei minha cabeça para trás e meu próprio grito me ensurdeceu. Muitas imagens passaram pela minha mente como um álbum de fotos, se juntando e se formando gloriosamente em um momento de dor bruta maior do que qualquer dor que eu já tivesse sentido.

A ira libertou o demônio dentro de mim.

Quando me retorci para a frente, as cordas em torno de meus braços se esticaram. Os fios se desenrolaram, partindo nas extremidades, e, em seguida, a corda se rompeu. A seguir, minhas pernas se libertaram. Segundos depois, eu estava de pé. O ar não passava pela minha garganta: era fogo que passava, queimando minhas entranhas e se derramando através das minhas veias. Eu estava queimando de dentro para fora. Os músculos se contraíram. Minhas mãos se curvaram em garras. Minha visão se aguçou e tingiu o mundo de vermelho. Ossos se quebraram em uma explosão de dor e depois se fundiram novamente. Um estática se agarrou à pele que agora parecia esticada demais. Peças de roupa se rasgaram à medida que o meu corpo se transformava, expandido com músculos definidos e crescido. Os meus tênis se abriram e caíram para o lado.

Pequenos fios de cabelo se elevaram ao redor da minha cabeça. A dor explodiu ao longo das minhas costas, mas era o tipo bom de dor, o tipo que trazia um doce alívio enquanto minhas asas se desenrolavam, arqueando no ar acima de mim.

Quando levantei as minhas mãos, o choque flutuou através de mim. Minha pele era preta e cinza, marmorizada em uma mistura de ambas as espécies. Uma bela mistura do Guardião e do demônio há muito enterrados dentro de mim.

– Peguem ela! – gritou Paimon.

Os demônios Torturadores que estavam segurando Zayne dispararam na minha direção no instante em que Roth se levantou, libertando-se dos demônios que o seguravam.

No piloto automático, controlada por algo inato e instintivo, eu nem sequer parei para pensar. Levantando a cabeça, eu mostrei os dentes e sibilei.

Eu peguei o primeiro Torturador pela garganta, cavando minhas garras nele. Ouvi com satisfação o som de algo quebrando e o deixei cair. Eu brinquei com o segundo demônio, o pegando pelo pescoço e o jogando pelo ar. O guincho rouco de porco trouxe um sorriso cheio de dentes para o meu rosto. Rodopiando, eu o joguei através da parede acima das arquibancadas.

Saindo por cima das velas, eu estendi minhas asas.

Ensanguentado e espancado como se não houvesse amanhã, Roth sorriu para mim quando deixou cair um dos demônios Torturadores.

– Mesmo como uma pedra bizarra você ainda tá gostosa – Seu olhar caiu. – Talvez ainda mais gostosa. Caramba.

– Peguem eles! – rugiu Paimon. – Matem-nos! Façam alguma coisa!

Girei a cabeça para onde ele estava ao lado de Zayne.

Lançando-me do chão, aterrisei na frente do demônio. Balançando meu braço, dei-lhe uma tapa com as costas da mão, jogando-o no ar e o fazendo rodopiar.

Eu me ajoelhei ao lado de Zayne, cuidadosamente o rolando de costas.

– Zayne?

Seus olhos estavam abertos, piscando furiosamente.

– Estou bem. O corte não é profundo. – Com uma mão, ele segurou a minha. Sua mão humana sobre a minha. O contraste era ainda mais surpreendente por causa da nossa inversão de papéis. Seu olhar percorreu meu braço, onde as mangas do meu suéter tinham se rasgado na costura. Seus lábios se abriram quando ele conseguiu me ver direito. – Você está...

– Layla! – gritou Roth.

Girando a cintura, eu acertei o demônio que vinha na minha direção. O Torturador caiu, mas havia dezenas, se não centenas, mais. A quadra estava cheia deles. E atrás deles, criaturas maiores e mais peludas rugiam.

Capetas.

– Estou bem. – Zayne cambaleou até ficar em pé. – Eu consigo lutar.

– Eu realmente espero que sim – Roth levantou o braço e Bambi saiu de sua pele, enrolando-se no chão entre nós. – Porque se vai ficar aí deitado no chão sangrando, você não presta.

Então Roth se transformou. Sua pele tomou a cor da obsidiana, lustrosa e brilhante. Ele era maior que Zayne, que agora estava em sua forma de gárgula, e eu. Seu tom de pele era diferente e ele não tinha os chifres, mas a semelhança entre nós ainda era inegável.

Nós três viramos ao mesmo tempo.

Para além de Paimon e Naberius, uma horda inteira de demônios esperava.

Eles avançaram. Uma confusão caótica de corpos, e não houve tempo para pensar enquanto os corpos colidiam uns com os outros. Derrubando um Torturador, eu me abaixei, saindo do caminho de um Capeta, abrindo um caminho para Bambi, que se atirou através do ar e afundou suas presas no pescoço da besta. A cobra se enrolou em torno do Capeta, apertando até que ele arqueou as costas e rugiu. Fumaça negra saiu de sua boca aberta e então o Capeta implodiu.

Roth foi atrás de Paimon, enquanto Zayne tinha uma satisfação para tirar com Naberius após todo o incidente da facada na garganta. O que era uma droga, porque eu realmente gostaria de socar aquele idiota em vez de acabar com demônios Torturadores.

– Você tem sido um pé no saco – disse Roth, circulando Paimon. – O Chefe vai se divertir muito enfiando atiçadores em brasa onde o sol não brilha.

– Ora, ora, se não é o cachorrinho inofensivo da família – Paimon fervilhava. – O Príncipe favorito e o bichinho de estimação do Chefe.

– Não seja um *hater*. – Roth pousou no chão, que tremeu sob seu peso. – Você só tá com ciúmes porque não recebeu permissão pra voltar à superfície desde a Inquisição. Você sempre faz das coisas uma bagunça.

– Enquanto você é apenas um bom menino. – Paimon sacudiu os ombros. Roupas foram rasgadas. Asas escuras e retorcidas se projetaram de suas costas. O fogo se espalhou sobre a pele de Paimon até que ele não passava de uma chama dentro de um terno Armani. – Eu vou me divertir acabando com ela. Queimá-la de dentro para fora. Você vai ouvir seus gritos das entranhas do Inferno.

Roth rugiu, atacando Paimon. Ele encontrou com Roth na metade do caminho, sua colisão foi uma explosão de chamas e, em seguida, escuridão. Eu me joguei para trás quando Paimon lançou Roth pelo ar e o acertou em uma fileira de Capetas. Roth voou de volta, alcançando as chamas e agarrando Paimon. Roth rodopiou, atirando o Rei em um grupo de demônios Torturadores.

As portas da quadra se abriram.

Guardiões invadiram a sala, rasgando os demônios Torturadores como se fossem apenas papel. Reconheci Abbot e Nicolai liderando o ataque. Eles foram direto para onde Bambi tinha encurralado um Capeta. O monstrengo saltou para a frente, agarrando Bambi antes que ela pudesse envolver seu poderoso corpo em torno da besta.

Bambi foi arremessada para as arquibancadas, colidindo nelas.

A preocupação com a cobra passou por mim enquanto eu jogava um Torturador no poste de basquete e começava a avançar.

– Layla? – A voz de Abbot reverberou alto pelo ambiente.

Parei e me virei para ele. O choque em sua voz, espelhado em sua expressão, teria sido engraçado em qualquer outro momento.

– Acho que não sou uma mula, afinal de contas.

Talvez ele tivesse respondido, não fosse pela toneladas de demônios a serem eliminados, e pela primeira vez na minha vida, eu me atirei na batalha. A força de um Guardião corria em minhas veias, tão inebriante e poderosa quanto o sabor de uma alma. As garras do demônio Torturador nem sequer arranharam minha pele. Eu era mais forte e mais rápida do que eu poderia imaginar.

Alcancei Zayne, agarrando Naberius por trás. O demônio lutou descontroladamente, mas eu o mantive no lugar enquanto Zayne atacava, arrancando a cabeça do demônio.

Não houve tempo para celebrar a vitória. Roth lutava com Paimon, que sem dúvida já tinha entendido que seus sonhos estavam destruídos e estava tentando escapar. Eu avancei na direção deles, mas Zayne me parou.

– Não. Devo isso a ele.

Foi contra os meus instintos, mas eu me segurei enquanto Zayne mergulhava sob o braço de Paimon e o agarrava por trás. Os três cambalearam para trás. Percebi que eles estavam arrastando o demônio de volta para o pentagrama.

– Pai – Zayne gritou, e Abbot girou. Eles iam aprisionar Paimon!

Quando os Guardiões acabaram com o resto dos demônios, Zayne e Roth prenderam Paimon no pentagrama, segurando-o de bruços. Juntos, eles amarraram Paimon do mesmo jeito que eu tinha estado minutos atrás.

– Diga ao Chefe que eu mandei um oi – disse Roth, forçando o joelho nas costas de Paimon enquanto ele apertava a última corda. – Ah, não, espera. Você não vai falar muito. Vai mais é soltar um monte de gritos.

Roth se levantou e tanto ele quanto Zayne se viraram para deixar a armadilha quando Abbot se aproximou do pentagrama. Acabou, eu percebi. Finalmente acabou. Meus olhos se moveram de Zayne para Roth. Ambos em suas formas reais, que eram tão assustadoras quanto estranhamente belas.

Em sua forma demoníaca, Roth piscou um olho.

Meus lábios se abriram em um sorriso. Eu soltei a respiração e foi como trocar de pele. Músculos relaxaram e encolheram. Alguns segundos depois, eu era eu novamente, de pé em roupas rasgadas e descalça.

E então tudo foi para o Inferno.

Paimon soltou um rugido inumano e seu corpo se contraiu. Cordas estouraram e saltaram para longe. O demônio subiu alto e agarrou o alvo mais próximo, arrastando Zayne de volta para o círculo. Meu coração despencou e um grito ficou preso na minha garganta.

– Vai – gritou Zayne, com os olhos arregalados para seu pai. – Agora!

Gelo encharcou minhas veias. Qualquer coisa dentro da armadilha do diabo *estava aprisionada* – humana, Guardiã ou demônio. Zayne iria para os poços de chamas junto com Paimon.

O horror se apoderou de mim.

– Não!

Roth rodopiou, e em uma onda de movimento, agarrou Zayne e o libertou das garras de Paimon. Empurrando-o para fora do círculo, Roth então envolveu seus braços em torno de Paimon.

Um novo entendimento se apossou de mim. Não havia como Paimon simplesmente se sentar docilmente e ficar na armadilha. Cordas não o segurariam. Alguém tinha de o fazer, e Roth tinha acabado de fazer aquela escolha.

– Proteja ela! – Roth gritou, segurando Paimon na armadilha. – Zayne, vai!

– Não! Não! – Eu corri na direção deles, descalça, deslizando sobre sangue e sujeira, enquanto Abbot jogava o sal preto em direção à armadilha. – Roth! Não!

Naquele pequeno instante de tempo, apenas um piscar de segundo, seus olhos dourados encontraram os meus.

– Livre-arbítrio, hein? Droga. É um saco *mesmo* – E então ele sorriu, *sorriu* para mim, um sorriso real, revelando aquelas covinhas profundas. – Eu me perdi no momento em que te encontrei.

A minha voz partiu, e o meu coração...

Os braços de Zayne me envolveram e ele se virou, me forçando a ficar de joelhos. Suas asas se esticaram e depois se enrolaram em torno de mim enquanto seu corpo se curvava, me abrigando.

Uma luz vermelha piscou, tão brilhante e intensa que me cegou debaixo de Zayne. Um vento uivante rugiu através da quadra. Eu gritei. Eu *gritei* porque sabia que Roth não faria nenhum som enquanto os poços de chamas o recebiam. E eu não parei de gritar. Não quando o cheiro de enxofre me sufocou. Não quando o calor escaldante nos atingiu, fazendo com que pequenos pontos de suor se espalhassem pela minha pele. Não até que o vento, o calor e o cheiro de enxofre recuassem.

E então houve silêncio.

– Sinto muito – Zayne sussurrou, e então ele afrouxou seu aperto. Eu me libertei, dando alguns passos em direção ao círculo queimado antes que minhas pernas cedessem. Caí de joelhos. O espaço onde Roth estava com Paimon estava queimado, o chão carbonizado.

Alguém me disse algo. Talvez Abbot ou Nicolai. Não importava. Não havia nada que eles pudessem dizer agora. Roth tinha se sacrificado por mim, por Zayne. Um demônio escolheu uma eternidade de sofrimento em nome de outra pessoa.

Eu não conseguia suportar aquilo.

As lágrimas escorreram pelo meu rosto, misturando-se com sangue e fuligem. Baixei a cabeça até que minha testa descansou contra o chão e fiz algo que não fazia há muito tempo.

Eu rezei.

Rezei por Roth. Rezei para que os Alfas interviessem. O que ele tinha feito devia ter lhe merecido uma intervenção divina. Rezei para que os anjos descessem ao Inferno e o erguessem de lá. Rezei até que eu quisesse gritar de novo.

Mas orações como aquela não costumavam ser atendidas.

Algo frio e liso cutucou minha mão, e eu lentamente levantei minha cabeça. Pisquei uma e depois duas vezes antes de acreditar no que estava vendo.

– Bambi?

A grande cobra se enrolou em volta do meu braço, levantando a cabeça até que descansasse no meu ombro. Uma nova onda de lágrimas ofuscou minha visão, mas não o suficiente para me impedir de ver um Guardião vindo em nossa direção com um olhar assassino em seus olhos quando eles pousaram em Bambi.

– Faça isso e será a última coisa que você vai fazer na vida – eu avisei em uma voz que mal reconheci.

O Guardião parou e depois recuou. Ninguém mais chegou perto de nós.

Desviei o olhar de volta para o círculo. Perto da estaca à direita, um pequeno buraco havia queimado pelo chão. Provavelmente um retorno do Inferno e nada como aquele ponto carbonizado no centro, no qual Astaroth, o Príncipe da Coroa do Inferno, tinha tomado uma atitude tão pouco característica de demônios.

Eu me perdi no momento em que te encontrei.

Eu encarei aquele ponto.

Roth se foi.

Capítulo 26

Ajeitando os fios de cabelo loiros gelados de volta em um coque bagunçado na base da nuca, peguei minha blusa. O material parecia sem peso em meus dedos. Às vezes eu me sentia sem peso. Em poucos dias eu estaria voltando para a escola, tendo milagrosamente me recuperado de mononucleose, para o deleite de Stacey e Sam. As aulas tinham sido canceladas por três dias depois que um pequeno pedaço do Inferno tinha visitado a escola. Abbot e o comissário de polícia convenceram a equipe da escola de que tinham impedido algum tipo de ataque terrorista doméstico.

A população geral permanecia no escuro quanto ao fato de que demônios andavam entre eles e do verdadeiro propósito dos Guardiões. A ameaça dos Lilins acabou – mais ou menos. Pelo menos enquanto não houvesse mais demônios apaixonados por Lilith ou que quisessem começar o fim do mundo. As coisas estavam prestes a voltar ao normal. Como se outubro e novembro nunca tivessem acontecido. Então tudo estava bem, pelo menos para os Guardiões e os Alfas.

Não tinha me transformado desde aquela noite, há pouco tempo.

Talvez eu não conseguisse mais me transformar de novo e Abbot não insistiu no assunto. Eu já não era mais uma mula, mas também não era como os outros Guardiões. Agora que eu sabia como era minha outra forma, me sentia ainda mais diferente do que antes.

Também tentei não pensar em Petr e no meu pai, sabendo que Elijah ainda andava por aí e provavelmente arquitetando um plano para minha morte prematura. Nada disso realmente importava agora. Eu lidaria com ele quando o dia chegasse.

Mas, por enquanto, haviam coisas mais importantes que eu precisava lidar.

Meus olhos se moveram para o espelho, e como todos os dias desde o confronto na antiga quadra, fiquei surpresa. Provavelmente anos se passariam até eu me acostumar com o que eu via.

Me virei na frente do espelho, estranhamente aliviada e confortada pelo que via no meu reflexo. Minha nova e inesperada tatuagem servia como um lembrete agridoce.

Abaixando meu olhar, eu soltei uma respiração instável enquanto lágrimas ardiam nos meus olhos. Bambi se fundiu ao único demônio de pé. Eu. Ela era muito grande para o meu corpo, mas estávamos tentando fazer funcionar. Naquele momento, a parte inferior do seu corpo estava enrolada em torno do meu torso; seu pescoço de ônix grosso e brilhante se esticava entre meus seios e inclinava sobre meu pescoço. A cabeça em forma de diamante repousava na parte de trás do meu ombro. De alguma forma, os detalhes do desenho ainda me impressionavam. Cada escama perfeitamente replicada; a linha mais escura descendo pelo centro de seu corpo e do ventre.

Eu passei uma mão sobre minha barriga e sua cauda se contorceu. O movimento me assustou, até fez cócegas.

— Você tem que parar com isso — eu disse a ela.

Bambi mexeu sua cabeça de lugar e eu estremeci, a sensação me dando arrepios. A cobra compartilhava um pouco da personalidade de Roth. No pouco tempo em que ela esteve comigo, eu realmente achava que Bambi vivia para encontrar novas maneiras de me atormentar. Como no meio da noite quando ela queria sair e ir caçar. Eu tinha medo de descobrir o que ela estava caçando.

Só esperava que não fossem animaizinhos... ou crianças.

Ou quando ela se mexia na minha pele para ficar visível quando Zayne estava por perto, assim como eu imaginava que Roth teria feito se ele...

Puxando a minha camisa, eu cortei aquele pensamento, mas senti um nó se formando no fundo da minha garganta. Fechei os olhos e respirei fundo várias vezes, focando novamente em Bambi.

Ontem ela tinha serpenteado para o lado do meu rosto enquanto Zayne estava assistindo a um filme comigo, e ela não saía, não importava o que eu fizesse.

Zayne tentou ignorá-la, mas aquilo só fez provocar Bambi a sair da minha pele e balançar a cabeça bem na coxa dele.

Então, sim, a cobra era como Roth.

Houve uma batida na minha porta, chamando a minha atenção.

– Sim?

Zayne entrou, seu cabelo puxado para trás em um rabo de cavalo baixo. Eu estava esperando vê-lo hoje, e não apenas porque ele estava passando muito tempo comigo. Nós realmente não conversamos sobre o que tinha acontecido ou o que Roth tinha feito por ele, por nós. Mas sabia que ele se incomodava por não saber o que dizer.

Eu também não sabia.

Passamos muito tempo juntos desde então, e não havia palavras suficientes nesse mundo que pudessem expressar a minha gratidão. A presença de Zayne teve o efeito que Roth sabia que teria. Manteve as arestas mais ásperas e sombrias da dor à distância. Nosso vínculo desde a infância era como um amortecedor, bloqueando a dura realidade de que eu tinha perdido uma parte de mim antes de ter tido a chance de perceber isso.

– Tem certeza de que quer ir comigo? – perguntei.

– Sim. – Seu olhar mergulhou ao longo da gola da minha camisa. – Cara, eu odeio como essa coisa se move por todo o seu...

– Corpo?

Um rosa fraco rastejou sobre a cavidade de suas bochechas.

– É, isso.

Eu ri baixinho.

– Ei, Bambi é uma menina.

– Não deixa de ser ruim – ele resmungou enquanto pegava meu moletom e o entregava para mim.

Eu peguei a peça.

– Acho que ela gosta de você. – Vesti o moletom com capuz e subi o zíper da frente. – Acho que é por isso que ela quer te atormentar.

– Eu acho que ela me odeia e é por isso – Ele estendeu a mão e endireitou as cordas do capuz para que elas ficassem do mesmo comprimento. – A cobra é uma...

A cauda de Bambi de repente escorregou pela minha cintura, e eu me empurrei para o lado, rindo.

Zayne baixou as mãos.

– O que foi?

– Bambi – eu ofeguei. – Ela tá se mexendo, faz cócegas. – Seus olhos se estreitaram enquanto os cantos dos lábios se viravam para baixo. – Essa cara feia não ajuda. Isso a provoca. – Eu sorri quando os olhos de Zayne se reviraram, mas o sorriso rapidamente desapareceu quando pensei no que estava por vir. – Você tá pronto?

– Você tá?

– Não – eu sussurrei e então balancei a cabeça. – Sim.

Zayne esperou.

– Tá tudo bem. Tome o tempo que precisar. Estou aqui com você.

Assim como Roth sabia que ele estaria.

Estacionamos a várias quadras do apartamento de Roth, e Zayne esperou em um pequeno parque a uma quadra de distância. Eu não achava que os demônios fossem ficar muito entusiasmados com a presença de um Guardião, apesar de que Zayne não tentaria nada hoje. Não sabia se seria bem-vinda com o meu sangue de Guardião, mas isso não iria me impedir.

Respirando fundo, abri as portas e entrei no saguão opulento, olhando em volta. Os demônios eram bem escassos. Havia um Demonete sentado em um sofá, bebendo uma xícara de café enquanto brincava com seu telefone.

Ele olhou em volta, me viu e depois se voltou para sua tela. Então tá. Eu rondei em direção às escadas, atingindo meu destino sem interrupção. Cheguei à porta da escadaria, mas meu olhar foi para o elevador próximo, o portal para o Inferno.

– Eu sei o que você tá pensando.

Eu me virei.

– Cayman.

O governante infernal inclinou a cabeça em reconhecimento.

– Não tem como você descer e encontrar Roth – Abri a boca para falar, mas ele continuou. – Se você não for devorada pela primeira dúzia de demônios que aparecer no caminho e você realmente conseguir alcançar os poços, o Chefe ainda não vai deixar você entrar.

Exalando grosseiramente, olhei para as portas do elevador.

– Eu não sou idiota o suficiente pra tentar isso.

– Não, você não é. Mas um momento de desespero poderia ter levado você a tomar uma decisão muito imprudente. Não é o que Roth teria desejado.

Eu fechei os olhos com força.

– Eu odeio que você fala dele como se ele estivesse morto.

– Não é assim que você pensa nele?

A dor afiada de agonia que se abriu meu peito me disse sim.

– Eu só queria ir ao apartamento dele. É só isso. Ele tinha uns gatinhos...

– Ah, os três monstrinhos? – perguntou ele. – Eram tatuagens.

Meus olhos se arregalaram.

– Eles eram? Eu nunca os vi nele – Cayman deu um passo à minha volta e abriu a porta da escada.

– Ele raramente os usava. Eu não sei se ele usou naquela noite. Eu ainda não tinha pensado em dar uma olhada no apartamento dele.

– Você vai me deixar olhar?

Ele apontou para a escada.

– Depois de você.

Em silêncio, fomos até o nível superior, os músculos das minhas pernas queimando quando ele abriu a porta de Roth.

Quando entrei, Cayman permaneceu do lado de fora. Não sei o que esperava sentir entrando ali, mas nada poderia me preparar para o vazio dolorido que se abriu em meu coração ao sentir o cheiro almiscarado.

Assumi que as coisas estavam do jeito que Roth as deixou. Havia um livro em sua mesa, virado para baixo. Eu o peguei e vi que era *Contos de Poe*. Sorrindo levemente, coloquei-o de volta do jeito que o encontrei. Não sei por que, mas não queria perturbar as coisas dele.

Eu me sentei em sua cama e esperei que as bolinhas de pelo se materializassem e se agarrassem a qualquer ponto de pele exposta, mas elas não apareceram. E eu continuei sentada ali, o meu olhar deslizando pelas paredes, livros, TV e todas as pequenas coisas que fizeram Roth real – que fizeram dele mais do que apenas um outro Príncipe da Coroa.

Engolindo com força, ajoelhei-me e levantei as colchas. Nada de gatinhos. Verifiquei atrás do piano. Nada. Nem no banheiro. O armário estava surpreendentemente vazio. Eu me perguntava onde Roth conseguia suas roupas. Eu verifiquei todos os cantos e recantos no *loft*. Os gatinhos não estavam lá.

Olhei para o corredor além da porta aberta. Cayman esperava.

– Ele deve estar usando-os.

Eu acenei com a cabeça. Não sabia se deveria estar aliviada ou não. Pelo menos eles não tinham sido deixados aqui para morrer de fome. Mas eu nem tinha ideia do que eles comiam. Provavelmente sangue.

– Só preciso de mais um segundo – disse eu.

Cayman sorriu levemente, e eu me virei, abrindo a porta para o telhado. Subi as escadas, uma última vez. O jardim florescia e o nó na minha garganta se apertou. Um demônio que gostava de jardinagem? Roth... Deus, Roth não era nada além de surpresas.

Absorvendo a visão das espreguiçadeiras e as tendas que se moviam suavemente, suspirei e fiz o meu caminho até o parapeito do telhado. A dor dentro de mim parecia muito real, e eu realmente não podia imaginar isso indo embora. A lógica me dizia que aquilo iria desaparecer um dia, mas...

O cheiro doce e almiscarado veio do nada, esmagando os aromas das flores que me cercavam. Os pelos do meu corpo se eriçaram enquanto um arrepio de consciência dançava sobre a minha pele.

Eu me virei, coração batendo contra as minhas costelas.

– Roth?

Ninguém estava lá, mas seu cheiro perdurou enquanto meu olhar seguia de volta para a espreguiçadeira. Algo metálico chamou a minha atenção. Andando em direção a ele, encontrei uma corrente de prata enrolada na pequena mesa ao lado da espreguiçadeira. Ela não estivera ali segundos antes. Apanhei-a, a surpresa me roubando o fôlego.

Era a minha corrente, a que Petr tinha partido. Mas os fechos tinham sido consertados, o metal tinha sido limpo até ficar brilhante e novo. Eu sabia que era minha porque eu nunca tinha visto uma corrente tão intrincadamente entrelaçada antes, como se combinasse com o anel. De certa forma, eu achava que sim.

Lágrimas borbulhavam em minha garganta enquanto eu me virava lentamente. Não poderia ter sido... mas de onde veio o colar?

— Roth? — eu sussurrei, minha voz falhando na metade do nome dele. — Você tá aqui?

Eu não sei o que esperava. Que ele aparecesse do nada na minha frente como normalmente fazia? Nada aconteceu. Eu olhei para o colar. Ele *não* estava lá antes.

Uma brisa quente, mais como um sopro suave de ar, acariciou minha bochecha, fazendo meu coração pular, e então... então o cheiro almiscarado desapareceu, como se nunca tivesse existido.

Fechando os dedos sobre a corrente, eu a pressionei contra o meu peito e fechei meus olhos com força. A dor aumentou de uma forma que eu achei que certamente me tomaria por inteira.

Deus, por mais que eu odiasse chorar, eu respeitava as lágrimas que escapavam das minhas pálpebras bem fechadas. Elas significavam algo. Elas significavam tudo. Eram a única maneira de retribuir Roth pelo que ele tinha sacrificado.

Cayman ainda estava esperando no corredor quando voltei.

— Eu vou cuidar do jardim.

Eu pisquei lentamente.

— Obrigada.

Não conversamos quando voltamos para o lounge e eu comecei a andar em direção à porta, meu coração e pensamentos irrevogavelmente pesados. Eu não sabia o que o colar realmente significava, se eu simplesmente não o tinha visto no início ou se o cheiro de Roth era simplesmente um produto da minha imaginação alimentada pela esperança. Eu não tinha certeza, mas a mão que segurava o colar tremia.

— Layla?

Eu me voltei para Cayman.

— Sim?

Ele sorriu um pouco. Era mais uma careta, mas eu acho que para um demônio, contava.

— Sabe, demônios não morrem quando eles vão para os poços. Roth fez o trabalho que tinha que fazer, Layla. Ele veio aqui para impedir que os Lilin fossem despertados — Seu olhar se fixou no meu. — Os poços de chamas ardentes são uma viagem só de ida, mas o Chefe é da velha guarda e Roth foi o Príncipe da Coroa favorito dele.

Eu respirei fundo, perto demais de tudo para deixar aquela fagulha de esperança crescer.

– O que você tá querendo dizer? – Com a mão ainda tremendo, estendi o colar para ele ver. – Encontrei isso no telhado. Não estava lá quando subi, e depois estava.

O sorriso de Cayman se alargou um pouco e então ele encolheu os ombros enquanto enfiava as mãos nos bolsos. Ele se virou, indo para o outro lado do saguão. A meio caminho entre os sofás e cadeiras, ele olhou por cima do ombro para mim e piscou. Então, em um piscar de olhos, ele desapareceu.

Esperança e descrença guerreavam dentro de mim. Eu queria acreditar, eu *precisava* acreditar que Roth não estava naqueles poços. Que ele estava bem, que tinha sido ele quem deixou o colar para mim. Aquilo tornava o dia de amanhã um pouco mais fácil de se encarar, pensando que havia a possibilidade de vê-lo novamente. Um dia.

Eu não tenho certeza de quanto tempo eu fiquei ali parada, mas finalmente eu me forcei a me mexer. Zayne devia estar ficando impaciente lá fora.

Saindo do prédio, eu inalei o ar fresco. Zayne estava esperando onde eu o deixei, como ele disse que faria. Sentindo que eu me aproximava, ele levantou sua cabeça dourada. Ele não sorriu. Se ele deu ou não voz ao que ele suspeitava que meus sentimentos por Roth fossem e se ele concordava ou não com eles, ele ainda sabia como eu me sentia.

No calor do momento, eu procurei pelo meu anel. Ele saiu facilmente, a superfície rachada refletindo a luz do sol. Sem o sangue da Lilith, o anel parecia mais uma pedra normal. Não havia necessidade de ficar com ele, mas não conseguia me livrar dele. Ainda não.

Quando entreguei a corrente e o anel a Zayne, ele parecia saber o que fazer com eles. O local onde Bambi havia se tatuado no meu braço coçava muito. Resisti à vontade de me coçar enquanto Zayne enfiava o anel na corrente.

– Você... você cuidou do que precisava? – ele perguntou, tirando um fio de cabelo loiro que escapou de seu rabo de cavalo.

Eu limpei minha garganta, mas o nó ainda estava lá.

– Acho que sim.

Zayne mexeu os dedos e eu me virei, me forçando a respirar fundo novamente. Enquanto ele fechava a corrente atrás do meu pescoço, meu olhar viajou até o *loft* de Roth. As janelas estavam muito escuras para ver. Não que alguém estivesse lá, mas eu nunca seria capaz de saber.

– Você tá pronta? – Zayne perguntou.

A dor no meu peito diminuiu um pouco quando olhei para os olhos azuis de Zayne. Tentei sorrir para ele, e acho que o pequeno esforço o aliviou. Ele sabia que eu não ia me encolher e definhar porque eu tinha perdido Roth. No entanto, haviam momentos em que isso era a única coisa que eu queria fazer.

Deixei cair o colar debaixo da minha blusa, batendo onde ele havia se alojado entre os meus seios.

Zayne me ofereceu uma mão.

E eu a peguei, entrelaçando meus dedos entre os dele. Começamos a andar pela rua, calmamente. Meu coração acelerava a cada passo que me levava mais longe de tudo que me lembrava de Roth. Eu não conseguia parar, mesmo que eu quisesse me virar e correr de volta para o seu apartamento, acampar lá até... até que a eternidade passasse. De vez em quando, eu olhava por cima do meu ombro, procurando por uma cabeça de cabelos escuros e um sorriso que me enfurecia e me excitava. Eu me esforcei para ouvir o cantarolar de *Paradise City*. Dentre todos os rostos da multidão na rua, eu não vi o que eu estava procurando.

Mas pensei no colar e no piscar de olho de Cayman e me perguntei se um dia o encontraria novamente.

FIM

Enquanto aguarda a continuação da série, fique com uma cena bônus especial de Roth!

O Advogado do Diabo

Ter Layla no lugar que eu chamava de casa me deixava fora de mim. Todas as células do meu corpo estavam hiper conscientes de cada pequena respiração que ela tomava, cada vez que ela se movia, até mesmo o menor dos movimentos. Ela estar aqui fazia minha pele formigar para mudar de forma.

E, cara, havia provavelmente uma lista imensa de coisas erradas com isso.

Layla se sentou na beirada da cama enquanto eu colocava as caixas com sobras de arroz na geladeira. Eu tirei minhas botas, observando-a do canto dos meus olhos. Ela mexia com as mangas de sua camisa e, em seguida, as mãos foram para as pontas de seu cabelo, brincando com os fios loiros pálidos.

Eu inclinei meu corpo em direção a ela sem realmente perceber, minha cabeça inclinada para o lado. O predador que eu era inalou profundamente, sentindo o cheiro cítrico do nervosismo. Parte de mim queria atacar, mas a outra parte, a parte estranha que parecia ter se arrastado para dentro de mim, se conteve.

Seu olhar cintilou para mim e depois se afastou, assustado como um potro recém-nascido. Demônios como eu se regozijavam com as emoções humanas, especialmente aquelas derivadas de uma fraqueza ou outra. Estava na minha natureza explorar aquele sentimento, explorar *Layla*.

Nenhuma parte de mim era humana, e a minha verdadeira natureza não tinha sido domada, mas estar perto dela era... diferente.

Eu me encostei na parede, sorrindo um pouco enquanto ela se enrijecia.

— Você tá nervosa.

Seu queixinho redondo se levantou.

– Não estou, não.

O dragão no meu abdômen se remexeu em resposta à sua negação e eu ri.

– Eu consigo sentir o cheiro do seu nervosismo, Layla. Sobre isso você não pode mentir.

Seu nariz se enrugou enquanto ela levava os joelhos até o peito, enrolando os braços em torno deles.

– Você não tá nervoso? E se a Chave não estiver lá? E mesmo se estiver, como faremos se estiver sendo vigiada? Duvido muito que a gente consiga entrar lá e só pegá-la.

Como se eu estivesse preocupado com isso.

– Eu não estava falando sobre isso. – Eu me afastei da parede, indo em direção a ela. O cheiro de laranja aumentou e eu diminuí meu ritmo. Sentando-me ao lado dela, eu coloquei as minhas mãos ao lado de seus pés descalços. Pés minúsculos e dedos minúsculos. Unhas pintadas de rosa. Caramba, tudo sobre ela era pequeno. Tudo, exceto sua personalidade e sua coragem. – Mas pra responder à sua pergunta: não, eu não estou nervoso. Não importa os obstáculos que criem pra gente no caminho, eu serei capaz de lidar com eles.

Os lábios dela se moveram.

– Nossa, como você é especial. Nada arrogante, hein?

– Eu sou todo tipo de especial, mas você sabe disso.

Aproximando-me, porque eu não conseguia me controlar e não que eu estivesse tentando, eu coloquei meu queixo sobre os joelhos dela. O cheiro cítrico se expandiu e depois diminuiu. Interessante.

– Você tá nervosa porque você tá aqui comigo.

Lábios levemente rosados se separaram e, Inferno, eu lembrei do sabor e da sensação daqueles lábios. Eu havia passado uma quantidade perturbadora de tempo pensando naqueles lábios.

– Você me deixa nervosa – ela disse.

Minha boca se curvou em um sorriso enquanto eu me endireitava, alinhando-me com o objeto da minha obsessão.

– Você deveria estar nervosa.

– Que reconfortante. – Ela se manteve imóvel.

Eu ri e depois me virei. Indo para as prateleiras abarrotadas, eu passei os dedos sobre as lombadas até que eu me resolvi sobre o que eu estava procurando. Olhando por cima do meu ombro, vi o rubor se espalhar ainda mais pelas bochechas dela.

– Topa um filme?

Ela assentiu com a cabeça.

Uma vez colocado o filme no aparelho de DVD, eu me estendi sobre a cama e esperei. Não levou um minuto.

– *Advogado do Diabo*? – ela perguntou. Eu não tive como não sorrir.

– Boa escolha.

Ela balançou a cabeça e seu próprio perfume se espalhou sobre mim. Um misto entre baunilha e pêssegos. Eu gostei. Eu gostei muito. Porque no Inferno tudo cheirava a enxofre e a sangue.

Lar doce lar.

– Apenas assista e se divirta – eu disse.

Layla se concentrou na TV, mas eu sabia que ela não estava prestando atenção. Nem de longe. Ela estava tão inquieta que eu estava esperando que ela pulasse de sua pele, mas depois de um tempo sua ansiedade se acalmou e se transformou em algo... diferente.

Eu inspirei e meu coração chutou contra minhas costelas. Um cheiro doce e picante envolveu meus sentidos.

Nossa.

Meu coração bateu ainda mais rápido, juntando-se à minha pulsação. Meu olhar deslizou para ela, viajando sobre suas bochechas levemente coradas. Eu praticamente sabia o que ela estava pensando. Puta merda, eu sabia exatamente para onde a mente dela estava indo.

Cada músculo do meu corpo se enrijeceu enquanto ela respirava fundo e depois se deitava ao meu lado. Meu peito parou de se mover. Respirar era superestimado. Ela estava...?

Layla se mexeu para mais perto, pressionando sua coxa contra a minha e colocando uma mão pequena no meu peito e, pelo amor de todas as coisas profanas, a resposta do meu corpo chicoteou através de mim como o vento perseguido pelo fogo do Inferno.

Ela não se mexeu. Eu ainda não estava respirando, e eu sabia, eu *sabia* que ela era totalmente inocente e não tinha ideia do que ela estava realmente começando, para o que ela estava abrindo a porta.

– Layla... – Assustada, ela começou a afastar a mão, mas me movendo tão rápido quanto uma cobra dando o bote, eu segurei seu pulso.
– O que você tá fazendo?

Seu peito subiu bruscamente e ela não respondeu. Ela não precisava. O cheiro pesado e rico me dizia tudo. Eu me virei, pressionando-a de costas, meus braços prendendo-a debaixo de mim. Nossos olhares colidiram. Seus olhos estavam tão arregalados, e tudo o que ela tinha curiosidade em saber foi explodido através daqueles orbes cinza pálidos. Um arrepio me balançou enquanto eu me segurava. Uma parte gigante de mim queria comê-la.

Em mais de uma maneira.

– Eu sou um demônio, Layla. O que eu vejo em seus olhos e o que eu sinto do seu corpo é algo que eu vou me aproveitar. Não se engane. Eu vou te dar uma chance. Feche os olhos, e eu vou deixar isso passar.

Ela não fechou os olhos.

Uma série de formigamentos afiados se espalharam pela minha coluna. Eu não sabia o que era aquilo, mas havia uma vozinha no fundo da minha mente que me avisou para prosseguir com calma, para diminuir os impulsos mais primitivos. Estranho. Em toda a minha vida eu nunca dei a mínima para as preocupações, medos, trepidações ou falta de experiência de ninguém. Nem mesmo uma vez.

Mas com Layla?

Eu pensava demais.

Baixei a boca para a dela e a beijei. Nada daquela conversa mole da primeira vez que nos beijamos. Eu peguei sua boca, e, quando ela gemeu, eu quase perdi o controle. Suas emoções se espalharam para todos os lados quando ela sentiu o piercing na minha língua.

Suas mãos se ergueram para mim, se enterrando no meu cabelo. Quando ela puxou, a pequena fagulha de dor trouxe um rosnado profundo de dentro da minha garganta. Eu deslizei a minha mão pelo seu ombro, ao longo de sua cintura e até a perna, encaixando sua coxa em torno da minha cintura. Ela suspirava no beijo enquanto nos pressionávamos um contra o outro, e não poderia haver dúvida em sua mente que eu queria aquilo. Realmente queria aquilo.

Mas eu queria mais. Inferno, eu sempre queria mais.

Minha mão deslizou sob a borda de sua camisa. No primeiro toque de sua pele nua contra a minha mão eu senti como se eu nunca tivesse tocado em uma garota antes. Patético. Um pouco perturbador. Mas tudo em que conseguia pensar era em como a pele dela era macia.

E então ela virou o jogo contra mim. Bam. Bem assim.

Seu corpo se mexeu sob o meu, me puxando para ela, e enquanto suas mãos deslizavam sobre a parte inferior do meu abdômen, todo o ar que eu estava segurando foi expelido em um gemido alto. Seu toque foi hesitante e inseguro no início e de alguma forma aquilo me desfez mais do que a carícia mais habilidosa poderia ter feito.

Eu me afastei, puxando minha camisa sobre a cabeça e jogando-a de lado, dando a ela mais acesso. Seus olhos passearam sobre mim lentamente, tocando cada marca na minha pele, demorando-se em algumas áreas, especialmente onde o dragão descansava.

Quando o olhar dela se voltou para o meu, algo estremeceu *dentro* do meu peito. Eu não entendia aquilo. Não queria realmente pensar sobre aquilo. Aproximando nossas bocas mais uma vez, eu a deitei e depois me levantei, dando um beijo em sua bochecha e em cada centímetro quadrado dela enquanto eu embalava seu belo rosto.

Eu me perdi na sensação de seus lábios por um momento e então minhas mãos estavam tremendo enquanto eu puxava seu suéter, jogando-o onde quer que minha camisa tivesse pousado. Ela estava afim, arrastando as pontas dos dedos até o botão da minha calça. Ah, sim, meu corpo se levantou e notou para onde ela estava indo.

Mas depois fiz a coisa mais estranha do mundo.

Capturando suas mãos, eu as afastei, e então foram as pontas dos meus dedos que exploraram um pouco. Mas os sons, a maneira como ela se movia, aquilo me deixava louco. Droga, eu conseguia sentir minha pele se esticando, e a cada tantos segundos, uma onda de choque ondulava através de mim.

Meu corpo estalou e eu sabia que estava esmagando-a contra mim, mas eu não conseguia parar. Nossos corpos se tocavam em todos os lugares certos. Meus quadris se moviam contra os dela, mostrando exatamente onde eu queria levar isso. A sensação de sua pele contra a minha me deixou tremendo. Ninguém... Ninguém tinha esse tipo de poder sobre mim, mas quando a beijei novamente, quando os nossos lábios se fundiram, e o beijo ardeu e se aprofundou, foi a primeira vez que provei do paraíso.

Seus dedos se cravaram em meus braços enquanto eu deslizava minha mão para baixo, abaixo de seu peito, em torno de seu umbigo e então mais para baixo... e um pouco mais ainda. Eu assistia, fascinado, incapaz de desviar o olhar enquanto ela se tensionava e suas pupilas se dilatavam.

– Roth, eu... eu não sei...

– Tá tudo bem – eu disse, meus lábios roçando contra os dela, e, Santo Inferno, *estava* tudo bem. Eu não conseguia entender. Meu corpo não estava de acordo com isso, mas eu estava, eu realmente estava. – Isso é sobre você. Sim, é só sobre você – A verdade daquilo foi como um soco no peito. – Você me desfaz. Não faz ideia de como você me desfaz.

Layla respirou de maneira irregular, e depois cumpri as minhas palavras.

Era sobre ela, e eu me gloriei nisso. Tocando-a daquele jeito? Segurando-a enquanto seu corpo cedia? Ouvindo os sons suaves que ela soltava? Sim, era tudo sobre ela e valia demais.

Mas então ela gritou e eu também e, Santo Inferno, eu sabia como o paraíso devia soar. Eu estava maravilhado. Despedaçado. Completamente destruído. Já nem sabia quem ou o que eu era. Tudo o que eu podia fazer era segurá-la, e essa parte dentro de mim, esse aspecto estranhamente novo, apreciava os momentos que pareceram uma eternidade, mas que não haviam sido longos o suficiente. Finalmente me levantei, separando nossos corpos por meros centímetros.

Nossos olhos se encontraram e seus lábios curvados se ergueram apenas um pouquinho nos cantos, e algo grande quebrou dentro de mim. Ou talvez não fosse tanto uma quebra. Talvez um tipo de construção, como se eu estivesse sendo remodelado em algo novo. Algo em que eu não tinha nenhuma experiência.

Eu passei meus dedos sobre sua bochecha quente.

– O que eu daria...

Não havia como eu terminar aquela frase. Não em voz alta. Eu não sabia muita porcaria naquele momento, mas sabia que daria minha vida por ela.

E aquilo era épico.

Demônios não davam nada por outra pessoa.

Eu dei um beijo na testa dela e depois me virei de costas, puxando-a para tão perto do meu lado que não havia como dizer onde ela terminava e eu começava.

Levantando uma mão quando ela começou a se aproximar ainda mais, eu respirei fundo várias vezes.

– Preciso de um minutinho – Layla começou a se afastar. Eu a segurei com mais força, mantendo-a segura ao meu lado. – Tá bem. Talvez eu precise de mais do que um minuto.

Enquanto esperava que minha respiração se regularizasse, pensei sobre *aquilo*. Aquela atração. Aquela necessidade. Aquele algo mais forte. Ah, provavelmente era uma coisa muito, muito ruim. Demônios não amavam. Nós obcecávamos. Nós nos fixávamos. Eu já estava começando a sentir aquilo. A necessidade de mantê-la por perto, de consumir todo o seu tempo... mas algo sobre isso era diferente do que eu imaginava. Para começar, eu não queria sufocá-la. Eu não queria controlar a vida dela. Mais uma vez, aquilo ia contra a minha natureza.

– Por que... por que você parou? – ela perguntou.

– Eu não sei. – Eu ri. – Eu realmente não sei, mas tá tudo bem. É, vai ficar tudo bem.

E pela primeira vez eu desejei poder rezar. Que eu pudesse rezar para que tudo ficasse bem. Por ela. Por nós. Mas mesmo que eu pudesse rezar, eu sabia algo que a maioria dos mortais e Guardiões não se atreviam a aceitar.

As orações... não eram atendidas na maioria das vezes. Ou a resposta era uma que não procurávamos.